dtv

W0313240

Kommissarin Lena Larcher sieht mit Grauen dem ersten Jahrestag des Unfalls entgegen, bei dem sie Mann und Sohn verlor. Um der Einsamkeit und den Erinnerungen zu entfliehen, beschließt sie, an einem Kletterkurs teilzunehmen. Der Klettertrainer weist ihr die schweigsame Tessa als Partnerin am Seil zu. Noch am selben Abend steht Tessa verzweifelt vor Lenas Wohnungstür und bittet sie um Hilfe. Sie erklärt, sie heiße eigentlich Dorit Zeiner und habe gerade herausgefunden, dass ihr Mann ein Auftragsmörder sei. – Ein neuer und ganz besonderer Fall für die Kölner Kommissarin und die Geschichte zweier starker Frauen am Wendepunkt des Lebens.

Reinhard Rohn, 1959 in Osnabrück geboren, lebt in Köln und Berlin und arbeitet als Verlagsleiter. Er hat zahlreiche Kriminalromane ins Deutsche übersetzt, bevor er selbst mit dem Schreiben von Spannungsromanen begann. Bei dtv sind die ersten beiden Bände der Krimireihe um die Kölner Kommissarin Lena Larcher erschienen, ›Leise, stirb leise!‹ und ›Morgen stirbst du‹ .

Reinhard Rohn

ENGELSTOD

Kriminalroman

dtv

**Ausführliche Informationen über
unsere Autoren und Bücher
www.dtv.de**

Von Reinhard Rohn
sind bei dtv außerdem erschienen:
Leise, stirb leise (21600)
Morgen stirbst du (21652)

Dieses Buch ist ein Roman. Handlungen und Personen sind frei erfunden. Ähnlichkeiten mit lebenden oder toten Personen sind rein zufällig. Bei der Schilderung real existierender Schauplätze hat sich der Autor kleinere Freiheiten gestattet.

MIX
Papier aus verantwortungsvollen Quellen
FSC® C019821
FSC
www.fsc.org

Originalausgabe 2018

Dieses Werk wurde vermittelt durch die Literarische Agentur
Thomas Schlück GmbH, Hannover
Umschlaggestaltung: Alexandra Bowien/dtv
unter Verwendung eines Fotos von
gettyimages/Dillemma Photography
Satz: Greiner & Reichel, Köln
Gesetzt aus der Aldus 9,5/11,85˙
Druck und Bindung: Druckerei C.H.Beck, Nördlingen
Gedruckt auf säurefreiem, chlorfrei gebleichtem Papier
Printed in Germany · ISBN 978-3-423-21746-0

Rule 4: Compare yourself to who you were yesterday not to who someone else is today

Jordan B. Peterson, 12 Rules for Life

1.

Wann kennen wir einen Menschen wirklich? Er redete im Schlaf, er wälzte sich hin und her. Gestern Nacht hatte er Geräusche von sich gegeben, als würde er weinen, ein Japsen und Wimmern, wie man es gelegentlich bei jungen Hunden hört. Ich lag mit pochendem Herzen neben ihm, wusste nicht, ob ich ihn wecken sollte oder nicht.

Warum weint ein erwachsener Mann im Schlaf? Er hatte auch extrem abgenommen, gut, er hatte ein paar Kilo zu viel gehabt, aber nun? Seine Rippen traten beinahe scharfkantig hervor. Gab es Bulimie bei Männern? Fast müsste ich den Verdacht haben, er leide an dieser Krankheit, aber er sprach nicht, sah mich nur an und meinte, es sei alles in Ordnung.

Vor zwei Tagen hatten wir uns gestritten. Es ging wieder um das Kind, das er nicht wollte. Du bist neununddreißig, hatte ich gesagt, ich bin achtunddreißig. Wir sind seit drei Jahren verheiratet. Nun ist unsere Zeit. Ich klang sehr vernünftig, viel vernünftiger, als ich mich selber fühlte. So lange war es noch gar nicht her, dass ich selbst ganz anders gedacht hatte.

Er lachte, und dann ging er in die Garage an sein Schweißgerät, das ist seine Zufluchtsstätte. Stundenlang stand er da und machte aus dem Metall, das er sich viermal im Jahr vom Schrottplatz holte, Figuren, die alle wie Engel aussahen – wie gebogene, gepeinigte Engel mit viel zu kleinen Flügeln. Er wollte kein Kind, er wollte Engel aus Eisen bauen, einen nach dem anderen.

Nur weil du im Kinderheim warst, dachte ich oft, weil dein unbekannter Vater dich im Stich gelassen hat, weil deine

Mutter sich … weil deine Mutter gestorben ist, heißt das doch nicht, dass unser Kind unglücklich sein muss.

Er antwortete nie darauf. Wie viel Unglück trug er immer noch mit sich herum?

Dabei hatte er es doch geschafft – er war dem Elend seiner Kindheit und Jugend entflohen.

Verfassungsschutz – für manche klang das geheimnisvoll. Schlapphüte, Agenten, James Bond – ich wusste es besser, obschon er nicht viel über seine Arbeit sprach. Er fuhr um sieben Uhr morgens meistens mit dem Fahrrad hin und kehrte gegen Viertel nach fünf zurück. Er führte ein paar Informanten in der rechten Szene. Deshalb war er gelegentlich über Nacht weg. Er reiste irgendwohin, in den Osten, Halle, Halberstadt. Diese Namen hatte er zumindest mal erwähnt. Ach, ich wusste es nicht genau.

Vielleicht hätte ich nicht in die Garage, in seine Werkstatt gehen sollen, aber es war doch nur, dass ich wissen wollte, warum er im Schlaf weinte.

Ich wollte ihm nicht nachspionieren. Ich dachte nicht an eine Affäre, an Heimlichkeiten, wie sie irgendwann in jeder Ehe vorkommen. Wir hatten das letzte Mal vor fünf Monaten miteinander geschlafen, kurz und routiniert, aber das war schon häufiger passiert. Ein feuriger Liebhaber war Martin nicht einmal in unserer Hochzeitsnacht gewesen, und außerdem gab es da Chris, meinen Producer … Wenn meine Lust zu groß wurde, konnte ich zu ihm gehen, heimlich natürlich. Er ließ sich auf jedes noch so kleine Abenteuer ein. Mit ihm schlief ich regelmäßig und verließ mich darauf, dass er ein Kondom benutzte.

Die Werkstatt war schmutzig, Bierflaschen standen herum. Ich wunderte mich. Sonst trank Martin nur Rotwein, selbst im Sommer, wenn mir der deutsche Riesling besser schmeckte.

Ich hatte mich um seine Werkstatt nie gekümmert. Das war sein Reich, buchstäblich. So nannte er es auch: »Mein Reich.« Es wirkte auch ganz so, als könnte er hier ein anderer sein.

Neben den leeren Bierflaschen entdeckte ich Zigaretten – Gauloises, die blaue Schachtel. Ich kannte sie noch aus meiner Kindheit.

Zwei Engel standen da auf zwei massiven grauen Metallplatten, sie beugten sich mit groben Flügeln vor, als wären sie schon alt. Sie hatten noch keine Köpfe, und doch schienen sie mich anzustarren und die Werkstatt zu bewachen.

Die Schweißgeräte hatte Martin ordentlich an einer Wand aufgereiht. Drei besaß er mittlerweile, zählte ich.

In den Schubladen entdeckte ich jede Menge Werkzeug. Schraubenzieher, Zangen, Schraubenschlüssel, andere Dinge, deren Funktion ich nicht einmal erahnen konnte.

Die Waffe lag ganz unscheinbar zwischen dem Werkzeug, ein kleines schwarzes Ding, das mich gefährlich anschaute. Ich nahm sie mit spitzen Fingern heraus. Ich hatte ein paar Mal mit Filmwaffen hantiert, aber noch nie eine echte Pistole in der Hand gehalten. .45-Auto, stand darauf, auf dem Griff das Zeichen HK. Das Magazin fehlte, erkannte ich, und so wie die Pistole an meinem Finger baumelte, sah sie schon weniger gefährlich aus, aber warum brauchte Martin eine Waffe? Und er hatte sie nicht einmal versteckt, sondern schien sie zu behandeln, als wäre sie ein ganz normales Werkzeug.

Ich legte die Waffe zurück, schob die Schublade zu. Was würde Martin tun, wenn ich die Pistole an mich nehmen würde? Würde er sie vermissen?

Ich stellte mir vor, wie er in den Wald ging, wie er Schießübungen machte. Taten Männer so etwas?

Das Radio auf dem Metallregal, auf dem er kleine Metallstücke aufbewahrte, war schmutzig und voller Öl. Als ich es anschaltete, erklang Kirchenmusik – ein Choral. Ich stellte es sofort wieder ab.

Jetzt war der Moment, die Garage wieder zu verlassen. Er würde nicht bemerken, dass ich da gewesen war. Ich war Fotografin und Köchin, ich interessierte mich nicht für Schweißarbeiten.

Doch etwas hielt mich zurück.

Ich hatte keine Erklärung gefunden, warum er im Schlaf geweint hatte.

Der Metallschrank – ich hatte noch nicht in den Metallschrank geblickt, auf dem unbearbeitete Eisenplatten vom Schrottplatz lagen.

Ein Vorhängeschloss sicherte den Schrank, registrierte ich, doch es war nicht richtig eingerastet. Ich konnte es öffnen. Der Schrank war schmutzig, ein dicker Ölfilm bedeckte die beiden Regalbretter. Handschuhe lagen da, gewiss mehr als zwanzig Handschuhe, dann Dosen – Farbdosen, Rostlöser, Ölkännchen. An manchen Dosen war das Etikett so verschmiert, dass man nicht mehr erkennen konnte, was sich in ihnen befand.

Nichts Ungewöhnliches.

Fast war ich erleichtert.

Die Segeltuchtasche klebte förmlich an der Rückwand. Sie war schwarz und ein wenig zerschlissen, keine neue Tasche, sondern gewiss etliche Jahre alt. Ich hatte sie noch nie gesehen.

Ich zögerte, sie zu ergreifen, schob dann aber doch ein paar Dosen zur Seite und holte sie hervor.

Der Reißverschluss ließ sich schwer öffnen. Anscheinend war er länger nicht benutzt worden. Doch gelang es mir mit einiger Mühe, ihn aufzuziehen.

Die Tasche enthielt eine andere, neuwertige Tasche. Zuerst glaubte ich, ein Futteral für einen Laptop in den Händen zu halten. Wieso versteckte Martin einen Laptop hier? Doch dann sah ich, dass es eine Tasche für zwei Pistolen war. Eine Pistole steckte mit Magazin in einer Vertiefung, während die zweite Abteilung leer war. Die Waffe fehlte. Wieder befand sich das Zeichen HK auf der Pistole.

Ich spürte, wie meine Hände zu zittern begannen. Martin hatte nicht einfach eine Waffe zwischen seinen Werkzeugen aufbewahrt, er hatte ein richtiges kleines Arsenal. Hastig schloss ich die Pistolentasche wieder.

Dass die Segeltuchtasche noch etwas anderes enthielt, bemerkte ich erst, als ich den Reißverschluss schon wieder schließen wollte.

Eine schmale Mappe steckte in einem Seitenfach. Sie war blau und unbeschriftet. Die acht Fotos, die zum Vorschein kamen, waren alle gleich groß – DIN A5. Sie waren schwarzweiß und zeigten drei unterschiedlich alte Männer, die eines gemeinsam hatten. Sie waren alle tot.

2.

Was tut man an dem Tag, an dem man alles verloren hat? Vor genau einem Jahr waren ihr Mann und ihr Kind ums Leben gekommen, weil sie nicht aufgepasst hatte.

Die Unfallverursacherin hat einem Schwerlastwagen bei vereister Straße fahrlässig die Vorfahrt genommen, hatte es in dem Polizeibericht geheißen. Noch immer hörte sie im Traum das Geräusch, wie Stahl auf Stahl geprallt war. Der Lastwagen hatte sie von rechts gerammt. Robert auf dem Beifahrersitz und Simon hinten im Fond hatten keine Überlebenschance gehabt – ihr hingegen war fast nichts passiert: Prellungen, Kratzer im Gesicht von den Glasscherben.

Genau zwölf Monate war das jetzt her – der furchtbare 4. Februar.

Eigentlich hatte sie nicht in Köln sein wollen – an Flucht hatte sie gedacht. Ans Ende der Welt: Australien, Sri Lanka, aber dann war ihr Vater krank geworden. Der stolze Georg Larcher, der legendäre Polizist, drohte zu erblinden. Selbst er hatte sie gebeten, den Tag mit ihm zu verbringen. Genau wie David, der Mann, der sich Hoffnungen machte, dass sie vielleicht zusammenkamen – wie damals in der Schulzeit, als er der schönste Junge auf dem Gymnasium gewesen war.

Lena wollte all das nicht.

Tu etwas, das du noch nie gemacht hast, hatte Silvana, die Psychologin, ihr geraten. Beweise dir selbst, dass du am Leben sein willst.

Erst war Max nur der drahtige glatzköpfige Mann gewesen, den sie manchmal auf der Neußer Straße beim Bäcker getroffen hatte. Schon nach der zweiten Begegnung hatte er ihr zugenickt, und beim vierten zufälligen Treffen hatte er übertrieben galant gesagt: »Na, schöne Frau, auch wieder da!«

Er hatte sie zu einem Kaffee eingeladen. Er war Künstler, baute Plastiken aus Beton, aber weil er davon nicht leben könne – natürlich nicht –, sei er Lehrer in einer Kletterhalle. Sie solle doch einmal vorbeikommen.

Das war der Plan für den schrecklichsten Jahrestag in ihrem Leben.

Sie fuhr mit ihrem Rennrad die Innere Kanalstraße entlang, dann die Aachener Straße hinauf. »Die Kletterfabrik« stand an der Halle.

Zögernd trat sie ein. Lärm schlug ihr entgegen, nein, Musik aus Lautsprechern, dumpfe Beats, dann aufgeregte Kinderstimmen. Eine ganze Schulklasse hatte sich in der Halle verteilt, erkannte sie. Ein vielstimmiger Chor – Mädchen, die an Seilen an der Wand hingen, andere, die Kommandos hinaufriefen. Bunte Griffe an den Wänden wiesen den Weg zu einer gezackten Decke. Wäre durch ein breites Dachfenster nicht ein wenig Licht hereingefallen, hätte man sich wie in einer riesigen Höhle vorkommen können.

Die Musik dröhnte aus einem Bistro herüber, erkannte sie. Plötzlich war ihr mulmig zumute. War es das Richtige für sie? Hatte sie nicht in den Bergen oft Höhenangst gehabt und dann noch später, als sie während der Schwangerschaft mit Robert den Dom bestiegen hatte?

Als sie sich umdrehen wollte, um heimlich wieder zu gehen, stand Max vor ihr. Er trug ein schwarzes T-Shirt, das seinen muskulösen Körper zur Geltung brachte, und eine weite, ebenfalls schwarze Trainingshose.

»Lena! Schön, dass du da bist!« Er breitete die Arme aus, umfasste sie und küsste sie leicht auf die Wange. »Ich bringe dich zu deiner Wand«, sagte er dann, »aber vorher musst du dich umziehen. Schuhe kriegst du von mir.«

Bereitwillig ließ sie sich in eine Kabine führen, die offenbar Max und ein paar aus seinem Team vorbehalten war. Die Schuhe sahen aus, als wären sie für den Ballettunterricht entworfen worden. Nein, erkannte Lena dann, sie waren aus viel härterem Material, wie für Berge gemacht.

Max beobachtete wortlos, wie sie sich umzog, dann nahm er ihren Arm. »Zuerst gehst du eine einfache Route, um ein wenig Gefühl für die Wand zu entwickeln. Ich bringe dich zu Tessa. Sie wird dich sichern, während ich mich um diese schreckliche Mädchenklasse kümmern muss.«

Tessa war eine schlanke Frau mit langen braunen Haaren, die ihr kurz zunickte, während Max ihr das Seil in die Hand drückte und Anweisungen erteilte. Lena spürte sofort, dass es ihr keinen Spaß machen würde, eine Wand hinaufzuklettern. Sie fühlte sich unsicher und ungeschickt, ihr Herz begann zu pumpen. Sie war kaum zwei Meter geklettert, da rutschte sie schon ab, und als sie sich einmal umblickte, stand Tessa mit reglosem Gesicht da und starrte sie an. Dennoch versuchte sie es.

Beweise dir, dass du weiterleben willst, hatte Silvana gesagt, aber tat sie das nicht die ganze Zeit?

Sie kletterte weiter. Ein anderes Gefühl stellte sich ein. Ihre Arme begannen zu brennen, sie beanspruchte offenbar Muskeln, die sie sonst nicht trainierte, jedenfalls nicht beim Laufen und Radfahren. Vier, fünf Meter hatte sie nun in der Wand zurückgelegt. Max rief ihr etwas zu, das sie nicht verstand, weil sie ihren Herzschlag bis in die Ohren spürte. Es ging doch etwas. Sie konnte sich an einer Wand hinaufbewegen.

Ich beweise mir wirklich etwas, sagte sie sich.

Zwei-, dreimal musste Tessa sie sichern, aber sie schaffte es bis fast bis zur Decke.

»Bravo!«, rief Max von unten und reckte den Daumen in die Luft.

Simon, dachte sie für einen unvorsichtigen Augenblick, was hätte es ihm für einen Spaß gemacht, auch eine Wand hinaufzuklettern. Tränen schossen ihr in die Augen – aus dem Nirgendwo, aus der großen Trauer, die immer in ihr war. Und zwei große, übermächtige Worte: Verzeiht mir!

Dann, als hätten diese Gedankenworte sie mit einem Schlag gelähmt, fiel sie förmlich aus der Wand, und Tessa schrie vor Entsetzen auf.

Sie gönnte sich ein Abendessen im Fioretto. Fisch und Rotwein. Giovanni, der Kellner, behandelte sie ganz sanft und vorsichtig, als wüsste er um die Schwere des Tages. Einmal glaubte sie, David Bauer am Restaurant vorbeilaufen zu sehen, aber wenn er es war, hatte er sich nicht hereingetraut.

Sie war vom Klettern erschöpft. Tessa war für einen Moment wütend gewesen, weil Lena ohne jene Warnung aus der Wand gefallen war, und Max hatte sie besorgt gefragt, ob sie einen Krampf bekommen habe. Sie hatte kaum ein Wort als Erklärung herausgebracht. Ja, es habe ihr gefallen, sie werde wiederkommen, hatte sie Max zugemurmelt, dann war sie förmlich aus der Halle geflohen und zum Melatenfriedhof gefahren, der gleich um die Ecke lag. Fünf Minuten später stand sie an Roberts und Simons Grab. Stumm hatte sie ein Lied gesungen. ›Enjoy the silence‹ von Depeche Mode – Roberts Lieblingslied. Tränen hatte sie keine mehr gehabt, hatte sie überrascht festgestellt.

Enjoy the silence.

Die Wohnung war ganz still, als sie aus dem Restaurant zurückkehrte. Nur eine Kerze hatte sie angezündet, die geduldig vor sich hin brannte. Es war einundzwanzig Uhr dreizehn – dieser furchtbare Tag war fast zu Ende.

Als sie kurz einnickte, ging es ihr so wie Hunderte Male zuvor. Sie meinte, Stimmen zu hören – Simon, der ihr aus seinem Zimmer etwas zurückrief, und Robert, der aus seiner Kanzlei kam, die Wohnungstür öffnete und sie mit seinem typischen »Ich bin da!« begrüßte.

Aber all das war nur noch in ihrem Kopf.

Als es jedoch tatsächlich an ihrer Tür klingelte, schrak sie auf. Vater!, war ihr erster Gedanke. Der halb blinde Georg Larcher konnte sie an diesem Tag doch nicht zufriedenlassen. Nein, vermutlich hatte sich David nach langem Zögern doch ein Herz gefasst. Er hatte vor drei Monaten seine Frau verlassen und hatte wiederholt versucht, sie einzuladen.

Mühsam stand sie vom Sofa auf, weil es gleich noch einmal geklingelt hatte. Die Ungeduld sprach eindeutig gegen David, sondern für ihren Vater.

Auch wenn sie wenig Neigung hatte, um diese Zeit noch jemanden zu empfangen, konnte sie ihn nicht vor der Tür stehen lassen. Sie schaltete das Licht im Wohnzimmer ein und ging dann in den Flur.

Nun klingelte es ein drittes Mal. Als sie auf den Summer drückte und gleichzeitig die Wohnungstür öffnete, stand jemand direkt vor ihr. Eine Frau in einem weißen Mantel mit Kapuze. Sie brauchte einen Moment, um Tessa, die Frau aus der Kletterhalle, zu erkennen.

Tessa verzog entschuldigend das Gesicht. »Ich störe vermutlich«, sagte sie mit ihrer leicht rauchigen Stimme. »Aber ich habe gehört, dass Sie Polizistin sind. Hat mir Max erzählt.«

»Ja und?« Lena machte keine Anstalten, Tessa hineinzubitten.

»Ich heiße Dorit Zeiner«, sagte sie. »Und ich glaube, mein Mann ist ein Auftragsmörder.«

3.

Man kann dir nicht trauen – das hatte meine Mutter oft gesagt, wenn ich ihr irgendwelche Geschichten erzählt hatte. Als Selbstschutz, weil ich mir ein wenig Freiheit erkämpfen musste. Aber ein paar Geschichten stimmten, zumindest so ungefähr. Noch immer sehe ich das Kind vor mir. Ich nenne es Raphaela, weil es ein schöner Name ist. Raphaela ist fünf Jahre alt und hat fröhliche blonde Locken. Nie ist sie in meinen Gedanken älter als fünf. Ich habe oft an Raphaela gedacht, wenn es mir schlecht ging. Sie war ein Zufluchtsort für mich, als würde sie irgendwo tatsächlich existieren, als müsste ich mich nur in ein Auto setzen und könnte zu ihr fahren, zu dem Mädchen, das nicht altert und das mich tröstet, wann immer ich will.

Dabei hatte Raphaela nie wirklich gelebt. Ich war siebzehn, als ich schwanger wurde, und ging in die zwölfte Klasse. Holger war ein Schuljahr über mir. Vertrau nie jemandem, der Holger heißt, hatte meine verrückte Mutter mir einmal gesagt, aber natürlich hatte ich nicht auf sie gehört. Was hatte ich mir damals nicht alles vorgestellt. Ein blondes schönes Kind, eine eigene Wohnung, ein Cabriolet, ein Doppelbett mit Holger – und dass ich endlich meine Mutter nicht mehr sehen müsste.

Doch dann schaffte es Holger, mich mit Engelszungen – ist das nicht ein Widerspruch? – zu einer Abtreibung zu überreden. Heimlich fuhren wir in eine Arztpraxis nach Ossendorf. Holger hatte alles arrangiert, so etwas konnte er.

Hinterher fühlte ich mich vollkommen taub, als hätte mich jemand von innen ausrasiert.

Rüdiger, mein Stiefvater, der Pfaffe, bei dem meine Mutter untergekrochen war, durfte auf keinen Fall etwas mitkriegen, also tat ich so, als hätte ich Fieber, eine Sommergrippe, und meine Mutter nahm eben wieder für ein paar Wochen in der Nervenklinik ihre Auszeit. Deshalb bestand von ihrer Seite keine Gefahr, dass sie mich durchschaute.

Raphaela, ja, so hätte ich mein Mädchen genannt. Jetzt wäre sie einundzwanzig, eine erwachsene Frau mit hübschen Locken.

Ich habe ein paar Dinge zu viel falsch gemacht in meinem Leben.

Bis ich Martin traf. Da hatte ich meinen Hafen gefunden, dachte ich zumindest.

Ich konnte sehen, dass die Polizistin mir nicht glaubte. Sie sah müde aus, eine schöne Frau mit langen blonden Haaren und tiefen Falten um den Mund. Offensichtlich war sie allein in ihrer Etagenwohnung, niemand sonst trat an die Tür, und es war auch nichts zu hören, keine Musik, keine Stimmen.

»Ein Auftragsmörder?«, fragte sie.

Ich nickte. »Ich habe den Verdacht, ja …« Ich schaute mich um. »Es gibt … Fotos … Ich habe sie mitgebracht.«

Lena Larcher sah mich an. Ich hatte sie gegoogelt, sie hatte kürzlich einen spektakulären Fall im Alleingang gelöst. Ihr Vater war schon Polizist gewesen, und in einem Zeitungsartikel war von einem Unfall die Rede, bei dem ihr Mann gestorben war. Vielleicht war ihre Wohnung deshalb so still.

»Es gibt in Deutschland keine Auftragsmörder«, sagte sie dann. Ihre grünen Augen musterten mich argwöhnisch.

Plötzlich erlosch im Treppenhaus das Licht.

»Ich habe Fotos«, wiederholte ich.

In der Dunkelheit hörte ich sie seufzen. »Also gut«, sagte sie dann, wandte mir abrupt den Rücken zu und ging in ihre Wohnung, ohne die Tür zu schließen. Ich fasste die offene Tür als Einladung auf und folgte ihr.

In ihrer Küche machte sie sich daran, wortlos Tee zu kochen.

Ich setzte mich. Die Küche war aus Kiefernholz mit allen Geräten, die man brauchte. Am Kühlschrank gab es sogar einen Eiscrusher, aber es wirkte eindeutig nicht so, als wäre Lena Larcher eine ausgewiesene Köchin.

»Sie heißen gar nicht Tessa«, sagte sie in einem vorwurfsvollen Tonfall.

»Nein«, sagte ich. »Manchmal nenne ich mich anders. Nicht jeder muss wissen, wie ich heiße ... und Max schon mal gar nicht.« Eine recht lahme Erklärung – ich spürte es selbst, aber eine bessere hatte ich nicht. Oder doch vielleicht schon. »Ich war mal beim Film, Stuntfrau. Könnte sein, dass jemand meinen richtigen Namen aufgeschnappt hat.«

»Stuntfrau?«, fragte Lena Larcher. Das Wasser kochte. Sie goss es in eine altertümlich aussehende braue Kanne.

»Ich habe viele Dinge gemacht ... bis ich meinen Mann kennengelernt habe – Martin Zeiner.«

Es war ein Fehler, hierhergekommen zu sein, begriff ich. Die Polizistin würde mir nicht helfen, trotzdem holte ich die Fotos hervor – Kopien von den drei Aufnahmen, auf denen am meisten zu erkennen gewesen war. Wie Spielkarten legte ich sie auf den Tisch, ohne sie mit einem Wort zu kommentieren.

Lena Larcher kümmerte sich um den Tee. Ungesüßt stellte sie mir eine große weiße Tasse mit einer gelblichen Flüssigkeit hin. Immerhin war der Tee warm.

Das erste Foto zeigte einen Mann hinter dem Steuer eines Autos. Er war über das Lenkrad gesunken. Man konnte leicht sehen, dass er ein Loch in der Schläfe hatte. Sein Profil verriet, dass er etwa vierzig Jahre alt sein musste – er hatte schüttere blonde Haare, eine große Nase und trug eine unmodische Hornbrille.

Der zweite Mann saß gleichfalls in einem Auto, er war unversehrt, nirgendwo eine Wunde, aber auch er lebte nicht mehr. Seine Augen glotzten starr vor sich hin, er hatte eine

Glatze, trug einen Anzug und war recht korpulent, seine fetten Finger umklammerten das Lenkrad.

Der dritte Tote hatte kein Gesicht mehr, es war ihm förmlich weggeschossen worden. Er lag mit verschränkten Beinen, als wäre er beim Rückwärtslaufen gestolpert, auf einem sandigen Weg. Er trug ein buntes T-Shirt mit der Aufschrift »Fuck you«, seine muskulösen Unterarme waren tätowiert.

Für ein oder zwei Minuten war es still im Raum. Nur der Kühlschrank surrte.

»Woher haben Sie die Fotos?«, fragte Lena Larcher schließlich.

Nun war ihr Interesse doch geweckt.

»Mein Mann hat im Schlaf geweint ... gestern Nacht ... Heute Morgen ist er weggefahren. Er arbeitet beim Verfassungsschutz.« Ich beobachtete sie und sah, wie sie beim Wort »Verfassungsschutz« die Stirn runzelte. »Eine Dienstreise, und da habe ich mir seine Garage angesehen und ...« Ich überlegte kurz, auch die Waffen zu erwähnen, ließ es dann jedoch. »Und dabei habe ich eine alte Tasche mit diesen Fotos gefunden.«

Sie besah sich die Fotos genauer, es war, als würde sie die Gesichter scannen. »Was macht Ihr Mann beim Verfassungsschutz?«, fragte sie, ohne den Blick zu heben.

»Ich weiß nicht ... Er hat mit V-Männern zu tun, meistens im Osten, aber wohl auch hier. Manchmal fährt er nach Dortmund, wo er früher gelebt hat, oder ... Großer Gott, ich weiß es nicht.«

»Wie kommen Sie darauf, dass Ihr Mann diese Männer getötet haben könnte?«

Musste ich nun doch von den Waffen sprechen? »Es ist so ein Gefühl«, sagte ich. »Ein mulmiges Gefühl.«

Wir schwiegen. Ich hörte sie atmen. Ihre Finger umklammerten ein Foto. Sie hatte sich gesetzt. Ich konnte ihr Gesicht nicht sehen, weil die langen Haare es verdeckten. Sie hat ein Geheimnis, dachte ich. Auf keinen Fall ist sie eine gewöhnliche Polizistin. Dann kam mir der Gedanke, dass sie Martin vielleicht kannte. Gab es Ermittlungen, wo Polizei und Verfassungsschutz zusammenarbeiteten?

»Warum fragen Sie Ihren Mann nicht einfach, was es mit diesen Fotos auf sich hat?«, sagte sie. Sie klang nun noch müder. »Wenn Sie eine gute Ehe führen, dann wird er …« Sie sprach nicht mehr weiter.

Das tue ich, wollte ich sagen, ich führe eine gute Ehe, aber die Worte wollten mir nicht über die Lippen kommen. Wie oft hatte ich schon gedacht, dass ich keine gute Ehefrau war, dass ich seltsame Gedanken hegte, dass ich manchmal log, einfach nur so, aus Gewohnheit, weil die Lüge immer schon zu meinem Leben gehört hatte?

Als ein Mobiltelefon klingelte, begriff ich erst nicht, dass es mein iPhone war.

Rief Chris, mein wichtigster Auftraggeber, mich an? Ging es um einen neuen Job? Doch der Name »Martin« leuchtete auf dem Display auf.

»Wo bist du?«, fragte er atemlos.

»Wolltest du nicht erst morgen wiederkommen?«, fragte ich. Meine Stimme zitterte. »Ich bin spazieren«, schob ich nach. »Eigentlich wollte ich ins Kino, habe es mir dann jedoch anders überlegt.«

»Ich möchte noch irgendwo etwas trinken«, sagte er. »Meinen Auftrag habe ich früher erledigt als geplant.«

»Ich komme«, erwiderte ich, ganz brave Ehefrau. »In zwanzig Minuten bin ich da.«

4.

Sie schenkte sich noch ein Glas Rotwein ein und trank es im Schlafzimmer vor dem Spiegel. Sie prostete sich zu und brachte sogar ein Lächeln zustande. Diesen schrecklichen Tag, vor dem sie sich seit Wochen gefürchtet hatte, hatte sie einigermaßen unbeschadet herumgekriegt. Sie war nicht in Simons Bett gekrochen, hatte nicht den Himmel angefleht und hatte sich auch nicht bis zur Besinnungslosigkeit betrunken. Silvana, ihre Psychologin, würde stolz auf sie sein.

Morgen würde sie wieder ins Präsidium gehen und so tun, als wäre nichts gewesen.

Warum war diese Frau zu ihr gekommen? Eine Stuntfrau mit einem falschen Namen. Diesen Gedanken konnte sie nicht vertreiben, bevor sie einschlief.

Robert, dachte sie, hast du mir diese Frau geschickt? Ist es eine Prüfung?

Als sie wieder aufwachte, war es vier Uhr am Morgen. Das passierte ihr in letzter Zeit häufiger – sie schlief allenfalls drei, vier Stunden, dann war sie wieder wach. Gedanken trieben wie Geröll heran.

Sie hatte wie immer kalte Füße. Das war ein heimliches Leiden, obwohl sie die Heizung die ganze Nacht durchlaufen ließ. Früher, in der anderen Zeit, hatte Robert sie gewärmt.

Warum war diese Frau zu ihr gekommen?, dachte sie wieder. Hatte diese Frage sie geweckt? Sie ging in die Küche, kochte sich einen Kaffee, hüllte sich in eine Decke und schaltete ihren Laptop ein. Eine Stuntfrau mit Namen Dorit Zeiner fand sie nirgendwo im Netz, dafür aber jemanden mit diesem Namen, der in Köln eine Firma besaß, die »Film-Catering« hieß. Auf der Homepage war ein Wagen abgebildet, der aussah, als könnte er auf einem Jahrmarkt stehen – eine lange Auslage mit belegten Broten, Salaten, Getränken und Kuchen. Ein Foto von Dorit Zeiner war nicht auf der Seite zu entdecken – überhaupt war sie recht karg und lieblos gemacht. Hatte die Frau sie erneut angelogen? Oder nein, möglicherweise war sie noch nicht verheiratet gewesen und hatte einen anderen Namen getragen, als sie Stuntfrau gewesen war.

Zu einem Martin Zeiner, der in Köln lebte, fand sich überhaupt kein Hinweis. Es gab einen Arzt mit diesem Namen in Freiburg, einen Physiker an einem Forschungsinstitut in Berlin sowie acht weitere, die bei LinkedIn angemeldet waren.

Das Wort »Verfassungsschutz« tauchte nicht auf. Auch im Telefonbuch Kölns kein Eintrag von Martin und Dorit Zeiner.

Ein Verfassungsschützer als Auftragsmörder? Absurd – oder eine perfekte Tarnung?

Nein, es war eher der Einfall einer Ehefrau, bei der ein paar Sicherungen durchgebrannt waren.

Auf dem Küchentisch lagen noch die drei Fotos der Toten.

Was hätte sie getan, wenn sie bei Robert solche Fotos gefunden hätte? Allein der Gedanke war aberwitzig. Robert hatte selbst beim Angeln die Fische wieder ins Wasser geworfen, er hätte keiner Fliege etwas zuleide tun können.

Die Männer auf den Bildern waren eindeutig tot – und der Fotograf hatte die Intimität des Todes verletzt. Er war den Toten, kurz nachdem sie ihr Leben verloren hatten, viel zu nahe gekommen. Daher wirkten diese Aufnahmen noch beklemmender als Fotos von Leichen ohnehin.

Sie würde zumindest versuchen herauszufinden, wer die Toten waren, nahm Lena sich vor.

Als es kurz nach sechs war, zog sie sich ihre Trainingssachen über und lief zum Rhein hinunter und dann weiter in Richtung Kranhäuser. Ihr Trauerjahr war vorüber, dachte sie, und wenn etwas in dieser Stadt ihr stets Trost gespendet hatte, war es dieser breite stolze Strom gewesen, der niemals gleich aussah. Ein sanftes, mattes Licht flirrte auf dem Wasser, da und dort waren Lichter von Schiffen zu sehen, die festgemacht hatten. Es war noch stockdunkel, und kaum jemand war unterwegs, keine weiteren Läufer, sondern lediglich ein paar Radfahrer auf dem Weg zur Arbeit. Am Schokoladenmuseum hatte bereits eine Bude geöffnet, wo sie einen heißen Kaffee bekam. Der Stolz über den bewältigten gestrigen Tag wollte noch nicht weichen. Ein leichtes Gefühl von Glück legte sich über sie.

Als sie sich für den Rückweg bereit machte, klingelte ihr Mobiltelefon. Wieder war der erste Impuls anzunehmen, dass ihr Vater sie vorwurfsvoll fragen wollte, warum sie sich gestern Abend nicht mehr gemeldet hatte.

Mona Beckmesser, ihre Assistentin, rief aus dem Präsidium an. Dabei war es noch nicht sieben Uhr. »Es gibt Arbeit«, erklärte sie ganz sachlich. »Eigentlich gar nicht unser Gebiet, aber bei den Kollegen in Aachen ist gerade Land unter. Die liegen alle mit einem Virus flach. Vor einer Stunde hat jemand eine Leiche an einer Talsperre in der Eifel entdeckt, unterhalb von Vogelsang. Weißt du, wo das ist?«

»Klar. Vogelsang ist die alte Nazi-Ordensburg«, erwiderte Lena. Vor einigen Jahren, bevor Simon auf die Welt gekommen war, hatte Robert an Wochenenden manchmal auf dem Rursee gesegelt, obwohl ihm das Revier eigentlich viel zu klein gewesen war.

»Umso besser. Ich sage Henning Bescheid. Er holt dich in einer Stunde ab.« Mona verhielt sich bei solchen Einsätzen seit dem Unfall äußerst rücksichtsvoll. Sie wusste, dass Lena immer noch Probleme hatte, sich hinter ein Steuer zu setzen.

Henning Mahn, ihrem Partner im Präsidium, bekam die Einsamkeit nicht. Seit ein paar Monaten, seit seine Frau ihn wegen seiner Spielsucht hinausgeworfen hatte, wohnte er allein in einer Zweizimmerwohnung in Ehrenfeld. Ob er immer noch junge Mädchen mitnahm, wusste Lena nicht, vermutete es aber.

»Ich weiß gar nicht, was das soll«, erklärte er grummelnd, nachdem er sie mit einem Dienstpassat abgeholt hatte. »Nun machen wir auch noch die Arbeit für ein anderes Präsidium. Als hätten wir noch nicht genug zu tun …«

Mahn war zweiundfünfzig. Er sah ausgezehrt aus, zu viel Kaffee, zu viel Alkohol, und vermutlich ernährte er sich lediglich von Fast Food, trotzdem war er mit seinen dichten braunen Haaren und den markanten Gesichtszügen ein attraktiver Mann geblieben.

»Ich habe gegen einen Ausflug in die Eifel nichts einzuwenden«, entgegnete Lena.

Sie brauchten eine knappe Stunde, bis sie an der Ordensburg Vogelsang angekommen waren – einem Ensemble von mächtigen Gebäuden, das während der Nazizeit innerhalb weniger Jahre errichtet worden war. Hier hatte man die Elite für Partei und Staat ausbilden wollen. Im Schwimmbad, das sich unterhalb der Burg befand, war immer noch ein Mosaik zu sehen, das den vollkommenen Arier zeigte: einen blonden, muskelgestählten Germanen.

Ein wortkarger uniformierter Polizist nahm sie in Empfang und wies ihnen den Weg. Sie mussten über eine schmale asphaltierte Straße etwa sechshundert Meter den Berg hinunter in Richtung Talsperre gehen. Henning fluchte vor sich hin. Er trug wie üblich seine abgewetzte Lederjacke, darunter nur ein Hemd. »Es ist so verdammt kalt in der Eifel. Weiß gar nicht, wie man es hier aushalten kann.«

Lena schwieg. Wenn Hennings Laune so im Keller war, ignorierte man ihn am besten. Sie bemerkte, dass der Weg zu einer Brücke führte, die sich über die Talsperre spannte. Zwei Uniformierte standen auf der Brücke, dazu eine Frau mit dunkelroten Haaren und zwei Männer in weißen Papieranzügen. Mona hatte die ganze Kavallerie hergebracht.

Doktor Margot Dreier, die Rechtsmedizinerin, sah sie an, als Henning und sie über die Brücke auf sie zukamen. »Oh, noch zwei Frühaufsteher«, sagte sie lächelnd. »Da sind ja jetzt alle Kölner zusammen.«

Henning tippte sich zum Gruß kurz an die Stirn.

»Der Tote wird gerade geborgen«, sagte Margot Dreier weiter. »So schnell sind sie hier in der Eifel nicht.«

Zwei Männer in Taucheranzügen schoben eine leblose Gestalt ans Ufer, erkannte Lena. Nun war ihr auch kalt, obschon sie zwei Pullover angezogen hatte.

Die beiden Männer von der Spurensicherung, die offenbar ebenfalls aus Köln kamen, hatten sie nur flüchtig begrüßt. Sie besahen sich das Geländer und eine Stelle auf der Brücke, an der eine Blutspur zu sehen war.

»Was genau ist passiert?«, fragte Lena. Ihr Blick glitt wieder zu den Tauchern, die nun etwa zweihundert Meter entfernt ans Ufer gelangt waren.

»Ein Angler hat heute in der Früh den Toten im Wasser ausgemacht«, erklärte die Rechtsmedizinerin. »Könnte sein, dass er sich hier auf der Brücke erschossen hat und dann in den See gestürzt ist.« Margot Dreier verzog das Gesicht. So ganz war sie mit ihrer Erklärung nicht zufrieden. »Aber Fremdverschulden können wir natürlich nicht ausschließen. Daher der ganze Aufmarsch.« Sie nickte Lena zu und wandte sich dann ab, um sich den Toten anzusehen, den die beiden Taucher nun auf einem Stück Sand am Ufer abgelegt hatten.

Henning betrachtete die beiden Kriminaltechniker bei der Arbeit. Sie fotografierten die Blutspur auf der Brücke sowie das Geländer. Dann begann einer der beiden die oberste Verstrebung des Geländers nach Fingerabdrücken zu untersuchen.

»Und deswegen haben sie uns hier rausgeschickt?«, sprach Henning vor sich hin. »Weil sich da jemand eine Kugel in den Kopf schießt und dann ins Wasser fällt?«

Ging das überhaupt?, fragte Lena sich. Man steht auf der Brücke, schießt und fällt dann über das Geländer? Doch möglicherweise hatte der Jemand, den sich die Rechtsmedizinerin nun ansah, auf dem Geländer gesessen, als er den Schuss abgefeuert hatte.

Einer der beiden Kriminaltechniker kam auf sie zu. Einen Pinsel in der Hand. »Viel Sinn hat das hier nicht«, sagte er. »Wir werden hier nichts finden. Die Nacht war kalt und frostig. Wir packen gleich wieder ein.« Er lächelte. Er war groß, ein paar blonde Haare lugten unter der weißen Kapuze hervor. »Sie sind die Tochter vom großen Larcher, nicht wahr?« Er streckte ihr die Hand hin. »Ich heiße Arne – Arne Blumfeld. Bin neu in Köln – frisch eingetroffen, sozusagen.«

Sie reichte ihm mechanisch die Hand. »Ja, packen Sie ein«, sagte sie dann.

Hennig schob sich neben sie, während sie ans andere Ende der Brücke gingen, dorthin, wo Margot Dreier den Toten untersuchte. »Hast du bemerkt, wie er dich angeschaut hat, dieser Schnösel?«, fragte er entrüstet. »Ganz hingerissen, als wärst du eine berühmte Schauspielerin.«

Sie erwiderte nichts, aber ja, diesen besonderen Blick hatte sie auch bemerkt.

Der Tote trug Outdoorkleidung, eine enge schwarze Hose und eine dunkelblaue Jacke. Er war etwa fünfundvierzig Jahre alt, mittelgroß und hatte einen Kinnbart und lange graue Haare. An der rechten Schläfe befand sich ein Einschussloch.

Margot Dreier richtete sich auf. »Ein aufgesetzter Schuss. Sieht doch ganz nach Selbstmord aus. Aber ob wir Schmauchspuren finden, bezweifle ich. Der Tote hat schon ein paar Stunden im Wasser gelegen.«

»Dann müssen wir nur noch die Waffe bergen«, sagte Lena, »und herausfinden, wer er ist.«

»Das ist ganz einfach.« Einer der beiden Taucher hatte die Brille abgestreift. Er deutete auf den Toten. »Er ist in der Eifel bekannt wie ein bunter Hund – sie nennen ihn hier spöttisch van Gogh, weil er auch Vincent heißt und Maler ist. Oben in der Burg hat er ein Atelier.«

5.

Ich schmeckte die Lüge auf den Lippen. Ja, so genau fühlte es sich an, als ich mit meinem alten Fiat hinter Martins schwarzem Audi in der Einfahrt parkte. Unser schmales Reihenhaus war nichts als Tarnung – vor anderen, vor uns selbst. Wir gehörten hier nicht hin – nach Köln-Longerich, in eine öde Vorstadt, Geschwister-Scholl-Straße. Lebten hier nicht nur Menschen, die ein reines Gewissen hatten, die außer Falschparken und ein wenig mit der Steuer Tricksen nichts auf dem Kerbholz hatten? Ich brauchte ein paar Momente, bis ich aussteigen konnte. Einzig die Lampe über der Tür brannte. Wo wollte Martin jetzt noch etwas trinken gehen? Bei Enzo, in der Hauptstraße, unserem Stammitaliener?

Plötzlich stand er in der Tür – ganz aufrecht, mit finsterem Gesicht. Er hatte geahnt, dass ich schon da war. Er konnte so etwas.

Er lächelte mühsam, wischte die Finsternis in seinen Zügen beiseite, winkte mich dann heran.

Er ist ein Fremder. Dieser Gedanke überfiel mich. Was wusste ich von ihm? Ich wusste nicht einmal, warum er damals, vor vier Jahren, als wir uns zum ersten Mal gesehen hatten, im Krankenhaus gewesen war. Ich hatte mir ein paar Rippen und das rechte Bein ziemlich kompliziert gebrochen. Mein letzter Stunt – eine junge Frau, ausgerechnet Polizistin bei der Mordkommission, sollte über einen Zebrastreifen vor ihrem Haus gehen und wurde von dem Mitglied eines Rockerclans mit dem Motorrad angefahren. Es sollte alles möglichst echt aussehen, so hatte es sich der Regisseur gewünscht. Und das tat es auch. Seitdem hinke ich ein wenig und spüre in meinem rechten Bein, wenn das Wetter umschlägt.

Ich stieg aus.

»Cherie«, sagte Martin, »warum sitzt du im Auto?«

Cherie – so nannte er mich manchmal, wenn er etwas wollte oder ein schlechtes Gewissen hatte. Ich sah an seinen Augen, dass er getrunken hatte.

»Ich habe noch eine dringende SMS geschrieben – wegen einer Filmproduktion nächste Woche«, log ich.

Er umarmte mich, zog mich förmlich ins Haus. Was für einen Auftrag hatte er zu erledigen gehabt? Er wirkte erleichtert, geradezu gelöst.

»Ich habe eine Flasche Wein aufgemacht. Wir sollten es uns zu Hause gemütlich machen.« Er lächelte erneut, nun breiter, hoffnungsvoller.

Im Wohnzimmer brannten Kerzen – auf dem Tisch und auf der Fensterbank. Musik spielte – Keith Jarrett, Das Köln-Konzert. Seine Entspannungsmusik – ich konnte sie nicht mehr hören.

»Was ist los?«, fragte ich, und dann fiel mir ein, was die Polizistin gesagt hatte. Wenn Sie eine gute Ehe führen, dann … dann fragen Sie Ihren Mann doch einfach, was es mit der Tasche auf sich hat.

Martin holte ein zweites Glas, schenkte ein und reichte es mir. »Weißt du«, sagte er, »weißt du, dass du das Beste bist, was mir in meinem Leben passiert ist?«

Ich nickte ihm zu und trank den ersten Schluck. Der Wein schmeckte mir nicht.

Lüge, dachte ich wieder, ist das nicht alles eine große Lüge? Und war es nicht endlich Zeit für die Wahrheit?

Martin stellte sein Glas ab, er streichelte meine Wange und wollte mich küssen, doch da sah ich das lange Pflaster in der Innenfläche seiner rechten Hand.

»Was hast du gemacht?«, fragte ich. Ein wenig Panik, zumindest Unruhe lag in meiner Stimme.

Er besah sich seine Hand, runzelte kurz die Stirn, als müsse er sich erinnern. »Ach nichts«, sagte er. »Ich habe mich geschnitten. Nicht weiter wichtig.«

Zehn Minuten später lagen wir im Bett. Martin zog mich aus, er machte das ganz sanft und zärtlich, küsste meinen Bauch, meine Brust, meinen Hals, doch als er in mich eindringen wollte, wurde er nicht hart.

»Verzeih«, flüsterte er, »war vielleicht doch ein wenig zu viel Stress in letzter Zeit.«

Zehn Minuten später war er eingeschlafen. Er weinte nicht in dieser Nacht, und mir fiel unser Streit ein und dass ich eigentlich meine Periode hätte haben müssen.

Ich war eine schlechte Schülerin, nicht nur wegen der ständigen Umzüge, weil ich kaum ein Jahr auf ein und derselben Schule blieb. Meine Mutter schien ständig auf der Flucht zu sein. Wenn sie irgendwo die Miete nicht mehr bezahlen konnte, wechselten wir den Stadtteil: von Ostheim nach Deutz, nach Porz, zurück in die Stadt nach Mülheim. Unsere Möbel passten in einen Kleintransporter. Paul, meinem Bruder, machte diese Umzieherei richtig viel Spaß. Er kam an jeder Schule klar, er war zwei Jahre älter, war viel größer als seine Altersgenossen und hatte mächtige Fäuste, mit denen er alles regeln konnte. Ich war eher die Schweigsame – und mir machte es etwas aus, das Mädchen ohne Vater zu sein. Meine Mutter wusste wohl selbst nicht genau, wer mich gezeugt hatte, und irgendwelche Kerle heranzukarren für einen Vaterschaftstest – so hatte sie sich einmal ausgedrückt –, dazu hatte sie keine Veranlassung gesehen. Gezahlt hätte sowieso keiner. Erst als sie den Pfaffen kennenlernte und wir zu ihm nach Bayenthal zogen, wurde unser Leben ruhiger, aber mir ging der Pfaffe schnell auf die Nerven. Er machte einen auf jung, rauchte Zigarillos, fuhr Motorrad, und wenn er von Gott sprach, tat er so, als wäre das ein Kumpel von ihm, der in der Nähe wohnte, aber gerade nicht zu Hause war.

Und dann wurde meine Mutter von dem Pfaffen schwanger, und damit saßen wir endgültig fest. Ich nannte meine Mutter nur noch Uta. Als der kleine rothaarige Tom auf die Welt kam, tat sie dann so, als wären wir eine richtige Familie. Sie backte Kuchen für das Pfarrfest, leitete einen Singkreis in der Gemeinde, lernte Reiki und nahm sich nur noch selten eine Auszeit in der Nervenklinik.

Warum dachte ich all diese Gedanken, während Martin neben mir lag und sich hin und her wälzte?

Weil erst er meine Rettung gewesen war, der Hafen, in dem ich vor Anker gehen konnte.

Als er gegen sieben Uhr aufstand, um mit seinem Rennrad ins Amt zu fahren, rollte ich mich auf meiner Seite des Bettes zusammen und tat so, als schliefe ich noch. Ich hörte, wie er duschte, roch den Kaffeeduft, der aus der Küche durchs Haus zog. Dann klappte die Tür zu, und er war gegangen.

Auf seiner Seite des Bettes prangte auf dem Kissen ein Blutfleck. Der Schnitt an seiner Hand, fiel mir ein. Ganz eindeutig keine kleine oberflächliche Wunde.

Nur im Bademantel ging ich in die Garage hinunter. Er war hier gewesen, gestern Abend noch. An dem Metallschrank war ein neues Schloss angebracht, und die Pistole, die achtlos bei dem Werkzeug in der Schublade gelegen hatte, war verschwunden.

Nachdem ich den ersten Kaffee getrunken hatte, forschte ich im Netz nach, ob gestern irgendetwas Spektakuläres passiert war. War jemand durch einen Auftragsmörder ums Leben gekommen? Doch ich fand nichts, nichts von Bedeutung, jedenfalls nichts über einen Auftragsmord. Es gab nur einen aktuellen Todesfall: In der Eifel hatte sich ein Maler, der Vincent Schneider hieß, eine Kugel in den Kopf geschossen.

6.

Warum denken wir immer, dass wir ein gelungenes Leben führen müssen? Aber das tun wir nicht – die meisten scheitern in ihren Familien, mit ihren Beziehungen, und für nicht wenige war Selbstmord dann ein Ausweg. Dieser Gedanke ging ihr durch den Kopf, während sie hinter Henning wieder nach Vogelsang hinauflief. Henning zog vor Kälte die Schultern zusammen. Er fluchte stumm vor sich hin. Die Kriminaltechniker waren zurückgeblieben, um die Blutspuren auf der Brücke zu sichern, und die Taucher waren auf der Suche nach der Tatwaffe noch einmal ins Wasser gegangen.

Es sah alles nach Selbstmord aus.

Ein Mann mit einem breitkrempigen Hut, ein Ranger aus dem Nationalpark, nahm sie oben vor der Verwaltung der Ordensburg in Empfang. Einer der Polizisten hatte ihn bereits informiert. Der Ranger hatte rötliche Haare und die hagere Figur eines Marathonläufers.

»Van Gogh ist tot?«, sagte er in einem keuchenden Tonfall. »Hat sich eine Kugel in den Kopf geschossen? Aber warum, großer Gott?« Er erhob die Arme, fast wie ein Priester, dann beugte er sich vor und reichte Lena die rechte Hand. »Ich heiße Born – Rainer Born. Ich leite hier das Team der Ranger. Ich habe van Gogh nach Vogelgesang gelockt. Wir waren ganz stolz, dass ein Maler hier sein Atelier eingerichtet hat. Drüben in der alten Kaserne.«

»Hören Sie«, sagte Henning recht unfreundlich. Er hatte seine Hände tief in den Taschen seiner Jacke vergraben. »Wir würden uns gerne das Atelier ansehen – ob es einen Abschiedsbrief oder so etwas gibt … und dann müssen wir zurück nach Köln. Ist eigentlich gar nicht unser Fall. Wir haben noch andere Dinge zu erledigen.«

Born nickte.

»Hatte dieser Maler einen Grund, sich umzubringen?«, fragte Lena. »Hatte er Angehörige?«

Born schaute sie an, während er mit der Hand den Weg hinauf deutete. »Van Gogh … ich meine Vincent … Er war hier eine Berühmtheit. Er hat seine Eifel-Bilder gemalt, aber die haben wohl nicht viel eingebracht. Gelebt hat er davon, dass er Bilder kopiert.«

Sie gingen auf ein mächtiges, aus groben Bruchsteinen errichtetes Gebäude zu. Eine alte Kaserne der belgischen Armee, wie Lena wusste.

»Was für Bilder hat er kopiert?«, fragte sie. Missmutig stapfte Henning neben ihr her. Der Wind war hier oben weit heftiger als unten am Wasser. Henning schnaufte. Ihn schien die Geschichte des Malers wenig zu interessieren.

»Er hat für ein Auktionshaus gearbeitet. Wenn da Leute ihre Originale verkauft haben, hat er als Erinnerung für die Verkäufer im Auftrag des Auktionshauses eine Kopie gemalt. Ich weiß das, weil ich ihn einmal danach gefragt habe. Da hat er ein Bild von Max Pechstein kopiert. ›Sitzendes Mädchen‹ – ja, so hieß das Bild. Ich glaube, das Original hat über eine Million gekostet. Vincent hat es nachgemalt. Die Farben waren vielleicht nicht ganz so strahlend, aber er war ein richtiger Künstler.«

Sie schritten unter einem Torbogen auf ein weiteres mächtiges Gebäude zu, in dem wie in einer riesigen Garagenanlage viele große Tore eingelassen waren. Wahrscheinlich war hier der Fuhrpark der belgischen Armee untergebracht gewesen, die zuletzt, allerdings bereits vor etlichen Jahren, das gesamte Anwesen genutzt hatte.

Der Ranger steuerte auf das erste Tor zu. Er holte einen Schlüssel heraus und öffnete es.

Ein Geruch von Farbe breitete sich aus. Der Raum hinter dem Tor war weitaus größer, als Lena erwartet hatte, und er war eigentlich viel zu dunkel, um als Atelier genutzt werden zu können. Sie sah in der Dunkelheit einen breiten langen Tisch, auf dem, ausgebreitet, Leinwände zu erahnen waren, dahinter befand sich ein Regal voller Dosen und Farbtuben.

»Hier hat er gearbeitet?«, fragte sie.

Der Ranger nickte. Dann griff er zu einem Schalter an der Wand, und mehrere nackte Neonröhren flammten unter der Decke auf. Hinten, mitten im Raum, gab es so etwas wie eine bewohnte Insel: ein roter Teppich, darauf zwei Stühle, ein Heizkörper mit Rollen und eine Staffelei. Zwei Meter hinter der Staffelei lag eine Matratze mit zwei grauen Decken auf dem Betonboden.

Lena trat näher. Auf dem Stuhl stand eine offene Rotweinflasche, und daneben, als hätte der Maler sich eben erst von seiner Arbeit erhoben, lagen ein halbes Baguette und ein grobes Stück Käse. Unter dem Stuhl eine Blechdose, in der in einer gelblichen Flüssigkeit mehrere filterlose Zigarettenkippen schwammen.

Auf der Staffelei befand sich ein angefangenes Bild. Wie aus einer weißen Wolke schälte sich eine nackte rothaarige Frau mit dicken bloßen Brüsten.

»Wer ist das?«, fragte Lena.

Born lächelte matt. »Das ist Sina, seine Muse. Er lebt unten in der Erkensruhr mit ihr zusammen. Sie wird noch gar nicht wissen, dass Vincent tot ist.«

»Kein Abschiedsbrief«, sagte Henning vor sich hin, während sie auf einer breiten schnurgeraden Straße die Burg Vogelsang hinter sich ließen. Es war Mittagszeit, doch der Himmel hatte immer noch nicht aufgeklart. Ein trüber, kalter Februartag in der Eifel. »Warum können wir nicht einfach mal Glück haben? Ein simpler Selbstmord mit Brief und Siegel, sozusagen.«

Lena schloss die Augen. Nun spürte sie, dass sie zu wenig

geschlafen hatte, und die Arme und Beine taten ihr vom Klettern weh.

Als ihr Mobiltelefon klingelte, ahnte sie, dass es ihr Vater war, der sie vermutlich voller Zorn anrief.

»Was hast du gestern gemacht?«, fragte er mit seiner rauen, barschen Stimme, die sie ihre Kindheit und Jugend lang begleitet hatte.

»Nichts«, sagte sie. »Ich habe nichts gemacht – ein paar Dinge geordnet.«

»Warum hast du mich nicht angerufen?« Sein Tonfall wurde ein wenig sanfter. Seit er wegen des Glaukoms zu erblinden drohte, war er versöhnlicher geworden, manchmal geradezu verständnisvoll, Eigenschaften, die er bei ihrer Mutter nie an den Tag gelegt hatte.

»Ich hatte gestern eine gute Zeit, wirklich«, sagte sie bestimmt.

Henning warf ihr einen fragenden Seitenblick zu. Vermutlich hatte er vergessen, dass gestern der Jahrestag ihres Unfalls gewesen war.

Ihr Vater schnaufte. »Ich habe heute meinen Jaguar verkauft«, sagte er. »Stell dir vor – aber du wolltest ja, dass dein alter blinder Vater nicht mehr Auto fährt.«

»Ja«, sagte sie, »das wollte ich. Ich bin gerade unterwegs, ein ungeklärter Todesfall. Ich melde mich später wieder.« Mit einem kurzen Gruß unterbrach sie die Verbindung.

Henning war von der kurvenreichen Hauptstraße abgebogen. Der Passat rollte über eine unebene, schlecht geflickte Teerstraße in ein Waldstück hinein. »Wie kann man hier leben?«, fragte er. »Mitten im Wald?«

Das Navigationsgerät kündigte an, dass sie in zweihundert Metern ihr Ziel erreicht hatten. Wenig später bremste Henning vor einem Holzhaus mit einem grauen Schieferdach. Nirgendwo brannte ein Licht. In der ersten Etage waren an den drei Fenstern hässlich graue Plastikjalousien heruntergelassen.

»Na, ist ja eine echte Villa, in der dieser van Gogh mit seiner Muse gewohnt hat«, sagte Henning spöttisch, während er den Motor abschaltete. »Was war gestern?«, fragte er ernst. »War gestern der Tag?« Er betonte das letzte Wort.

Lena nickte, ohne etwas zu entgegnen. Sie stieg aus und steuerte auf eine grüne Holztür mit einem winzigen Fenster zu.

Henning folgte ihr. Er berührte sie am Arm, ganz vorsichtig, als fordere er eine Antwort, doch Lena hatte schon die Hand erhoben und pochte gegen die Tür. Nichts tat sich. Durch ein Fenster neben dem Eingang konnte man in eine Küche blicken – ein weißer Resopaltisch und zwei Holzstühle. Drei grüne Flaschen standen auf dem Tisch, daneben eine aufgerissene Stange Zigaretten.

Lena klopfte wieder. Dann sprang ein Licht an – zumindest fiel ein Lichtschein durch das Fenster.

Eine Frau öffnete. Zuerst erblickte Lena nur einen Wust von hellroten Haaren, dann ein blaues verkniffenes Augenpaar, das sie anstarrte. »Ja?«, hauchte eine Frauenstimme. »Was wollen Sie?«

Die Frau wischte sich über das Gesicht, strich den Haarwust von links nach rechts. Sie war jung, keine dreißig, eine echte Schönheit mit Sommersprossen – eine Pippi Langstrumpf, die sich ins 21. Jahrhundert gerettet hatte.

»Sie sind Sina?«, fragte Lena. »Die … Freundin von Herrn Schneider?«

Die Frau verharrte. Ihre blauen Augen schienen Lenas Gesicht zu erforschen, scannten sie ab. Dann formte ihr Mund ein rundes fragendes »Oh« – und es folgte ein hastiges »Bitte was?«.

Henning schob sich vor. »Wir haben Ihnen eine traurige Mitteilung zu machen. Ihr Freund hat sich heute Morgen unterhalb von Vogelsang auf einer Brücke erschossen.«

Die Rothaarige machte ein Gesicht, als wollte sie ausspucken, als hätte sie etwas schlucken müssen, das ihr Ekel verursachte. »Was soll der Scheißkerl gemacht haben?«, stieß sie hervor.

»Herr Schneider ist tot«, sagte Lena. »Es spricht einiges für einen Freitod, aber …«

Die Frau stieß eine Faust vor, schlug Lena gegen die Brust. »Was? Das kann nicht sein! Wir haben uns gestritten, aber wir wollten nächste Woche wegfliegen – Südsee, wie Gaugin damals, am Strand malen und vögeln.«

Sina schwankte zwischen Trauer und Wut. Sie weinte und fluchte, und dann, nachdem sie es endlich geschafft hatte, einen Kaffee zu kochen, sank sie ermattet auf einem Stuhl zusammen. Mit geröteten tränenfeuchten Augen starrte sie Lena an. Nun drang etwas anderes zu ihr – nachdem die ersten Gefühle abgeebbt waren. Ernste Zweifel.

»Aber warum?«, fragte sie leise. »Warum hat er sich in den Kopf geschossen?«

»Wir hatten gehofft, Sie könnten es uns sagen.« Henning gab sich nicht die geringste Mühe, einen Hauch von Empathie an den Tag zu legen. Ihm war anzusehen, dass er schon diese Befragung für Zeitverschwendung hielt.

»Die Todesursache ist noch nicht restlos geklärt.« Lena versuchte, aufmunternd zu klingen. »Gab es irgendetwas, das Ihren Freund deprimiert haben könnte? Oder andere besondere Vorkommnisse?«

»Wir haben uns gestern Abend richtig gestritten. Deswegen hat er in seinem Atelier übernachtet. Aber so sind wir eben – impulsiv und ganz offen.« Sina verzog den Mund, als bereitete ihr die Erinnerung Schmerzen. »Es ging um Kinder, um das eintönige Leben in der Eifel. Das Übliche. Ich habe eine Radiosendung bei einem kleinen Privatsender, aber ich will mehr – zum WDR, zu Radio Köln zumindest, doch Vincent … Er stammt von hier. Diese Gegend ist seine Heimat.«

»Haben Sie gedroht, ihn zu verlassen?«, fragte Lena.

Sina schaute sie durchdringend an. Ihre blauen Augen

funkelten auf, dann brach sie den Augenkontakt ab. »Ja, kann sein, dass ich so etwas gesagt habe, aber deshalb würde Vincent sich doch nicht umbringen – niemals!«

»Ihr Freund trug Outdoorkleidung. Können Sie sich vorstellen, warum?«

»Er ist manchmal durch die Gegend gelaufen, einfach so. Abstressen hat er das genannt«, antwortete Sina.

»Hatte er eine Waffe?«, fragte Henning.

Sina nickte. »Ich glaube ja. Hier oben im Küchenschrank.« Sie erhob sich und ging zu einem alten Schrank aus Kiefernholz. Im obersten Fach stand eine silberne Metallkiste.

Henning stöhnte. »In diesem Ding da bewahren Sie eine Waffe auf?«

Sina beachtete ihn nicht. Sie stellte die Kiste auf den Tisch und hob den Deckel ab.

Ein Schloss war an dem Metallkasten nicht angebracht, erkannte Lena. Sie beobachtete Sina, die, nachdem sie die Kiste geöffnet hatte, einen Moment verharrte und dann scharf die Luft einsog. Im nächsten Moment griff sie hinein und warf ein Bündel Geldscheine auf den Tisch.

»Wie kann das sein?«, sagte sie und schaute Lena staunend an. »Eine ganze Kiste voller Geld. Dabei hat Vincent mir gesagt, er hätte seine letzten Ersparnisse für unseren Flug nach Tahiti ausgegeben.«

7.

Meine Suche tarnte ich vor mir selbst als Hausputz Anfang Februar. Besser zu früh als gar nicht, würde ich Martin sagen, für den Fall, dass er sich wundern sollte. Größere Putzaktionen war er von mir nicht gewöhnt. Er war der Ordentliche von uns. Ihn störte es schon, wenn eine Gabel in einem falschen Fach lag oder alte Zeitungen nicht sofort im Papiercontainer verschwanden. Die Polizistin würde jedoch nichts weiter unternehmen, falls ich ihr nicht noch mehr an die Hand geben könnte. Die Fotos hatten sie nicht überzeugt – da war ich mir plötzlich sicher. »In Deutschland gibt es keine Auftragsmörder«, hatte sie gesagt. Ja, und dann verdächtigte ich noch den eigenen Ehemann, der beim Verfassungsschutz arbeitete. Aber was war mit der NSU gewesen – mit dieser Bande von Neonazis? Da hatten doch auch Verfassungsschützer eine merkwürdige Rolle gespielt. Hatte es nicht sogar eine These gegeben, dass die beiden Neonazis in ihrem Wohnwagen ermordet worden waren – vielleicht von Agenten des Staates?

Ich begann im Wohnzimmer mit meiner Suche, ging zwei Schubladen einer alten Kommode durch, die ich einmal mit meinem Bruder, lange bevor ich mit Martin in dieses Haus gezogen war, vom Sperrmüll geholt hatte. Wie wenige Dinge wir besaßen! Da waren ordentlich abgeheftete Rechnungen, Versicherungsbelege, aber nichts Persönliches. In der anderen Schublade lagen eine Schere, Klebeband, Packpapier und jede Menge Kugelschreiber und leere Schreibblöcke. Hier würde ich nicht weiterkommen, begriff ich schnell.

Mein Schreibtisch stand in einer Ecke unseres Schlafzimmers, doch Martin hatte sich eine Kammer unter dem Dach eingerichtet. Er nannte es sein Arbeitszimmer, obschon er sich selten dort aufhielt. Die meiste Zeit verbrachte er in der Garage bei seinen Engeln aus Eisen.

Ich ging die schmale Treppe zur Dachkammer hinauf. Sie war abgeschlossen. Ich war erstaunt. Hatte ich schon einmal mitbekommen, dass Martin diesen Raum abschloss? Nein, aber bisher hatte es mich auch nicht gekümmert. Ich besah mir das Schloss. Kein normales Schloss – da würde ich mit einem Dietrich nicht weiterkommen. Und wo bewahrten wir unsere Schlüssel auf? In der Diele hatten wir einen Schlüsselkasten, doch da fand ich nichts, lediglich die Schlüssel für unsere beiden Autos, für die Haustür und die Garage.

Mein Argwohn stieg weiter. Wie könnte ich in die Dachkammer gelangen? Die Tür aufbrechen und einen Einbruch vortäuschen? Nein, so weit wollte ich nicht gehen. Ich müsste in den nächsten Tagen an Martins Schlüsselbund gelangen und den Schlüssel heimlich abstreifen.

Im Wohnzimmer wurde ich auch nirgends fündig. Martin hatte seine alten Schallplatten ordentlich aufgereiht, die CDs und DVDs befanden sich in zwei Schubladen.

Martin liebte Musik – die alten Platten von Bands aus den sechziger und siebziger Jahren, obwohl er dafür eigentlich zu jung war, aber im Kinderheim, nach dem Tod seiner Mutter, war die Musik sein Rückzugsort gewesen. Ein Sozialarbeiter, dessen Namen ich leider vergessen hatte, hatte ihm alte Platten von Bands der Sechziger geschenkt, die er wie Schätze aufbewahrte.

In einem Fotoalbum befanden sich nur Aufnahmen von seiner jungen Mutter und ihm als Säugling. Kein Hinweis auf Großeltern oder andere Verwandten, als wäre er mit seiner Mutter Karin ganz allein auf der Welt gewesen.

Ich hatte mich viel zu wenig um Martins Vergangenheit gekümmert, begriff ich. Nur weil ich nie über meine Mutter und mich sprechen wollte, hatte ich auch keine Fragen nach seiner Familie gestellt.

Es war bereits nach zehn Uhr, ich hatte lediglich zwei Kaffee getrunken, als ich mich unserem Schlafzimmer in der ersten Etage näherte. Was glaubte ich hier zu finden? In seinem Nachttisch entdeckte ich tatsächlich eine Bibel, die gelesen aussah, ein Buch über Reinhard Gehlen, den Chef des ersten bundesdeutschen Geheimdienstes, sowie einen Reiseführer über Thailand. Wieso Thailand? Unseren letzten Urlaub hatten wir auf Texel verbracht. Eine Woche im August. Mehr hatte Martin sich nicht gönnen wollen. Mir war es recht gewesen. Ich hatte meinen Catering-Wagen auf Hochglanz polieren müssen.

Ohne die Hoffnung, etwas von Bedeutung zu finden, durchsuchte ich seine Jacketts und Hosentaschen. Martin war wirklich ein Pedant. Da war nichts – kein vergessenes Papiertaschentuch, keine einzelne Münze, nicht einmal ein alter Parkschein. Bis ich zu einer leichten, weißen Leinenhose kam, die ich noch nie an ihm gesehen hatte. Ein zerknittertes Stück Papier. Eine Bordkarte von Turkish Airlines – nach Bangkok. Am 2.12. letzten Jahres –, ausgestellt auf Mister Martin Zeiner, Seat 22 D.

Ich spürte, wie es mir einen Stich versetzte. War das eine berufliche Reise gewesen? Wohl kaum. Für manche Reise benutzte er auch einen anderen Namen. Einmal hatte er eine Visitenkarte mit seiner Telefonnummer liegen lassen – mit dem Namen Rainer Haupt.

Das Stück Papier zitterte in meiner Hand. Er war ein Betrüger. Kein Verfassungsmann reiste beruflich nach Thailand. Hatte er eine Geliebte? Steckte eine ganz alltägliche Affäre dahinter?

Ich nahm die Bordkarte an mich und ging an meinen Schreibtisch, um meinen Kalender zu checken. Der zweite Dezember war ein Freitag gewesen. Ich hatte einen Nachdreh zum letzten Köln-›Tatort‹ gehabt, drei Tage Catering bei schlechtem Wetter und einem missgelaunten Team am Rheinauhafen, und Martin hatte behauptet, in Berlin zu einer Besprechung beim Bundesnachrichtendienst gewesen zu sein. Fünf Tage lang bis zum siebten Dezember. Er hatte mich angelogen. Aber warum?

Als es an der Tür klingelte, war es, als liefe eine Erschütterung durch das ganze Haus. Ich fühlte mich ertappt, ein Gefühl, das ich auch als Kind oft gehabt hatte, wenn ich Sachen meiner Mutter durchsucht oder ihren Lippenstift benutzt hatte.

Das Klingeln hörte nicht auf – eine lange laute Klangwelle rollte durch das Haus. Uta, dachte ich, diese Nervensäge. Manchmal stand meine labile Mutter plötzlich vor der Tür, weil sie zu sterben glaubte – Herzrasen oder sie hatte irgendwas ertastet, das sie für einen bösartigen Knoten hielt, also Brustkrebs, ein Todesurteil.

Dann, als ich immer noch nicht reagierte, pochte jemand gegen die Tür. Eine dumpfe Stimme, die eindeutig nicht einer Frau gehörte.

Polizei, war mein nächster Gedanke. Jemand hat mir die Polizei auf den Hals gehetzt.

Durch das winzige Fenster in unserer Haustür sah ich einen Mann, nein, eigentlich nur einen halben Mann. Er trug einen Trenchcoat und war unfassbar dünn, eine ausgemergelte Gestalt mit hohen Wangenknochen und kurz geschorenen Haaren. Buddhistische Mönche rasierten sich ihren Kopf. Aber was hatte ein Mönch vor meiner Tür verloren? Als der Mann sich erneut zu dem Klingelknopf vorbeugte, als wüsste er genau, dass ich zu Hause war, öffnete ich die Tür. Der Mann sah mich mit hellen blauen Augen an und lächelte, und in diesem Lächeln veränderte er sich und wurde zu meinem Bruder.

»Paul«, flüsterte ich.

Er senkte den Kopf ein wenig. Ein Nicken, begriff ich.

Fast sechs Jahre waren mit einem Schlag vorüber. Vor sechs langen Jahren war Paul wegen Drogenhandels in einem thailändischen Gefängnis wie in einem tiefen schwarzen Loch verschwunden.

Mein Bruder machte eine ungelenke Handbewegung, wohl eine Art Umarmung. »Schwesterherz«, sagte er, und als er lachte, entblößte er gelbliche, schlecht gepflegte Zähne. »Ich bin wieder da. Endlich!«

8.

Knapp fünfzigtausend Euro, ordentlich gebündelt, befanden sich in der Kiste, aber keine Waffe. Für Henning ein weiterer Beweis, dass der Maler sich umgebracht hatte.

»Klarer Fall! Er hat seiner Freundin damit eine schöne Summe vermacht. Kann sie also nach Köln gehen und sich eine Wohnung suchen«, sagte er, während sie ins Präsidium zurückfuhren.

Sina, die Muse, hatte in ihrer Gegenwart völlig aufgelöst einen Joint geraucht und sich dann in ein Hinterzimmer verzogen, um zu telefonieren.

»Die Taucher müssen die Waffe finden.« Lena hatte ihre Zweifel an der Selbstmord-These. Aber so war sie – stets argwöhnisch und voller Fragen. Seit Martins und Simons Tod war es noch schlimmer geworden. Sie misstraute dem Schein der Realität, alles konnte im nächsten Moment anders sein. Was in einer Sekunde sicher war, wurde in der nächsten über den Haufen geworfen.

So war es mit ihrem Leben gewesen – von einem Moment auf den anderen zerstört.

Sie dachte an Dorit, die Frau, die ihren Mann für einen Auftragsmörder hielt. Musste da nicht etwas dran sein, wenn jemandem, der nicht paranoid war, solche Gedanken kamen? Sie hatte die kopierten Fotografien der Toten in der Tasche. Sollte sie Mona beauftragen, ein wenig zu recherchieren?

David Bauer, der Staatsanwalt, stand vor ihrer Tür, als sie ins Präsidium zurückgekehrt war. Müde schaute er sie an. Das Haar wie üblich zu lang, außerdem war er unrasiert. Er wusste um den Zustand ihres Vaters und benutzte ihn häufiger als Vorwand, um sie aufzusuchen.

»Ihr seid angefordert worden?«, fragte er. »Aus Aachen? Kurzer Dienstweg?«

Lena nickte. »Wahrscheinlich eine Selbsttötung – glaubt Henning zumindest.« An David Bauer vorbei ging sie in ihr Büro. Er folgte ihr und schloss die Tür.

»Mir geht es nicht gut«, sagte er. »Der Winter war zu lang. Meine Blutwerte sind schlecht.«

Du trinkst zu viel, wollte sie ihm sagen, lass die Flasche Rotwein jeden Abend einfach beiseite. Doch dann kam ihr eine solche Bemerkung viel zu direkt und intim vor.

»Ich muss Urlaub machen, und da dachte ich …« Er suchte ihren Blick. Plötzlich kam er ihr alt vor – innerlich ergraut, dabei war er dreiundvierzig, ein gutes Jahr älter als sie. Der schönste Schüler auf ihrem Gymnasium, der Junge, den alle Mädchen haben wollten – und sie hatte ihn gehabt. Aber das war so lange her.

»Ich habe eine Wohnung auf Mallorca gemietet – oberhalb von Cala Ratjada. Und ich dachte, auch dir würde Urlaub guttun. Wir könnten Golf spielen, schwimmen gehen.«

»Nein«, sagte sie mit fester Stimme. »Ich glaube nicht, dass das eine gute Idee ist.«

Jemand klopfte an ihre Tür, die im nächsten Moment stürmisch aufgerissen wurde.

Ein Mann in Jeans und einem schwarzen Hemd stand da. Er hatte längere blonde Haare. Er lächelte und zögerte nur kurz, als er David Bauer erblickte.

»Oh, der Herr Staatsanwalt«, sagte er, aber nicht sonderlich beeindruckt. Auf die Idee, dass er stören könnte, kam er jedenfalls nicht. »Wir haben schnell gearbeitet«, sagte er und reichte Lena einen Computerausdruck. »Also auf der Brücke – da waren zwei unterschiedliche Blutspuren. Eine hat dem Toten gehört, aber da war noch eine andere – Blutgruppe AB. Ist relativ selten.«

Nun erst begriff Lena, dass es einer der Kriminaltechniker von der Brücke an der Talsperre war. Arne Blumfeld – ja, so lautete sein Name.

»Danke«, sagte sie und nickte ihm zu.

Er lächelte. Ihm war anzusehen, dass er noch etwas sagen wollte. Gehen wir mal einen Kaffee trinken – etwas in der Art. Nun hielt ihn David Bauers Gegenwart davon ab.

»Müssen wir uns also doch Gedanken machen, ob eine Selbsttötung vorliegt«, sagte sie und nickte wieder.

»Wenn ich mehr weiß, sage ich Bescheid.« Er tippte sich zum Abschied an die Stirn und verschwand mit einem dunklen Blick auf den Staatsanwalt.

»Wer war der Kerl?«, fragte David Bauer sichtlich ungehalten. »Ich habe ihn hier noch nie gesehen.«

»Er ist wohl neu in der Kriminaltechnik«, erwiderte Lena wie beiläufig. »Ist erst kürzlich nach Köln gezogen.« Zwei verschiedene Blutspuren auf der Brücke – dann war der Maler vielleicht nicht allein gewesen. Sie musste in der Rechtsmedizin nachfragen, ob der Leichnam andere Verletzungen aufwies, die auf einen Kampf hindeuteten. Aber möglicherweise war die eine Blutspur auch älter und stammte von einem ganz anderen Vorfall.

»Du kannst es dir noch überlegen«, sagte David Bauer. »Mit dem Urlaub … Ich würde mich jedenfalls freuen …« Er hob kraftlos die Hände. Er hatte nicht gefragt, wie sie Roberts Todestag verbracht hatte, obwohl die beiden enge Freunde gewesen waren.

David Bauer verschwand wortlos.

Ich habe genug von ihm, dachte sie und war überrascht von der Härte dieses Gedankens. Er schlich um sie herum, kontrollierte sie auch – und das alles, weil er seine Frau, eine verhärmte Richterin, verlassen hatte und glaubte, nun könne er mit ihr eine alte Liebe neu beleben.

Henning tauchte nicht mehr auf. Er war geradewegs in die Cafeteria gegangen, schon das Telefon am Ohr, weil er sich einen neuen Wagen kaufen wollte. Sein letzter, ein Renault, hatte bereits nach acht Wochen den Geist aufgegeben.

Dorit Zeiner, fand sie bei INPOL, hieß mit Geburtsnamen Goretzka. Sie war achtunddreißig, geboren in Köln und war wegen mehrfachen Drogenvergehens zu einer Bewährungsstrafe verurteilt worden. Außerdem hatte sie bei einem Prozess gegen ihren Bruder vor Gericht gestanden. Man hatte ihr aber nicht nachweisen können, dass sie als Drogenkurier für ihn gearbeitet hatte. Obendrein hatten zwei Anzeigen wegen Körperverletzungen gegen sie vorgelegen, die aber nicht vor Gericht gekommen waren.

Offensichtlich eine Frau, die sich zu wehren wusste.

Über ihren Mann Martin Zeiner fand sich nichts, nicht einmal einen Sperrvermerk, aber das war bei Angehörigen des Verfassungsschutzes nicht ungewöhnlich.

Ich sollte das Ganze vergessen, sagte Lena sich. Eine Frau, die offenbar Drogen nahm, beschuldigte ihren Ehemann, einen Mitarbeiter des Verfassungsschutzes, der gewiss mindestens einmal im Jahr auf seine Diensteignung überprüft wurde.

Als die Nummer ihres Vaters auf dem Display ihres Smartphones aufleuchtete, wusste sie gleich, dass etwas passiert sein musste.

»Bin schwer gestürzt«, flüsterte er. »Ich glaube, ich habe mir den Arm gebrochen.«

Ihr Vater saß in seinem Lieblingssessel im Wohnzimmer. Er trug noch seinen Bademantel, obschon es bereits vierzehn Uhr war. Auf seiner Stirn klaffte eine blutige Wunde, die er sich mit einem nassen Waschlappen zuhielt. Sein rechter Arm war oberhalb des Handgelenks blutunterlaufen, doch gebrochen war er vermutlich nicht. Er war erst achtundsechzig Jahre alt, mit seinen grauen Haaren und seiner stattlichen Statur eigentlich kein Greis, aber die letzten Monate, nachdem er die Diagnose Glaukom erhalten hatte, hatten ihm zugesetzt.

Lena verarztete seine Kopfwunde und rieb ihm seinen Arm mit einer schmerzstillenden Salbe ein. Er ließ alles wortlos, mit starrer Miene über sich ergehen.

Eine seltsame Wehmut überkam sie – nach einer längst vergangenen Zeit, als ihre Mutter noch gelebt und sie ein Schulmädchen gewesen war. Damals hatte sie ihren Vater bewundert, er war der unerschrockene, allseits geachtete Kriminalkommissar gewesen, über den sogar dann und wann etwas in der Zeitung gestanden hatte.

»Soll ich Rita für immer wegschicken?«, fragte er, nachdem die Kopfwunde versorgt war. »Kann ich ihr zumuten, sich um einen alten blinden Mann zu kümmern?«

Rita war seine Freundin, die ein paar Häuser weiter in der Nachbarschaft wohnte. Er hatte sie ihr immer noch nicht vorgestellt. Nur zufällig war Lena ihr einmal begegnet – einer sehr gepflegten Frau mit schulterlangen graublonden Haaren, die etwa Mitte sechzig sein musste.

»Du bist kein alter kranker Mann«, sagte sie. Der Anblick seiner nackten fahlen Beine ekelte sie. Sollte es so weitergehen, dass sie die Pflegerin ihres Vaters wurde, während er versuchte, seine Freundin zu schonen? Sie spürte selbst, wie ungerecht ihre Gedanken waren.

Ihr Vater schnaubte unwillig, und sie verzog sich in die Küche, um einen Kaffee zu kochen. Henning und David hatten auf ihrem Smartphone angerufen, erkannte sie. David hatte zudem eine SMS geschickt – mit drei Fotos von Cala Ratjada und einem Smiley.

Als sie mit zwei Kaffeebechern ins Wohnzimmer zurückkehrte, saß ihr Vater mit einer Leselupe da, über ein Blatt Papier gebeugt. Er sah auf, mit wachem, forschendem Blick. »Woher hast du das?«, fragte er.

Sie zögerte einen Moment, bis sie begriff, dass er die Kopie einer Fotografie in der Hand hielt, die Dorit Zeiner ihr gegeben hatte. Offenbar war sie ihr aus der Tasche gefallen.

»Jemand hat sie mir anonym zugeschickt«, log sie.

»Anonym – nur dieses eine Blatt?« Misstrauisch zog ihr Vater die Augenbrauen in die Höhe und seufzte zugleich, weil ihm diese Bewegung Schmerzen verursachte.

Sie nickte. »Ich wollte es eigentlich wegwerfen, aber dann dachte ich ... ich könnte dich fragen, was ich damit machen soll.«

Ihr Vater funkelte sie argwöhnisch an. Dann senkte er den Blick wieder und blickte durch die Lupe. »Anonyme Dinge sind immer unappetitlich«, sagte er. »Aber in diesem Fall ...« Er hob den Blick wieder. »Ich habe den Toten damals auch gesehen. Sein Auto stand im Königsforst, auf einem Waldweg, recht abgelegen. Ist vielleicht acht Jahre her. Er hieß Christoph Ehrlich ... Obwohl, Ehrlichkeit gehörte wohl nicht zu seinen Grundtugenden. Er war freier Journalist, arbeitete für den Deutschlandfunk und irgendwelche Zeitschriften. Für die ersten Beamten, die am Tatort waren, war klar, dass er sich in den Kopf geschossen hatte. Der Motor seines Autos lief noch, aber ...« Ihr Vater nippte an seinem Kaffee und schaute sie über den Rand der Tasse an. Er genoss, dass er nun ihre ganze Aufmerksamkeit geweckt und sich wieder in den legendären Hauptkommissar verwandelt hatte.

»Aber?«, fragte sie ungeduldig.

»Sie hatten den Tatort ganz schön vermasselt. Es hatte geregnet, und sie waren mit ihrem Streifenwagen direkt vor den BMW des Toten gefahren. Überall waren ihre Fußspuren. Den Toten hatten sie auch angefasst.«

»Du hattest aber deine Zweifel?«, fragte Lena.

Ihr Vater trank wieder. Ein wenig Farbe war in sein Gesicht zurückgekehrt. »Nun, wenn ein Journalist sich umbringt, ist immer Vorsicht geboten. Andererseits ... dieser Ehrlich hatte wohl an ein paar Interviews ein wenig herumgeschraubt, er hatte Dinge erfunden, deshalb hatte er Probleme, Aufträge zu bekommen. Außerdem hatte er Stress vor Gericht. Er stritt um das Sorgerecht für seinen Sohn und hatte im Internet eine Kampagne für alleinerziehende Männer gestartet. Das hatte ihm bei seinen Auftraggebern auch nicht sonderlich viele Pluspunkte beschert.« Er betrachtete das Foto wieder. »Wer hat die Aufnahme gemacht? Hast du eine Ahnung, warum man sie dir geschickt haben könnte?«

Lena setzte sich auf den Sessel neben ihn und nahm ihm die Kopie aus der Hand. »Ich weiß nicht«, sagte sie. »Aber irgendwie sieht dieses Foto doch aus, als hätte der Mann eben noch geatmet, als wäre er allenfalls ein paar Minuten tot. Findest du nicht?«

»Schwer zu sagen, aber am besten fragst du Weiler. Er war damals auch vor Ort. Möglicherweise hat er Fotos gemacht, die du abgleichen kannst.«

Der Tote verfolgte sie. Ein blasser blonder Mann, der nun einen Namen hatte. Während sie im Taxi saß, gab sie seinen Namen bei Google ein, aber viel fand sich da nicht. Christoph Ehrlich war am letzten Mittwochabend im September vor acht Jahren im Königsforst tot aufgefunden worden. Seine Frau war eine Journalistin, die sich zwei Jahre zuvor von ihm getrennt hatte. Er hatte über Kunst, Theater und Bücher geschrieben und gelegentlich ein Feature für den Deutschlandfunk gemacht. Bei einem Interview hatte er so getan, als habe er die Autorin in einem Café getroffen, dabei hatten sie nur E-Mails ausgetauscht. Seltsamerweise gab es noch eine Männergruppe, die sich nach ihm benannt hatte. Der Christoph-Ehrlich-Kreis – Männer, die vor Gericht um ihr Sorgerecht für ihre Kinder stritten. Das Motiv für den Selbstmord war auch offenbar sein Sorgerechtsstreit gewesen.

Die Fotos der beiden anderen Toten hatte sie ihrem Vater nicht gezeigt.

Warum nicht? Ihr Vater mochte halb blind sein, aber sein Drang, sie zu lenken und zu kontrollieren, war immer noch schier übermächtig.

Jürgen Weiler, der Chef der Kriminaltechnik, wohnte in einem Reihenhaus in Ossendorf. Eine kleine, langweilige Straße. Es war kurz nach neunzehn Uhr. Keine Zeit, zu der man für gewöhnlich ungelegen kam, wenn man unangemeldet vor der Tür stand, doch sie hatte plötzlich keine Ahnung, wie Weiler reagieren würde. Er war der beste Freund ihres Vaters, ein Mann, den sie seit ihrer Kindheit kannte, aber sie wusste nicht einmal, ob er verheiratet war und Kinder hatte. Nein, musste sie sich korrigieren, ihr Vater hatte keine Freunde – Weiler war der beliebteste Kollege von Hauptkommissar Larcher gewesen, als der noch in Amt und Würden gewesen war.

Sie klingelte und wappnete sich, gleich einer völlig fremden Frau gegenüberzustehen, doch nach wenigen Momenten stand Jürgen Weiler in der Tür – ein stattlicher Zwei-Meter-Mann. Er hielt einen Kaffeebecher in der Hand und runzelte die Stirn.

»Lena, ist etwas mit deinem Vater?«, fragte er.

Sie schüttelte den Kopf, überrascht, wie besorgt Weiler klang. So viel Sorge um ihren Vater hatte sie selbst noch nicht an den Tag gelegt. »Es ist alles in Ordnung. Ich komme aus einem anderen Grund.«

Weiler zog sie förmlich in sein Haus hinein. Der Flur war völlig überhitzt, auch die kleine gemütlich Küche, in die er sie lotste. Ein altmodischer Herd stand da, dazu zwei bemalte Bauernschränke, ein Holztisch mit vier grün lackierten Stühlen.

»Es ist schön, dass du mich besuchst«, sagte Weiler, als wären sie wirklich Freunde, die sich eine Weile nicht gesehen hatten. »Seit Helga in der Klinik ist, fühle ich mich abends sehr allein. Ist mir ganz recht, wenn wir im Präsidium viel zu tun haben.«

Helga? Ja, nun erinnerte sie sich daran, dass sie ein-, zweimal eine kleine, etwas mollige Frau an Weilers Seite bei ihren Eltern gesehen hatte, aber das mochte fast dreißig Jahre her sein.

»Warum ist Helga in der Klinik?«, fragte Lena, nachdem Weiler sich schwerfällig gesetzt hatte und da er offensichtlich darauf wartete, dass sie das Gespräch eröffnete.

»Sie hat einen Gehirntumor. Hat dein Vater dir das nicht erzählt?« Offensichtlich überschätzte Weiler die Empathie ihres Vaters. »Eigentlich inoperabel.« Er seufzte. »Wir haben es trotzdem versucht. Sie kann zurzeit nicht sprechen, aber die Operation ist trotzdem gut verlaufen.« Seine Stimme schwankte ein wenig, dann wischte er sich über das Gesicht. »Möchtest du etwas trinken?«

»Nein, vielen Dank.« Sie holte die Kopie des Fotos heraus, und während sie das Blatt auf den Tisch legte, fiel ihr ein, dass sie sich keine Geschichte zurechtgelegt hatte. »Mir ist etwas zugespielt worden«, sagte sie vage. »Das Foto eines Mannes, der sich vor acht Jahren im Königsforst erschossen hat.«

Weiler nahm die Kopie auf und besah sie sich. »Ja«, sagte er langsam. »Ich erinnere ... der Journalist mit dem Kind. Der Motor lief noch. Im Radio wurde ein Stück von Bob Dylan gespielt, als wir ankamen. ›Blowing in the wind‹.« Er blickte auf. »Wer hat dir das Foto geschickt?«

»Anonym«, erwiderte sie.

Weiler bedachte sie für einen Moment mit einem forschenden Blick. »Ich bin fast sicher, dass derjenige, der dieses Foto gemacht hat, als Erster am Tatort gewesen ist. Als wir von der Technik eintrafen, hatte man den Toten schon bewegt. Er hatte den Kopf nicht mehr so mit der Stirn auf dem Lenkrad, und seine Hände hingen herab. Entweder stammt dieses Foto von dem Spaziergänger, der den Toten gefunden hat oder ...« Er brach ab und hielt sich das Foto noch näher vor die Augen.

» ... oder der Mann hat gar nicht Selbstmord begangen«, sprach Lena den Satz zu Ende.

Weiler musterte ihr Gesicht. »Wir haben damals das Ganze nicht wirklich gründlich untersucht. Die vier Polizisten, die zuerst im Königsforst waren, hatten ziemlich gewirbelt. Es hatte geregnet. Überall waren ihre Fußspuren. Sie hatten den Leichnam nicht nur bewegt, sondern auch schon seine Taschen untersucht. Als wir dann die Personalien hatten, war bald allen klar, dass der Mann sich wegen seines Sohnes umgebracht hatte. Man hatte ihm das Sorgerecht entzogen.«

»So sah es zumindest aus«, sagte Lena. Nun hätte sie doch gerne einen Kaffee getrunken.

Weiler seufzte erneut. »Solche Dinge kommen vor, aber eines ist mir schon damals aufgefallen. Im Wagen lag ein Netzkabel für einen Laptop, doch kein Computer.«

Sie hatte zu viel mit traurigen Männern zu tun. Dieser Gedanke flog sie an, während sie durch Ossendorf lief, auf der Suche nach einem Taxi. Dann stand ihr plötzlich der blonde Kriminaltechniker vor Augen – Arne Blumfeld. Sie hatte Weiler nicht nach ihm gefragt, aber er hatte ihn von sich aus erwähnt. Offenbar war Blumfeld wegen einer Trennung aus Hamburg nach Köln gekommen, er galt als absoluter Experte, was Unfallermittlungen im Straßenverkehr anging. Außerdem hatte er seine eigene Band gehabt, er hatte Gitarre gespielt und war eine lokale Berühmtheit gewesen.

Was für eine Trennung mochte das gewesen sein? Eine Scheidung mit großem Drama? Hatte Blumfeld Kinder? Weiler hatte dessen Alter nicht erwähnt, aber Blumfeld war gewiss jünger als sie – vermutlich war er keinen Tag älter als fünfunddreißig. Sollte sie ihn googeln? Nein, sie verbot sich diesen Gedanken.

Sie musste fast bis zum Ehrenfeldgürtel laufen, ehe sie ein Taxi fand.

Kaum war sie eingestiegen, klingelte ihr Smartphone.

»Sie sehen immer aus, als würden Sie zu wenig schlafen«, sagte eine weibliche Stimme. »Eine schöne Frau wie Sie sollte mehr auf sich achten.« Ein Atemzug, als würde die Anruferin an einer Zigarette ziehen. »Ich weiß, wie das ist, verlassen zu werden. Ist mir ein paarmal passiert, aber Sie dürfen sich durch so ein Unglück nicht unterkriegen lassen. Wie lange ist es nun her? Ein Jahr?«

»Gestern vor einem Jahr ist der Unfall passiert«, sagte Lena.

Sie hatte ein paar Sekunden gebraucht, um zu begreifen, dass Doktor Margot Dreier, die Rechtsmedizinerin, sie anrief.

»Ja«, sagte die Rechtsmedizinerin, »habe ich mir gedacht.« Sie sog wieder die Luft ein. »Ob Ihr Toter aus der Eifel Selbstmord begangen hat oder nicht, kann ich Ihnen leider nicht sagen. Waren keine Schmauchspuren an seiner Hand zu finden. Na, kein Wunder. Er hatte sicherlich acht, neun Stunden im Wasser gelegen.« Wieder ein tiefer Zug an der Zigarette. »Er hatte eine frische Schnittwunde am rechten Zeigefinger, nicht sehr tief. Ansonsten war er ganz gut in Schuss. Wenn man von seiner Lunge absieht. Hat wohl schwer geraucht. Da hätte er irgendwann Probleme gekriegt.«

»Sind Sie noch in der Rechtsmedizin?«, fragte Lena. »Kann ich Ihnen etwas zeigen? Wird nur ein paar Minuten dauern.«

»Kindchen«, sagte Margot Dreier und klang nun, als wäre sie mindestens zwanzig Jahre älter als Lena. »Ich bin zwar ein Arbeitstier und eine alleinstehende Frau, vor der die meisten Männer Angst haben, wenn sie hören, womit ich so mein Geld verdiene, aber ich bin auf dem Weg zu meinem Abendvergnügen – Flammkuchen und Wein im Petersberger Hof. Ich kann nämlich nicht kochen. Aber wissen Sie was – kommen Sie einfach her und fragen Sie, was Sie fragen wollen.«

Lena zögerte, dann gab sie dem Fahrer ein Zeichen, umzudrehen und den Gürtel Richtung Süden hinunterzufahren.

Im Petersberger Hof war ihr Vater früher auch häufiger gewesen, da hatte es einen richtigen Stammtisch der Polizei gegeben, eine gehobene Kölsch-Kneipe in Klettenberg.

Der Taxifahrer brauchte kaum zehn Minuten. Margot Dreier saß an einem schmalen Einzeltisch, zwei Gläser Rotwein vor sich.

»Habe schon für dich bestellt«, sagte sie mit einem Lächeln.

Lena nickte und setzte sich. Dass sie nun geduzt wurde, gefiel ihr.

»Hier«, sagte Margot Dreier, und ihre rechte Hand beschrieb einen Kreis in der Luft, »fühle ich mich nach der Arbeit lebendig. Hier wasche ich alles ab und reinige mich von den Toten, die mir den ganzen Tag Gesellschaft leisten.« Sie lächelte und prostete Lena zu. Sie mochte Ende vierzig sein – mit interessanten Falten um den Mund und die Augen. Sie hatte einen dunkelroten Lippenstift aufgetragen, passend zu ihren gefärbten Haaren.

Eine Geräuschkulisse umhüllte sie. Die Kneipe war voll, Lachen und Stimmengewirr, Musik und Gläserklirren.

Lena schloss für einen kurzen Moment die Augen. Irgendwo an einem Nebentisch meinte sie Max, den Mann aus der Kletterhalle, wahrzunehmen, aber dann war sein Gesicht schon wieder verschwunden.

»Wir müssen das Leben aufsaugen«, sagte Margot Dreier. »Ja, das müssen wir, besonders wir, da wir so viel mit Toten zu tun haben. Und kann es da einen besseren Ort geben als eine Kölsch-Kneipe?« Sie lächelte versonnen. »Schade nur, dass man hier nicht mehr rauchen darf.« Dann hob sie ihr Glas wieder und trank. »Wenn ich einen Mann kennenlerne – passiert manchmal noch –, frage ich ihn, was für ein Getränk er ist. Die meisten machen dann auf dicke Hose, nennen irgendeine Whiskymarke. Einmal hat mir einer gesagt, er sei eine Apfelschorle. Den habe ich gleich nach Hause geschickt.« Sie suchte Augenkontakt. »Was für ein Getränk bist du, Lena?«

Überrascht zögerte Lena einen Moment. Wieder glaubte sie, Max im Hintergrund auszumachen. Jedenfalls starrte sie jemand, der ihm ähnlich sah, aufdringlich an. »Ich bin ein Crémant«, sagte sie dann.

Margot Dreier lächelte. »Eine gute Antwort – sollten wir uns nachher ein Glas gönnen. Ich bin übrigens ein guter, teurer Rotwein, ein Bordeaux vermutlich.«

Ein Mann servierte einen Flammkuchen und blickte Lena auffordernd an. Nein, sie schüttelte den Kopf, sie wolle nichts essen. Dann zog sie das kopierte Foto von dem toten Journalisten aus ihrer Tasche und schob es Margot Dreier hin.

»Das ist meine Frage«, sagte sie. »Warst du in die Ermittlung involviert? Dieser Mann hat sich angeblich vor acht Jahren im Königsforst erschossen.«

Ungerührt, während sie weiteraß, betrachtete Margot Dreier das Foto. »Nee«, sagte sie, »vor acht Jahren war ich noch in Bonn. Da war ich verheiratet mit einem Chefarzt, dem ich den Arsch hinterhergetragen habe.« Sie schob sich ein Stück Flammkuchen in den Mund. »Woher hast du diese Kopie?«

Mit wenigen Worten erklärte Lena die Geschichte. Eine Frau hielt ihren Mann für einen Auftragsmörder – sie hatte Fotos von Toten gefunden, drei an der Anzahl, intime Fotos, wie von einem Insider gemacht – oder von einem Mörder.

Margot Dreier aß und nickte. »Ja, die Frau ist offenbar nicht dumm. Das Foto ist nicht sehr gut, aber ich hätte auch meine Zweifel, ob sich der Mann wirklich erschossen hat.«

Lena verharrte für einen Moment. Der Lärm der Kneipe schien zurückzuweichen. Was hatte die Rechtsmedizinerin da gesagt, nachdem sie nur kurz einen Blick auf diese schlechte Kopie geworfen hatte?

»Wie bitte?«

Margots rechter Zeigefinger tippte auf das Bild. »Na, die Schusswunde ist ja etwa drei Zentimeter neben dem linken Ohr. Der Mann ist offenkundig Rechtshänder. Klar, es ist anatomisch kein Problem, sich da in den Kopf zu schießen. Ist aber höchst ungewöhnlich. Normalerweise schießt sich ein Rechtshänder in die rechte Schläfe oder in den Mund.«

Lena besah sich das Foto noch einmal. Warum war sie nicht selbst daraufgekommen? Wenn man die Autotür öffnete und eine Waffe anlegte, dann war das die erste Stelle, auf die man zielen konnte. Aber hatte der Tote nicht Schmauchspuren an der Hand gehabt? Hatte man das nicht untersucht?

»Vor acht Jahren ist das passiert, hast du gesagt? War dein Vater da nicht einer der Häuptlinge bei der Kölner Polizei? Weiß er etwas?«, fragte Margot Dreier. Sie hatte nun ihren Flammkuchen zur Hälfte gegessen – mit augenscheinlichem Genuss.

Lena nickte. »Die Untersuchungen waren recht schlampig, hat er gemeint, aber das sagt er auch über andere Ermittlungen, an denen er nicht unmittelbar beteiligt war.«

Margot Dreier trank ihr Glas aus und winkte dem Kellner, ein neues zu bringen. »Was hatte diese Frau noch zu bieten? Ein Mord macht noch keinen Auftragskiller.«

Lena zog die beiden anderen Kopien hervor. »Es geht um zwei weitere Tote, aber ich habe keine Ahnung, wer sie sind.«

Der Kellner, ein korpulenter Mann mit einem üppigen Schnauzbart, stellte Margot Dreier ein weiteres Glas Rotwein hin. Lena hatte er unaufgefordert auch eines mitgebracht, obwohl sie noch nicht ausgetrunken hatte.

»So läuft das hier«, sagte Margot Dreier. »Trinken bis zum Abwinken – nicht nur bei Kölsch.« Sie besah sich die beiden anderen Fotos. »Der eine Kerl ist wohl durch Autoabgase ums Leben gekommen, nicht wahr?« Sie aß das letzte Stück Flammkuchen. »Und dieser hier …« Sie tippte auf das dritte Foto. »Das Gesicht weggeschossen? Kennst du die Identität der Toten?«

»Nein.« Lena trank ihr erstes Glas Rotwein aus.

»Wenn ich das Armaturenbrett hier richtig sehe, ist der Wagen ein BMW«, sagte die Rechtsmedizinerin. »Wird aber nicht ganz einfach sein, mehr zu erfahren. Dass jemand Abgase in den Innenraum seines BMW leitet, kommt beinahe alle Tage vor. Trotzdem …«, fuhr sie nachdenklich fort. »Ich wäre auch misstrauisch. Diese Frau hat vielleicht wirklich etwas aufgespürt. Wer ist sie?«

Lena zögerte. Eigentlich hatte sie schon zu viel erzählt. »Sie heißt Dorit … sie hatte mal wegen Drogen Probleme. Mehr habe ich noch nicht herausgefunden. Und der Mann arbeitet angeblich beim Verfassungsschutz.«

Margot Dreiers Hand, die schon das Glas zum Mund führen wollte, verharrte. »Verfassungsschutz? Dann solltest du besser die Finger davon lassen. Oder aber … So viele Rechtsmediziner gibt es nicht. Wenn du mir die Fotos dalässt, könnte ich sie einscannen und mich mal umhören.«

Bevor Lena antworten konnte, meldete sich ihr Smartphone wieder. »Haben Sie etwas herausgefunden?«, fragte Dorit Zeiner. »Ich bin in Schwierigkeiten.«

9.

Es hätte mich glücklich machen müssen, meinen wilden starken Bruder wiederzusehen, aber der Mann, der in meiner Küche saß, starken Kaffee trank, war ein Fremder – oder besser gesagt: Wenn er lächelte, konnte ich in seinen mageren Zügen eine Spur von meinem Bruder wiederfinden. Es war, als wäre mein Bruder ein Geist, der sich in diesem weltlich gekleideten Mönch versteckt hielt. Selbst seine Stimme hatte sich verändert – sie klang heiser und kratzig. Auf dem rechten Handrücken hatte Paul eine Sonne tätowiert. Seine Zähne waren gelb, und sein Haaransatz an den Schläfen war deutlich zurückgewichen. Er war ein schöner Mann gewesen, aber das war er nun nicht mehr, ganz und gar nicht.

Seine Wiedersehensfreude legte sich auch mit jedem Schluck Kaffee, den er trank.

»Ich will mich eigentlich nicht beklagen«, sagte er, »jetzt, wo ich wieder in Deutschland bin, aber ich hatte mit jedem Monat mehr das Gefühl, dass ihr mich vergessen habt. Wie viele Briefe hast du mir in sechs Jahren geschrieben, in denen ich in diesem thailändischen Loch saß?«

Thailand, dachte ich plötzlich, wieso begegnete mir dieses Land an diesem Tag schon zum zweiten Mal? Hatte Martin etwas mit Pauls Freilassung zu tun? Hatte ich ihm unrecht getan, und es gab eine geheime Verbindung von ihm zu Pauls Gefängnis?

»Ich habe dir geschrieben, am Anfang«, sagte ich zaghaft, »und Uta … sie war dreimal in Thailand. Sie hat meine Briefe mitgenommen.«

Paul grinste – ein schmerzhaftes Grinsen. »Unsere Mutter war beim Prozess, und dann ist sie noch einmal gekommen. Bis ihr dämlicher Pfarrer es verboten hat. Niemand sollte wissen, dass ihr Sohn im Gefängnis saß, weil man ihn verraten hatte. Ich war kein Drogenkurier … Ich war nur am falschen Ort zur falschen Zeit.« Er starrte auf die Sonne auf seinem Handrücken. Dann erhob er sich plötzlich und begann, in der Küche umherzulaufen. Er konnte allenfalls sechzig Kilogramm wiegen. Langsam öffnete er einen Schrank und sah hinein. Tassen, Teller, Gläser reihten sich da ordentlich aneinander – er starrte das Geschirr an, als sähe er so etwas zum ersten Mal.

Dass er Drogen hatte schmuggeln wollen, war ihm eindeutig nachgewiesen worden, aber es hätte die Wiedersehensfreude noch mehr getrübt, wenn ich ihn darauf hingewiesen hätte.

»Du hast geheiratet«, sagte er. »Hat Uta mir erzählt. Hätte ich gar nicht gedacht, dass dich mal einer unter die Haube bringt.« Er öffnete den nächsten Schrank, in dem ich meine Gewürze, Nudeln, ein paar Dosen und andere Nahrungsmittel aufbewahrte. Am liebsten wäre ich aufgesprungen und hätte ihm auf die Hand geschlagen.

»Was tut dein Mann?«, fragte mein Bruder mit seiner heiseren Stimme, aber gab sich die Antwort gleich selbst. »Verfassungsschutz! Großer Gott! Weiß er von mir? Weiß er, dass es ein schwarzes Schaf in deiner Familie gibt? Nein, dass du aus einer Familie stammst, in der nur schwarze Schafe existieren?«

Abrupt schlug er die Schranktür zu und wandte sich um. Seine Augen schienen zu glühen. Er war nicht gekommen, weil er mich wiedersehen wollte, seine einzige Schwester.

»Hör zu, Paul«, sagte ich. »Ich freue mich, dich zu sehen. Du warst ein paar Jahre weg. Gib uns ein wenig Zeit, dass wir uns aneinander gewöhnen.«

»Ich war nicht weg, ich war in der Hölle!«, stieß er hervor. »Einsam in der Hölle. Keiner hat nach mir gefragt! Ich habe nur überlebt, weil ich ganz gut Englisch konnte – weil ich für die anderen Insassen Briefe geschrieben habe. Deshalb kamen sie zu mir. Ich war der Chieftain.«

Er starrte mich an, dann ging er zum Kühlschrank. Er nahm eine angebrochene Flasche Weißwein heraus, trank daraus und ließ die Flasche dann achtlos zu Boden fallen.

Die Flasche zerbarst, doch ich war nicht überrascht. Ich hatte es kommen sehen.

»Bist du irre?«, schrie ich ihn an. »Was willst du?«

»Ich könnte deinem braven Mann vom Verfassungsschutz einiges erzählen«, sagte er, wieder mit einem schmerzhaften Grinsen. »Zum Beispiel, wie du einmal diesem Kerl, Utas Lover, ein Messer in den Oberschenkel gerammt hast, weil er dich angemacht hat … Oder dass du selber gedealt hast … Solche Sachen …« Er begann wieder auf und ab zu laufen. »Und dann die Abtreibung, damals. Weiß er davon? Wollt ihr eigentlich noch Kinder kriegen?«

»Martin und ich … wir vertrauen einander«, sagte ich viel zu leise. »Ihm kannst du von mir aus alles erzählen.« Meine Stimme klang nicht überzeugend, musste ich mir selbst eingestehen. Die Wahrheit war, dass Martin keine Ahnung hatte, dass es Paul gab. Er kannte Tom, meinen kleinen Halbbruder, von unserer leicht verunglückten Hochzeit und zwei, drei Besuchen … Das war alles.

»Ich brauche Geld«, sagte Paul. »Ich will neu anfangen. Ich kenne noch ein paar Leute … Wir wollen einen Musikclub aufmachen, etwas Großes aufziehen.«

»Wie viel?«, fragte ich.

»Fünfzigtausend, bis zum Ende des Monats. Ich will es auch nur geliehen. Du bekommst es zurück, wenn der Laden läuft.« Er grinste – diesmal so, dass er wieder meinem Bruder glich, so wie ich ihn gekannt hatte. »Ich werde dir dann auch keinen Ärger machen. Fünfzigtausend – so viel Geld wirst du doch auftreiben können. Du hast doch eine Firma. Hat Uta mir erzählt. Caterer beim Film, das klingt ziemlich gut.«

Weißt du, was da bedeutet?, hätte ich ihn am liebsten gefragt. Ich war Stuntfrau, und nun reiche ich Suppe aus, Kaffee, belegte Brote. Manchmal beliefere ich auch Filmpremieren oder andere Events, aber dann miete ich mir eine Küche und ein paar Hilfskräfte. Die Margen sind klein, eigentlich nicht der Rede wert. Und dass ich auch manchmal Fotografin bin, Standbilder beim Film mache, steht eigentlich nur auf meiner Visitenkarte. Mein letzter Fotojob war fast zwei Jahre her.

»Ich werde sehen, was ich tun kann«, sagte ich. »Wo wohnst du? Bei Uta?«

Paul grinste wieder. »Bei Uta – in ihrem beschissenen Pfarrhaus? Spinnst du? Ich habe ein Zimmer in Ehrenfeld, bei Studenten. Da kann ich erst mal bleiben. In ein paar Tagen komme ich wieder und frage nach dem Geld.« Er öffnete den Kühlschrank wieder, nahm eine Flasche Weißwein heraus und schob sie in die Tasche seines Trenchcoats. »Dorit«, sagte er ernst, »du hast mich verraten – verraten und vergessen. Das werde ich dir bis ans Ende meiner Tage übel nehmen.« Dann nickte er mir zu und ging.

Fünfzigtausend! Kaum war Paul aus der Tür, begriff ich, was er eben in meiner Küche vollführt hatte: eine Erpressung. Er wollte fünfzigtausend Euro, andernfalls drohte er mir an, meinem Mann die Wahrheit über mich zu sagen. Im ersten Moment wollte ich zum Smartphone greifen und Martin anrufen, doch eine Sekunde später zögerte ich. Was sollte ich ihm sagen? Mein Bruder, der Kurier, der in Thailand im Knast war, weil er sich am Flughafen mit einem Bauch voller Drogen hatte erwischen lassen, bedroht mich? Welcher Bruder?, hätte Martin gefragt – ganz zu Recht. Es gibt doch nur diesen Halbbruder – diesen vorlauten Tom.

Im Wohnzimmer im Regal stand ein Foto von unserer Hochzeit. Ein einziges Erinnerungsstück. Sieben Leute waren darauf zu sehen: Uta, Rüdiger und Tom – meine ganze Familie. Martin und ich. Von seiner Seite nur Harry, ein Freund aus dem Kinderheim, dazu Nina, die ein Café in der Südstadt führte und von der ich immer angenommen hatte, Martin habe irgendwann eine Affäre mit ihr gehabt. Das war alles gewesen. Tom hatte sich dann mit Uta gestritten, weil sie zu viel Wein in kurzer Zeit getrunken hatte, und Rüdiger hatte uns nach einer kirchlichen Hochzeit gefragt, die er gerne für uns ausgerichtet hätte.

Mehr Leute hatten wir nicht eingeladen. Niemanden aus dem Amt, niemanden vom Film.

Es war, als hätten Martin und ich, ohne uns darüber austauschen zu müssen, beschlossen, keine Familie zu haben. Wir hatten uns – ich war sein Anker, wie er meiner war.

Aber nun …

Die Fotos von den drei toten Männern bekam ich nicht aus dem Kopf – diese unheimliche Stille, die von ihnen ausging, als hätten sie ein Geheimnis mit demjenigen geteilt, der sie fotografiert hatte.

Nein, fiel mir plötzlich ein, bei der Hochzeit war noch jemand gewesen. Ein Mann von etwa fünfundvierzig Jahren, der einen feinen grauen Anzug trug, war für fünf Minuten in das Restaurant gekommen – das Haus am See am Decksteiner Weiher – und hatte Martin ein Kuvert zugesteckt.

»Wer war das?«, hatte ich ihn gefragt, aber Martin hatte erst nicht geantwortet, sondern nur dem schwarzen BMW nachgeschaut, der mit hohem Tempo vom Parkplatz gerast war. »Jemand aus meiner Vergangenheit, an den ich nicht erinnert werden will«, hatte er dann gesagt und sich sofort abgewandt.

Jeder hat eine Familie, dachte ich plötzlich. Jeder kommt irgendwoher – selbst ein Mann wie Martin, selbst eine Frau wie ich, der es gelang, ihren Bruder sechs Jahre lang totzuschweigen.

Harrys Telefonnummer hatte ich noch in meinem Smartphone eingespeichert. Vor drei Wochen hatte er mich einmal angerufen – da war es um Martins Geburtstag gegangen. In einer Woche würde er vierzig werden. Sollten wir ihm eine

Überraschungsparty ausrichten? Ich hatte mich noch nicht entschieden.

Harry war Sozialarbeiter geworden, Streetworker in Köln-Kalk. Er kam mit den Jugendlichen in diesem schwierigen Stadtteil klar – die Zeit im Kinderheim trug er noch mit sich herum, anders als Martin, der nie darüber redete. Auch nicht darüber, wie er seine Mutter tot auf dem Sofa gefunden hatte.

Harry war sofort am Apparat. »Was ist los, Dorit?«, fragte er. »Wo ist Martin?«

»Martin, wieso fragst du? Wo soll er sein?«

»Ich habe versucht, ihn anzurufen, aber sein Telefon ist umgestellt. Im Amt ist er nicht. Er hat zwei Tage Urlaub genommen. Und bei seinem Smartphone meldet sich nur die Mailbox.«

Ich spürte, wie mich Panik ergriff. Irgendetwas war hier nicht in Ordnung.

»Kann es sein, dass er eine Geliebte hat?«, fragte ich voller Panik. »Vor einem Vierteljahr war er in Thailand. Weißt du etwas darüber?«

»Thailand?« Nun klang Harry noch besorgter. »Nein, davon weiß ich nichts. Und dass er eine Freundin hat, kann ich mir beim besten Willen nicht vorstellen. Er liebt dich, nur dich. Ohne dich wäre er …« Harry verstummte für einen Augenblick. »Hast du eine Ahnung, wo er sein könnte?«

Nein, ich hatte keine Ahnung. Es fiel mir schwer, es einzugestehen, und erst als ich die Verbindung unterbrochen hatte, bemerkte ich, dass ich Harry nicht gefragt hatte, warum er Martin überhaupt im Amt hatte sprechen wollen.

Nina hob in ihrem Café erst nach dem siebten Klingeln ab, sie klang verkatert oder zumindest äußerst schlecht gelaunt. Wir beide waren nie gut miteinander ausgekommen – für mich war sie zu exaltiert, zu sehr immer auf Wirkung bedacht. Sie war eine dunkelhaarige Schönheit, ihre braunen Augen umrandete sie stets mit einem schwarzen Kajalstift. In jedem amerikanischen Cowboyfilm hätte sie eine geheimnisvoll schweigsame Squaw spielen können.

»Ich suche Martin – weißt du, wo er ist?«, fragte ich sie nach einer kurzen Begrüßung.

Nina atmete tief ein. »Nee«, sagte sie dann, »ich habe Martin schon eine Weile nicht mehr gesehen. Vor einem Monat war er hier. Er sah schlimm aus, als würde er nicht mehr schlafen. Habt ihr Krach?«

Er sah schlimm aus? Nina war etwas aufgefallen, was ich nicht bemerkt hatte.

»Nein«, erwiderte ich, »bei uns ist eigentlich alles in Ordnung.« Das Wort »eigentlich« kehrte diese Aussage ins Gegenteil.

»Ich lasse es dich wissen, wenn ich etwas von ihm höre«, sagte Nina. Sie wollte mich eindeutig abwimmeln.

»Eines noch, Nina ...« Meine Stimme klang schrill und gehetzt. »Darf ich etwas wissen? Du und Martin ... hattet ihr mal etwas miteinander?«

Nina schnaubte. »Dorit«, sagte sie, in einem Tonfall, als würde sie mit einer absolut begriffsstutzigen Frau reden, »wir haben nie miteinander geschlafen, falls du das meinst. Wir kennen uns aus einer ... etwas anderen Zeit. Du bist die erste Frau, mit der ich Martin überhaupt jemals zusammen gesehen habe.« Sie schob einen Gruß hinterher und legte auf.

Verwirrt hielt ich mein Smartphone in der Hand.

Ich war die erste Frau, mit der sie Martin gesehen hatte? Was mochte das heißen?

Mein Anruf im Amt erbrachte, dass Martin tatsächlich Urlaub genommen hatte. Immerhin, er arbeitete dort noch ... Es war fast ein Trost, das zu erfahren. Doch wo war er, wenn er nicht zur Arbeit gefahren war?

Ich musste an den Moment denken, als ich Martin zum ersten Mal gesehen hatte. Da war ein blonder, gut aussehender Mann in dem weißen Bademantel der Uniklinik über die Gänge geschlichen. Er hatte ein Bein in Gips gehabt und hatte gehinkt, genauso wie ich. Darum hatten wir uns angelächelt. Melancholie hatte ihn umweht, ja, eine halbdunkle Aura, eine gewisse Verlorenheit. »Ein Ausrutscher«, hatte er gesagt, als ich ihn nach seiner Verletzung gefragt hatte. Da hatten wir uns schon gegenseitig einen Kaffee ausgegeben. Uta und Chris, der Producer, hatten mich besucht. Martin hatte nur einmal Besuch, von Nina, wie ich bereits damals mit einem Anflug von Eifersucht registriert hatte.

Geküsst hatten wir uns noch im Krankenhaus. Nein, ich hatte ihn geküsst – nicht er mich.

Ich hatte mir nach meinem Unfall ein paar Dinge vorgenommen – keine Affären mehr, keine Drogen, nicht mehr so viel Alkohol. Ich wollte seriös werden. In meinem Leben als Stuntfrau hatte ich mich zuletzt mit Lemberg, einem Kameramann, eingelassen, der fast sein ganzes Geld für Kokain ausgab. Martin war mein Kontrastprogramm – ein Beamter, der ganz zart beim Liebesakt war, auch wenn wir mit der Zeit immer seltener miteinander geschlafen hatten.

War Martin noch Jungfrau gewesen, bevor wir uns getroffen hatten? Wollte Nina das mit ihren Andeutungen zum Ausdruck bringen? Nein, absurd! Er war ein erfahrener Mann von fast sechsunddreißig Jahren gewesen.

Ich schloss die Augen und scannte in Gedanken seinen Körper ab. Er war zart gebaut, aber da und dort hatte er Narben gehabt, eine an der Brust, eine große auf dem Rücken. »Eine Schusswunde«, hatte er erklärt, nachdem ich ihn danach gefragt hatte. Es hatte wie ein Scherz geklungen, absolut nicht ernsthaft, aber nun dachte ich, dass es vielleicht die Wahrheit gewesen war. Zwei weitere Narben am linken Handgelenk – sie hatten wie tiefe Schnitte ausgesehen.

Wer war Martin gewesen, bevor wir uns kennengelernt hatten?

Uta rief mich an, als ich gerade zum zweiten Mal unser Haus durchsuchte – immer noch bestrebt, irgendetwas über Martin zu finden.

»Paul ist wieder da«, sagte sie ohne jede Freude in der Stimme.

»Ich weiß«, sagte ich. »Er hat mich schon mit einem Besuch beehrt.« Die fünfzigtausend, die ich auftreiben sollte, machten mir mittlerweile die geringsten Sorgen.

»Hat er auch versucht, dich zu erpressen?«, fragte meine Mutter. »Dreißigtausend Euro will der Dreckskerl von mir haben.«

Ich konnte Uta schließlich abwimmeln. Ich wolle jetzt nicht über Paul sprechen. Wo war Martin? Panik erfüllte mich. Ich ging zu den Engeln, suchte in der Garage nach neuen Spuren, nach etwas, das mir weiterhelfen konnte, aber die stählernen Gestalten schwiegen mich bloß vorwurfsvoll an – ja, so kam es mir vor. Sie sprachen nur mit Martin, aber nicht mit mir.

Schließlich beschloss ich, dahin zu fahren, wo Martin mich nie hatte sehen wollen – ins Amt. Ich wollte seinen Schreibtisch sehen.

10.

Lena war todmüde, als sie in ihrer Wohnung ankam, aber sie ahnte bereits, dass sie nicht würde schlafen können. Lag es an der Wohnung? An der Stille, die sich in jeden Winkel eingenistet hatte? Sie wusste es nicht. Auf dem Sofa im Wohnzimmer machte sie sich ein Lager zurecht, Decken, Tee und ein Buch. Margot Dreier hatte ihr noch ein paar Ratschläge mit auf den Weg gegeben. »Fahr mal in die Wüste!«, hatte sie gesagt und dann gelacht, als sie Lenas zweifelnde Miene bemerkt hatte. »Ja, ich meine wirklich die Wüste. Eine Woche nur Himmel und Leere um einen herum – es wirkt wie ein Wunder und reinigt einen von innen. Habe ich nach meiner Scheidung auch gemacht. Danach war ich zumindest geheilt, was die Trauer um meinen verdammten untreuen Ehemann anging.«

Ja, vielleicht sollte sie tatsächlich eine Reise unternehmen – in die Wüste Marokkos oder zum Nordpol in das ewige Eis.

Sie löschte das Licht, dann jedoch flogen noch mehr Gedanken heran. Dorit Zeiner hatte am Telefon einen aufgelösten, panischen Eindruck gemacht. Ihr Mann sei verschwunden, er sei nicht im Amt erschienen, und sein Smartphone sei tot, keine Mailbox, keine mechanische Stimme, die erklärte, dass man zu einem späteren Zeitpunkt anrufen solle.

Lena hatte ihr nicht gesagt, was Margot Dreier über den Kopfschuss des ersten Toten mitgeteilt hatte. Vermutlich kein Selbstmord – und wenn doch, dann eine sehr ungewöhnliche Schusswunde. Auch dass sie zumindest den Namen dieses Toten herausgefunden hatte, hatte sie nicht offengelegt.

»Warten Sie bis morgen früh«, hatte sie der beunruhigten Dorit Zeiner geraten. »Sind Sie sicher, dass Ihr Mann keine Affäre hat?«

»Ich bin ganz sicher«, hatte Dorit Zeiner erwidert. »Es ist etwas passiert.«

Um sie zu beruhigen, hatte Lena sie gebeten, ihr ein Foto ihres Mannes zu mailen. Ein paar Sekunden später war das Foto bereits auf ihrem Smartphone eingetroffen.

Martin Zeiner war ein Mann mit blauen Augen und blonden mittellangen Haaren; wie ein freundlicher Deutschlehrer wirkte er, ein wenig zu durchschnittlich, um als gut aussehend durchzugehen.

Wieso war er plötzlich verschwunden?

Gegen drei Uhr in der Nacht stand Lena von ihrem Sofa auf. Sie scannte die Fotos der beiden anderen Toten auf dem Kopierer ein, den Robert früher immer benutzt hatte, wenn er Arbeiten aus der Kanzlei mit nach Hause genommen hatte, und schickte Margot Dreier die Scans. Danach druckte sie für sich eine Kopie der Aufnahme von Martin Zeiner aus. Schließlich ging sie in die Küche und klebte Fotos an den Küchenschrank, ganz so, als wäre sie in ihrem Büro im Präsidium und würde einen Fall bearbeiten. Auf einem weißen Blatt Papier schrieb sie sich die Angaben zum ersten Toten auf – zum Journalisten Christoph Ehrlich. Auf einem zweiten Blatt notierte sie, was sie über Martin Zeiner wusste. Konnte es eine Verbindung zwischen diesen beiden Männern geben? Wie lange arbeitete Zeiner schon für den Verfassungsschutz – und was hatte er vorher gemacht?

Auf einem dritten Blatt schrieb sie sich ein paar Fragen auf. Dorit Zeiner hatte ihr viel zu wenig über ihren Mann mitgeteilt, aber anscheinend wusste sie auch etliche Dinge über dessen Leben nicht.

Wann kannte man einen Menschen wirklich? Hätte sie bemerkt, wenn Robert eine Affäre gehabt hätte? Ja, gewiss hätte sie Antennen für so etwas gehabt, sagte sie sich. Und er? Nein, er hatte auch gespürt, dass etwas anders gewesen war, als sie sich auf Adrian Farkas, den Sänger mit den schönen Händen, eingelassen hatte. Deshalb war es überhaupt zu dem Streit gekommen, kurz bevor der Unfall geschehen war.

Dieser Unfall, dem sie niemals in ihrem Leben entgehen würde …

»Fahr in die Wüste!«, sagte eine Stimme in ihr. »Tue, was Margot dir geraten hat. Versuche, eine andere Person zu werden.«

Sie hatte Adrian Farkas schon eine Weile nicht mehr gesehen. Er war nicht schuld an dem Unfall gewesen. Eigentlich war niemand schuld. Es war einfach passiert … Schicksal … so musste sie das sehen.

Gegen sechs Uhr klingelte ihr Smartphone.

Ihr Vater, so lautete ihr erster Gedanke, ihm war schon wieder etwas passiert, doch es war Dorit Zeiner am Apparat.

»Können Sie kommen?«, fragte sie ganz aufgebracht. »Ich habe etwas gefunden. Ich glaube, Martin lebt nicht mehr.«

Dorit Zeiner wohnte in einem biederen Reihenhaus in Köln-Longerich, das richtige Haus für ein mittelaltes, kinderloses Ehepaar. Ein Fliederbusch stand in Vorgarten, daneben ein Vogelhäuschen. Eine scheinbare Idylle. Ein schwarzer Audi und ein roter Fiat parkten hintereinander vor einem Garagentor.

Dorit Zeiner war schon an der Tür, bevor sie geklingelt hatte. Erstaunt blickte sie dem Taxi nach, mit dem Lena gekommen war. Sie sah nicht aus, als hätte sie geschlafen.

»Tut mir leid«, sagte sie, während sie in eine Küche aus Kiefernholz vorauslief, »ich hoffe, ich habe Sie nicht geweckt. Ich habe extra ein wenig gewartet, bis ich gewagt habe, Sie anrufen.«

»Ich stehe immer früh auf«, erklärte Lena vage.

Dorit machte einen Kaffee. Sie trug Jeans und einen schwarzen eng anliegenden Pullover. Ja, sie war eine gut aussehende sportliche Frau. Dass sie einmal als Stuntfrau beim Film gearbeitet hatte, mochte man ihr abnehmen.

»Was ist mit Ihrem Mann?«, fragte Lena. »Und warum glauben Sie, dass er nicht mehr lebt?«

Dorit hatte sich eine Zigarette angesteckt, sie hielt auch ihr eine Schachtel hin, doch Lena lehnte mit einem Kopfschütteln ab. »Ich bin gestern beim Amt gewesen, ich wollte mir Martins Büro ansehen, doch man hat mich nicht hereingelassen, dann bin ich zu seinem Fitnessclub gefahren … Ich wollte wissen, ob er da einen Spind hat, aber nein, hat er nicht. Als ich dann zurückfuhr …« Sie zog an ihrer Zigarette und musterte Lena. »Ein Wagen ist mir entgegengekommen, ein weißer Lieferwagen. Ich hatte gleich ein merkwürdiges Gefühl. Jemand ist im Haus gewesen. Vielleicht die Person, die den Lieferwagen gefahren hat.«

»Wie kommen Sie darauf?«

Dorit Zeiner lächelte matt. »Ich habe den Trick aus den alten Filmen angewendet. Sie wissen schon: unten an der Tür ein Stück Tesafilm. In manchen Filmen hat man auch ein Haar dafür verwendet. Ich wollte sehen, ob Martin in meiner Abwesenheit möglicherweise ins Haus zurückgekehrt ist, ganz heimlich, um Sachen zu holen – oder ob jemand anderes da war. Na, das Stück Tesafilm war jedenfalls zerrissen.«

»Und was ist die zweite Sache, die Ihnen zu schaffen macht?«

Dorit Zeiner deutete auf den weißen Umschlag auf dem Tisch. »Dieses Kuvert lag unter Martins Kopfkissen, ich habe es erst heute Nacht entdeckt, als ich mich hin und her gewälzt habe.«

»Was ist darin? Ein Abschiedsbrief?«

»Öffnen Sie ihn!«

Lena nickte. »Aber wenn es wichtig ist, möchte ich keine Fingerabdrücke hinterlassen.« Sie griff in ihre Tasche und nahm zwei Latexhandschuhe heraus, bevor sie den Umschlag aufklappte. Sie zog ein gefaltetes Blatt Papier und einen Ring mit einem großen grünen Stein heraus. Langsam faltete sie das Papier auf.

»Liebe D.«, stand da, »ich habe einige Dinge in meinem Leben gemacht, auf die ich nicht stolz bin. Zu meiner Entschuldigung kann ich wenig sagen – vielleicht lag es daran, dass ich mit einem gebrochenen Rückgrat und einem gebrochenen Herzen auf die Welt gekommen bin. Aber Du … Du bist das Beste, was mir in meinem Leben passiert ist. Auch wenn ich Dich nicht genug geliebt habe. M.«

Lena klappte den Brief wieder zu.

»Klingt doch wie ein Abschiedsbrief, oder nicht?«, fragte Dorit. »Und dann der Ring. Ich kenne mich mit Brillanten nicht aus, aber der Ring muss etliche Tausend Euro wert sein. Als wollte mir Martin nicht nur ein paar schöne Worte, sondern noch ein kleines Vermögen hinterlassen, ohne dass es jemand mitkriegt.«

Lena schwieg einen Moment. Die Schlussfolgerungen, die Dorit Zeiner zog, waren nicht von der Hand zu weisen. »Sie sollten eine Vermisstenanzeige aufgeben«, sagte sie. »Und ich muss Ihnen auch etwas sagen: Ich weiß, wer der erste der drei Toten auf den Fotos Ihres Mannes ist. Ein Journalist mit Namen Christoph Ehrlich. Man hat das Ganze vor acht Jahren für Selbstmord gehalten und nicht besonders gründlich untersucht. Aber mittlerweile gibt es begründete Zweifel, ob der Mann sich wirklich in seinem Auto erschossen hat.«

Sie schwiegen für einen Moment.

»Was ist mit den Drogen?«, fragte Lena dann. »Sie haben wegen Drogenhandels vor Gericht gestanden?«

Dorit nickte. »Ich habe auch ein paar Dinge gemacht, die man besser nicht tun sollte. Das meiste ist nie herausgekommen. Wir sind einige Male in Kioske eingebrochen, mein Bruder und ich. Dann habe ich auch für ihn gedealt, war so eine Art Kurier. Einmal habe ich dem Lover meiner Mutter ein Messer ins Bein gerammt. Da war ich sechzehn. Er hat meine Brüste angepackt, ein aufdringlicher Kerl, der es nicht anders verdient hatte – ein widerlicher Schmutzfink.« Sie lauschte dem Wort »Schmutzfink« nach, dann lächelte sie. »Wenn die Dinge anders gelaufen wären, hätte ich eine richtige kriminelle Karriere machen können. Irgendwann lernte ich jemanden vom Film kennen. Die brauchten da eine Frau, die sich aus dem dritten Stockwerk stürzte. Habe ich gemacht. Danach galt ich als Stuntfrau. Hat eine Weile gutes Geld gebracht. Die Dinge wurden erst mit Martin anders. Na, vielleicht habe ich mich ja in ihm getäuscht.« Sie verstummte abrupt. »Er hat ein Arbeitszimmer unter dem Dach. Es ist abgeschlossen. Aber jetzt möchte ich das Schloss aufbrechen. Was hältst du davon?«

Lena begriff sofort, warum Dorit sie auf einmal geduzt hatte. Sie gehörten nun irgendwie zusammen – als hätte ein Band sich um sie gelegt. »Vielleicht finden wir etwas heraus«, sagte sie und nickte.

Dorit überließ es Lena, die Tür zu öffnen. Es dauerte lediglich ein paar Sekunden. Sie war schon immer geschickt darin gewesen, an Schlössern zu hantieren.

Eine stickige Hitze schlug ihr entgegen, nachdem die Tür aufgesprungen und sie eingetreten war. Dorit folgte ihr zögernd.

Lena hatte den Eindruck, eine Zeitreise unternommen zu haben. Das Erste, was ins Auge fiel, war ein Kinoplakat. Ein blonder Junge, der den Betrachter anschaute, dahinter ein älterer Mann mit Schnauzbart und einer randlosen Brille – das Plakat zum Film ›Tod in Venedig‹. Der Film musste über vierzig Jahre alt sein. Neben dem Plakat drei gerahmte Fotos – eine Mutter mit einem Kleinkind, ein Kind auf dem Fahrrad, dahinter die stolz lächelnde Mutter, ein Kind bei der Einschulung mit Schultüte.

Dorit hinter ihr sog scharf die Luft ein, ohne jedoch etwas zu sagen.

Lena blickte sich weiter um. Ein einfacher Schreibtisch

stand vor einem schrägen Dachfenster. Kein Computer darauf, sondern nur ein Radiowecker, der die falsche Zeit anzeigte – 17.05 Uhr. Links daneben ein Regal mit einem altertümlichen Plattenspieler und einer Reihe von Vinylplatten. Auch hier kein Laptop oder dergleichen. In einem anderen Regal standen kleine Blechautos sowie das Modell eines Raumschiffes und ein paar zerlesene, gelbliche Taschenbücher. Eine gelbfarbene Couch mit einem niedrigen Tisch komplettierten das Mobiliar.

»Hier hat dein Mann sich aufgehalten?«, fragte Lena. Alles sah zu sauber aus, als dass hier wirklich jemand gewohnt hatte.

»Nicht oft«, erwiderte Dorit. »Manchmal – zum Arbeiten, hat er gemeint.«

»Es gibt hier keinen Computer?«, fragte Lena.

Dorit antwortete ihr nicht. Sie war an das Kinoplakat herangetreten. »Warum hat Martin dieses Plakat aufgehängt?«, fragte sie. Es machte den Anschein, als hätte sie dieses Zimmer noch nie betreten. »Die Fotos zeigen seine Mutter und ihn. Sie hat sich umgebracht, als er vierzehn war. Er kam von der Schule nach Hause und fand sie vollgepumpt mit Schlaftabletten in der Küche. Darüber hat er nie wirklich gesprochen.«

Das Zimmer sah nicht wie das Arbeitszimmer eines Geheimdienstlers aus, eher als würde ein Mann hier seinen Erinnerungen nachhängen.

Worum ging es in dem Film ›Tod in Venedig‹? Handelte es sich nicht um eine Novelle, die Thomas Mann über seine verheimlichte Homosexualität geschrieben hatte?

»War ›Tod in Venedig‹ der Lieblingsfilm deines Mannes?«, fragte Lena und deutete auf das Plakat. »Hat er Thomas Mann gelesen?«

Dorit schüttelte den Kopf. »Er hat nicht viel gelesen, eigentlich gar nicht. Unten in der Garage hat er an Figuren geschweißt. Das war seine Ablenkung.«

Sie schwiegen ein paar Momente. Wenn Dorit sich erhofft hatte, in diesem Zimmer Aufschluss darüber zu erlangen, wo ihr Mann sich aufhielt, dann war sie bitter enttäuscht worden.

»Hat hier ein Computer gestanden?«, fragte Lena.

»Vielleicht«, sagte Dorit. Sie war an den Schreibtisch herangetreten. Er war aufgeräumt, da befand sich kein Zettel, kein Karteikasten, keine vergessene Rechnung oder ein abgelegter Brief. »Wenn es hier etwas von Bedeutung gegeben hat, dann hat jemand es mitgenommen.«

»Hat dein Mann keine Angehörigen mehr?«, fragte Lena. »Gibt es niemanden, der mehr über ihn weiß? Was hat er gemacht, bevor er beim Verfassungsschutz gelandet ist?«

»Ich weiß nicht«, sagte Dorit leise. Sie ließ sich auf das Sofa sinken. Plötzlich sah sie niedergeschlagen aus, als hätte sie hier tatsächlich einen Beweis gefunden, dass ihr Mann sie betrogen hatte. Aber einen Hinweis, dass er ein Auftragsmörder war, konnte man in diesem Raum nirgends entdecken.

Lenas Smartphone summte. Henning würde sich wundern, warum sie noch nicht im Präsidium eingetroffen war.

»Ich habe Neuigkeiten«, sagte Margot Dreier. Stolz schwang in ihrer Stimme. »Das geheime Netzwerk von uns Rechtsmediziner funktioniert. Da müsste die Kriminalpolizei nur mal drauf kommen. Ich weiß, wer dein zweiter Toter ist.«

11.

Für einen Film musste ich einmal einen Fabrikschornstein hochklettern und oben eine Regenbogenfahne hissen – über hundert Meter in der Höhe. Ich hatte leider großspurig behauptet, keine Höhenangst zu kennen, doch mit jedem Meter hatte ich mehr Angst gehabt, buchstäblich festzufrieren. Mir wurden die Knie weich, meine Arme waren wie aus Gummi, nur mit bloßer Willensanstrengung trieb ich mich weiter. Als ich Martins heimliches Zimmer verließ, fühlte ich mich genauso – kraftlos und mit weichen Knien. Was hatte ich hier erwartet? Karteikästen, geheime Akten und dergleichen – aber nicht ein Filmplakat und Kinderfotos an der Wand. Die Vinylplatte, die auf dem alten Plattenspieler lag, war ›Thriller‹ von Michael Jackson. Was hatte das alles zu bedeuten? Ein tiefer, namenloser Schrecken erfüllte mich – und die Erkenntnis, dass ich Martin nicht gekannt hatte. War ich für ihn eine Art Tarnung gewesen? Hatte er mich deshalb geheiratet? Es schien mir beinahe so zu sein.

Nachdem Lena Larcher ihr Telefonat beendet hatte, war sie rasch ins Präsidium aufgebrochen. Ich setzte mich an meinen Laptop und googelte, was ich über den Film ›Tod in Venedig‹ finden konnte. Luchino Visconti hatte ihn 1971, lang vor Martins und meiner Geburt, nach einer Novelle von Thomas Mann gedreht. Ein deutscher Komponist sah am Strand von Venedig einen polnischen Jungen und verlor sich in Tagträumen über den schönen Jüngling, was im Klartext heißt, er verliebte sich in ihn. Unterlegt war der Film mit Musik von Gustav Mahler. Am Ende starb der Komponist in seinem

Liegestuhl am Lido, während er dem Jungen nachschaute. Klang alles irgendwie schwülstig und zu bedeutsam. Aber warum hing dieses Plakat an der Wand? Den Film selbst konnte ich nirgends entdecken, aber einen DVD-Player oder ein Fernsehgerät gab es in diesem Zimmer ja auch nicht.

Zum etwa zehnten Mal rief ich Martins Mobilnummer an – wieder nichts. Fehlanzeige.

Ich spürte, dass meine Verzweiflung mit jeder Sekunde wuchs. Der erste Tote war ein Journalist gewesen – Christoph Ehrlich. Über ihn stand nicht viel im Internet. Er interessierte sich für allgemeine Kulturthemen, hatte für überregionale Zeitungen und ein paar Radiosender gearbeitet, nichts deutete darauf hin, dass er ein Agent gewesen war oder irgendetwas mit Martins Arbeit zu tun gehabt hatte. Außerdem hatte er sich für die Rechte alleinerziehender Väter eingesetzt.

Wann genau war Martin eigentlich zum Verfassungsschutz gekommen? Ich wusste es nicht. Meistens hatte er mir vorgespielt, seine Arbeit sei in etwa so interessant, als würde er sich beim Einwohnermeldeamt mit Anträgen befassen.

Es war kurz vor halb zehn, als ich meinen Computer herunterfuhr. Im Hause war es so leise, wie es mir nie zuvor vorgekommen war. Ich war allein – Martin würde nicht mehr zurückkommen. Da war ich mir plötzlich sicher. Er hatte etwas getan, das ihn von mir getrieben oder das ihn sein Leben gekostet hatte.

Ninas Café befand sich in der Südstadt, in der Darmstädter Straße, ein wenig abgelegen, jedenfalls keine beste Lage. Ich war noch nie bei ihr gewesen. Martin hatte sie gelegentlich allein getroffen. Mir war sie stets zu exaltiert, zu geziert gewesen. Einmal hatte Martin erwähnt, dass sie früher Musik gemacht hatte, sie hatte gesungen und Gitarre gespielt.

Das Café hatte noch nicht geöffnet. Ich musste eine Viertelstunde durch die Gegend laufen, dann, um Viertel vor elf, schloss Nina die Tür auf. Sie sah mich argwöhnisch an.

»Was gibt es?«, fragte sie.

»Martin ist verschwunden«, sagte ich. »Hast du eine Ahnung, wo er sein könnte?«

Sie schüttelte nur stumm den Kopf, und ich bestellte bei ihr einen Kaffee. Mit einem Schlag füllte das Café sich, Mütter mit drei Kleinkindern erschienen, ein einzelner Mann mit einem Laptop setzte sich in eine Ecke, und ein schwules Pärchen, das sich an den Händen hielt, platzierte sich am Fenster.

Nina brauchte fast zwanzig Minuten, bis sie mir den Kaffee brachte. Ein Mann, den sie Wilhelm nannte, tauchte auch hinter der Theke auf. So wie er sie einmal um die Taille fasste, war zu vermuten, dass er ihr derzeitiger Liebhaber war.

»Ich muss ein paar Dinge über Martin wissen«, sagte ich, als Nina mir den Kaffee hinstellte. Sie hatte sich schon abgewendet, um wieder zu gehen. »Seit wann kennt ihr euch?«

Sie bedachte mich mit einem eiskalten Blick. Der schwarze Kajalstift bewirkte, dass es aussah, als würde sie einen aus besonders tief liegenden Augen mustern.

»Hör zu, Dorit«, sagte sie, »ich würde dir raten, dich ans Amt zu wenden. Sollen sie dir ein paar Dinge über deinen Mann mitteilen.«

»Tun sie aber nicht«, erwiderte ich. »Also musst du mir verraten, was du weißt.«

Sie stöhnte auf. »Worüber habt ihr, Martin und du, eigentlich so geredet, wenn du überhaupt keine Ahnung hast, wer er ist?« Es klang wie ein Vorwurf und sollte vermutlich auch so klingen. »Wie naiv bist du eigentlich?«

Sie wollte wieder gehen, doch ich packte sie am Handgelenk. »Weißt du, wo er ist?«, fragte ich, und meine Stimme zitterte.

»Nein«, sagte sie. »Ich weiß nicht, wo er ist. So gut kennen wir uns nicht mehr – und nein, wir haben nie etwas miteinander gehabt.« Sie machte sich von mir los und schob mit einer ruckhaften, ärgerlich wirkenden Bewegung den rechten Ärmel ihrer Bluse hoch. Da war eine Narbe zu sehen, zumindest stark veränderte Haut, als hätte jemand ein Zeichen weggeätzt.

»Da«, sagte Nina, »da hatte ich früher einmal ein Tattoo – eine Triskele. Weißt du, was das ist? Nein ...« Sie lächelte dunkel. »Du wirst es nicht wissen. Eine Triskele ist ein keltisches Zeichen – es bedeutet eine magische Drei und steht für Geburt, Leben und Tod oder für Erde, Wasser, Luft. Ich habe früher in einem Plattenladen gearbeitet, dann auch für ein Modelabel – Blood and Honour. Hast du eine Ahnung, wovon ich rede?«

»Nein.« Ich musste den Kopf schütteln.

Aus Ninas braunen Augen tasteten zwei Laserstrahlen mein Gesicht ab.

»Ich gehörte zur rechten Szene im Ruhrgebiet – genau wie Martin. Er ist nach der Schule da hineingeraten. Kinderheim, Lehre als Koch, dann hat er in einer Kneipe gearbeitet, in der sich rechte Bands getroffen haben. Da sind wir uns zum ersten Mal begegnet. Später war er Informant für den Verfassungsschutz. Bis sie ihn aus dem Verkehr gezogen haben. Dann ist er ganz nach Köln gegangen. Er hieß auch früher anders, musste seinen Namen ändern. Weil er richtig gut war, haben sie ihm da einen Job gegeben. Das ist seine Geschichte.«

Ich musste tief einatmen. Ich wusste, dass er in Dortmund gelebt hatte. Da war seine Mutter begraben, aber den Rest ...

»Martin hat mir geholfen, dieses Café aufzumachen. Ohne ihn wäre ich aus der Szene auch nicht herausgekommen.« Nina wandte sich ab und kehrte zu ihrer Theke zurück. Und, wollte ich ihr nachrufen, wo ist Martin jetzt – ist er in einem Auftrag unterwegs? Dann dachte ich an das Zimmer unter dem Dach, an die Blechautos, die Fotos von ihm und seiner Mutter und das Filmplakat. Ich stand auf und ging langsam zur Theke.

»Weißt du, warum er mich geheiratet hat?«, fragte ich leise. Ich fürchtete eine Antwort. »War das Tarnung? Wollte er sich vor der rechten Szene schützen?«

Nina schaute mich stumm an. Ich sah Verachtung in ihren Augen, Verachtung und Geringschätzung. Sie hielt mich für dumm und selbstbezogen. »Er muss sich vor niemandem aus der Szene mehr schützen. Das alles ist lange her – fast fünfzehn Jahre. Vielleicht liebt er dich wirklich. Hast du ihn nie gefragt?«

Nein, wollte ich antworten, ich habe ihn nie gefragt. Wir wollten zusammen sein, wir wollten ein gemeinsames Haus haben, zusammenliegen, wir wollten unseren Alltag teilen. Vielleicht weil wir vorher beide zu einsam gewesen waren.

»Sagst du mir Bescheid, wenn er sich bei dir meldet?«, fragte ich.

Sie nickte, den Blick schon abgewendet. »Zu mir wird er allerdings nicht kommen, falls er in Schwierigkeiten stecken sollte.«

Auch Harry wollte mich nicht sprechen. Er war zwar Martins bester Freund, aber mit mir hatte er nie etwas anfangen können. Er ging erst nach dem zehnten Klingeln an sein Mobiltelefon. »Hör zu«, sagte er leicht genervt, nachdem ich mich gemeldet hatte, »ich muss mit ein paar Jungs gleich zur Polizei. Da gibt es eine Gegenüberstellung. Ohne mich sind die aufgeschmissen.« Seine Stimme klang, als würde er sprechen und gleichzeitig an einem Kaugummi kauen.

»Martin ist nicht aufzufinden«, sagte ich. »Hast du etwas von ihm gehört?«

»Nein«, erwiderte er unfreundlich.

»Warum hast du ihn überhaupt angerufen?«

»Hör zu, Dorit, ich komme gerne heute Abend bei dir vorbei, aber nun passt es ganz und gar …«

»Ich habe mit Nina gesprochen«, unterbrach ich ihn. »Sie hat mir erzählt, dass Martin früher bei den Rechten war, Blood and Honour … Du hast das alles gewusst, nicht wahr?«

Harry stöhnte auf. Im Hintergrund waren Straßengeräusche und Stimmen zu vernehmen. »Ich kenne Martin seit den

Tagen im Kinderheim. Wir waren auf einem Zimmer. Da habe ich einiges mitgekriegt – nicht alles natürlich.«

Wieder lag mir die Frage auf den Lippen, warum Martin mich geheiratet hatte, aber ich unterdrückte den Impuls, sie zu stellen. Es war lächerlich – nein, schlimmer noch, ich machte mich durch eine solche Frage lächerlich.

»Wann kann ich dich sehen?«, fragte ich stattdessen.

»Frühestens um vier Uhr«, sagte er. »Da esse ich im Trashchic in Kalk. Ein schräger veganer Laden.«

Harry legte auf. Mit einem Gefühl völliger Leere blieb ich zurück. Ich hatte nun mehr als drei Stunden Zeit. Wo sollte ich Martin suchen? Sein Telefon war nach wie vor tot.

Momente der Leere hatte es viele in meinem Leben gegeben. Ich musste nur an meine Mutter denken, an die Kämpfe mit ihr, oder an die Männer, mit denen ich mich eingelassen hatte. Darum auch hatte ich Martin gewählt – er war vom ersten Augenblick an anders gewesen, sanfter, verständnisvoller, ein Hort der Ruhe. Nie wäre ich auf die Idee gekommen, dass er irgendetwas mit Nazi-Gedanken zu tun gehabt haben könnte.

Und doch ...

Was hatte er heimlich in Thailand gemacht? Gab es da versteckte Nazis?

Und wer war in unserem Haus gewesen?

Einmal, nachdem wir miteinander geschlafen hatten, hatte ich Martin gefragt, was das Schlimmste gewesen sei, das er je getan hatte. Er hatte mich angesehen, mit einem ganz jungen Blick, funkelnden Augen, als wäre er nichts anderes als ein neugieriger kleiner Junge. »Ich habe meine Mutter bestohlen«, sagte er dann, »an dem Morgen, als sie sich umgebracht hat. Ich habe ihr ihren letzten Zwanzigmarkschein aus dem Portemonnaie genommen. Jahrelang habe ich geglaubt, sie hätte sich deshalb umgebracht, aus Verzweiflung, weil sie keinen Pfennig Geld mehr hatte.« Er liebkoste meine Brust, küsste dann meinen Hals. Ein seltsamer Ausdruck war in seine Augen getreten – Schmerz, aber auch eine Härte, als könnte ihm nichts Schlimmeres mehr passieren als der Verlust seiner Mutter. Er hatte mir nie die Einzelheiten ihres Todes erzählt. Von der Schule kommend hatte sie sterbend in der Küche gelegen. Er hatte einen Krankenwagen gerufen, von einem Laden an der Ecke, weil ihr Telefon abgeschaltet gewesen war, aber jede Hilfe war zu spät gekommen.

»Und du?«, fragte er dann. »Was war deine schlimmste Tat?«

Ich hätte mit dieser Frage rechnen müssen, und doch war ich überrascht. »Ich weiß nicht«, sagte ich, um Zeit zu gewinnen. Ich hatte auch meine Mutter bestohlen, meinen Bruder, sogar den Pfaffen, ohne dass er es je bemerkt hatte, nun, er hatte zumindest nichts gesagt, vielleicht um meine Mutter zu schonen, die er tatsächlich zu lieben schien. Ich hatte zudem ein paar Einbrüche verübt, und da war die Sache mit dem Messer. Peer hatte der Kerl geheißen, ein braun gebrannter Kerl mit Schnauzbart, dem ich es in den Oberschenkel gerammt hatte.

»Ich habe einmal einen Hund überfahren«, sagte ich, »und ich habe ihn liegen lassen, bin einfach weitergefahren, habe nur im Rückspiegel gesehen, wie er versuchte, sich aufzurichten, aber er konnte es nicht, seine Vorderläufe waren gebrochen.« Es stimmte nicht. Ich hatte noch nie ein Tier überfahren.

Martin schaute mich dunkel an. »Dann müsstest du eigentlich morgen ins Tierheim gehen und dir einen Hund zulegen. Um deine Schuld wiedergutzumachen.«

Ich küsste ihn. Mir gefiel, wie er auf diese Lüge reagierte. »Glaubst du wirklich, dass man etwas wiedergutmachen kann?«, fragte ich.

Er nickte. »Wenn die Schuld nicht zu groß ist – ansonsten geht man unter, irgendwann, ertrinkt in seiner Schuld.«

War ihm das nun passiert? War er in seiner Schuld untergegangen? Plötzlich kam es mir wieder völlig undenkbar vor, dass er einen Menschen getötet hatte. Aber woher stammten dann die Fotos? Ich drehte mich im Kreis.

Dass die Geschichte mit dem Hund nicht stimmte, hatte ich ihm nie gesagt. Auch nicht, dass ich in den letzten Monaten mehrmals mit Chris, dem Producer, geschlafen hatte, dass ich gelegentlich Marihuana rauchte und dass ich einmal für ein paar Wochen im Gefängnis gewesen war, als man mich wegen Drogenbesitzes verhaftet hatte.

Nun, dachte ich, nun wäre es Zeit für ein paar Wahrheiten. Wo bist du, Martin? Ich brauche dich – und du brauchst mich. Wir haben doch nichts auf dieser Welt, nur einander.

Ich lief um den Chlodwigplatz, dann zum Rhein hinunter. Der Fluss hatte mich stets beruhigt, es tat gut, aufs Wasser zu blicken.

Als mein Smartphone klingelte, glaubte ich beinahe, Martin habe meinen Ruf erhört. Alles würde sich als ein Irrtum herausstellen – er hatte einen eiligen und geheimen Auftrag angenommen, und nun war er wieder zu Hause und fragte, was er für mich kochen sollte.

Die Nummer, die aufleuchtete, kannte ich nicht.

»Was ist mit dem Geld?«, fragte mein Bruder. »Wirst du es beschaffen können?«

»Nein«, sagte ich. »Keinen Cent für dich. Ich habe im Moment andere Sorgen.«

Mein Bruder schnaubte. »Ich habe immer gewusst, dass ich mich auf dich nicht verlassen kann. Aber ich kann dir Schwierigkeiten machen, ziemlich große Schwierigkeiten. Das schwöre ich dir!« Er unterbrach die Verbindung.

Als es Sekunden später erneut klingelte, nahm ich das Gespräch sofort an und zischte in den Apparat: »Paul, lass mich in Ruhe.«

Ein kurzes Zögern entstand am Ende der Leitung. »Dorit«, sagte Lena Larcher zögernd, »es gibt Neuigkeiten – leider keine guten.«

12.

Es schien tatsächlich ein Netzwerk der Rechtsmediziner zu geben. Ein Rechtsmediziner aus Bonn hatte den zweiten Toten erkannt. Er hieß Rainald Kunze, ein Finanzbeamter, der auf einem Waldweg im Siebengebirge in seinem Auto gefunden worden war. Zunächst hatte man vermutet, dass er Geld unterschlagen und deshalb Selbstmord begangen hatte. Rainald Kunze war Steuerprüfer gewesen, doch in seinen Akten hatte man nichts gefunden, keine Auffälligkeiten, nichts, das auf Ungereimtheiten hingedeutet hätte. Er war homosexuell gewesen, ohne festen Partner, mit einem Hang zur Depression. Er hatte mit seiner achtzigjährigen Mutter, die mittlerweile auch verstorben war, in einem Haus in Bonn-Poppelsdorf gewohnt. Sie hatte ihren Sohn nur ein halbes Jahr überlebt.

Das Ganze war fast sechs Jahre her.

Der Vorgang war sechs Monate nach dem Tod Kunzes geschlossen worden. Mochte der Himmel wissen, wie Margot Dreier noch an die Akte gekommen war. Vermutlich hatte das auch mit ihrem Netzwerk zu tun.

Wieder deutete nichts auf eine Verbindung zu Zeiner oder dem Verfassungsschutz hin.

Ein biederer schwuler Finanzbeamter aus Bonn, der in Köln gearbeitet hatte.

Lena speicherte die Akte, die Margot Dreier ihr gemailt hatte, in ihrem privaten Ordner ab. Henning war noch nicht im Präsidium aufgetaucht. Er schien wieder eine schwierige Zeit durchzumachen. Die Trennung von seiner Frau war nun fast sechs Monate her, doch er hatte sich immer noch nicht damit abgefunden, dass sie nichts mehr mit ihm zu tun haben wollte. Er hatte zu viel gespielt, und dann hatte er sich obendrein noch mit viel jüngeren Mädchen eingelassen, die er auf der Straße aufgelesen hatte.

Mona, ihre Assistentin, kam mit einem Kaffee und einem Computerausdruck herein. »Euer Toter aus der Eifel … die Taucher haben die Waffe gefunden, eine P30 von Heckler & Koch. Wird nun in der Technik untersucht. Sieht aber so aus, als hätte sich der Maler damit erschossen.«

Lena nickte. »Müssen wir das weiterverfolgen, oder geht das nach Aachen?«

»Schätze, das bleibt bei euch liegen, aber wird nicht viel Arbeit machen. Scheint ja ein klarer Fall von Suizid zu sein.« Monas Vorliebe für Orange erstreckte sich nicht nur auf ihre Haarfarbe – auch ihre Fingernägel glänzten in einem grellen Orange. Die meisten Kollegen rümpften die Nase über ihr ausgefallenes Outfit – zumeist enge gelbe oder rote Jeans, Turnschuhe in einer ähnlichen Farbe und T-Shirts mit Sprüchen wie: »Kann man so machen – aber dann wird es Kacke!«. Heute allerdings trug sie ein schwarzes T-Shirt mit einer Silhouette, die an David Bowie erinnerte.

»Wie«, fragte Lena, »kann man etwas über einen Mann herausfinden, der beim Verfassungsschutz arbeitet?«

Mona sah sie lächelnd an. Zwischen ihren Schneidezähnen hatte sie eine Zahnlücke, die sie viel jünger als neunundzwanzig aussehen ließ. »Um wen geht es?«, fragte sie.

Lena reichte ihr einen Zettel mit den Angaben, die sie zu Martin Zeiner hatte. »Inoffiziell«, sagte sie. »Keine förmliche Anfrage.«

Mona nickte. »Henning hat sich übrigens krankgemeldet. Er hat sich in der Eifel erkältet, hat er gemeint. Er klang allerdings ziemlich verkatert.« Sie nahm ihre Kaffeetasse und verschwand im Nebenzimmer.

Wenn Henning tatsächlich zu viel getrunken hatte, dann war er höchstwahrscheinlich wieder in einer Kneipe irgendwo in Ehrenfeld versackt. Er sollte ein Kur machen, ein paar Monate aus der Tretmühle Polizei herauskommen. Aber so einen Gedanken würde er als schwachsinnig abtun. Kur klang für ihn nach Psychotherapie und Selbsterfahrungsgerede, Dinge, die ein harter Mann nicht brauchte. Aber ohne ihre Therapie, ohne die Hilfe von Silvana, dachte Lena, hätte sie das letzte Jahr nach dem Unfall nicht überlebt.

Bei jedem Klingeln ihres Smartphones kam ihr unweigerlich ihr Vater in den Sinn, doch es war Adrian Farkas, der sie anrief.

»Wie hast du den Tag gestern verbracht?«, fragte er mit seiner sanften Stimme.

Sie zögerte einen Moment. »Ich war in einer Kletterhalle«, sagte sie. »Bin eine Wand hinaufgestiegen, die zehn Meter hoch war. Eine echte Mutprobe.«

»Gut«, sagte er. »Ich hatte Angst um dich.« Er verstummte für einen Moment. »Übermorgen gebe ich ein Konzert im Senftöpfchen – nur ich auf der Bühne, am Klavier und an der Gitarre. Würde mich freuen, wenn du kommen könntest.«

»Ja«, sagte sie. »Vielleicht.«

Sie legte auf und hatte plötzlich wieder seine Hände vor Augen. Deshalb hatte sie Robert betrogen – weil sie sich in Adrians Hände verliebt hatte. Er war Sänger in einer Band, die durch den Karneval berühmt geworden war. Mittlerweile spielte er auch andere Lieder, sanfte, nachdenkliche Songs. Er war ein Star. Wenn sie mit ihm in einem Restaurant gewesen war, hatte ihn immer jemand entdeckt und ein Autogramm von ihm haben wollen. Sie fragte sich, ob er eine Freundin hatte. Eigentlich war es unvorstellbar, dass er allein war. Sie erschrak vor ihren Gedanken, dann nahm sie ihr Mobiltelefon hervor, um ihren Vater anzurufen, doch im nächsten Moment klingelte ihr Apparat auf dem Schreibtisch.

»Es gibt einen ungeklärten Todesfall«, sagte Mona. »Wurde soeben von der Wache in Chorweiler gemeldet. Ich glaube, das muss sich jemand ansehen.«

Der Tote war im Worringer Bruch gefunden worden – von einem Spaziergänger, der dort abseits der Wanderwege seinen Hund, einen Stafford, ausgeführt hatte. Ein etwa vierzigjähriger Mann mit blonden Haaren, der einen schwarzen Mantel und einen grauen Anzug trug, hatte sich an einem Baum erhängt. So hatte die Beschreibung des Oberwachtmeisters gelautet, der mit einer Kollegin als Erster am Tatort eingetroffen war.

Lena hatte sofort an Martin Zeiner gedacht. Von seiner Dienststelle in Köln-Chorweiler und seinem Haus lag der Worringer Bruch allenfalls vier, fünf Kilometer entfernt. Der Passat, den sie von der Fahrbereitschaft zugewiesen bekommen hatte, ruckelte bei jeder Beschleunigung, als wollte er sich gegen sie wehren, als spürte der Wagen, mit wie viel Unbehagen sie hinter dem Steuer saß.

Der Tag war kalt und grau, allenfalls vier Grad, und als sie auf einem Feldweg vor einem Waldstück ausstieg, frischte der Wind so auf, dass ihr ein Schauer über den Rücken glitt.

Zwei Polizeiwagen standen da sowie bereits ein Leichenwagen, in dem zwei Männer saßen, die offenbar beschlossen hatten, dass sie noch nicht gebraucht wurden. Der Spaziergänger mit dem Hund hatte anscheinend schon das Weite gesucht, es war zumindest niemand sonst zu sehen.

Die Polizisten hatten den Toten bereits heruntergenommen, er lag auf einer Plane, und Lena erkannte mit einem Blick, dass sich ihre Befürchtung bewahrheitet hatte: Der blonde Mann war Martin Zeiner. Das Bild, das Dorit ihr in der Nacht gemailt hatte, ließ keinen anderen Schluss zu.

»Wir haben die Identität des Toten noch nicht feststellen können«, erklärte ein älterer Beamter.

Lena schaute ihn an. »Das ist auch nicht nötig. Ich kenne den Mann. Rufen Sie bitte jemanden von der Spurensicherung. Haben Sie Fotos von der Vorfindesituation gemacht?«

Der Mann musterte sie mit gerunzelter Stirn, als hätte sie eine widersinnige Frage gestellt. »Natürlich«, sagte er dann ein wenig beleidigt, und Lena begann mit ihrem Smartphone ebenfalls Fotos zu machen. Das Seil, an dem Martin Zeiner sich offenbar erhängt hatte, lag neben ihm auf der Plane – es war ein schwarzes, etwa ein Zentimeter dickes Seil, das man gut und gerne zum Bergsteigen verwenden konnte, absolut reißfest und belastbar.

Sie fotografierte, obwohl es ihr schwerfiel, auch den Toten. Sein Gesicht war blau angelaufen, die Zunge hing ihm groß und geschwollen aus dem Mund, seine Augen waren geschlossen, an seinem Hals waren blutige Schürfwunden zu sehen. Ihr fiel auf, dass seine Schuhe, braune Slipper, kein bisschen schmutzig waren. Ein blaues Rennrad lehnte, ordentlich abgeschlossen, an einem Baum.

Ein BMW näherte sich, und Margot Dreier stieg aus. »Mein Gott«, sagte sie, als sie Lena entdeckte, »Tote scheinen ja eine ungeheuere Anziehungskraft auf uns auszuüben.«

»Ich glaube nicht, dass alles so einfach ist, wie es aussieht«, sagte Lena. »Hier haben wir den Mann, der seit gestern vermisst wird und den seine Frau für einen Auftragsmörder hält.«

»Der Tote ist der Typ vom Verfassungsschutz?« Margot Dreier blickte zu der Plane hinüber.

Lena nickte. »Ich habe auch die Spurensicherung angefordert und ich bin sicher, sobald wir nur den leisesten Laut von uns geben, wird auch jemand vom Amt hier nach dem Rechten sehen.«

Margot Dreier lächelte matt. »Darauf kannst du tausend Euro wetten.«

Sie hätte Dorit nicht am Telefon die schreckliche Nachricht überbringen dürfen, dachte Lena, nachdem sie die Verbindung unterbrochen hatte. Nach so einer Nachricht war es, als würde man durch eine endlose Nacht laufen – laufen und laufen, ohne Ziel. Sie wusste darum – die Nacht war immer noch in ihr.

Dorit hatte Momente lang nichts gesagt, nur laut ein- und ausgeatmet.

»Kann ich ihn sehen?«, hatte sie dann gefragt.

»Später«, hatte Lena erwidert und zu einer Lüge gegriffen. »Dein Mann ist bereits auf dem Weg in die Rechtsmedizin. Auch wenn es wie Selbstmord aussieht, so werden wir alles genau untersuchen.«

»Ich muss ihn sehen.« Dorits Stimme hatte fest geklungen, als wäre sie bereits aus Stein. »Und eines weiß ich ganz genau: Er hat sich nicht umgebracht.«

»Ich hole dich ab«, sagte Lena. »In einer Stunde. Bist du dann zu Hause?«

»Nein«, hatte Dorit erwidert, »ich gehe zum Dom und zünde eine Kerze an. Danach komme ich. Wo ist die Rechtsmedizin?«

»Am Melatengürtel.«

Nachdem Margot Dreier den Toten kurz untersucht hatte, fuhr Lena langsam hinter der Rechtsmedizinerin und dem Leichenwagen her. Die Dunkelheit war bereits hereingebrochen. Graue Nebelfetzen hingen in den kahlen Bäumen. Sie hatte Martin Zeiner nicht gekannt, doch irgendwie trauerte sie um ihn.

Kurz bevor sie den Melatengürtel erreicht hatte, rief sie Mona an und erklärte ihr, wer der vermeintliche Selbstmörder war.

»Der Tote ist der Mann, zu dem ich Informationen einholen sollte?«, fragte sie. »Ist das ein Zufall?«

»Nein«, erwiderte Lena. »Kein Zufall. Hast du etwas herausgefunden?«

»Nur ein paar allgemeine Daten«, erklärte Mona. »Geburtsdatum, Wohnort, keine Vorstrafen. Der Mann ist beinahe so etwas wie ein weißes Blatt Papier.«

»Dann nimm dir seine Frau vor und ruf den Verfassungsschutz an. Da hat Martin Zeiner gearbeitet.«

Dorit Zeiner wartete schon vor der Tür der Rechtsmedizin.

Sie hielt eine Flasche in der Hand, die Lena erst für Whisky hielt, aber es handelte sich um Mineralwasser. Mit starrer Miene, ohne Tränen in den Augen trat Dorit ihr entgegen. Sie umarmten sich.

»Martin«, sagte sie leise, »er war nicht der Mann, für den ich ihn gehalten habe, aber umgebracht hat er sich bestimmt nicht. Wie ist er zu Tode gekommen?«

»Er hat sich erhängt«, sagte Lena. »So sah es jedenfalls aus. Im Worringer Bruch.«

Dorit trank einen Schluck, dann nickte sie Lena auffordernd zu, und sie gingen hinein. Sie mussten ein paar Minuten warten, weil der Leichnam noch nicht ordentlich aufgebahrt worden war.

Margot Dreier kam ihnen in einem hellgrünen Kittel entgegen. »Mein Beileid«, sagte sie zu Dorit Zeiner und drückte ihr die Hand.

Ohne ein Wort zu sagen, schaute Dorit sich dann ihren Mann an. Die Rechtsmedizinerin hatte es fertiggebracht, dass er nicht mehr so entstellt wirkte. Zwar war sein Gesicht immer noch bläulich unterlaufen, aber die Zunge hing nicht mehr heraus, und Margot Dreier entblößte den Toten nicht so weit, dass man die Verletzungen am Hals sehen konnte.

Dorit unterdrückte ein Schluchzen, dann wandte sie sich ab. Einen Moment später erstarrte sie. Ein Mann hatte lautlos die Tür geöffnet. Er trug eine dicke Hornbrille, eine Jeansjacke und eine schwarze Cordhose. Seine Haare waren fast grau, eine lange Strähne hing ihm in die Stirn. Einen Mann vom Verfassungsschutz hatte Lena sich völlig anders vorgestellt.

Er schaute sich kurz um und kam dann näher. Als würde er sie bereits länger kennen, schritt er auf Dorit zu und reichte ihr die Hand. »Tut mir aufrichtig leid, Frau Zeiner«, sagte er. »Ich bin Reno Lehmann vom Bundesamt für Verfassungsschutz. Wir werden alles tun, um Sie zu unterstützen.« Dann wandte er sich an Lena. »Frau Larcher«, er lächelte überlegen, »vielen Dank für Ihre Mühe, aber wir haben das LKA Düsseldorf eingeschaltet. Die Düsseldorfer werden mit uns zusammen diesen Fall untersuchen. Sie werden hier nicht mehr gebraucht.«

Lena erwiderte das Lächeln. »Herr Lehmann«, sagte sie, »schön, dass Sie schon alles in die Wege geleitet haben, aber das hätte ich gerne schriftlich, und eine einfache E-Mail reicht da nicht. Und solange die nicht vorliegt, fühle ich mich von meiner Mühe« – sie betonte das letzte Wort spöttisch – »nicht entbunden.«

Reno Lehmann warf ihr einen gleichmütigen Blick zu. »Kriegen wir hin«, sagte er ganz beiläufig und schob sich bereits an ihr vorbei. Ohne um Erlaubnis gefragt zu haben, hob er das Tuch an, das Margot Dreier wieder über den Kopf des Toten gelegt hatte. Er blickte auf den Leichnam, nicht betroffen oder berufsmäßig interessiert, sondern als hätte er ein Tier vor sich, das er selbst erlegt hatte.

13.

Konnte man mit weit geschlossenen Augen leben? Hatte ich das nicht getan? Mit meiner Mutter, meinem Bruder, dem Drogendealer, und vor allem in den letzten Jahren mit Martin? Hatte ich tatsächlich nicht sehen wollen, dass er gar nicht der Mann war, für den ich ihn hielt? Nun hatten meine Ahnungen mich nicht getrogen. Der Ring war tatsächlich eine Art Abschiedsgeschenk gewesen. Martin hatte mir noch etwas geben wollen, etwas, das mir ein wenig Sicherheit vermittelte. Ich hatte den Ring mit dem schönen grünen Stein an mich genommen, verbarg ihn wie einen Glücksbringer in meinem Portemonnaie.

Als ich Martin tot vor mir liegen sah, wurden mir die Knie so weich, dass ich beinahe gestürzt wäre. Er sah fürchterlich aus, verzerrte, fremde Züge, eine Haut schon wie Wachs und eine hässliche Wunde am Hals, die ich sehen konnte, obwohl die Rechtsmedizinerin, offenbar eine Freundin von Lena Larcher, sich Mühe gab, sie nicht aufzudecken.

Martin, flüsterte ich in mir, was ist geschehen? Warum liegst du hier? Ich fühlte, dass ich ihn möglicherweise nicht geliebt hatte, aber er hatte mir Dinge vermittelt, die vielleicht genauso wichtig wie Liebe waren: Vertrauen, das Gefühl, bei jemandem zu Hause zu sein.

Wo, Martin, flüsterte ich weiter in mir, hast du die letzte Nacht verbracht? Wo bist du in deinen letzten Stunden gewesen? Und wer hat dir das angetan?

Das kalte graue Gesicht vor mir antwortete nicht. Bevor ich mich endgültig nicht mehr auf den Beinen halten konnte und mir schwere Tränen in die Augen traten, wandte ich mich ab.

Der Mann vom Amt, der unvermittelt in der Tür stand, kam mir vom ersten Moment an wie eine Bedrohung vor. Er hatte die Attitüde eines Machtmenschen, er war jemand, der sofort die Kontrolle übernahm, obschon er äußerlich eher ungepflegt wirkte.

Er hieß Reno Lehmann oder nannte sich zumindest so, und er kondolierte mir, salopp, ohne jeden Tiefgang.

Ich schwieg, nickte ihm nur zu, dabei hätte ich ihm so viele Fragen ins Gesicht brüllen können: Habt ihr vom Amt Martin getötet? Ist er für euch ein Auftragskiller gewesen? Seid ihr bereits in unser Haus eingedrungen?

»Ich muss nach Hause, um mich ein wenig auszuruhen«, sagte ich zu Lena.

»Ja, sicher.« Sie sah mich mitfühlend an.

»Wäre es Ihnen recht, wenn ich Sie begleite?«, fragte Lehmann, obschon er ein paar Schritte entfernt stand, nachdem er sich ebenfalls Martins Leichnam angesehen hatte. »Ich fahre Sie, und dann sehe ich mich ein wenig bei Ihnen um, ganz dezent und so, dass Sie meine Anwesenheit kaum spüren werden.« Er lächelte. »Ein Hausbesuch ist ohnehin unumgänglich, solange die Umstände des Todes Ihres Mannes nicht zweifelsfrei geklärt sind.«

»Ja«, sagte ich, »verstehe, aber ich hatte die Kommissarin Frau Larcher schon gebeten, mich zu fahren. Könnten Sie morgen vorbeikommen? Das Ganze ist ein Schock für mich – können Sie sich vielleicht vorstellen.«

Er neigte den Kopf ein wenig und lächelte erneut, doch in seinen Augen stand pures Misstrauen. »Gewiss kann ich mir Ihre Gemütslage vorstellen, aber morgen früh wäre ein wenig spät. Ich gebe Ihnen eine Stunde. Trinken Sie einen Tee, rufen Sie einen Freund an.« Er warf der Rechtsmedizinerin und Lena einen teilnahmslosen Blick zu, bevor er ging.

»Was für ein arroganter Scheißkerl!«, rief die Rechtsmedizinerin aus. Sie drückte meinen Arm. »Lassen Sie sich von so einem Typen nicht einschüchtern.«

»Wir sollten jetzt ein Taxi nehmen«, sagte Lena. »Sonst ist dieser Lehmann doch noch vor dir in deinem Haus.«

»Habt ihr bei Martin etwas gefunden?«, fragte ich Lena, als wir im Taxi saßen. »Einen Abschiedsbrief – irgendein heimliches Zeichen von ihm?«

Sie schüttelte den Kopf. Nein, natürlich, es konnte keinen Abschiedsbrief geben, weil Martin gar nicht freiwillig aus dem Leben geschieden war.

Die Trauer überkam mich plötzlich wie Schüttelfrost. Ich musste Lena umarmen, wollte, dass sie mich festhielt, dann kamen mir die Tränen – sie liefen und liefen, als befände sich in meinem Inneren ein Felsen, aus dem nun eine geheime, lang verborgene Quelle hervorsprudelte. Ich beweinte Martin, ich beweinte seinen Verlust, aber ich weinte auch über mein eigenes Leben.

Niemals wieder würde ich mit ihm sprechen können – und was wäre, wenn ich nie herausfinden könnte, was ihm widerfahren war?

»Wir werden nicht eher ruhen, bis wir die Wahrheit herausgefunden haben«, sagte Lena, als hätte sie meine Gedanken erraten.

Als mein Smartphone summte, sah ich, dass zuvor schon drei Anrufe eingegangen waren. Chris, mein Producer, hatte angerufen, dann auch Harry und mein Bruder. Paul versuchte es schon wieder, doch ich drückte seinen Anruf weg.

Ich lehnte mich wieder an Lena und schloss die Augen. Unvermittelt sah ich Martin vor mir – ganz nackt, und er lachte und bewegte sich tänzelnd. Er summte ein Lied, ›Let's dance‹ von David Bowie, dann sang er ein paar Zeilen – »If you say run I run with you« – und sank später ermattet neben mir ins Bett. In unserer Hochzeitsnacht war das gewesen. Obschon wir damals eine Wohnung in Köln am Brüsseler Platz besaßen, hatten wir die Nacht nach unserer Feier im Haus am See im Hyatt verbracht, weil wir auf den Dom hatten schauen wollen. Später hatte er mir zugeflüstert: »Dorit, mit dir werde ich ein besserer Mensch.«

»Wir sind da.« Lena stieß mich vorsichtig an.

Ich bemerkte, dass meine Tränen versiegt waren.

»Das Zimmer …«, sagte ich, »ich möchte nicht, dass Lehmann oder wie der Kerl heißt Martins Zimmer so sieht. Wir lassen das Taxi warten und räumen schnell alles heraus. Was hältst du davon?«

»Ich würde damit die Ermittlungen torpedieren. Das kann mich meinen Job kosten«, erwiderte Lena, dann überlegte sie einen Moment. »Aber Lehmann will mich ja ohnehin nicht dabeihaben – also gut!«

Ich hatte wieder einen Klebestreifen an der Eingangstür angebracht, aber nun war er unversehrt. Niemand war im Haus gewesen.

Wir brauchten lediglich zehn Minuten, bis wir Martins Blechautos, seine Bücher und CDs in zwei Taschen gepackt hatten. Als Erstes hatte ich das Kinoplakat von der Wand genommen. Ein paar Dinge waren mir bei meiner ersten Begehung nicht aufgefallen – eine Mappe mit Briefen, ein Fotoalbum, eine Plastiktüte, in die Martin scheinbar wahllos Rechnungen, Kinokarten und anderes hineingeworfen hatte, obschon er doch sonst so ein Pedant gewesen war.

Als wir fertig waren, sah das Zimmer unbewohnt aus – wie ein Gästezimmer, das auf Besucher gewartet hatte, die nie gekommen waren.

»Ich nehme die Sachen mit«, sagte Lena. »Hast du etwas dagegen, wenn ich mir das alles ansehe? Vielleicht finde ich etwas, das uns weiterhilft.«

Nein, ich hatte nichts dagegen.

Kaum war Lena zurück im Taxi, das mit laufendem Motor gewartet hatte, summte wieder mein Telefon.

Meine Mutter – ich erkannte ihre Nummer und erschrak.

Sie rief mich niemals an, solange es keine Probleme gab. Hatte sie von Martins Tod gehört? War die Meldung schon irgendwo gepostet? Aber meine Mutter war weder bei Facebook noch bei Twitter – sie würde Nachrichten in der Zeitung lesen.

Es klingelte ein drittes und viertes Mal, ohne dass ich mich überwinden konnte, mich zu melden.

Doch die Entscheidung wurde mir abgenommen.

Reno Lehmann stand vor der Tür. Er hatte mir siebenundvierzig Minuten Zeit gegeben, und er war nicht allein gekommen. Eine junge schwarzhaarige Frau in einem beigefarbenen Mantel begleitete ihn.

»Nur ein kleiner, unbedeutender Besuch«, erklärte Lehmann lächelnd – er war ein widerlicher Lächler. »Wir möchten uns nur ein wenig umschauen. Ich hoffe, Sie haben nichts dagegen.«

»Wie könnte ich!«, erwiderte ich ironisch.

»Na, Drogen werden wir ja wohl kaum finden«, sagte er. Wieder ein Grinsen. Ja, klar von meiner Bewährungsstrafe wusste er natürlich.

Ohne etwas zu entgegnen, ging ich in die Küche und kochte mir einen starken, schwarzen Kaffee, den ich schon vor Stunden gebraucht hätte.

Während ich den Kaffee trank, den Kopf in meine Hände gestützt, hörte ich die beiden im Haus rumoren. Die Frau war nach oben gegangen, ins Schlafzimmer, vermutlich würde sie sich auch Martins Mansardenzimmer ansehen, aber nun wirkte es harmlos – war kein Kinderzimmer eines erwachsenen Mannes mehr, das Argwohn hervorrufen könnte.

Lehmann hielt sich im Wohnzimmer auf. Einmal pfiff er vor sich hin, und allein dafür hätte ich ihn ins Gesicht schlagen können.

Schon nach zehn Minuten jedoch hatte er offenbar die Lust am Herumschnüffeln verloren. Er kam in die Küche und nickte mir zu.

»Ich verstehe, was Sie nun durchstehen müssen«, sagte er

scheinbar ernst, »aber würde es Ihnen etwas ausmachen, mir auch einen Kaffee zu kochen?« Dabei neigte er den Kopf, als würde er ein Kind um einen Gefallen bitten.

Ein weiterer Grund, ihm ins Gesicht zu schlagen – im Geiste verfasste ich eine Liste aller Gründe, und es half mir, meinen Zorn auf ihn zu bändigen.

»Kein Problem«, erwiderte ich und stand auf, um ihm mit unserer Espressomaschine einen Kaffee zuzubereiten.

Lehmann setzte sich ungefragt. »Sie verstehen hoffentlich, dass wir, wenn einer unserer Mitarbeiter unter ungeklärten Umständen ums Leben kommt, Nachforschungen anstellen müssen. Ist Ihnen an Ihrem Mann etwas aufgefallen?«, fragte er. »War er anders als sonst? Depressiv? Hatte er bestimmte Sorgen? Vielleicht finanzielle Sorgen?« Ich spürte seinen forschenden Blick in meinem Rücken. »Ihr Geschäft mit dem Catering läuft doch gut, nicht wahr?«, schob er nach.

Ich wandte mich erst um, als ich seinen Kaffee fertig hatte. »Martin war wie immer«, sagte ich, obwohl es nicht stimmte. »Er hatte ja diese Dienstreise …«

Lehmann nahm mit einem dankbaren Nicken die Tasse entgegen. »Nein«, sagte er entschieden. »Es gab keine Dienstreisen. Da müssen Sie sich irren. Ihr Mann wurde von uns nur im Innendienst eingesetzt. Etwas anderes hätte seine Biografie auch gar nicht zugelassen.« Das Wort »Biografie« klang aus seinem Mund geradezu anrüchig.

Ich schwieg und hielt mich an meiner Tasse fest. Es hatte nie Dienstreisen gegeben?

Lehmann schien mein Unbehagen zu spüren. »Offenbar hat Ihr Mann sich nicht sehr intensiv über seine Arbeit mit Ihnen ausgetauscht. Nun, das können wir ihm nicht verdenken. Es war eine heikle Tätigkeit, die er zu verrichten hatte. Er gehörte ja eine Zeit lang zu der Szene der Neonazis, dann war er ein Verbindungsmann, doch im Amt haben wir ihn nur für die interne Analyse eingesetzt – Quellenstudium und Analyse der rechten Szene in der Bundesrepublik. Da war Ihr Mann ein echter Experte.« Genüsslich trank er seinen Kaffee und blickte mich über den Rand der Tasse an. »Wir haben immer gewusst, dass Ihr Mann manisch-depressiv war … Na, allein seine Herkunft, ungeklärt und ohne Vater, und der Tod seiner Mutter …« Er nahm wieder einen Schluck. Seine Stimme hatte etwas Beiläufiges, als würde er von einem harmlosen Ausflug sprechen, den Martin und er einmal unternommen hatten. »Wegen des psychiatrischen Gutachtens konnte er auch nicht verbeamtet werden, aber wir haben auch gesehen, dass ihm die Ehe mit Ihnen gutgetan hat.«

Mein Smartphone summte wieder. Harrys Nummer erschien auf dem Display, aber ich nahm das Gespräch nicht an.

»Doch nun ist Ihr Mann tot«, sagte Lehmann. »Offenbar haben ihm seine Depressionen mehr zu schaffen gemacht, als wir alle vermutet haben.«

Ich sah ihn an – Reno Lehmann gehörte eindeutig zu den Menschen, die sich stets für klüger als alle anderen hielten und die wegen dieser Arroganz immer etwas Wesentliches übersahen. Ich sagte ihm nichts von den Fotos der Toten, die ich gefunden hatte, nichts davon, dass jemand ins Haus eingedrungen war.

»Insofern ist unsere Untersuchung hier reine Routine«, fuhr er fort. »Im Amt hatte Ihr Mann keine Probleme. Da lag auch nichts wirklich Heikles auf seinem Schreibtisch – falls Sie sich deswegen Sorgen gemacht haben sollten.«

»Vielen Dank«, sagte ich. »Das beruhigt mich.«

Die schwarzhaarige Frau kam herunter. Sie wirkte genauso düster und undurchsichtig wie Lehmann, obschon sie gut und gerne fünfzehn Jahre jünger sein musste. »Ich habe nichts Verdächtiges gefunden«, sagte sie zu Lehmann, dann schaute sie mich an. »Hatte Ihr Mann keinen Laptop?«

»Nein«, sagte ich, obschon auch das nicht der Wahrheit entsprach, »ich glaube nicht. Er hat alles mit seinem Smartphone gemacht. Ist das nicht bei ihm gefunden worden?«

»Das wissen wir noch nicht.« Lehmann erhob sich und gab

mir ganz förmlich die Hand. »Wenn ich etwas für Sie tun kann, geben Sie mir Bescheid. Es ist durchaus möglich, dass wir noch einmal wiederkommen müssen. Wir setzen weiter auf Ihre Kooperation.«

Mit einem Nicken verließen er und die namenlose Frau das Haus.

Kraftlos sank ich auf meinen Stuhl in der Küche, zu erschöpft, um abermals zu weinen. Es hatte gar keine Dienstreisen gegeben! Was, um Himmels willen, hatte Martin dann auf seinen Reisen getan? Weswegen war er in Thailand gewesen?

Plötzlich ergriff eine Kinofantasie von mir Besitz. Ich hatte mich nie für Agententhriller interessiert, aber war das nicht der klassische Stoff: der Doppelagent, der zwei Seiten mit Informationen versorgte?

Aber wer sollte diese zweite Seite gewesen sein? Interessierte sich irgendein russischer Geheimdienst für das, was ein Experte der rechten Szene in seinem Amt tat?

Ich hatte keine Ahnung.

Meine Wut auf Lehmann wandte sich Martin zu. Er hatte mich zurückgelassen – mit Rätseln und Fragen, und wieder kam ich mir benutzt vor.

Was hatte Lehmann gesagt? Die Ehe habe Martin gutgetan. Hatte er, indem er mich heiratete, seinen Job gerettet?

Wieder summte mein Smartphone – wieder meine Mutter, doch die einzige Person, mit der ich nun hätte sprechen wollen, war Lena Larcher. Sie kannte meine Nöte und Vermutungen zumindest ansatzweise.

Ich drückte den Anruf weg und schaltete das Smartphone auf stumm.

Es war einundzwanzig Uhr dreizehn.

Mein altes Leben ist zu Ende, dachte ich unvermittelt. Mein ferner, fremder Ehemann liegt tot in der Rechtsmedizin.

Einen Moment später klingelte jemand an der Tür. Er klingelte und klingelte, als wollte der Besucher das Haus zum Einsturz bringen.

14.

Vor zwei Tagen, am schrecklichen 4. Februar, hatte sie in der Kletterhalle in der Wand gehangen, abgesichert durch eine fremde Frau, und hatte eigentlich nicht gewusst, wie sie diesen Tag des Schmerzes und der Trauer überstehen sollte – und nun? Eine Menge war seitdem geschehen. Dorit hatte sie in ihr Leben eingefangen – spätestens jetzt, nachdem sie ihren Mann verloren hatte.

Mit den zwei Taschen, dem geheimen Nachlass von Martin Zeiner, fuhr Lena ins Präsidium zurück. Auf ihrem Schreibtisch fand sie eine Anweisung, dass sich das LKA Düsseldorf um den Fall Zeiner kümmern würde, ausgestellt ausgerechnet von David Bauer. Sie wunderte sich, dass er die Gelegenheit nicht genutzt hatte, ihr persönlich diese Anweisung zu überbringen.

Als die Tür aufging, war sie sicher, dass er hereinkommen würde, doch da stand der Mann aus der Kriminaltechnik: Arne Blumfeld. Ein blonder Dreitagebart zierte seine Wangen, und er trug eine schwarze Lederjacke und eine eng anliegende blaue Jeans. In der Hand hielt er eine schmale Mappe.

Er lächelte sie an. »Wir haben uns die Waffe aus dem See angeschaut«, erklärte er. »Also, das ist definitiv die Tatwaffe. Allerdings …« Er hielt ihr die Mappe hin. »Daraus sind zwei Kugeln abgefeuert worden, nicht nur eine.«

Sie nahm die Mappe entgegen. Sie blickte auf seine Hände – lange, feingliedrige Finger. Die Hände eines Musikers. Hatte Weiler nicht erwähnt, dass Blumfeld in Hamburg in einer Band gespielt hatte?

»Das heißt, Schneider hat vorher mit der Pistole bereits einen Schuss abgegeben? Oder er hat beim ersten Mal sein Ziel verfehlt?«

»Nun ...« Blumfeld hatte hellblaue Augen, die sie anfunkelten. »Wenn man die Absicht hat, sich in den Kopf zu schießen, ist es ja eigentlich kaum möglich, dass man sein Ziel verfehlt, nicht wahr?«

Sie nickte. »Danke«, sagte sie, »und eigentlich ist es nicht unser Fall.«

Blumfeld hatte sich schon zur Tür abgewandt, dann verharrte er. »Ich bin in manchen Dingen nicht besonders gut«, sagte er. »Zum Beispiel darin ...« Er verstummte. Mit der linken Hand strich er sich über das Haar.

»Worin zum Beispiel?«, fragte Lena, obschon sie die Antwort bereits zu kennen glaubte.

»Ich bin nicht so gut darin, jemanden einzuladen. Ich bin neu in Köln. Nach zwölf Jahren Berlin ...«

»Berlin?«, fragte sie. »Nicht Hamburg?«

»Nein.« Er schaute sie fragend an. »Da hat jemand Ihnen etwas Falsches erzählt. Ich bin zwar in Hamburg geboren, aber ich war in Berlin. Leider musste ich ... Es ging dort für mich nicht mehr weiter – aus verschiedenen Gründen.«

Lena gefiel, wie unsicher und verlegen Blumfeld plötzlich geworden war. »In meiner Straße gibt es ein gutes italienisches Restaurant. Da treffen wir uns demnächst, und ich erzähle Ihnen ein wenig über Köln – wie die Menschen hier so sind, anders als in Berlin.«

»Demnächst? Wann ist demnächst? Morgen?«

»Nein. Vielleicht am Freitag – übermorgen.« Aber da war sie eigentlich schon mit Farkas verabredet. Ihr Smartphone klingelte.

Margot Dreier war am Apparat. »Was ist nur los mit uns?«, sagte sie. »Faszinieren uns wirklich nur tote Männer?« Ihr Tonfall war voller Selbstironie.

»Vielleicht nicht nur.« Lena sah Blumfeld nach, der mit

einem befreiten Lächeln ihr Zimmer verließ. »Vielleicht taucht ja auch mal wieder ein Lebender auf, der uns fasziniert.«

»Dieser eine Tote … dieser Zeiner beginnt mich jedenfalls zu interessieren«, fuhr Margot fort. Sie rauchte am Telefon. »Ich habe eine recht frische Wunde an der Hand entdeckt sowie ein kleines Hämatom am Kopf. Könnte sein, dass er kurz vor seinem Tod in eine handgreifliche Auseinandersetzung geraten ist. Außerdem hat er wohl seit Tagen nichts mehr gegessen. Kein Mageninhalt. Und sein Blut werde ich mir auch vornehmen. Ich habe so ein vages Gefühl, dass ich da etwas finden könnte.«

»Du glaubst auch nicht an Selbstmord?«

»Eher nein.« Die Rechtsmedizinerin nahm einen tiefen Zug aus ihrer Zigarette. »Irgendwie bin ich misstrauisch. Außerdem seine Schuhe … Hast du seine Schuhe gesehen? Wie poliert, als wäre er geradewegs aus einem Schuhladen stolziert.«

Ja, das war Lena auch aufgefallen.

»Nachher kommt noch ein Mann vom LKA – Thomas Pagel heißt er. Wurde mir eben angekündigt. Also war unser Telefonat streng privat, falls du verstehst?« Ohne Gruß unterbrach sie die Verbindung.

Lena betrachtete die beiden Taschen, die sie aus Dorits Haus mitgenommen hatte. Was sie tat, war ein schweres Dienstvergehen. Sie hätte alles, was sie bei Zeiner gefunden hatte, sofort an das LKA übergeben müssen, aber sie wusste genau, dass sie es nicht tun würde.

Mona war anscheinend gegangen. Sie hätte sich daher die Dinge auch in ihrem Büro ansehen können, aber nein, das war keine gute Idee.

Als sie mit beiden Taschen auf dem Weg zum Fahrstuhl war, meldete sich ihr Smartphone.

Sie erschrak, als sie den Namen las, der aufleuchtete. Rashmi, stand da. In Sri Lanka musste es fast ein Uhr in der Nacht sein. Was wollte der Junge nun von ihr?

Zuerst hörte sie lediglich ein Rauschen, als sie das Gespräch annahm, dann seine zaghafte jugendliche Stimme.

»Lena«, sagte er weinerlich, »are you at home? Is it possible to skype?« Er machte sich keine Mühe, deutsch zu sprechen.

»What's the matter?«, fragte sie, durch seinen Tonfall alarmiert.

»My Mother«, antwortete er mit schriller Stimme. »She is in hospital. I think she will die tonight.«

Der Junge hatte ihr letztes Weihnachtsfest gerettet – der fast achtzehnjährige Rashmi aus Colombo, Roberts Sohn, der seinen Vater nie kennengelernt hatte. Erst nach Roberts Tod hatte David herausgefunden, dass ein gemeinsamer Urlaub, den die beiden Freunde nach dem Studium auf Sri Lanka verbracht hatten, nicht ohne Folgen geblieben war. Von Sanuthi, einer Frau, die damals in einem Café am Strand gearbeitet hatte, hatte Robert ein Kind, von dem er nie erfahren hatte. Allem Anschein nach hatte Sanuthi seinen vollen Namen nicht gewusst, oder sie hatte gar nicht nach ihm gesucht.

Rashmi war zwei Tage vor Heiligabend in Frankfurt gelandet; ein heiterer Junge mit einem einnehmenden Lachen, der sie gleich verzaubert hatte – und ihren Vater obendrein. Ihm war dieser Besuch im Vorfeld besonders suspekt gewesen. Was hast du mit Roberts Sohn zu tun? Kommt der Junge her, weil er Geld will?

Obschon Rashmi nur wenig Deutsch gesprochen hatte und das Englisch ihres Vaters eingerostet war, hatten die beiden sogar Dinge ohne sie unternommen – eine Fahrt auf dem Rhein, einen Besuch im Kölner Zoo.

Am zweiten Weihnachtstag hatte Rashmi sie überrascht und beschämt. Er hatte ein Mädchen im Schlepptau; das heißt, Lena hatte sich mächtig Mühe geben müssen zu erkennen, wer da hinter ihm hergetrottet war: ein Wesen in einem schwarzen verdreckten Anorak, das hellblaue Gummistiefel und eine fadenscheinige Militärjacke trug. Die Haare des Wesens waren kurz und lockig, und aus dem Gesicht leuchteten grüne Augen hervor. Sie nannte sich Zoja, war allerhöchstens achtzehn Jahre alt und stammte aus Serbien, wenn Lena es richtig verstanden hatte. Rashmi hatte sie in einem Hauseingang gefunden, da hatte sie in einem Schlafsack gelegen und ein Buch gelesen.

Bei ihrem Vater, der sich gegen Mittag mit dem Taxi herbringen ließ, war sofort das Misstrauen erwacht, doch Rashmi behandelte das Mädchen wie eine kleine Schwester. Einmal hatte Zoja sogar leise vor sich hin gelächelt. Nach dem Essen hatte sie sich mit ernster Miene vom Tisch erhoben. Lena hatte gedacht, sie gehe auf die Toilette, doch Zoja war verschwunden, und Rashmi hatte sich Vorwürfe gemacht, dass er dem Mädchen nicht wenigstens zwei Geldscheine zugesteckt hatte. Two bank notes, hatte er ständig wiederholt, at least two bank notes for Zoja.

Am 30. Dezember war Rashmi wieder abgereist, um mit seiner Mutter das neue Jahr zu feiern – mit einem gerahmten Foto von Robert im Gepäck.

Bevor sie ihre Wohnung erreicht hatte, waren zwei Kurznachrichten von Rashmi eingegangen. »What shall I do if I lose my mother tonight?«, und: »I am so afraid!«

Auf dem Bildschirm tauchte dann ein weinender Junge auf, der kaum ein Wort herausbrachte. Sanuthi war mit einer Herzattacke in dem Hotel, in dem sie arbeitete, zusammengebrochen, verstand Lena. Sie bemühte sich, dem Jungen Zuversicht zu vermitteln, und tatsächlich wirkte er nach einiger Zeit deutlich gefasster. Am Ende gelang ihm sogar ein Lächeln.

»If you need help, I would come to Sri Lanka«, sagte sie, überrascht über sich selbst. Rashmi war Roberts Sohn, obwohl er ihm überhaupt nicht ähnlich sah. Allenfalls an der etwas helleren Hautfarbe und der Form der Hände konnte man erahnen, dass Rashmi einen europäischen Vater hatte.

Als sie das Gespräch beendet hatten, spürte sie, wie erschöpft sie war. Aber da war noch etwas anderes – das Gefühl, gebraucht zu werden. Es gab ein paar wichtige Dinge für sie zu tun. Die Verlorenheit, die sie in dem vergangenen Jahr so oft gespürt hatte, schien zu verfliegen. Dorit Zeiner hatte vermutlich recht: Ihr Mann hatte sich nicht umgebracht – die Verletzung am Kopf, die sauberen Schuhe, das fehlende Motiv.

Sie kochte sich einen Kaffee und breitete dann all die Dinge aus den Taschen auf dem Boden in ihrem Wohnzimmer aus, während sie gleichzeitig die Musik von Depeche Mode spielen ließ. Für einige Momente war es, als wäre Robert noch am Leben, als säße er im Nebenzimmer über einer Akte und würde sich gleich zu ihr gesellen.

Die meisten Dinge, die sie um sich ausbreitete, schienen nicht einem erwachsenen Mann gehört zu haben: die Blechautos, Bücher von Salinger, Böll, Thomas Mann, Hesse und Hemingway, CDs und Schallplatten von Rockbands der sechziger und siebziger Jahre, Postkarten, die Zeiner an seine Mutter geschrieben hatte, Eintrittskarten von Konzerten, Fotos, die ihn als Baby, als Vierjährigen, als Schulkind zeigten. Fotos von spielenden Kindern, offenbar aus Zeitungen herausgerissen. Aus dem Film ›Tod in Venedig‹ fanden sich in einer Plastiktüte weitere Fotos. Besonders der blonde Junge hatte es Zeiner angetan. Hinter einem hatte er den Steckbrief des Schauspielers aufgeschrieben. Er hieß Björn Johan Andrésen und stammte aus Schweden.

Martin Zeiner hatte offensichtlich versucht, sein Leben als Schulkind zu konservieren. Aber warum das alles? Lag es daran, dass zu dieser Zeit seine Mutter gestorben war, dass danach seine Kindheit abrupt geendet hatte?

Es war fast ein Uhr in der Nacht, als Lena alles, was in den beiden Taschen gewesen war, durchgesehen hatte. Nirgendwo hatte sie einen Hinweis auf seinen Tod gefunden.

Als ihr Smartphone klingelte, fürchtete sie, Rashmi würde ihr die Nachricht vom Tod seiner Mutter überbringen.

»Ich habe Neuigkeiten«, sagte Dorit. »Neuigkeiten, wer Martin wirklich gewesen ist.«

15.

Ich hatte meinen Bruder erwartet – kampfbereit auf der Suche nach Geld, aber da stand ein Mann mit einer Wollmütze und einem Militärparka vor der Tür, die Hand immer noch auf dem Klingelknopf. Er hatte einen langen schwarzen Bart, in dem sich, als er mich ansprach, ein dunkles Loch öffnete.

»Was ist passiert, Dorit?«, brüllte er mich an. »Was ist mit Martin passiert?«

Erst an der Stimme erkannte ich Harry, Martins ältesten Freund. Ich hatte ihn länger nicht gesehen. Ich winkte ihn herein.

»Woher hast du es erfahren?«, fragte ich ihn, nachdem wir in der Küche angekommen waren.

Harry ließ sich auf einen Stuhl sinken und riss sich die Mütze vom Kopf. Er war kahl rasiert. Mit seinem Bart und seinen dunklen stechenden Augen erinnerte er an einen Prediger. Vielleicht kam er als Streetworker in diesem Outfit eher an seine Klientel heran – Jugendliche, die in Kalk in Parks und Kneipen abhingen.

»Ich habe Kontakte bei der Polizei«, erklärte Harry vage. Er zog einen Flachmann aus der Tasche, schraubte ihn auf und gönnte sich einen Schluck. Er hielt mir den silbernen Gegenstand auch hin. Ich schüttelte den Kopf.

»Selbstmord?«, fragte Harry und breitete die Arme aus. »Wieso Selbstmord?«

Sollte ich ihm von meinem Verdacht erzählen? Vermutlich hatte Harry viel besser gewusst, wer Martin wirklich gewesen war.

»Ich weiß nicht«, sagte ich. »Es gab keine Anzeichen.«

Wir schwiegen einen Moment. Harry fixierte mich mit seinen stechenden Kohleaugen, dann beugte er sich vor und drückte mir den Arm. »Ich bin für dich da – auf alle Fälle.«

»Weißt du, was Martin im Amt gemacht hat? Warum er gar keine Dienstreisen unternommen hat? Er hat mir manchmal vorgemacht, er müsse auf Reisen gehen … für das Amt …«

Harry wischte sich über das Gesicht, dann nahm er einen Tabaksbeutel heraus und begann, sich eine Zigarette zu drehen. »Martin war ein Schweiger … ist er immer gewesen. Tief in seinem Innern saß er immer noch in ihrer Küche in Dortmund, seine tote Mutter im Arm. Das ist er nie losgeworden.«

Ich nickte. Ja, das verstand ich.

»Darüber hat er nie gesprochen«, sagte ich, während Harry sich wortlos seine Zigarette ansteckte.

»Ich habe ihn nicht gekannt, wie er vorher war.« Harry schaute an mir vorbei. Es war, als blicke er zurück – in eine andere Zeit. »Es hat ihn zerrissen, ihn aus dem Gleichgewicht gebracht. In Dortmund hatten sie mal einen Spieler bei der Borussia, der musste zugucken, wie sein Vater seine Mutter umbrachte. Das muss noch schlimmer sein, aber sonst? Was gibt es Schlimmeres, als dass die Mutter in den Armen ihres Kindes stirbt – obendrein durch Selbstmord?«

Für einen Moment, nachdem diese grässliche Wahrheit ausgesprochen war, erschien es mir möglich, dass sich jemand doch viele Jahre später ebenfalls selbst tötete, um dem Weg der Mutter zu folgen.

»Im Kinderheim war Martin ganz still. Er hat ein paar Monate kein Wort gesagt – kein einziges, doch dann, als mich drei ältere Jungs verprügeln wollten, hat er mir beigestanden. So haben wir uns angefreundet.«

»Wie ist er zu den Rechten gekommen?«, fragte ich. »War er ein Neonazi?« Schon dieses Wort auszusprechen, kam mir wie ein Verrat an Martin vor. Als wäre dieser Gedanke wirklich denkbar.

Harry schüttelte den Kopf. »Er hat sich ausprobiert, Halt gesucht – so etwas. Und dann war da diese Pflegefamilie … Die haben ihn fertiggemacht. Er war sechzehn, hatte sich danach gesehnt, eine Familie zu haben, aber es hat nicht geklappt. Nach drei Monaten war er wieder da, genauso schweigsam wie am Anfang.«

Eine Pflegefamilie? Auch davon hatte ich nichts gewusst.

»Und dann ist er bei den Rechten gewesen?«, fragte ich.

Harry erhob sich abrupt, auf der Suche nach einem Aschenbecher. Ich bemerkte, dass ich ihm nichts zu trinken angeboten hatte. Lehmanns leere Kaffeetasse stand noch da. Mit einer Untertasse, auf die er seine Asche abstreifte, kehrte Harry zurück an den Tisch.

»Er hat in einer Kneipe gearbeitet, wo sie alle zusammenkamen, die ganze Szene. Das war Ende der neunziger Jahre, aber als ihn jemand vom Amt angesprochen hat, hat es ihm Spaß gemacht, Informationen zu sammeln. Dann, als die Szene sich mehr und mehr in den Osten verlagerte, haben sie ihm einen Job im Amt angeboten. Er hat seinen Namen geändert – eigentlich hieß er Matthias Auer. Und irgendwie war er froh, eine andere Identität annehmen zu können, ganz legal. Von A nach Z zu wechseln.« Harry nahm noch einen tiefen Zug und drückte dann seine Zigarette aus. »Hat ihm gefallen. Er wollte immer jemand anders sein.«

»Ich könnte etwas trinken«, sagte ich. »Rotwein?«

Er nickte, und ich stand auf und holte den Wein.

Wir tranken schweigend. Ich kippte ein ganzes Glas hinunter. Wieder sammelten sich Tränen in meinen Augen.

»Was war mit anderen Frauen?«, fragte ich. »Hatte er was mit Nina – zum Beispiel?« Warum stellte ich diese Frage? Ich wusste es selbst nicht genau – als könnte eine andere Frau der Schlüssel zu Martins wahrem Wesen sein.

»Nein, da war keine Frau«, sagte Harry. Er sank wieder auf seinen Stuhl zurück. Sein Blick flirrte durch das Zimmer. Seine Augen hatten sich noch dunkler verfärbt. Man sah ihm an, dass er es gewohnt war, wachsam zu sein, ständig seine Umgebung zu scannen. »Du bist die erste Frau, mit der ich Martin gesehen habe … Ich meine, mit der er wirklich zusammen war. Er war …« Harry verstummte. Sein Blick glitt über mich hinweg. In seinen Kohleaugen stand ein heimlicher Schmerz, als würden ihm die Worte wehtun, die er gleich aussprechen würde.

Ich kam ihm zuvor. Es konnte eigentlich nicht sein, was mir da in den Sinn kam. »Willst du sagen, dass Martin schwul war, bevor er … bevor wir zusammenkamen?«

Harry sah mich an. »Nein«, sagte er. »Er war gar nichts. Er mochte … Er mochte Kinder … nicht sexuell, nicht so, dass er sie … anfassen wollte. Er schaute sich gerne Kinder an, ältere Kinder … Kinder, die so alt waren wie er, als seine Mutter starb.«

Was hatte meine Mutter zu mir gesagt, nachdem ich ihrem Lover ein Messer in den Oberschenkel gerammt hatte? Sie war nicht wütend auf diesen Scheißkerl gewesen, sondern eher auf mich. Du bist naiv, Dorit, hatte sie gesagt. Was glaubst du, was diese Typen denken, wenn du sie so anstarrst?

Ich hatte mich für alles gehalten, aber nicht für naiv. Und nun begriff ich, dass es stimmte. Ich hatte nie an Martin gezweifelt – nicht daran, dass er ein ruhiger gewissenhafter Verfassungsschützer war, gewissermaßen das Gegenteil von mir.

Nachdem ich Harry weggeschickt hatte, ging ich in die Garage. Ich suchte die Waffe. Nichts hätte ich nun lieber getan, als Martins Pistole zu finden und irgendwo im Wald um mich zu schießen, um meinen Zorn loszuwerden. Warum hatte er sich nicht erschossen? Aber nein, er hatte keinen Selbstmord begangen. Ausgeschlossen!

Ich setzte mich auf einen Stuhl zwischen seine Engel und redete laut vor mich hin.

»Was ist mit euch?«, sagte ich, wie eine Schauspielerin auf der Bühne, die von stummen Komparsen umgeben war. »Was hat er euch erzählt? Wer ist er gewesen, dieser Engelmacher?«

Gebückt standen die Eisenengel da. Sie hatten keine Gesichter und starrten mich dennoch an. Lag in ihnen ein Geheimnis verborgen? War das auch so ein Spleen von Martin gewesen? Kinder anschauen und Engel aus Eisen formen?

Martin hatte Kinder gemocht, hatte Martin gesagt. War er deshalb nach Thailand gefahren, um sich mit Kindern einzulassen? Davon hörte man doch häufiger. Widerwärtige Geschichten: Rentner flogen nach Thailand, um sich mit Jungen einzulassen, die da an jeder Busstation herumstanden und auf reiche Freier warteten.

Allein der Gedanke daran bereitete mir Übelkeit.

Nein, Martin war ein seltener, aber zärtlicher Liebhaber gewesen. Er hätte sich nie mit Kindern eingelassen, hätte sie niemals benutzt oder gequält. Selbst Kinder aber hatte er keine haben wollen.

Die Fotos aus der Segeltuchtasche fielen mir wieder ein. Ich suchte nach Werkzeug, um das neue Schloss aufzubrechen, das Martin am Morgen seines Verschwindens an dem Metallschrank angebracht hatte. Mit einer groben Zange fuhrwerkte ich eine halbe Stunde herum, bis ich es endlich aufbekam. Doch nichts. Fehlanzeige. Keine Tasche, keine Waffe und auch keinen geheimen Hinweis auf ihren Verbleib. Martin hatte alles sauber hinterlassen. Bis auf den Zettel und den Ring hatte er mir nichts vermacht, was darauf hindeutete, dass er in Gefahr gewesen sein könnte.

Ich würde ihn begraben müssen, aber vorher würde ich sein Rätsel lösen.

Ich rief Chris, meinen Producer an, aber bei ihm sprang nicht einmal die Mailbox an. Chris hatte nie verstanden, was ich bei Martin gefunden hatte. Dein Mann ist langweilig, hatte er mir einmal gesagt. Ich glaube, er fickt dich nicht richtig. Chris benutzte solche Worte, deshalb hätte aus uns auch nie etwas werden können. Er war mein Hauptauftraggeber. Bei jeder seiner Produktionen machte ich das Catering. Nein, eigentlich war er der Einzige, der mir regelmäßig Aufträge erteilte.

Die Engel starrten mich weiter an. Ich lief wieder in das Haus und versuchte, unter der heißen Dusche alles von mir abzuwaschen. Ich war nun allein, ganz allein, und Martins Mörder waren unerkannt davongekommen.

Gegen zwei Uhr in der Nacht rief ich Lena an.

»Er hat Kinder gemocht.« Ich erzählte ihr, was Harry mir über Martin gesagt hatte.

Lena schien kein bisschen überrascht zu sein. »In der Tasche waren viele Dinge, die einem Vierzehnjährigen gehört haben könnten. Und dann dieses Filmplakat – dieser Junge aus dem Film. Als hätte sich jemand in ihn verliebt – sich zum ersten Mal in seinem Leben verliebt.«

Ich spürte, dass sie die Wahrheit sagte – deshalb hatte Martin dieses Plakat aufgehoben: Dieser Junge hatte die Reinheit verkörpert, eine Reinheit, nach der er sich gesehnt und die er mit vierzehn Jahren in den Armen seiner Mutter für immer verloren hatte. Für jeden von uns gab es etwas, nach dem man sich ewig sehnte. Auch für mich – für mich war es die warme nackte Schulter, an der ich morgens aufwachen wollte.

»Wir müssen herausfinden, was Martin in den letzten Stunden vor seinem Tod gemacht hat«, sagte ich.

Lena schwieg. Ich hörte sie atmen. »Ja«, sagte sie zögernd, »ja, das müssen wir.«

16.

Lena erwachte, weil ihr Smartphone summte. »Es gibt eine Regel«, schrieb ihr Vater in einer Kurznachricht, »man legt sich nicht mit dem BKA oder LKA an. Bringt nichts! Wann kommst du?« Hatte er also auch schon erfahren, in welche Richtung der Fall Zeiner sich gedreht hatte. Ihr Vater, der legendäre Georg Larcher, hatte immer noch allerbeste Verbindung ins Präsidium, und er schätzte sie richtig ein – dass sie einen Fall so schnell nicht aus der Hand gab.

Auch Rashmi hatte ihr eine SMS geschickt. »My mother is still alive. There is hope.« Darunter ein Smiley.

Es war halb acht Uhr. Sie hatte fast fünf Stunden traumlos geschlafen. Das war schon lange nicht mehr vorgekommen.

Im Wohnzimmer sah sie ausgebreitet all die Dinge, die Martin Zeiner in seinem Kinderzimmer unter dem Dach gehortet hatte. Ein mulmiges Gefühl beschlich sie. Falls Zeiner tatsächlich eine andere sexuelle Orientierung gehabt hatte – junge Männer oder Kinder –, dann konnte es doch sein, dass er seinem Leben ein Ende gesetzt hatte. Manche Menschen mochten es, ein paar Rätsel zu hinterlassen, wenn sie aus dem Leben schieden, daher vielleicht die polierten Schuhe, der Ring unter dem Kopfkissen seiner Ehefrau. Der Fall – wenn es denn einer war – ging in keine klare Richtung, etwas, das ihr nicht gefiel.

Als sie eine Stunde später im Präsidium ankam, saß Henning mürrisch an seinem Schreibtisch. Er sah übernächtigt aus und blickte kaum auf, als sie sich setzte.

»Hast einen neuen Verehrer«, sagte er. »Nicht mehr nur der Herr Staatsanwalt Bauer, nun kommt auch dieser Kriminaltechniker aus Hamburg …«

»Aus Berlin«, unterbrach sie ihn. »Das war ein Irrtum. Er ist in Hamburg geboren, aber …«

»So gut kennt ihr euch also schon.« Henning verzog das Gesicht. Er war unrasiert. Sie untersagte sich die Frage, was er in der letzten Nacht gemacht hatte. »Es gibt offenbar zwei Blutspuren auf dieser Brücke in der Eifel«, fuhr er fort. »Müssen wir uns wohl doch darum kümmern.«

Er reichte ihr ein Papier herüber, das sie schon kannte. Zwei Blutgruppen auf der Brücke und dann die zwei Schüsse, die Schneider abgefeuert hatte, aber dafür mochte es eine einfache Erklärung geben. Vielleicht hatte er lediglich sichergehen wollen, dass die Waffe funktionierte.

»Diese Muse des Malers … diese Sina hat schon zweimal angerufen«, sagte Henning. »Sie muss nachher ihren Geliebten in der Rechtsmedizin identifizieren. Sie beschimpft uns, dann wieder jammert sie herum, dass ihr van Gogh niemals Selbstmord begangen haben könnte.«

Lena gefiel der abfällige Tonfall nicht, in dem Henning von dieser Frau sprach.

»Vielleicht hat sie ja recht«, sagte sie. »Wo ist das Motiv für den Selbstmord? Vielleicht müssen wir ein wenig tiefer graben.«

»Tiefer graben?«, wiederholte Henning entgeistert, als hätte sie etwas absolut Sinnloses von sich gegeben. »Hast du Fotos von dem Toten im Worringer Bruch gemacht? Gleich kommt dieser Typ vom Verfassungsschutz.«

Im nächsten Moment klopfte es, und Reno Lehmann stand in der Tür. »Hier ist der Typ vom Verfassungsschutz bereits«, sagte er und lächelte süffisant. Ja, Süffisanz war das Wort, das ihr zuerst einfiel, als sie ihn so überlegen und vorgeblich lässig in der Tür stehen sah.

»Sie sind Frühaufsteher«, sagte Lena.

»Nein, eigentlich nicht.« Er kam herein, immer noch lächelnd. »So früh am Morgen ist es doch gar nicht mehr, und ich tue immer das, was getan werden muss.«

Sie beschloss, sich zu erkundigen, welche Funktion er genau im Amt hatte. Wahrscheinlich gehörte er zur Innenrevision – ein Agent, der andere Agenten überprüfte.

»Der Fall ist offiziell übergeben«, sagte sie und hob die Hände. »Wir haben da keine Aktien mehr.«

»Darf ich?« Reno Lehmann schaute Henning fragend an, bevor er sich auf den Besucherstuhl setzte. »Ich habe noch ein paar Fragen an Sie, Frau Larcher«, sagte er ganz offiziell. »Selbstmord eines Mitarbeiters ist immer eine heikle Sache – bei jemandem wie Zeiner ganz besonders. Ich habe den Eindruck, dass seine Frau uns etwas verschweigt. Diese Hausdurchsuchung … kein Laptop, eine E-Mail-Adresse, auf der nur belanglose Newsletter eingehen … Welchen Eindruck haben Sie von Dorit Zeiner?«

Lena lehnte sich zurück. Sie spürte, wie ihr Smartphone summte. Sie hoffte, dass es nicht Dorit war und dass sie es dann nicht auf ihrem Präsidiumsanschluss versuchen würde, während Lehmann dasaß.

»Ich habe sie nur kurz erlebt«, erwiderte Lena. »Eine taffe Frau …«

»Sie hat vor Gericht gestanden … wegen Drogen. Ihr Bruder saß in Thailand im Knast, ganz üble Geschichte, ist nun erst seit ein paar Tagen zurück …« Er breitete die Hände aus. »Kann es sein, dass Frau Zeiner etwas auf die Seite geschafft hat? Unterlagen? Etwas dergleichen?«

»Bedauere«, erwiderte Lena. »Ich kann Ihnen da nicht helfen. Aber bestimmt brauchen Sie meine Hilfe auch gar nicht.«

»Haben Sie noch Fotos für uns? Vom Worringer Bruch? Vom Haus der Zeiners?«

Lena schüttelte den Kopf. »Habe keine gemacht. Tut mir leid.«

Reno Lehmann erhob sich, er zog eine Visitenkarte aus seiner Manteltasche, die er auf den Schreibtisch schnippte. »Irgendwie glaube ich Ihnen nicht. Einen schönen Tag noch.« Sein Gruß hatte er in Hennings Richtung gesprochen, der nur mit einem Schulterzucken antwortete.

Kaum hatte Lehmann das Zimmer verlassen, klingelte ihr Festnetzanschluss.

Es war nicht Dorit Zeiner.

»Es scheint, als wollte das Schicksal, dass wir Freundinnen werden«, sagte Margot Dreier. »Ich habe Sehnsucht. Hast du Zeit für einen Besuch in meinen heiligen Hallen? In zwei Stunden muss ohnehin einer von euch vorbeikommen, um bei der Identifizierung von diesem Maler aus der Eifel dabei zu sein.«

Sie brachte es über sich, zur Fahrbereitschaft zu gehen und um einen Wagen zu bitten – einen weißen Ford Mondeo. Mit fünfzig Kilometer die Stunde schlich sie durch die Stadt. Schweiß lief ihr den Rücken hinunter. Wann würde es endlich aufhören, dass sie am Steuer klamme Finger bekam und nicht mehr das fürchterliche Geräusch hörte, wie Stahl über Stahl schrammte? Sie kannte die Antwort: Es würde nie aufhören, niemals mehr.

Um sich abzulenken, rief Lena ihren Vater an, der aber nicht an den Apparat ging.

Sina, die rothaarige Muse des toten Malers, wartete schon in der Rechtsmedizin, auf einer kahlen Bank hinter dem Eingang – neben ihr saß ein etwa achtzehnjähriger Junge mit kurzen roten Haaren, der ihr aus dem Gesicht geschnitten war.

Beide rauchten, offenbar Marihuana, und drückten ihre Zigarette ohne Hast aus, als Lena sich näherte.

»Ich weiß, wer Sie sind«, sagte Sina feindselig. »Sie sind die Einzige, die nicht glaubt, dass Vincent sich umgebracht hat.«

Lena nickte ihr zu. »Ich bin mir nicht sicher«, sagte sie. »Haben Sie etwas gefunden – außer dem Geld –, das uns einen Hinweis geben könnte?«

Ein Mann näherte sich aus einer Ecke, er hatte da offenbar gestanden und auf seinem Smartphone herumgetippt. Er war groß, hatte kurze, an den Schläfen graue Haare und blaugraue Augen, die sie neugierig musterten.

»Sina hat mich gebeten, auch zu kommen«, sagte er. »Ich bin Richard Morlau. Vincent hat für mich gearbeitet. Ich bin Kunsthändler.« Er streckte Lena seinen Arm entgegen. Ein kräftiger Händedruck folgte. »Noch einen Tag zuvor habe ich mit Vincent telefoniert. Habe ihm weitere Aufträge in Aussicht gestellt. Einen Nolde – er sollte für mich einen Nolde kopieren, den ich nächsten Monat in meiner Auktion haben werde. Da ist er fast ausgerastet vor Freude. Nolde zu kopieren, ganz legal, so etwas kommt eigentlich niemals vor.«

»Sie glauben also auch nicht an Selbstmord?«, sagte Lena.

Morlau sah sie an. Hatte sie ihn schon einmal gesehen?, fragte sie sich. In der Zeitung vielleicht?

»Ich denke, Sina hat recht. Man muss alles genau durchsuchen. Ich helfe gerne dabei.« Er hielt ihr eine Visitenkarte hin. Morlau und Cie, Kunsthaus seit 1953, Hahnenstraße. Auf den ersten Blick keine schlechte Adresse.

Ein älterer Mann in einem hellgrünen Kittel trat aus einer Tür. Margots Kollege, erkannte Lena.

»Wir sind jetzt so weit«, sagte er mit einem traurigen, verwitterten Gesicht. Er hieß Enno Pesch und arbeitete schon über dreißig Jahre in der Rechtsmedizin.

Den toten Maler zu identifizieren dauerte nur ein paar Sekunden. Sina begann zu weinen, dann ballte sie die Fäuste und stieß einen Fluch aus. »Du Scheißkerl hast mich allein gelassen!«

Ihr Bruder, der bisher kein Wort gesagt hatte, nahm sie in den Arm. »Ganz ruhig«, flüsterte er seiner Schwester zu und führte sie dann wieder in den Gang hinaus.

»Was werden Sie jetzt tun?«, fragte Morlau, während Lena ihm ebenfalls auf den Gang hinaus folgte.

»Wir werden uns alles noch einmal anschauen«, erklärte sie vage und verzichtete auf den Hinweis, dass es eigentlich gar nicht ihr Fall war. Sie sah sich suchend nach Margot Dreier um. Bisher hatte sich die Rechtsmedizinerin noch nicht blicken lassen.

»Ich werde mich um die Bestattung kümmern«, sagte Morlau. »Sina ist mit alledem überfordert, und Vincents Mutter ist in Gmünd im Altenheim. Demenz im Endstadium.« Er seufzte.

Lena bemerkte, dass er modisch rote Turnschuhe trug. Ja, dachte Lena, ich kenne ihn, genauer gesagt seine Frau. Richard Morlau war mit einer Sängerin verheiratet, die früher häufiger mit Farkas aufgetreten war. Sie hieß auch Morlau – Ines Morlau – und hatte in einer Mädchenband gesungen, aber seit ein paar Jahren war sie von der Bildfläche verschwunden.

Kaum war Morlau mit Sina und ihrem Bruder gegangen, tauchte Margot Dreier auf – in Zivil, als hätte sie ihre Arbeit für den Tag bereits erledigt.

»Ich kann ihn nicht leiden«, sagte sie und blickte den Gang hinunter. »Dieser Morlau hat mich mal bei einer Spendengala verfolgt – wollte, dass ich ihm Bilder abkaufe. Er hätte da einige Radierungen von Gerhard Richter, absolute Schätze, die völlig unbewertet seien. Na, hätte ich vielleicht damals zuschlagen sollen. Sind heute sicher ein Vermögen wert.« Sie rauchte und lächelte vor sich hin.

»Warum hast du angerufen?«, fragte Lena. »Weil du Sehnsucht hast?«

»Weil ich dir beweisen will, wie gut ich bin. Ja, eigentlich gibt es wohl niemanden in der deutschen Rechtsmedizin, der mir das Wasser reichen kann.« Ob sie diese Bemerkung spöttisch oder ernst meinte, verriet ihr Tonfall nicht. »Dieser Zeiner hat sich nicht erhängt. Die Leute, die ihn aufgeknüpft haben, waren keine Amateure, aber richtig gut waren sie auch nicht. Die sauberen Schuhe habe ich schon erwähnt, aber nun habe ich einen Haupttreffer. Ich habe sein Blut untersucht, habe sofort eine Probe entnommen, als der Leichnam hier angekommen ist. Und Bingo – wir haben etwas gefunden: γ-Hydroxybuttersäure.«

»K.-o.-Tropfen«, sagte Lena. »Sie haben ihn betäubt, bevor sie ihn aufgehängt haben.«

»Genau.« Margot Dreier nickte anerkennend. »Wenn man die Leiche nur ein wenig später gefunden hätte, wäre der Nachweis wahrscheinlich unmöglich gewesen, aber lange kann dieser Zeiner da nicht gehangen haben. Sie haben ihn überwältigt, daher die kleine Wunde am Kopf, und ihm etwas eingeflößt. Mord – es geht um Mord.«

»Welche Blutgruppe hatte Zeiner?«, fragte Lena. Ihr Smartphone summte wieder. Diesmal leuchtete Dorit Zeiners Nummer auf.

»Blutgruppe AB – ist …«

»… relativ selten. Ich weiß«, unterbrach Lena die Rechtsmedizinerin. Den Satz hatte sie erst gestern gehört.

17.

Chris kam gegen sieben Uhr am Morgen. Als ich die Tür aufmachte, nahm er mich sofort in den Arm und küsste mich auf den Mund.

»Scheiße«, sagte er, »wenn ich gewusst hätte, was passiert ist, wäre ich sofort hergefahren.«

Er war eine echte Schönheit, falls man das bei einem Mann so sagen konnte – der italienische Look: tiefschwarze Haare, dunkle Augen, die einem vorspiegelten, er sei ein tiefgründiger Charakter, und immer ein leichter Bartschatten auf den Wangen.

»Er hat sich umgebracht? Wie konnte er dir so etwas antun?«

Wir gingen in die Küche. Chris ließ meine Hand gar nicht los.

»Hat er nicht«, sagte ich. »Er hat sich nicht umgebracht.«

»Nicht?« Chris legte den Kopf schief. »Was dann? Hatte er nicht mit Rechtsradikalen zu tun? Haben die das getan?«

»Ich weiß nicht.« Plötzlich kamen mir die Tränen. In der Nacht, nachdem ich mit Lena telefoniert hatte, hatte ich es fertiggebracht, nach einer halben Flasche Rotwein zu schlafen, nun aber übermannte mich die Trauer. Ich weinte wie ein kleines Mädchen, und dabei stellte ich mir vor, wie Martin durch Bangkok oder durch irgendeinen thailändischen Touristenort gelaufen war, um sich braun gebrannte, dünne Jungen anzusehen. Nein, davon konnte ich Chris kein Wort sagen.

Er strich über mein Gesicht, küsste mich sanft, dann glitt

seine Hand zu meiner Brust. »Ich könnte dich trösten«, flüsterte er. »Du hast ganz viel Trost verdient.«

Ich hörte mein Smartphone summen, ganz weit entfernt, und ich hatte für eine Sekunde Martins totes Gesicht vor Augen, doch drei, vier Atemzüge später lagen wir auf dem Teppich im Wohnzimmer. Ich riss Chris förmlich das Hemd auf, während er mir die Jeans abstreifte.

Er drang sofort in mich ein, heftig, mit einem harten, heißen Stoß.

Ich wollte Martin vergessen, wollte nicht daran denken, dass ich mit einem Mann zusammen gewesen war, der mich betrogen hatte, ja, betrogen, weil er ein ganz anderer gewesen war.

Chris war nicht so – er war nur ein geiler Fernsehproduzent, der wirklich alles vögelte, was sich nicht wehrte.

Ich wehrte mich nicht.

Nach fünf Minuten war alles vorbei.

Wir gönnten uns, Haut an Haut, ein paar Momente der Stille, dann steckte Chris sich eine Zigarette an. Ich nahm auch einen Zug.

Nicht, dachte ich, Martin wird es riechen, er will nicht, dass in unserem Haus jemand raucht.

»Es ist gut, dass du keine typische trauernde Witwe bist«, sagte Chris. Seine linke Hand lag immer noch auf meiner rechten Brust.

Es sollte eindeutig ein Kompliment sein, aber mich verletzten seine Worte.

»Ich werde dir helfen«, sagte Chris. Er stützte sich auf, dann beugte er sich vor und küsste mich auf den Bauchnabel. »Habe ich deinem Mann versprochen.«

»Du hast was?« Ich griff nach meinem Unterhemd und zog es hastig über.

»Ich hätte es dir vielleicht sagen sollen. Letzte Woche tauchte Martin in meinem Büro auf. Ich dachte, ich habe eine Erscheinung, aber er war es leibhaftig, der langweilige Martin.

Er druckste erst herum, er sei in der Nähe gewesen. He, du weißt, dass niemand zufällig nach Mülheim auf unser Gelände kommt.« Er sog an seiner Zigarette, und ich nahm meine Bluse und zog sie an.

»Und dann?«, fragte ich fast schon wütend, weil er nicht weitersprach.

»Ehrlich, ich habe gedacht, er hat rausgekriegt, dass wir gelegentlich bumsen, und will mir Vorwürfe machen, aber dann meinte er, ich solle ihm versprechen, dass ich mich um dich kümmere, falls er einmal nicht mehr da sei.«

Ich erhob mich. Plötzlich kam es mir albern und geschmacklos vor, dass ich vor ein paar Minuten noch halb nackt mit Chris auf dem Teppich gelegen hatte. »Hast du ihn nicht gefragt, was das soll?«

Chris griff nun auch nach seinem schwarzen T-Shirt. »Nein, habe ich nicht. Ich hatte einen Termin – superwichtige Leute von der ARD. Wir planen da gerade eine neue Serie fürs Vorabendprogramm. Ich habe ihm nur gesagt: Klar, ich passe auf Dorit auf, kein Problem. Und dann musste ich ihm noch versprechen, dir nichts von unserer kleinen Abmachung zu verraten.« Elegant schlüpfte er in seine Unterhose.

Darin hat er Routine, dachte ich ein wenig bitter, die schnelle Nummer, und gleich überfiel mich wieder die Trauer. Martin, flüsterte ich stumm vor mich hin, tut mir leid, manchmal drehe ich einfach durch. Dieser Quickie mit Chris hatte genau wie die zehn, zwölf anderen nichts zu bedeuten.

Chris erhob sich und nahm in dem Sessel Platz, in dem Martin immer gesessen hatte. Er war wieder vollständig angekleidet. »Ich werde dir helfen, die Beerdigung auszurichten«, sagte er wie ein Geschäftsmann, der einem einen Deal vorschlägt. »Und dann solltest du bei mir einsteigen. Dieses Catering ist doch kein Business für dich. Du könntest meine Assistentin werden. Ich mag dich, wirklich.« Für einen Moment war tatsächlich ein Funkeln in seinen Augen.

Meine Smartphone summte wieder, und fast gleichzeitig

klingelte es an der Tür. Meine Mutter rief an – zum zweiten Mal, erkannte ich. Wahrscheinlich wusste sie nun auch, dass Martin tot war.

»Ich muss aufmachen«, sagte ich. Mein verrückter Bruder würde vor der Tür stehen, ahnte ich.

Chris nickte mir zu. »Hast du etwas dagegen, wenn ich durch den Garten verschwinde?«, fragte er. Ohne eine Antwort abzuwarten, ging er, öffnete die Terrassentür und machte den Abflug. Wenn er sich noch einmal umgedreht hätte, wäre ich erstaunt gewesen.

Ein Mann stand vor der Tür, etwa Anfang sechzig mit einem grauen Ziegenbart. »Pagel, Landeskriminalamt«, sagte er und zückte einen Ausweis. »Verzeihen Sie die Störung am frühen Morgen. Ich muss Ihnen leider ein paar Fragen stellen.«

Pagel war ein ganz korrekter Zeitgenosse – trotz Ziegenbart, trotz schlechter Rasur und trotz eines alten grauen Anzugs mit Weste, den er trug. Er platzierte ein Diktiergerät auf den Küchentisch, sprach mit rauchiger Stimme Datum und anwesende Personen hinein, als wäre er ein Schauspieler, der für ein Stück probte.

Seine Haut war rosig und ein wenig aufgesprungen. Zu viel Alkohol, dachte ich.

Er lächelte nachsichtig. »Zuerst muss ich Ihnen mein Beileid aussprechen. Es ist immer schwer, einen nahen Angehörigen zu verlieren, aber leider sind die Dinge ein wenig kompliziert. Ihr Mann war beim Verfassungsschutz. Der Kollege Lehmann hat uns um Unterstützung gebeten. Zudem liefen bereits Ermittlungen, eigentlich von der Steuerfahndung, aber nun sind wir auch noch im Spiel …« Er holte tief Luft.

»Steuerfahndung?«, fragte ich atemlos. »Was soll das zu bedeuten haben?«

Pagel machte ein ehrlich bekümmertes Gesicht. »Ein wenig kompliziert, sagte ich ja. Das Land hat vor einiger Zeit einige CDs aus der Schweiz gekauft – mit Nummernkonto. Ist sehr viel Arbeit für die Staatsanwaltschaft Wuppertal, daher dauert es immer eine ganze Weile. Na ja …« Er seufzte. »Da war auch ein Konto aufgeführt, das man schließlich Ihrem Mann zuordnen konnte. Er war nur ein kleiner Fisch, eigentlich der kleinste, was wiederum auch sonderbar ist. Wir reden hier von einer halben Million – normal braucht man schon eine Million Euro oder Schweizer Franken, damit sie einem da überhaupt die Tür aufmachen. Na egal, jedenfalls gibt es dieses Konto, und da man wusste, dass Ihr Mann nicht irgendein gewöhnlicher Beamte ist, haben letzte Woche Vorermittlungen begonnen.« Er verstummte abrupt und schaute mich dann scheinbar tiefsinnig an. »Hatten Sie eine Ahnung von diesem Konto? Und kann es sein, dass Ihr Mann von diesen Vorermittlungen Wind bekommen hat und deshalb aus dem Leben geschieden ist?«

Er sagte wirklich »aus dem Leben geschieden« und wirkte dabei wie ein ältlicher Pfarrer. In mir regte sich nur Wut – und dann das Gefühl, ihm ins Gesicht schlagen zu wollen.

»Ich weiß nichts davon«, sagte ich, »und muss ich überhaupt Ihre Fragen beantworten?«

Pagels Blick glitt zu seinem altmodischen Diktiergerät. »Nein, müssen Sie nicht«, sagte er. »Wir würden Ihre Kooperation allerdings sehr zu schätzen wissen.«

»Tut mir leid.« Ich wandte den Kopf. »Ich stehe noch unter Schock. Ich werde nichts mehr sagen.«

Zwei, drei lange Minuten saßen wir so da – man konnte nur das Diktiergerät hören, das Band, das sich da abspulte. Da streckte Pagel seine rechte Hand aus und schaltete das Gerät ab.

»Schade«, sagte er. »Ihr Mann wäre so klug gewesen, Ihnen zu raten zu kooperieren.«

Sie kannten meinen Mann doch gar nicht, wollte ich entgegnen, doch ich schwieg weiter.

Pagel erhob sich. »Ich fürchte«, sagte er und gab sich Mühe, weiterhin bekümmert zu wirken, »dass ich nicht zum letzten Mal hier bei Ihnen war.«

Kaum dass er aus der Tür war, rief ich Harry an. »Weißt du etwas von einem Konto in der Schweiz?«, schrie ich ihn an. »Hat Martin auch noch irgendwelche krummen Bankgeschäfte gemacht?«

»Beruhige dich.« Er klang, als hätte ich ihn aus dem Schlaf gerissen. »Wir können das klären, ganz bestimmt. Martin hat mir einmal erzählt, dass er vorsorgen wollte, dass er Angst hatte, irgendwann, falls er vom Amt mal die Nase voll hatte, nicht genug Geld zu haben. Ich habe ihm einen Computernerd hier in Kalk genannt – der hat ihm wohl ab und zu einen Gefallen getan.«

Der Nerd trug Dreadlocks und nannte sich Mayday – wie dieser internationale Notruf. Das sollte wohl witzig sein. Er trug, obwohl es Februar und in seinem Laden, besser gesagt einem Kellergewölbe, ziemlich kalt war, nur ein ausgebleichtes gelbes T-Shirt mit der Aufschrift »Wenn dir einer eine Zitrone gibt – mach Limonade daraus«. Mir war er gleich unsympathisch.

»Du bist die Frau von Martin?« Er hockte an einem Tisch, der wie eine Werkbank aussah, aber da lagen natürlich keine groben Zangen oder Schraubenschlüssel, sondern eine winzige Festplatte, die er aus einem Laptop ausgebaut hatte.

»Martin ist tot«, sagte ich ganz förmlich, ohne jede Trauer in der Stimme, »und ich muss etwas wissen – hat er ein Konto in der Schweiz gehabt?«

Mayday hob die Hände und grinste mich an. »Da weiß ich nichts von. Ich habe ihm ein paar Tricks gezeigt. Wie man sich im Internet unsichtbar macht – und wie man ins Darknet kommt. Solche Sachen … aber kann sein, dass ich ihm auch mit einer falschen IP-Adresse geholfen habe.«

IP-Adresse – so viel wusste ich immerhin – war die Kennnummer eines Computers. Mit ihr konnte man jeden Computer und alles, was von ihm gesendet worden war, ausfindig machen.

»Dieses ominöse Konto«, sagte ich, nun deutlich freundlicher, »... wenn es dieses Konto gibt ... könnten wir es finden?«

Mayday grinste weiter. Er war trotz der Dreadlocks nicht mehr so jung, bestimmt gut über dreißig. Er entblößte gelbliche Zähne – eindeutig zu viel Nikotin und Kaffee. »Falls es dieses Konto gibt und falls ich mir richtig viel Mühe gebe, könnte ich es vielleicht finden.«

»Wie viel?«, fragte ich.

»Wenn es eilig ist, bekomme ich einen Stundensatz von fünfhundert Euro.«

Ich dachte an Reno Lehmann und diesen Pagel, der hinter mir herschnüffeln würde. »Es ist sehr eilig«, sagte ich.

»Na gut.« Mayday deutete mit dem Kopf auf eine teure, aber vollkommen verdreckte Espressomaschine. »Bediene dich, wenn du magst. Ich mache mich mal an die Arbeit – weil du eine Freundin von Harry bist und weil dein Mann tot ist.«

Ich trank drei Espressi – ganz schwarz, beinahe wie Teer. Ich dachte daran, Lena anzurufen oder Harry oder Chris. Ich hatte zudem das Gefühl, nun ganz allein auf der Welt zu sein. Niemand würde mir wirklich helfen. Aber, das stimmte nicht, fiel mir dann ein, ich war auch vorher allein gewesen. Ich hatte mit einem Mann zusammengelebt, der eigentlich nur aus düsteren Geheimnissen bestanden hatte.

Mein Bruder schickte mir eine SMS. »Haste da das Geld?« Er achtete nicht auf seine Rechtschreibung, was mich über Gebühr ärgerte. Auch meine Mutter probierte mehrmals, mich zu erreichen. Dann schrieb auch sie. »Meine Kleine, was ist mit dir?« Ihr scheinbar fürsorglicher Tonfall ärgerte mich ebenfalls.

Während ich Kaffee trank und mein Smartphone beobachtete, hatte ich auch die ganze Zeit Mayday im Blick. Er wirkte wie ein Künstler, wie ein Musiker, der auf seiner Tastatur Töne erzeugte, die nur er wahrnahm, die ihn jedoch mit höchster Freude erfüllten.

Dann, nach gut einer Stunde, stand er auf und streckte sich.

»Ja«, sagte er, als hätte ich ihm eben eine Frage gestellt. »Da haben sie die Hand aufs Konto gelegt, haben gedacht, da käme niemand mehr ran, aber der gute alte Mayday geht durch fast alle Türen, egal, was für Schlösser daranhängen.«

»Wie viel Geld hat Martin auf diesem Konto?«, fragte ich atemlos. Gleichzeitig sah ich Lenas Nummer auf meinem Display aufleuchten.

»Sechshundertneunundzwanzigtausend Franken«, sagte Mayday.

»Kommst du da ran?«, fragte ich. »Es ist nun mein Geld. Ich bin seine Witwe.« Beim Wort »Witwe« hätte ich beinahe einen Hustenreiz bekommen.

»Oh!« Mayday hob wieder die Arme. »Du meinst Transaktionen mit irgendwelchen Briefkastenfirmen in der Karibik und so?«

»So ähnlich vielleicht.«

»Bedauere. Ich habe schon viel zu viel gemacht. Die fünfhundert Euro sind auch nur fürs Nachgucken.« Er grinste und verneigte sich ganz wie ein Schauspieler, der Applaus erwartete, nachdem das Stück gespielt worden war.

Dann bemerkte ich, dass Lena mir eine Kurznachricht geschickt hatte. »Hast du schon daran gedacht, die Schlösser auszutauschen?« Mehr schrieb sie nicht, doch es klang wie eine Warnung, als würde sie wissen, dass jemand nochmals in mein Haus eindringen würde.

18.

K.-o.-Tropfen und Blutspuren auf einer Brücke in der Eifel, auf der jemand zu Tode gekommen war. Hatte Dorit wirklich recht: Ihr Mann war ein Auftragsmörder gewesen, und nach seinem letzten Mord hatte man ihn aus irgendwelchen Gründen aus dem Weg geräumt?

»Wann musst du das alles an das LKA weitergeben?«, fragte Lena die Rechtsmedizinerin.

Sie waren vor die Tür gegangen, wo Margot Dreier eine Zigarette rauchte. Sie inhalierte tief und schloss die Augen, als würde sie nachspüren, wie sich das Nikotin in ihrem Körper ausbreitete. »Ich schreibe morgen einen Bericht«, sagte sie, ohne die Augen zu öffnen. »Habe es damit allerdings nicht so eilig.«

»Gut.« Lena starrte in den hässlichen dunklen Hof der Rechtsmedizin. »Da ist aber noch etwas anderes. Es gibt einen weiteren Fall, in den jemand mit der Blutgruppe AB involviert ist. Ich brauche einen Abgleich – am besten ganz inoffiziell.«

Margot Dreier öffnete die Augen und sah Lena forschend an. Im nächsten Moment warf sie ihre Zigarette achtlos vor sich auf den Asphalt. »Der Tote aus der Eifel«, sagte sie.

Lena nickte. »Ich besorge dir die Probe, und dann kriegen wir heraus, ob Zeiner auf der Brücke war.«

Margot Dreier lächelte vor sich hin. »Ich könnte noch ein wenig Zeit herausschinden. Manchmal mache ich ganz leichte Fehler, bringe gewisse Dinge durcheinander, verwechsele Adressen und so weiter. Das Alter!« Sie seufzte übertrieben. »Außerdem mag ich diesen Lehmann nicht – er ist ein ungepflegter Angeber. So jemand hätte eine Lektion verdient.«

»Wenn sie die beiden Fälle zusammenbringen, werden sie die Kavallerie losschicken, dann werden hier noch mehr Lehmänner auftauchen und sich wichtigtun.« Ein paar Dinge hatte sie bisher übersehen, fiel Lena ein. »Was ist eigentlich mit Zeiners Kleidung? Ist die schon abgeholt worden? Hatte er persönliche Gegenstände bei sich, Portemonnaie, Smartphone, Papiere, Schlüssel?«

»Lehmann hat die Kleidung an sich genommen, aber ein Schlüssel und ein Smartphone waren nicht dabei, wenn ich mich nicht irre. Ich müsste Pesch fragen. Er hat den Toten mit einem Sektionsassistenten in Empfang genommen und ausgekleidet.«

Sie schwiegen beide für einen Moment. Es war klar, was das bedeutete. Jemand konnte bei Tag und Nacht in Zeiners Haus eindringen.

Lena schrieb Dorit Zeiner eine SMS, dann rief sie Arne Blumfeld an, der ihr seine Visitenkarte mit seiner privaten Mobilnummer gegeben hatte. Sie hörte, wie es klingelte. Eine Sekunde später meldete sich eine keuchende Stimme. »Ja, bitte?«

»Hier Lena Larcher«, sagte sie. »Können wir uns sehen? In einer Stunde?«

Sie hatte ihn in eine Kaffeebar nach Sülz bestellt, da wirkte es weniger privat, sondern nach einem schnellen Treffen, in dem es darum ging, ein, zwei Fragen zu besprechen. Außerdem konnte sie hinterher bei ihrem Vater vorbeischauen, der vermutlich beleidigt war, weil sie sich nicht gemeldet hatte.

Wie aber sollte sie Blumfeld beibringen, dass er Margot Dreier gewissermaßen unter der Hand die Blutprobe von der Brücke zukommen lassen sollte? Nein, sie musste anders vorgehen: Er könnte es später offiziell machen und in seinem Bericht aufnehmen, aber er sollte ihr einen kleinen zeitlichen Vorsprung lassen.

Als sie in der Kaffeebar ankam, saß er schon da – mit nassen Haaren, in einem weißen Hemd mit einem breiten Kragen und einem schwarzen Jackett. Er war ausstaffiert wie für ein Rendezvous.

Sofort sprang er auf und kam auf sie zu. Zurückhaltend umarmte er sie. Er roch leicht nach Rasierwasser.

»Was hast du gemacht?«, fragte sie. »Habe ich dich beim Sport erwischt?« Ihr fiel auf, dass sie ihn unwillkürlich geduzt hatte.

»Ich bin ein paar Kilometer gelaufen«, sagte er. »Ich wohne in Nippes, aber da gibt es kaum Grün, daher bin ich mit dem Fahrrad in den Wald gefahren, an dieser Hauptstraße am Stadtrand …«

»Die Straße heißt Militärring«, sagte sie.

Der Besitzer der Bar kam – ein Mittvierziger mit gegelten zurückgekämmten Haaren. »Hallo, ihr Turteltäubchen«, sagte er, »was darf es für euch sein?«

Lena brauchte einen Moment, bis sie antworten konnte. Turteltäubchen? Na, das war stark übertrieben und lief eindeutig unter kölschem Humor.

Blumfeld räusperte sich verlegen.

»Für mich nur einen schwarzen Kaffee«, sagte sie.

Blumfeld bestellte dasselbe. »Was«, sagte er dann, »was hast du auf dem Herzen?«

Sein Blick zeugte von aufrichtigem Interesse. Seine blauen Augen funkelten sie an. Sie sah seine Hände – filigrane Finger, keine langen Nägel, wie gelegentlich bei Gitarrenspielern. Sie dachte an Farkas, daran, dass sie sich an jenem verhängnisvollen Sonntag im Museum, als sie sich zum ersten Mal gesehen hatten, auf Anhieb in dessen Hände verliebt hatte.

»Du bist doch Musiker«, sagte sie. »Was für eine Musik machst du?«

Das Funkeln in seinen Augen wurde noch eine Spur intensiver. Dann kräuselten sich die Augenwinkel, als er lächelte. »Ich habe in einer Bluesband gespielt – Sachen von B.B. King, aber mein absoluter Hero war Stevie Ray Vaughan. Einmal so spielen können wir er …« Blumfeld verdrehte schwärmerisch die Augen. »Er ist bei einem Hubschrauberabsturz ums Leben gekommen …« Er verstummte und atmete tief ein. »Ich habe das von deinem Kind und deinem Mann gehört. Tut mir leid.«

Der Besitzer der Bar kam mit dem Kaffee. »Mit Liebe gemacht«, sagte er und zwinkerte ihnen zu. »Nachher dimme ich das Licht noch ein wenig.«

He, was soll das?, hätte Lena beinahe gesagt. Das war jetzt eine Anspielung zu viel, aber dann registrierte sie, dass der Barmann bei jedem seiner Gäste eine ähnliche Bemerkung machte.

»In Berlin hat mich meine Freundin verlassen, deshalb bin ich hier«, redete Blumfeld weiter. »Hat sich in einen alten Jugendfreund verliebt – einen Buchhalter, ausgerechnet. Das war auch wie ein kleiner Tod. Morgens sind wir noch zusammen aufgewacht, und abends ist sie ausgezogen.«

Lena trank ihren Kaffee. Plötzlich hatte sie keine Lust mehr, über ihren Fall zu sprechen, über Blutspuren auf Brücken, vermeintliche Selbstmörder. Einfach nur dasitzen, Kaffee trinken und nichts reden, das wäre eine angenehme Alternative.

»Der Schmerz vergeht nicht – er ist wie ein altes Foto, aus dem die Farbe nicht verbleicht«, sagte sie. »Manchmal denke ich ein paar Stunden gar nicht an Robert und Simon, aber von einer Sekunde auf die andere kann alles zurückkommen, die Verzweiflung, die Trauer, das Nichtbegreifen, das mir den Magen umdreht. Ich bin froh, dass ich überhaupt wieder fähig bin zu arbeiten. Hat allerdings ein paar Monate gedauert.«

Blumfeld sah sie an. »Manchmal bringt der Schmerz besondere Dinge hervor«, sagte er. »Ich bin ein passabler Gitarrist. Klar, es reicht nicht, um damit wirklich mein Geld zu verdienen. Als Komponist bin ich allerdings ziemlich lausig, doch als Verena weg war, habe ich ein Liebeslied komponieren können – zum ersten Mal ist mir ein Lied gelungen.«

Spiel es mir vor, singe es, hätte sie beinahe gesagt, ich möchte es hören.

In ihrer Tasche vibrierte ihr Smartphone. Ihr Vater oder Dorit Zeiner.

»Es tut gut, mit dir zu reden«, sagte sie ganz ehrlich und unverstellt. »Aber ich habe dich wegen einer bestimmten Sache hergebeten. Wegen eines Gefallens, der vielleicht etwas heikel ist. Das LKA hat uns bei einem Fall ausgebootet, doch möglicherweise gibt es eine Verbindung zu dem Toten in der Eifel.« Sie erwähnte die Blutspur auf der Brücke und die Blutgruppe AB, die auch Martin Zeiner hatte.

»Ich brauche nur ein wenig Zeit«, sagte sie, »bevor wir das LKA und den Verfassungsschutz einschalten. Ich habe der Frau des Toten versprochen, ihr zu helfen.«

Blumfeld sah sie durchdringend an. Der Barmann hatte tatsächlich das Licht gedimmt, registrierte Lena.

»Es kostet dich allerdings etwas«, sagte er und machte eine Kunstpause. »Ich koche für dich – in meiner Wohnung. Magst du Fisch?«

Ein Gefühl der Hochstimmung hatte sie erfasst, als sie die Bar verließ. Blumfeld hatte versprochen, Margot Dreier die Blutprobe persönlich zu überbringen – am besten außerhalb der üblichen Arbeitszeiten. Sie hatte ihm die Mobilnummer der Rechtsmedizinerin gegeben. Wenn Zeiner tatsächlich auf der Brücke gewesen war, dann hatten sie gleich zwei Beweise: Er war ein Auftragsmörder, und der Maler hatte sich nicht umgebracht.

Blumfeld verabschiedete sich vor der Bar mit einer vorsichtigen Umarmung von ihr. Wann er für sie kochen würde, hatten sie noch offen gelassen. Er wohnte am Schillplatz – so viel wusste Lena nun.

Ihr Vater hatte angerufen, und Dorit Zeiner hatte eine SMS geschickt: »Schlösser austauschen? Ja!!!«

Plötzlich, während sie die Berrenrather Straße hinaufging, fühlte Lena sich angestarrt. Ein Gefühl, als würde ihr jemand viel zu lange mit Blicken folgen. Als sie sich umwandte, sah sie, wie eine dunkle Gestalt in einem Durchgang verschwand. Sie überlegte einen Moment umzukehren, doch wer sollte einen Grund haben, ihr nachzulaufen?

David, dachte sie, ihm war es zuzutrauen. Aber er wohnte in Lindenthal, ein paar Kilometer entfernt. Zufällig wäre er nicht in dieser Gegend.

»Frau Larcher?« Jemand sprach sie an, aus einer anderen Richtung. Ein Mann war aus einem Laden getreten, eine Tüte in der Hand, während sie über die Schulter nach einem etwaigen Verfolger geforscht hatte.

Reno Lehmann stand vor ihr. Er trug einen breiten Filzhut und lächelte. »So eine Überraschung!«

Hatte er ihr ebenfalls aufgelauert?

»Wohnen Sie hier?«, fragte sie verdattert.

»Nein, eigentlich nicht.« Seine Antwort blieb vage. »Aber es ist schön, dass ich Sie zufällig treffe.« Er betonte das Wort »zufällig«.

»Ich bin in Eile«, sagte sie. »Mein Vater wohnt ein Stück die Straße hinauf.«

»Der legendäre Hauptkommissar Georg Larcher … Ich bin ihm vor seiner Pensionierung ein, zwei Mal begegnet. Muss gar nicht so einfach für ein junges Mädchen gewesen sein, so einen dominanten Vater zu haben.« Lehmann hatte sich neben sie geschoben.

Er roch nach Alkohol, meinte sie. Auf seine Bemerkung über ihren Vater ging sie nicht ein.

»Es ist ja nicht mehr Ihr Fall«, sprach er weiter, scheinbar beiläufig, »aber Sie könnten mir helfen, ganz unter Kollegen. Dorit Zeiner ist nicht sonderlich kooperativ, und ich bin sicher, sie verbirgt uns etwas. Nun, mit Autoritäten kommt sie nicht so gut klar, zeigt schon ihr Lebenslauf: kein Vater, Drogen, Gefängnis, dazu ihr kaputter Bruder.«

»Ich soll Dorit Zeiner aushorchen?«, fragte Lena. »Für den Verfassungsschutz? Das kann unmöglich Ihr Ernst sein.«

»So würde ich es nicht nennen, nur ein, zwei Gespräche mit ihr führen – von Frau zu Frau gewissermaßen. Zeiner hatte ein geheimes Konto in der Schweiz, und wer weiß, was alles noch im Verborgenen liegt.« Er tippte sich zum Abschied an seinen Hut. »Denken Sie darüber nach. Ich rufe Sie an.«

Er wandte sich ab, und dann sah sie Farkas auf der anderen Straßenseite. Mit einem heiteren Lachen winkte er ihr zu.

19.

Sechshundertneunundzwanzigtausend Franken. Ich bin reich. Ein Gedanke drehte in meinem Kopf wirre Kreise. Nein, Irrtum, nicht ich bin reich, sondern Martin hatte ein heimliches Konto mit dieser Summe, das vermutlich bereits beschlagnahmt war. Aber woher stammte dieses Geld – und wem gehörte es wirklich?

Der einzige Mensch, der mir einfiel, der eine Ahnung haben könnte, wie Martin an das Geld gekommen war, ging nicht mehr ans Telefon. Nur eine mechanische Stimme meldete sich unter Harrys Nummer. »Der Teilnehmer ist vorübergehend nicht zu erreichen. Bitte versuchen Sie es später noch einmal.«

Mir fiel auf, dass ich nicht einmal wusste, wo Harry wohnte. Ich schrieb ihm eine Nachricht. »Bitte ruf mich an. Dorit.«

Dann fuhr ich zurück. Ich musste das Haus noch einmal durchsuchen, nahm ich mir vor. Von seinen Geheimnissen, von diesem Doppel- und Dreifachleben, das Martin geführt hatte, musste es irgendwelche Spuren geben. Und was war mit den Sachen, die Lena mitgenommen hatte? Ja, vermutlich hatte er Dinge in seinem Zimmer aufbewahrt, die mich weiterbringen würden.

Als ich in der Einfahrt abbremste, sah ich, dass in der Küche Licht brannte, nicht die grelle Deckenlampe, sondern das kleine Licht über dem Herd. So war es oft gewesen, wenn ich abends von Dreharbeiten nach Hause gekommen war – erschöpft, mitunter schlecht gelaunt und voller Vorfreude auf einen ruhigen Abend. Manchmal hatte Martin etwas gekocht – er war in der Küche kein Virtuose, aber ordentliche Spaghetti mit einer guten Soße bekam er hin.

Hatte ich vergessen, das Licht auszuschalten?

Als ich die Tür öffnete, wusste ich gleich, dass etwas anders war. Es roch nach Kaffee und Zigaretten.

Das Amt – waren Lehmann und Co. mit Martins Schlüssel noch einmal zurückgekehrt? Hatte Lena mich darum aufgefordert, die Schlösser auszutauschen? Aber Verfassungsschützer würden sich keinen Kaffee kochen, während sie ein Haus durchsuchten.

Musik zog durch das Haus – leise und doch deutlich wahrnehmbar. Ich lauschte. Mein Herz schlug mir bis zum Hals hinauf. Ich musste die Polizei anrufen, nein, nicht die Polizei, sondern Lena.

Dann begriff ich, woher die Musik kam – aus der Garage. Ich wandte mich nach links, in den schmalen Gang neben der Küche.

Als ich die Tür öffnete, hätte ich vor Wut beinahe losgeschrien. Mein magerer Bruder hockte da, zwischen den Engeln aus Eisen, er hatte das Radio angestellt und rauchte eine Zigarette, zwischen seinen Beinen stand ein Flasche Bier. Mit glasigen Augen schaute er auf und machte dann eine fahrige Handbewegung. »Dorit, wie schön …« Er versuchte, sich aufzurichten. Er war betrunken.

»Wie bist du hier hereingekommen?« Wütend funkelte ich ihn an.

Er griff mit seiner tätowierten Hand nach der Bierflasche, Martins Bier, das er anscheinend aus dem Kühlschrank genommen hatte, und hielt sie mir hin, als wolle er mit mir anstoßen. »Ein Fenster war offen …« Er grinste. »Na, nicht direkt offen, aber so gut wie. Ich wollte nicht auf der Straße warten, ist ziemlich kalt, und da dachte ich, du hast bestimmt nichts dagegen, wenn ich …«

»Du bist hier eingebrochen?«, sagte ich. »Du hast eine Tür aufgestemmt?«

»Das Fenster ließ sich leicht aufhebeln.« Er kam mühsam auf die Beine. »Es ist etwas passiert«, sagte er betont langsam. »Ich musste bei diesen Studenten ausziehen … Alles verdammte Spießer! Ich kann doch ein paar Tage bleiben, bis ich was Neues finde, oder nicht?« Er legte mir den Arm um den Hals, und bevor ich ihn wegstoßen konnte, drückte er mir einen Kuss auf die Wange. »Ich bin schließlich dein Bruder – und ich war im Gefängnis. Weißt du, wie beschissen so etwas ist!«

Ich war so wütend, wie an dem Tag, als ich dem Lover meiner Mutter das Messer ins Bein gerammt hatte.

»Raus hier!«, schrie ich ihn an.

Ich zerrte ihn von dem Stuhl. Mein Bruder war nur noch ein Fliegengewicht, Haut und Knochen, aber darum nicht weniger nervig.

Er legte mir einen Arm um die Schulter, während ich ihn in die Küche führte. »Weißt du, wo ich war?«, flüsterte er mir ins Ohr. Es klang, als würde er gleich anfangen zu weinen. »In Bang Kwang, dem schlimmsten Gefängnis der Welt. ›Big Tiger‹, nennen sie es. Oder schlimmer noch ›Bangkok Hilton‹.« Er schnaubte verächtlich.

In der Küche ließ er sich auf einen Stuhl sinken.

Ich wurde ein wenig ruhiger. Es sind die Engel, dachte ich, ihn zwischen Martins Engeln sitzen zu sehen kann ich gar nicht ertragen.

»Ich war der Chieftain, der Briefeschreiber, und trotzdem konnte ich mir nie sicher sein, dass mir nicht einer ein Messer an den Hals legt oder mir im Schlaf einen Finger abschneidet – einfach so.« Paul schniefte. Mit Tränen in den Augen sah er mich an. »Ich hatte ein Mädchen in Thailand – Kanita. Wir wollten ein Café aufmachen, für Touristen. Wir hätten eine Menge Geld verdienen können.«

Ich drehte mich herum. Mein Bruder begann zu weinen – er beweinte sich, sein Schicksal, vielleicht auch diese Frau, die gewiss nicht auf ihn gewartet hatte.

Um irgendetwas zu tun, begann ich Tee zu kochen, während er weiterredete. Vom »Big Tiger«, von überfüllten Zellen, vom stundenlangen Sitzen in einem schmutzigen Hof in sengender Sonne, von korrupten Wärtern, denen man immer wieder etwas zustecken musste, damit man nicht verreckte, sondern auch mal etwas außer der Reihe zu essen und zu trinken bekam.

»Und jetzt will ich mein Leben zurück«, schrie mein Bruder, als er endlich fertig war.

Ich hielt ihm eine Tasse Tee hin.

»Mein Mann ist tot«, sagte ich. »Verstehst du, was das heißt?«

Er sah mich an, als müsse er diese Worte in eine andere Sprache übersetzen. Dann nickte er. »Ich habe mich nach dir gesehnt«, sagte er. »Danach, mit meiner kleinen Schwester in ihrer Küche zu sitzen und Tee zu trinken. Genau wie wir es jetzt tun.« Mit einer fahrigen Bewegung wischte er sich über die Augen. Er sah so ausgemergelt und freudlos aus, dass ich für einen Moment Mitleid mit ihm bekam. Aber dann fiel mir ein, dass er schon früher ein Schauspieler und Lügner gewesen war – er konnte Menschen manipulieren, ihnen etwas vormachen, und vielleicht tat er das auch jetzt.

Er trank einen Schluck. »Es gibt guten Tee in Thailand«, sagte er. »Wir hätten bestimmt ein tolles Café aufgemacht, aber nun habe ich hier andere Pläne, hier in Deutschland.«

Geld – es ging ums Geld. Darum war er hier.

Mein Mitleid verschwand. Hättest du dir die Hände nicht mit Drogen schmutzig machen dürfen, war ich versucht zu sagen, wäre das alles nicht passiert. Dann fiel mir ein, wie er mir einmal, als ich vier oder fünf Jahr alt gewesen war, ein Brot mit Schokolade gemacht hatte, als unsere Mutter uns wieder einmal nachts allein gelassen hatte, weil sie mit irgendeinem Mann unterwegs gewesen war. Ganz sorgsam, mit unendlicher Geduld hatte er das Glas ausgekratzt und mich dabei immer wieder fürsorglich angeschaut. Für eine Scheibe hatte die Schokolade noch gereicht – dann hatte er mir das Brot feierlich hingehalten.

»Was willst du nun tun?«, fragte ich. Ich setzte mich zu ihm.

Er verzog den Mund. Seine Zähne war gelb, fast nur noch Stummel, als hätte er im Gefängnis an Knochen nagen müssen, um sich zu ernähren.

»Ich habe immer an diese Zeit gedacht«, sagte er leise. »Daran, einen neuen Anfang zu finden. Deshalb habe ich durchgehalten. Ich brauche auch nicht viel – ein paar Tausend Euro.«

Ich nickte. »Nicht sofort«, sagte ich. »Ich benötige etwas Zeit, um Geld zu beschaffen.«

Wir schwiegen, dann sprang er auf und umarmte mich.

So hielten wir uns eine Weile – waren wieder Schwester und Bruder. Weil er so dünn und knochig war, kam er mir wie der Achtjährige vor, der mich abends, wenn ich Angst hatte, gehalten und mir Geschichten erzählt hatte.

»Weiß du noch?«, fragte ich. »Die Geschichte vom einsamen Schwimmbad?«

Er nickte. »Das Schwimmbad, das sich fürchtet, weil keine Menschen mehr kommen, weil das Wasser voller Algen ist, doch dann schleichen sich die durstigen Tiere heran, erst ein Hund, dann ein zweiter, später ein Reh, ein Fuchs sogar. Für die Tiere wird das Schwimmbad zur Rettung.«

Solche Geschichten hatte mein Bruder mir als Kind erzählt – ein bisschen albern, aber immer mit viel Fantasie. Meistens war ich dann beruhigt eingeschlafen und hatte nicht mehr wach gelegen und auf meine Mutter gewartet, die oft erst gegen Morgen zurückgekehrt war. Ohne Paul wäre ich damals verloren gewesen.

»Hast du dich nie gefragt, wer unser Vater ist?«, flüsterte ich. Keine Ahnung, warum dieser Gedanke mir auf einmal kam.

»Nein.« Er schüttelte den Kopf. »Das hat für mich nie eine Rolle gespielt. Für mich warst immer du der wichtigste

Mensch. Wie geht es meiner kleinen Dorit? Das habe ich mich als Erstes jeden Morgen gefragt.«

Ich spürte, dass mir nun auch Tränen in die Augen traten. Sollte ich Paul von dem Geld erzählen, das irgendwo in der Schweiz auf einem Konto lag? Von meinem Verdacht, dass Martin Menschen getötet hatte?

Wir lösten uns erst, als mein Smartphone summte.

Es war kurz nach zweiundzwanzig Uhr. Ich hoffte, dass Harry zurückrufen würde, doch er war es nicht. Meine Mutter hatte mir drei Kurznachrichten geschickt, entdeckte ich auf meinem Display.

Lena rief mich an. »Können wir uns sehen?«, fragte sie. Eine untergründige Anspannung glaubte ich in ihrer Stimme wahrzunehmen. »Kannst du vorbeikommen?«

20.

Gab es einen Menschen, der umschwärmter war als Adrian Farkas? Wohl nicht in Köln. Noch während er Lena begrüßte, ihre Hand in seine nahm und ihr einen Kuss auf die Wange drückte, schob sich eine alte Frau neben ihn, um mit ihrem überraschenderweise supermodernen Smartphone ein Foto von ihm zu machen.

»Wie hältst du das nur aus?«, flüsterte Lena ihm zu.

Er lächelte. »Ich bin es gewöhnt. Die Leute sollen ja alle zu meinen Konzerten kommen, da kann ich sie schlecht vor den Kopf stoßen.«

Ein junges Mädchen, allenfalls dreizehn Jahre alt, bat ihn um ein Autogramm, dann hatten sie eine kleine Tapasbar erreicht.

»Ich hoffe, du kommst morgen zu meinem Konzert«, sagte er. »Es wird ein sehr intimer Abend werden.« Wie er das Wort »intim« betonte, störte sie plötzlich, nicht weil es anzüglich klang, sondern eher wie ein Versprechen, das sie nicht hören wollte. Sie hatten sich ein paar Mal in seinem Apartment geliebt – vor dem schrecklichen Unfall, und danach, in besonders dunklen Nächten, war sie oft versucht gewesen, ihn anzurufen oder zu ihm zu laufen, doch sie hatte es nie getan.

Farkas bestellte zwei Gläser Rotwein, und dann in einer Ecke der Bar, ziemlich versteckt, entdeckte sie ihn: ihren Vater. Sie konnte sein Gesicht nicht sehen. Er saß mit dem Rücken zu ihr in einer Nische, aber er war es eindeutig: seine kräftigen Hände, seine leicht abgehackten Gesten und die dicke Hornbrille, die er trug. Und er war nicht allein. Vor ihm saß eine blonde, gut aussehende Frau, die etwa in ihrem Alter war, gewiss aber zwanzig Jahre jünger als ihr Vater.

Lena spürte, wie sie Atem holte und sich dann versteifte, während Farkas weiterredete und der Wein gebracht wurde.

Ihr halb blinder Vater, den sie zuletzt ramponiert und mit einem dicken Pflaster auf der Stirn gesehen hatte und der ständig zum Ausdruck brachte, wie sehr ihn sein eigenes Schicksal bedrückte, hatte offenbar eine neue Freundin. Die Frau beugte sich vor, lächelte und griff dann nach den Händen ihres Vaters.

»Ich werde auch unser Lied spielen«, sagte Farkas. Er hatte ihr tatsächlich ein Lied geschrieben, nach ihrer ersten Nacht: Der Mond spielte darin eine Rolle, Wasser, ein leuchtender Diamant, der wie eine Augenfarbe war.

Farkas begann ebenfalls, vorsichtig nach ihrer Hand zu tasten. Die Szene, die sich am Tisch ihres Vaters abgespielt hatte, spiegelte sich an ihrem, doch Lena wich unwirsch zurück.

»Adrian«, sagte sie beinahe panisch. »Ich habe noch einen Termin – hatte ich ganz vergessen.« Dann, bereits im Aufstehen, nahm sie ihr Glas, kippte einen tiefen Schluck Wein hinunter und verließ die Bar.

Sie hatte Angst, dass Farkas ihr folgen würde, aber er blieb sitzen, völlig erstaunt über ihren plötzlichen Aufbruch.

Ihr Vater? Was tat ihr Vater da?

Er hatte sich mit Rita, einer Nachbarin, angefreundet, aber mit ihr ging er nicht in Bars, sondern ließ sich allenfalls gelegentlich bei ihr zu Hause zu einem Abendessen einladen – soweit Lena es wusste.

Sie ging ein paar Schritte, überrascht von der Aufregung, die sie ergriffen hatte. Das Summen ihres Smartphones hätte sie beinahe überhört.

Farkas, würde sie anrufen, war sie überzeugt, doch es war Margot Dreier.

»Meine Liebe«, sagte die Rechtsmedizinerin, »ich glaube,

du stehst bald knietief in meiner Schuld. Der dritte Tote – nun weiß ich auch, wer er ist.«

Lena brauchte einen Moment, um sich zu sammeln. Von welchem Toten sprach Margot Dreier?

»Der Tote ohne Gesicht«, redete die Rechtsmedizinerin weiter, »also das war deutlich schwieriger, aber mein schöner langer Arm reicht sogar bis nach Polen. Stell dir vor … der Kerl war höchstwahrscheinlich ein polnischer Rocker, den man für schmutzige Geschäfte mieten konnte – Bartosz Pawlak aus Stettin. Er sprach Deutsch und hatte Kontakt zu den Hell's Angels. Man hat ihn auf einem Feldweg in einem Dorf bei Stettin gefunden, vor etwa einem Jahr.« Sie verstummte. »Na, ist das eine Neuigkeit?«, fragte sie dann, weil Lena nicht reagierte.

»Ja.« Lena hatte die Bar immer noch im Blick. Farkas trat auf die Straße, ein Telefon am Ohr, und sie wich in einen Hauseingang zurück. »Aber wieso sollte Zeiner einen polnischen Rocker getötet haben?«

»Keine Ahnung.« Im Hintergrund waren keine Geräusche zu vernehmen, Margot Dreier wirkte jedoch so heiter, als hätte sie sich schon mindestens zwei Gläser Wein gegönnt. »Dein Kontaktmann aus der Kriminaltechnik … Dieser Mister Blumfeld hat sich übrigens auch schon gemeldet«, sagte sie. »Alle Achtung, Frau Hauptkommissarin! Da funktionieren die heimlichen Verbindungen ja! Er bringt mir die Blutprobe von der Brücke heute noch vorbei. Morgen wissen wir mehr.« Sie lachte, dann unterbrach sie die Verbindung.

Hatte jeder Mensch ein Geheimnis, sogar ihr Vater, von dem sie glaubte, seine Krankheit fessle ihn nun ans Haus? Hatte auch Robert seine Geheimnisse gehabt? Sie hatte es immer noch nicht geschafft, seine persönlichen Unterlagen durchzugehen, die man ihr vor acht Monaten aus der Kanzlei überstellt hatte – drei Kartons voller Papiere. Würde sie da irgendetwas finden? Und sie selbst? Die Affäre mit Farkas war ihr

Geheimnis gewesen. Sie hatte es sogar vor sich selbst geleugnet, hatte es abgetan – nur ein Spiel, nichts Ernstes, hatte sie sich eingeredet, und doch hatte sie sich von ihm verführen lassen und mit ihm geschlafen. Es war wie eine kleine Flucht gewesen, als hätte sie sich doch aus ihrem Leben mit Robert und Simon davonstehlen wollen.

Sie schrieb ihrem Vater eine kurze Nachricht, sie habe bis jetzt gearbeitet und fahre nun nach Hause. Er würde sie ja vermutlich erst später lesen, wenn sein Rendezvous vorbei war, aber kaum war sie zu Hause angekommen, antwortete er: »Alles gut. Dein Vater.«

Auch Blumfeld hatte ihr geschrieben. »Der Adler ist gelandet.« Unwillkürlich musste sie lächeln. Hieß also, er hatte die Blutprobe überbracht.

Dann saß sie in ihrer Küche zwischen all den Dingen, die Martin Zeiner in seinem Jugendzimmer aufbewahrt hatte. Ein Gefühl der Verlorenheit stellte sich ein. Was verrieten diese Dinge ihr – außer, dass ein Mann offenbar am liebsten vierzehn Jahre alt geblieben wäre?

Um kurz nach zweiundzwanzig Uhr rief sie Dorit Zeiner an. Sie musste ihr mitteilen, was sie herausgefunden hatten – K.-o.-Tropfen im Blut und dass ihr Mann vermutlich auf der Brücke in der Eifel gewesen war.

Dorit Zeiner rauschte buchstäblich heran. Zwanzig Minuten nach Lenas Anruf stand sie bereits vor der Tür.

»Du hast mich vor meinem Bruder gerettet«, sagte sie. »Und davor, mir über die Beerdigung Gedanken zu machen.«

Für zwei Minuten waren sie wie alte Freundinnen, die sich mindestens einmal in der Woche trafen. Mit forschendem Blick sah Dorit sich um, begutachtete all die Dinge ihres Mannes, die da ausgebreitet lagen.

»Wir wissen, wer der dritte Tote ist – und wir haben eine Blutuntersuchung. Vermutlich ist dein Mann betäubt worden, bevor man ihn aufgehängt hat«, sagte Lena.

Sie beobachtete, wie Dorit auf den Boden sank, neben das Filmplakat vom ›Tod in Venedig‹. Sie schloss die Augen. Kein Laut kam über ihre Lippen. Sie biss sich lediglich auf ihre Unterlippe, als müsse sie einen Schmerz unterdrücken.

»Irgendwo tief in mir habe ich geahnt, dass ich Martin nicht richtig kenne«, sagte sie, ohne die Augen zu öffnen. »Ich wollte ihm nicht zu viel von mir verraten, von all den Dingen, die ich falsch gemacht habe, deshalb habe ich auch ihm viel zu wenig Fragen gestellt. Und nun vermisse ich ihn wie nichts auf der Welt, besonders seinen Geruch. Ich konnte ihn immer gut riechen.«

Lena öffnete eine Flasche Rotwein. Sie dachte an ihren Vater. Unvermittelt kam ihr die Vorstellung, er würde nun neben dieser viel jüngeren blonden Frau liegen, würde sich über sie legen, sie lieben. Er war nicht in Trauer verharrt, nachdem ihre Mutter an Krebs gestorben war. Er hatte irgendwie weitergemacht – nicht so wie sie.

Dorit sprach weiter von ihrem Mann. Er hatte ein geheimes Konto in der Schweiz. Die Steuerfahndung hatte es ausfindig gemacht. Thomas Pagel vom LKA hatte sie aufgesucht.

Ein weiterer Hinweis, dass er vielleicht tatsächlich Auftragsmorde begangen hatte. Wie hätte ein einfacher Verfassungsschützer an solch eine Geldsumme gelangen sollen?

»Aber wo ist die Verbindung zwischen den drei Toten?«, fragte sich Lena. »Nein, wahrscheinlich muss es keine geben – nur: Wer war sein Auftraggeber?«

Dorit hatte sich aufgerichtet. Sie trank nun auch Rotwein. »Ein Journalist, ein Finanzbeamter, ein polnischer Rocker … Ich wette, die drei sind sich niemals im Leben über den Weg gelaufen. Könnte das Amt etwas damit zu tun haben?« Sie blickte auf ihr Smartphone. »Harry, Martins Freund, ist auch auf Tauchstation gegangen. Er ruft mich nicht zurück. Nun ist auch noch mein verrückter Bruder bei mir eingezogen. Ich konnte es nicht verhindern.«

Sie leerten die erste Flasche Wein, während Dorit von ihrem Bruder erzählte, und fast hätte Lena nicht bemerkt, dass ihr jemand eine SMS geschrieben hatte.

»What a glorious day«, schrieb Rashmi, obschon es bei ihm mitten in der Nacht sein musste. »I could talk to my mother this evening. She was able to smile again.«

21.

Als ich auf einem schwarzen Ledersofa erwachte, unter einer roten Decke, war es Viertel vor neun. Mit der Hand stieß ich ein Glas um, als ich mich aufrichten wollte. Lena, fiel mir ein, wir hatten eine Flasche Rotwein getrunken. Sie hatte mir ihre Wohnung gezeigt: das Arbeitszimmer ihres toten Mannes, das Kinderzimmer ihres Sohnes, in dem eine Taucherbrille und ein Gameboy herumlagen, als wäre er nur kurz aus dem Zimmer gegangen.

Ich war der erste Mensch seit über einem Jahr, der diese Räume gesehen hatte.

Dann hatten wir eine zweite Flasche Wein geöffnet, und sie hatte begonnen, mir Fotos zu zeigen. Robert, ihr Mann, war ein gut aussehender Mann gewesen, fast einen Meter neunzig groß, mit kurzen blonden Haaren, ein sportlicher Typ. Auf drei Aufnahmen lachte er wie ein höchst sympathischer Schauspieler. Nur ihren Sohn hatte sie mir nicht gezeigt.

Beim nächsten Mal, hatte Lena gesagt, und dann war ich irgendwann auf dem Sofa eingeschlafen.

In der aufgeräumten Küche lag ein Zettel vor einer Thermoskanne. »Musste los. Kaffee ist fertig. Lena.« Daneben ein Tütchen Aspirin, das ich sofort in Wasser auflöste.

Was für ein Vertrauensbeweis! Eine Frau wie Lena ließ mich allein in ihrer Wohnung zurück.

Harry hatte mich immer noch nicht angerufen. Nur Nina hatte eine Nachricht hinterlassen. »Melde dich bitte!« Sie hatte gestern Nacht gegen Mitternacht angerufen. Hatte sie auch schon von Martins geheimem Konto gehört? Ihr traute ich zu, dass sie versuchen würde, sich einen Teil des Geldes unter den Nagel zu reißen.

Ich ging auf die Toilette, wusch mir notdürftig das Gesicht und versuchte, in mich hineinzuhorchen. Aber ich spürte nicht viel mehr als Kopfschmerz und Müdigkeit. Was war mit meiner Periode? Ich war nun schon mehr als eine Woche überfällig. Zwei Tassen Kaffee brauchte ich, bis ich Nina anrufen konnte.

»Dorit …« Sie räusperte sich. Vielleicht hatte ich sie aus dem Schlaf geholt. »Habe ich einen Fehler gemacht? Ich meine, ich war gestern Abend bei dir … wegen des Pakets, das Martin mir geschickt hatte … In dem Paket war ein anderes, kleineres Päckchen. Da stand dein Name drauf, aber du warst nicht da, sondern nur dieser Mann … Er meinte, er sei dein Bruder, und da habe ich das Päckchen dagelassen.«

Ich verstand nicht, wovon sie redete. Sie klang erstaunlich kleinlaut. »Ja«, sagte ich, »mein Bruder ist wieder aufgetaucht – eine andere Geschichte, aber was für ein Päckchen hast du mir gebracht?«

»Es war für dich – von Martin.« Sie atmete hektisch ein und aus. »Das Päckchen war in braunes Papier eingeschlagen. Ein Zettel klebte darauf. ›Bitte übergeben an Dorit Zeiner.‹ … Ich glaube, es war ein Buch. So hat es sich jedenfalls angefühlt.«

»Und diese Päckchen hast du meinem Bruder gegeben?«

»Ja. Er hat gesagt, das sei in Ordnung, du würdest gleich zurückkommen. Ich meine, er war in deinem Haus, hat mich sogar zu einem Kaffee eingeladen.«

Ich schwieg einen Moment. Die Dinge in meinem Kopf hatten sich noch nicht sortiert, und das Aspirin hatte auch noch nicht angeschlagen.

»Ein Buch«, flüsterte ich, »von Martin.«

»Es war seine Handschrift, eindeutig«, sagte Nina. »Ich habe mich natürlich gewundert, dass er es mir geschickt hat, aber vielleicht wollte er nicht, dass …« Sie brach ab.

»Ich bin noch unterwegs«, erklärte ich vage. »Ich rufe dich später wieder an.«

Am Steuer meines Fiats brach mir der Schweiß aus. Ich hatte viel zu viel getrunken, und ich war nervös. Was würde mein Bruder mit einem Buch anstellen, das Martin mir schickte? Er würde es öffnen, ganz klar, und er würde lesen, was darin stand, auch daran gab es keinen Zweifel, und dann … spätestens dann hätte er mich anrufen müssen, aber das hatte er nicht getan.

Auf der Neußer Straße stand ich fast eine halbe Stunde im Stau. Ich rief in meinem Haus an, ließ es zehn Mal, zwanzig Mal klingeln, doch niemand hob ab. Ich wählte die Mobilnummer, mit der Paul mich angerufen hatte, doch da hob niemand ab. Ich wurde so panisch, dass ich kurz davor war, meine Mutter anzurufen.

Über vierzig Minuten brauchte ich bis nach Longerich. Aber ich hatte schon geahnt, was ich vorfinden würde. Paul hatte noch eine zweite Flasche Bier getrunken, er hatte auch den Käse und die Wurst aufgegessen, die im Kühlschrank gelegen hatten, doch das Haus war leer. Er war nicht da, und ein Buch oder eine Nachricht an mich war nirgends zu finden.

Was konnte Martin mir geschickt haben? Ein Tagebuch? Ich hatte nie beobachtet, dass er in einem Buch schrieb, überhaupt hatte er wenig geschrieben und gelesen.

Ich ging zu seinen Engeln. Hier in der Garage zwischen diesen Ungetümen aus Eisen glaubte ich, seine Anwesenheit am deutlichsten zu spüren. Diese Wesen hatten am meisten mit ihm zu tun gehabt, als hätte er sich seine eigenen Soldaten geschmiedet, stählerne Gestalten, die ihn schützen sollten.

»Verdammt«, redete ich laut mit ihnen, »was hat Martin für ein Leben geführt? Hat er Menschen umgebracht? Kommt daher das Geld auf diesem Konto? Und hat er ein Tagebuch geführt – hier, wenn er bei euch gehockt hat?«

Die Engel sahen mich ohne Augen schweigend an. Sie würden Martin nicht verraten, dachte ich.

Als es an der Tür klingelte, war ich sicher, dass Paul zurückgekehrt war. Hatte er das Buch kopiert? Ein kluger Gedanke, den ich ihm aber nicht so ohne Weiteres zutraute. Oder war er aus einem anderen Grund unterwegs gewesen? Doch als ich schon mit einer gewissen Erleichterung die Tür öffnete, standen Pagel und Reno Lehmann da, hinter ihnen drei weitere Beamte.

Pagel hielt mir ein Schreiben hin. »Wir haben einen Gerichtsbeschluss«, sagte er. »Wir müssen noch einmal Ihr Haus durchsuchen. Tut mir leid.« Mit einem Nicken schob er sich an mir vorbei.

»Es gibt gewisse Verdachtsmomente«, erklärte Lehmann vage. »Dass Ihr Mann Straftaten begangen haben könnte, nicht nur wegen des Kontos. Er ist wiederholt nach Thailand gereist, und offenbar hat er sich im Internet vor einiger Zeit eine Waffe besorgt. Wussten Sie davon?«

Ich beobachtete, wie die drei Männer hinter mir im Haus verschwanden. Sie waren jung, allenfalls dreißig, und trugen weiße Plastikhandschuhe.

»Ich weiß gar nichts«, sagte ich vor mich hin. Dann straffte ich mich. »Wie lange werden Sie brauchen?«, fragte ich, an Pagel gewandt. »Ich habe Dinge zu erledigen – Martins Beerdigung muss organisiert werden. Außerdem habe ich eine Firma, um die ich mich kümmern muss.«

»Zwei Stunden«, sagte Pagel militärisch knapp. »Dann sollten wir mit allem durch sein.«

Ich saß reglos in der Küche und hörte sie durch das Haus wandern und leise sprechen.

Plötzlich war ich froh, dass Paul mit dem Buch – oder was immer Martin mir von Nina hatte bringen lassen – verschwunden war. Nicht auszudenken, wenn Lehmann ein Tagebuch mit allen Geheimnissen meines Mannes in die Hände gefallen wäre, bevor ich es hätte lesen können. Genau deshalb, begriff ich, hatte Martin diesen Weg gewählt – keine Datei, kein Postfach, sondern ein Paket an seine älteste Freundin, der er vertraute.

Leise rief ich meine Mutter an. Sie war die Einzige, die wissen konnte, wo Paul sich aufhielt.

»Mein Kind«, sagte sie seufzend. »Wie schön, dass du endlich anrufst! Ich hatte mir solche Sorgen gemacht.« Sie klang so theatralisch, dass mich Wut ergriff.

»Weißt du, wo Paul ist?«, unterbrach ich sie. »Ich muss ihn dringend sprechen.«

Sie seufzte wieder. »Ich würde dir so gerne helfen. Es muss alles so schlimm für dich sein – der eigene Mann tot. Und obendrein Selbstmord! Rüdiger hat gemeint, wir sollten …«

»Uta«, fiel ich ihr ins Wort, »lass deinen Pfaffen aus dem Spiel. Ich will wissen, wo Paul ist, Paul, dein Sohn!«

Sie schwieg beleidigt. Als ich Rüdiger einmal »deinen Pfaffen« genannt hatte, war sie tatsächlich in Tränen ausgebrochen: Sie liebte diesen Vollidioten, ja, das tat sie wirklich.

»Wir wollen nur Gutes tun«, sagte sie.

Ich hörte, wie jemand sagte, im Keller seien sie durch, alles sei sauber, was wohl bedeutete, dass sie bei den Engeln nichts gefunden hatten.

»Paul«, wiederholte ich, »wo ist er? Hat er noch ein zweites Telefon?«

Sie seufzte wieder. Eine Fähigkeit hatte meine Mutter nie entwickelt: Zuhören konnte sie nicht. Es war immer so gewesen, als wäre sie stets auf ihren eigenen Gedankenbahnen unterwegs. Man konnte ihr allenfalls Stichworte zuwerfen, die sie dann auf ihre ganz eigene Art verarbeitete. »Wir müssen mit deinem Bruder Geduld haben«, sagte sie. »Er war im Gefängnis, da braucht es seine Zeit, bis er wieder bei uns angekommen ist.«

»Uta!«, zischte ich ins Telefon. »Ich weiß, dass er im Gefängnis war. Ich muss ihn sprechen. Er hat etwas, das mir gehört und das ich dringend wiederhaben muss.«

»Dorit.« Sie sprach meinen Namen vorwurfsvoll aus, als

wäre ich noch das Kind, das man zur Ordnung rufen konnte. »Ich weiß nur, dass er bei Studenten in Ehrenfeld untergekommen ist. Rüdiger hat ihn zwar eingeladen, zu uns …«

»Hast du eine Nummer, unter er ich ihn vielleicht erreichen kann?«

Über mir erklangen schwere Schritte, dann wieder Stimmen. Ich glaubte auch das Klingeln eines Mobiltelefons zu hören.

»Er hat mir eine Nummer gegeben«, sagte Uta. »Ich schicke sie dir, aber wann kommst du endlich? Wir wollen wissen, wie es dir geht … Ich möchte dich an mein Herz drücken. In solch einem Unglück muss man doch zusammenhalten.«

»Ja«, sagte ich, »wir müssen zusammenhalten, aber kannst du mir seine Nummer gleich schicken. In etwa drei Sekunden?« Dann legte ich auf.

Immerhin hatte ich keine Kopfschmerzen mehr. Das Aspirin hatte gewirkt. Ich musste zwölf Minuten warten und war sicher, dass Uta meine Bitte bereits vergessen hatte, als ihre SMS eintraf. »Hier meine kleine die Numer und grüs deinen bruder von mir. ich würde uns allen gerne was schönes kochen.« Mit der Rechtschreibung hatte meine Mutter immer auf Kriegsfuß gestanden.

Mein Bruder hatte tatsächlich noch ein zweites Telefon, die alte Gewohnheit eines Dealers. Als ich die angegebene Mobilnummer wählte, sprang nur eine Mailbox an, eine mechanische Stimme, die aufforderte, eine Nachricht zu hinterlassen.

»Paul«, sagte ich, »wo bist du? Ruf mich bitte an.« Das Päckchen erwähnte ich nicht. Ich konnte nicht wissen, wer diese Nachricht vielleicht abhören würde.

Ich sank wieder in meine Reglosigkeit zurück. Die verhaltenen Stimmen, die durch das Haus zogen, deprimierten mich – als liefe das Leben schon an mir vorbei. Ich hatte meinen Mann verloren oder besser: einen Mann, den ich geheiratet, den ich aber offenbar gar nicht gekannt hatte. Und nun war er tot, ich war seine Witwe, und die Polizei und der Verfassungsschutz durchsuchten mein Haus.

Ich würde ihn begraben müssen. Ich würde dafür sorgen müssen, dass jemand ehrenvolle Worte für ihn sprach.

Unwillkürlich traten mir Tränen in die Augen. Ich würde Rüdiger diese Aufgabe überlassen, auch wenn Martin kein bisschen religiös gewesen war.

Als mein Smartphone summte, hatte ich für einen Augenblick die Hoffnung, Paul würde verkünden, dass er vor dem Haus stehe, sich aber wegen des Auflaufs von ordentlichen deutschen Beamten nicht hereintraue.

»Tut mir leid, Dorit«, sagte Harry. »Ich weiß, ich hätte mich melden sollen, du bist in Schwierigkeiten, aber ich hatte zu tun. Einer meiner Schützlinge war gestern in Ostheim in eine schwere Prügelei verwickelt, er wäre beinahe gestorben, und da …«

»Schon gut«, sagte ich. »Es tauchen immer neue Fragen auf. Weißt du, ob Martin ein Tagebuch geführt hat?«

»Ein Tagebuch? Ich glaube nicht. Im Kinderheim hat er ein paar Geschichten geschrieben, nein, eher Erinnerungen an seine Mutter, was sie gekocht hat … Die schönste Geschichte handelte davon, wie sie ihm Schwimmen beigebracht hat. In einem See bei Essen, da sind sie am Wochenende hingefahren, und er hat als Belohnung das erste Erdbeereis seines Lebens ausgegeben bekommen.«

Ich kannte diese Geschichte nicht.

»Martin war immer jemand, der Geheimnisse hatte. Im Kinderheim hat er so getan, als hätte er eine Freundin, aber mir war bald klar, dass er sie nur erfunden hatte … und, na ja, er hatte auch seine Abstürze. Weißt du, warum er damals im Krankenhaus war, als ihr euch getroffen habt?«

»Er hatte einen Unfall, glaube ich. Sein Bein war gebrochen«, sagte ich.

»Er ist mit dem Motorrad verunglückt, auf absolut gerader Strecke unten am Rhein. Ich bin fast sicher, dass er sich damals umbringen wollte, aber dann hat er dich getroffen. Du warst wirklich ein Glücksfall für ihn, Dorit. Weißt du das?«

Nein, das wusste ich nicht, und es kam mir auch immer unwahrscheinlicher vor.

Jemand klopfte an der Tür. Einen Moment später steckte Pagel seinen Kopf herein. »Wir sind fertig«, sagte er. »Wir müssen ein paar Gegenstände mitnehmen. Ich lasse Ihnen eine Liste da, die sie gleich unterschreiben müssen.«

22.

Ihr fast blinder Vater und diese viel jüngere, überaus attraktive Frau – der Anblick der beiden hatte etwas in ihr angerührt. Im Schlaf, während Dorit Zeiner nebenan auf dem Sofa lag, hatte sie das Gefühl gehabt, jemand würde seine Hand in ihre legen, und dieser Jemand war nicht Robert gewesen, sondern ein anderer Mann. Davon war sie jedenfalls im Traum überzeugt gewesen.

Lena stahl sich aus der eigenen Wohnung. Dorit atmete regelmäßig ein und aus. Sie hatten fast zwei Flaschen Rotwein getrunken – und in dieser Alkohollaune hatte Lena ihre erste Besucherin seit einem Jahr durch die Wohnung geführt und ihr Fotos gezeigt. Für Momente hatten sie beide all das vergessen, was sie beschwerte.

Beim Bäcker, wo sie sich einen Kaffee besorgte, legte ihr jemand eine Hand auf die Schulter. Sie zuckte zusammen. Berührungen dieser Art irritierten sie immer noch. Max, der Kletterlehrer, stand lächelnd vor ihr. »Hallo, Lena; ich hoffe, du kommst bald wieder in unsere Halle?« Er musterte sie. »Oder hat es dir bei uns nicht gefallen?«

»Es war eine echte Herausforderung«, erwiderte sie. Wusste Max, wer Dorit wirklich war? Nein, wohl nicht.

»Ich würde Tessa für dich anrufen«, sagte Max, »dann könnt ihr wieder ein Team bilden und zusammen trainieren.«

»Ja, vielleicht«, sagte sie, dann nahm sie ihren Kaffeebecher und eilte aus dem Laden.

Sie fuhr mit der Straßenbahn zum Präsidium. Von unterwegs schrieb sie Rashmi eine Nachricht und fragte ihn, wie es ihm gehe. Und dann traf sie zwei Entschlüsse: Sie wollte Farkas nicht so bald wiedersehen, und sie würde sich mit Arne Blumfeld treffen und einen langen Abend mit ihm verbringen.

Henning und Mona waren bereits im Präsidium. Es wirkte, als hätten die beiden Ärger miteinander gehabt, obschon man sich mit der stets gut gelaunten Mona eigentlich gar nicht streiten konnte. Wortkarg saß Henning vor seinem Computer. Er sah kaum auf, als sie sich setzte.

»Was ist mit unserem Toten aus der Eifel?«, fragte er. »Neue Erkenntnisse?«

»Nein«, sagte sie, obwohl es nicht stimmte. »Vielleicht habe ich doch zu viel vermutet, und es war Selbstmord.« Sofort bereute sie ihre Worte, die Henning besänftigen sollten. Sina, die rothaarige Muse, hatte recht gehabt – für ihren Freund, den Maler, hatte es augenscheinlich keinerlei Gründe gegeben, sich umzubringen. »Kennst du einen Mann namens Morlau?«, fragte sie. »Ein Kunsthändler … er hat dem Maler die Aufträge erteilt. Ich habe ihn in der Rechtsmedizin getroffen.« Ihr fiel ein, dass sie Farkas nicht nach der Frau des Kunsthändlers gefragt hatte.

»Klar«, sagte Henning ironisch. »Alle meine Picassos habe ich bei diesem Morlau gekauft. Kann ich nur empfehlen.«

Sie rief die Homepage von Morlau auf. Da inszenierte er sich als der bedeutendste Kunsthändler von Köln – eine ganze Galerie von Fotos zeigte seine Verkaufsräume sowie ihn mit Mitarbeitern und Prominenten. Eine Aufnahme existierte auch mit Vincent Schneider. Richard Morlau stand neben ihm, während der Maler mit einem Pinsel in der Hand an einer Staffelei saß, ein wenig zu sehr gestellt bei der Arbeit. »Vincent Schneider, ein renommierter Maler aus der Eifel, der schon mit eigenen Arbeiten hervorgetreten ist, sorgt mit seinen originalgetreuen Kopien dafür, dass Sie stets eine Erinnerung behalten, wenn Sie dem Kunsthaus Morlau und Cie ein kostbares Werk aus Ihrer Sammlung anvertrauen«, lautete der Text unter dem Foto der beiden. Offenbar war es üblich, dass man einem Klienten, wenn er ein besonders geschätztes, wertvolles Bild verkaufte, eine Kopie dieses Gemäldes schenkte. Dieses Bild werde allerdings, so ein Zusatz, um Missverständnisse zu vermeiden, eindeutig als Kopie ausgewiesen.

Auf einem Foto präsentierte sich Richard Morlau auch mit seiner Frau, die überaus elegant und sportlich wirkte.

Viel mehr als dieses eine Foto von Schneider fand sich im Netz nicht. Viele Ausstellungen schien er mit eigenen Arbeiten auch nicht gehabt zu haben. Eine Ausstellung in Daun im Jahr 2015 wurde erwähnt – da hatte er ungegenständliche Gemälde präsentiert, wie es in einem Artikel hieß. Der Bericht lobte den Künstler, aber es wurde auch angemerkt, dass einige Arbeiten, bei denen er neben Farben Blut und andere Körpersäfte verwendet hatte, das Publikum irritiert hätten.

War es möglich, dass Schneider mit seinen Kopien fünfzigtausend Euro auf die Seite hatte schieben können?

Nein, wahrscheinlich nicht.

Danach rief Lena bei INPOL die Daten von Dorits Bruder auf. Paul Goretzka hatte ein längeres Sündenregister. Diebstahl, Betrug und vor allem Drogendelikte. Zuletzt war er wegen Drogenhandels in Thailand zu einer sechsjährigen Haftstrafe verurteilt worden. Dass er wieder auf freiem Fuß war, war noch nicht verzeichnet.

Über Richard Morlau fand sich nichts. Ein unbescholtenes Blatt. Zu ihrer Überraschung war Vincent Schneider einmal wegen Urkundenfälschung verurteilt worden. Ein Jahr auf Bewährung – er hatte einem Gebrauchtwagenhändler geholfen, Kfz-Briefe zu fälschen, allerdings waren die Fälschungen so schlecht gewesen, dass sie sofort aufgeflogen waren.

Nirgendwo gab es eine Verbindung zu Martin Zeiner. Wieso sollte er auf der Brücke gewesen sein, um den Maler zu töten? Warum sollte jemand den Auftrag erteilt haben, ihn zu töten? Es fand sich nicht der kleinste Hinweis.

Sie jagten einer fixen Idee nach, sagte Lena sich. Dorit hatte weder eine Ahnung, welche Funktion ihr Mann im Amt genau innegehabt hatte, noch was er in der Vergangenheit getan hatte oder dass er ein Nummernkonto in der Schweiz besaß.

Es war kurz nach zehn Uhr, als Lena, nachdem Henning aus dem Zimmer gegangen war, Margot Dreier anrief.

Die Rechtsmedizinerin war nach dem zweiten Klingeln am Apparat. »Ich wusste, dass du neugierig sein würdest. Bin seit sechs Uhr auf den Beinen. Habe einen interessanten Fall von Kohlenmonoxidvergiftung hereinbekommen … Na ja, trotzdem weiß ich ja, was wichtig ist. Dieser Blumfeld ist übrigens ein hübscher Junge. Hast du dir gut ausgesucht.«

»Ich habe mir niemanden ausgesucht«, wandte Lena ein. Als Henning wieder ins Zimmer trat, stand sie auf und ging zum Fenster.

»Das Blut von der Brücke stammt von Martin Zeiner, da bin ich mir zu hundert Prozent sicher. Vermutlich hat sich der Maler mit einem spitzen, kleineren Gegenstand gewehrt. Zeiner hatte eine leichte Verletzung an der Hand. Aus dieser Wunde könnte das Blut stammen.«

»Danke«, sagte Lena. »Damit sind wir einen Schritt weiter. Das bedeutet allerdings, dass dieser Fall auch ans LKA gehen wird.«

»Offiziell weiß ich von dieser Verbindung nichts«, sagte Margot Dreier. »Da müsst ihr euch etwas einfallen lassen. Wäre aber nicht gut, wenn ihr schlauer als das LKA sein wollt.«

»Ich rede mit Blumfeld«, sagte Lena. Nach einem kurzen Dank legte sie auf.

Sie hatten nun den Beweis – Zeiner war zumindest für einen Mord verantwortlich, vermutlich aber auch für weitere. Ein Mann, der gegen Rechtsradikale ermittelte und gleichzeitig durch die Welt reiste, um Morde zu begehen.

Sie rief im Netz die Namen der beiden ersten Toten auf – Christoph Ehrlich, der Journalist, und Rainald Kunze, der Finanzbeamte. Sie war sich ziemlich sicher, dass die beiden sich niemals über den Weg gelaufen waren, aber irgendeine Verbindung musste es geben, es sei denn, Zeiner war ein Killer gewesen, der von mehreren Seiten seine Aufträge angenommen hatte.

Im Internet fand sie auch den Namen der Exfrau von Christoph Ehrlich. Sie hieß Maria Blank und war Redakteurin beim Hörfunk im WDR. Als Lena deren Büronummer anrief, meldete sich die Zentrale. Sie wurde jedoch sofort durchgestellt.

»Verfolgt mein toter Exmann mich immer noch?«, rief Maria Blank entrüstet aus, nachdem Lena sich vorgestellt und mit wenigen Worten ihr Anliegen vorgebracht hatte.

»Ich weiß, dass Sie damals schon von Ihrem Exmann geschieden waren«, erwiderte Lena. »Ich möchte nur in Erfahrung bringen, ob Sie wissen, woran er gearbeitet hat, bevor er tot aufgefunden worden ist.«

Maria Blank schnaubte verächtlich. »Sein Hauptinteresse bestand darin, mich fertigzumachen und mir unseren Sohn wegzunehmen. Daneben hat er für den Deutschlandfunk kurze Berichte verfasst – Buchkritiken, Besprechungen von Vernissagen, alles Kleinkram, der nichts einbrachte. Er war ein Hochstapler. Seine Stimme war sein Kapital. Er tat immer so, als würde er einem hochwichtige Dinge erzählen – so sanft und einschmeichelnd klang er. Mit seiner Stimme hat er auch mich herumgekriegt, leider.«

»Kannte Ihr Exmann einen Beamten mit Namen Rainald Kunze oder …« Lena zögerte. »Oder Martin Zeiner?«

»Keine Ahnung. Mir sagen die Namen zumindest nichts. Außerdem ist das schon so lange her. Ich möchte eigentlich gar nicht mehr an Christoph erinnert werden.«

Maria Blank verabschiedete sich frostig.

Wieder eine Sackgasse, dachte Lena. In diesem Fall gab es nur Sackgassen, aber eigentlich war es ja gar nicht mehr ihr Fall. Wenn das LKA von der zweiten Blutspur auf der Brücke erfuhr, würden sie diese Ermittlungen zweifellos übernehmen.

»Der Maler hat tatsächlich eine Reise gebucht«, sagte Henning. Er saß wieder an seinem Schreibtisch. »Nicht in die Südsee, wie er es seiner Freundin erzählt hat, sondern nach Barcelona – am übernächsten Wochenende. Außerdem hat er bei einem Juwelier in Schleiden zwei Ringe in Auftrag gegeben. Der Mann hat sich heute früh bei Mona gemeldet.« Henning sah sie nun zum ersten Mal offen an. »Also doch Mord, Lena. Du hast es ja die ganze Zeit gewusst.«

Sie nickte.

»Ich habe mich entschlossen, so eine Art Therapie zu machen – wegen meiner Frau, wegen der Kinder ... um herauszufinden, warum ich niemals Ruhe hatte, warum ich immer spielen musste, auf irgendwelche Fußballspiele wetten ...« Er zuckte mit den Schultern. »Ich will wieder nach Hause zurück, aber sie lassen mich nicht. Kannst du mir die Nummer deiner Therapeutin geben?«

»Mache ich«, sagte Lena. Sie hatte Silvana Roth, ihre Therapeutin, die sie seit fast einem Jahr aufsuchte, niemals erwähnt. Dann fiel ihr etwas ein. »Hast du die Nummer von dieser Sina?«, fragte sie.

Henning schob ihr einen Zettel mit einer Mobilnummer hin.

Die Muse des Malers nahm sofort ab.

»Ich muss etwas wissen«, sagte Lena. »Ihr Freund ... er hatte eine Wunde an der Hand. Besaß er ein Messer, ein Taschenmesser vielleicht, das er häufiger mit sich herumgetragen hat?«

»Haben Sie es gefunden?«, fragte Sina nach einem kurzen Zögern. Sie klang schläfrig oder so, als hätte sie zu viel gekifft. »Vincent hatte ein Schweizer Klappmesser, damit hat er alles gemacht – Leinwände zugeschnitten, Farbdosen geöffnet, Bierflaschen geköpft.«

»Nein«, erwiderte Lena. »Wir haben kein Messer gefunden, aber wir wissen nun, dass Ihr Freund ermordet worden ist. In einer Stunde kommen wir bei Ihnen vorbei. Wir müssen uns noch einmal in Ihrem Haus umsehen.«

23.

Was für einen Gedanken hatte ich, als ich Martin zum ersten Mal gesehen hatte – auf dem Krankenhausflur, im Halbschatten, ein Mann in einem Bademantel, sein rechtes Bein im Gips?

Ein Biker, hatte ich gedacht, ein typischer Biker, der einen Unfall hatte, aber Martin hatte mir keine große Erklärung gegeben. Er sei gestürzt, mehr hatte er nicht gesagt. Dann hatte er mir etwas aus dem Lädchen der Klinik mitgebracht – Orangensaft und Schokolade. So hatte es begonnen, und nun erfuhr ich, dass meine erste Vermutung gestimmt hatte: Er war mit dem Motorrad verunglückt, aber er war nie wieder gefahren, hatte nicht einmal erwähnt, dass er je auf einem Motorrad gesessen hatte.

Wo konnte Paul mit diesem Buch, das für mich bestimmt gewesen war, abgeblieben sein? Ich wurde immer wütender auf meinen Bruder. Er war schon früher jemand gewesen, der sich und andere in Schwierigkeiten gebracht hatte. Wo würde er mit etwas hingehen, von dem er möglicherweise nicht wusste, wie wertvoll es war?

Bevor er nach Thailand gegangen war, hatte er am Ebertplatz herumgehangen. Dort wurden schon immer Drogen verkauft, oder er trieb sich an der Agneskirche herum oder in Kalk in irgendwelchen Wettbüros. Seinen letzten regulären Job hatte er an einem Ticketschalter am Ring gehabt, das war allerdings fast sieben Jahre her. Mike, ein alter Schulfreund, hatte ihn dort untergebracht, bis man ihn nach ein paar Wochen gefeuert hatte, weil er viel begehrte Tickets nicht korrekt abgerechnet hatte, sprich, er hatte sie schwarz zu überhöhten Preisen verkauft. Mein Bruder war immer wieder aus der Bahn geraten, nein, eigentlich war er nie in einer Bahn gewesen – er schlingerte durchs Leben, genau wie ich, bevor ich Martin getroffen hatte.

Ich rief ihn erneut auf der Nummer an, die er meiner Mutter gegeben hatte, und landete abermals in seiner Mailbox. »Melde dich, verdammt«, zischte ich, als könnte er mich hören.

Dann tippte ich Lenas Nummer an. Sie war die Einzige, die mir helfen konnte, aber bei ihr war besetzt.

Wo konnte mein Bruder sein? Ich hatte keine Idee, wo er sich in Ehrenfeld eine Unterkunft beschafft hatte. Ich wusste nicht einmal, wann genau er nach Deutschland zurückgekehrt war.

Jemand von der Rechtsmedizin rief mich an. Martins sterbliche Überreste seien nun freigegeben. Ich müsse ein Bestattungsinstitut beauftragen.

Sterbliche Überreste …

»Ja«, erwiderte ich. »Ich kümmere mich darum.« Eine weitere Aufgabe, die über meine Kräfte ging, und einen Schlüsseldienst, der neue Schlösser einbaute, hatte ich auch noch nicht beauftragt.

Wenn mir vor meiner Zeit mit Martin alles zu viel geworden war, wenn irgendein Typ mich genervt hatte oder ich wieder einmal in einem Job gescheitert war, hatte ich ein paar Drogen eingeworfen oder war nach Holland ans Meer gefahren. Das alles ging nun nicht.

Ich tat etwas anderes. Ich rief Max an.

»Max, ich brauche eine Extratour, jetzt gleich«, sagte ich.

Er kapierte sofort. »Tessa, Liebling, kein Problem. Ich jage dich die Wände rauf und runter, wenn du magst. Komm vorbei!«

Zwei Stunden kletterte ich durch die Wand. Max sicherte mich und zeigte mir Routen, die ich bisher noch nicht gesehen hatte. Ich war so müde und ausgelaugt wie schon lange nicht mehr und fühlte mich gleichzeitig wie befreit. Endlich hatte ich für eine gewisse Zeit keinen Gedanken an Martin und Paul verschwendet.

Als ich wieder einen Fuß auf den Boden setzte, umarmte Max meinen verschwitzten Körper. »Gut gemacht, Dorit!«, sagte er. »Demnächst müssen wir einmal in die Berge fahren – unter freiem Himmel richtige Wände besteigen.«

Ich nickte, doch dann holte mich die Wirklichkeit ein. Kein Anruf von Paul, dafür hatten Nina und Lena versucht, mich zu erreichen.

Nachdem ich mich kurz gewaschen hatte, setzte ich mich in meinen Fiat und hörte ihre Nachrichten ab. Nina erkundigte sich lediglich nach Paul und dem Paket. Ihr schlechtes Gewissen war ihr deutlich anzumerken, und Lena bat um einen Rückruf. Sie sei in der Eifel, um den Tod eines Malers zu untersuchen.

Dann startete ich den Wagen. Ich würde wieder häufiger klettern, nahm ich mir vor. Es tat mir gut, und schließlich hatte ich in der Kletterhalle Lena kennengelernt.

Während ich auf den Gürtel abbog, sah ich den lächelnden Max vor mir, und ich hörte seine Stimme. Er hatte mich Dorit genannt, fiel mir plötzlich auf – Dorit, nicht Tessa, so wie ich mich eigentlich vorgestellt hatte, aus einer Laune heraus, weil ich wusste, dass die fünf, sechs Stuntmänner, meine alten Kollegen, die in Köln herumliefen, auch häufiger in Kletterhallen gingen, um zu trainieren. Dorit – woher kannte Max meinen richtigen Namen? Hatte ich mich einmal verplappert? Ja, vermutlich.

24.

Dieses Gefühl im Hinterkopf wurde immer stärker: Irgendetwas stimmte nicht, sie hatte etwas übersehen. Die beiden Fälle – Zeiner und Schneider – hingen zusammen, sie hatte nur nicht begriffen, in welcher Hinsicht. Simpler Auftragsmord? Sie glaubte nicht daran.

Henning erzählte ihr, während sie auf der Autobahn in die Eifel fuhren, dass er versucht habe, einen Liebesbrief an seine Frau zu schreiben, aber es sei ihm nicht gelungen. »Muss ein Mann so etwas können, so einen Brief zu Papier bringen?«, fragte er verzweifelt, die Hände über dem Lenkrad schwebend.

Während sie antworten wollte »Ja, ein Mann muss das können!«, ging eine Nachricht von Arne Blumfeld ein. »Wir sehen uns heute Abend?«

»Ja«, schrieb sie und nannte die Uhrzeit und die Adresse des Fioretto. Dann schaltete sie das Telefon auf Vibration und steckte es ein. Sie hoffte, dass er sie nicht sofort zurückrufen würde, um sie zu sich nach Hause zum Essen einzuladen.

Henning sagte: »Meine Frau hat auf dem Rücken, nein, eigentlich mehr an der Taille einen großen Leberfleck, der mich wegen seiner Form immer an Australien erinnert hat. So habe ich sie dann auch manchmal genannt: ›Du bist mein Australien, meine große Insel.‹ Als ich heute Nacht, während ich ihr diesen Brief schreiben wollte, daran gedacht habe, wäre ich fast in Tränen ausgebrochen.«

»Schreib ihr das«, sagte Lena. »Beschreib ihr genau, wie du dich fühlst. Sie wird es dir danken.«

Er warf ihr einen zweifelnden Blick zu und schwieg dann den Rest der Fahrt.

Sina öffnete ihnen in einem tiefschwarzen langen Kleid. Ihr rotes Haar hatte sie hochgesteckt. Sie sah wunderschön aus – ein ätherisches Trauerwesen.

»Ich habe verstanden, was Sie gesagt haben.« Sie ließ Lenas Hand gar nicht mehr los. »Jemand hat Vincent umgebracht.«

»Wir haben einen ersten Verdacht.« Nachdem sie in die dunkle Küche gegangen waren, zeigte Lena ihr das Foto von Martin Zeiner, das Dorit ihr geschickt hatte. »Haben Sie diesen Mann schon einmal gesehen?«

Sina betrachtete das Foto. Sie atmete nachdenklich ein und aus. »Ich glaube schon. In Einruhr, in einem Café – könnte sein.«

»Könnte sein ist zu wenig«, meinte Henning missgelaunt. Ihm schien Sinas Aufmachung und Gesten gleich wieder eine deutlich schlechtere Laune zu bescheren.

»Er ist mir aufgefallen, weil er eine englische Zeitung gelesen hat. Das tut hier sonst nie jemand. Ja, könnte sein, dass er es war.«

»Wann war der Mann hier?«, fragte Lena.

»Vor zwei Wochen, glaube ich. Gegen Mittag, da schien kurz die Sonne.« Sina steckte sich eine Zigarette an. »Ich bin alle Schubladen und Schränke durchgegangen, und ich habe ein paar Dinge gefunden.« Sie legte einen Ordner auf den Tisch. »Schauen Sie sich das an! Vincent hat immer so getan, als könnte er nur in der Eifel malen ...« Sie stieß ein wenig verächtlich die Luft aus.

Lena blätterte die Papiere durch. Es waren Anschreiben auf bedrucktem Briefpapier – »Vincent Schneider – Kunstmaler« –, Anträge für Stipendien, in fast immer demselben Wortlaut verfasst. Er sei ein aufstrebender Maler, der nur ein wenig mehr Zeit für seine Werke brauche. An zahlreichen Stellen, deren Namen Lena noch nie gehört hatte, hatte er sich beworben: Villa Massimo, Rom, Stiftung Kulturfonds, Kunstbüro Baden-Württemberg, Robert Bosch Stiftung, Stuttgart, Haus der Kunst, München, Villa Aurora, Kalifornien …

»Er ist nie irgendwo angenommen worden«, sagte Sina. »Niemand hat ihn für talentiert genug gehalten. Er hat auch nicht auf der Kunstakademie in Düsseldorf studiert, wie er es mir erzählt hat.«

Das Bewerbungsschreiben an die Kunstakademie nebst Ablehnung fand sich ebenfalls in dem Ordner.

»Er hat mich belogen«, flüsterte Sina. »Total belogen.«

»Nein«, erwiderte Lena, »das dürfen Sie so nicht sehen. Er war ein Maler, nur vielleicht nicht der, den Sie in ihm gesehen haben.«

»Und er wollte Sie heiraten«, sagte Henning, für seine Verhältnisse ungewöhnlich einfühlsam. »Er hatte bei einem Juwelier in Schleiden Ringe bestellt.«

Sina schaute ihn an, sie öffnete den Mund, kein Laut drang jedoch über ihre Lippen, stattdessen rollten ihr zwei dicke Tränen über die Wangen, die sie nicht wegwischte.

Lena musterte sie einen Moment lang. Die Tränen glitzerten in dem wenigen Licht. »Gibt es noch andere Dinge, die eine Bedeutung haben könnten?«

Sina hob eine Plastiktüte vom Boden auf. »Hier sind alle Rechnungen, die er Morlau gestellt hat. Achthundert Euro hat er für eine Kopie bekommen – ein echter Hungerlohn.«

Lena nahm die Tüte entgegen. Henning hatte sich nicht gesetzt, er lehnte am Fensterbrett. »Sie müssen uns Adressen von Freunden Ihres Malers geben«, sagte sie, während sie einen losen Ordner mit Rechnungen herausnahm. Mona würde sich beim Finanzamt nach den Rechnungen der letzten Jahre erkundigen müssen.

»Freunde?« Sinas Tränen waren schnell getrocknet. »Ich war sein Freund. Er hat mit zwei anderen Malern Kontakt übers Internet, aber sonst hatte er keine Freunde. Leute, mit denen er gelegentlich getrunken hat, ja, aber keine richtigen Freunde.« Nach einem kurzen Zögern sprach sie ein wenig trotzig weiter. »Wie viele Freunde haben Sie, Frau Kommissarin? Zweitausend Freunde bei Facebook?«

»Es geht Sie herzlich wenig an, wie viele Freunde meine Kollegin hat!«, fuhr Henning dazwischen.

Lena warf ihm einen missbilligenden Blick zu. Er musste nicht für sie antworten. »Mein Mann war auch mein bester Freund«, sagte sie. In der Tüte befanden sich drei stark vergilbte Polaroids, die sie herausnahm. »Hat Ihr Freund die Bilder fotografiert, die er gemalt hat?«

Sina zuckte mit den Schultern. Nun wirkte sie eingeschüchtert. »Ich weiß nicht. Muss vor meiner Zeit gewesen sein.«

»Morlau 2013«, stand auf einem der Polaroids. Die Farben waren verblichen, als hätten die Fotos zu lange in der Sonne gelegen. Mehr als Farbstrudel waren da nicht zu erkennen.

»Das Geld …« Sina sah sie fragend an. »Darf ich das Geld, das ich gefunden habe, behalten? Ich habe ein paar Schulden, und es wäre schön …« Als es an der Tür klingelte, verstummte sie.

Henning öffnete die Tür. Richard Morlau stand da, ganz in Weiß gekleidet, mit einem weißen Hut in der Hand. »Oh!« Er wirkte unangenehm überrascht. »Ich wollte meine Hilfe anbieten. Vincent war schließlich mein Schützling.«

Sina sah ihn düster an. »Ich brauche keine Hilfe«, sagte sie.

Plötzlich klingelte Hennings Mobiltelefon. Er nahm das Gespräch an und wirkte immer angespannter, je länger er zuhörte. »Gut«, sagte er schließlich. »Ich richte es ihr aus.« Sein Blick traf Lena. »Hast du dein Telefon abgestellt?«, fragte er vorwurfsvoll. »Deine neue Freundin braucht dringend deine Hilfe.«

25.

Es hatte ein paar Dinge in meinem Leben gegeben, die mich entsetzt hatten, meistens waren es sehr körperliche Momente gewesen: Als man mich einmal mit Drogen erwischt hatte, hatten sich zwei Polizisten auf mich gestürzt, und bei einem von ihnen war ich sicher gewesen, dass er mir die Nase hatte brechen wollen. Je heftiger ich versuchte, mich zu befreien, desto gewalttätiger wurde er, belächelt von seinen Kollegen, die um uns herumstanden. Auch als ich bei einem Stunt aus dem Fenster in der vierten Etage springen musste und beinahe das aufgespannte Sprungtuch verpasst hätte, schoss mir das Adrenalin nur so in die Blutbahn. Und dann die Grapscherei von Utas Freunden – da war ich jedes Mal einem Herzinfarkt nahe gewesen.

Eigentlich dachte ich, dass mich nichts mehr erschüttern könnte.

Paul hatte weiter nichts von sich hören lassen, und nun waren auch seine beiden Telefone tot.

Mike, sein Uraltfreund, arbeitete immer noch am Ticketschalter am Ring, er war älter geworden – die wenigen Haare, die er noch besaß, hatte er zu einem unansehnlichen Zopf zusammengebunden. Seine gelbliche Gesichtsfarbe ließ auf schlechte Leberwerte schließen.

Er erkannte mich sofort, nannte mich »schöne Dorit«, doch von Paul hatte er nichts gehört. »Ein Bier würde ich mit ihm trinken, aber mehr nicht. Drogen fasse ich keine mehr an.« Zum Abschied, nach unserem Fünf-Minuten-Talk, küsste er mich auf den Mund.

Ich parkte den Fiat vor unserem Haus, nein, es war jetzt ganz allein mein Haus, kam mir in den Sinn. Martins Audi hatte ich ein Stück weiter weg geparkt, um seinen stolzen, schwarzen Wagen, der fast nagelneu war, nicht mehr sehen zu müssen.

Mein schlechtes Gewissen schlug wieder an. Ich musste ein Bestattungsinstitut beauftragen, einen Schlosser anrufen, und das Fenster, durch das Paul eingedrungen war, musste repariert werden. Er hatte es zwar geschickt aufgehebelt, aber es ließ sich nicht mehr richtig schließen.

Ein Stück Tesafilm hatte ich diesmal nicht angebracht, das ich überprüfen konnte.

Als ich die Haustür öffnete, roch ich es jedoch sofort: einen aufdringlichen Geruch nach Farbe.

Ich stürmte in den Wohnraum. Die Regale waren umgerissen worden, der Flachbildschirm lag zersprungen auf dem Boden. Auch der Glastisch war in tausend Teile zerborsten, als hätte ihn jemand mit einem Hammer bearbeitet.

Mein Herz schlug mir bis zum Hals. Ein leichter Schwindel erfasste mich. Ich musste mich an der Wand abstützen und spürte Entsetzen, Wut, Fassungslosigkeit – alles irgendwie in Wellen.

Auch die Bilder waren von der Wand gerissen worden, und da stand in riesigen Lettern mit roter Farbe aufgesprüht: »Fuck you Dealer Paul.« Daneben ein Galgen, an dem ein Strichmännchen hing, und ein rotes, schiefes Kreuz.

Ich stürzte ins Bad, würgte mein Entsetzen heraus, dann rief ich Lena an, doch sie ging nicht an ihr Smartphone. Ich wählte ihre Nummer im Präsidium und wurde dann weiterverbunden. Eine unfreundliche Männerstimme meldete sich, offenbar der Polizist, mit dem sie zusammenarbeitete.

Lena und ihr Partner kamen fast gleichzeitig mit zwei uniformierten Polizisten an. Die beiden Polizisten – echte Milchgesichter, keiner von beiden war älter als achtundzwanzig –

schauten sich gelangweilt um. Einer machte mit einem alten Fotoapparat Aufnahmen von den Schmierereien an der Wand.

»Wer ist Paul?«, fragte der andere. »Ihr Mann?« Er war also wirklich auf dem Laufenden.

»Mein Bruder«, erwiderte ich. Weitere Erklärungen schienen mir überflüssig zu sein.

Lena drückte mir kurz die Hand, nachdem sie mir ihren Partner vorgestellt hatte – Henning Mahn, ein mürrischer Endvierziger, ebenfalls Hauptkommissar. Dann rief sie die Spurensicherung an und schickte die Uniformierten zurück auf ihr Revier. Zum ersten Mal konnte ich sehen, wie viel Respekt man vor ihr hatte.

»Was ist mit deinem Bruder?«, fragte sie.

Ich erzählte ihr mit wenigen Worten Pauls Geschichte – von den Drogen, seiner überraschenden Rückkehr aus Thailand und von dem Paket, das für mich bestimmt gewesen war und das er an sich genommen hatte.

»Seither ist er verschwunden?«

Ich nickte.

Henning Mahn sah auf die Uhr. Ihn schien das alles nicht sonderlich zu interessieren.

»Irgendetwas stimmt hier nicht«, sagte Lena. Sie deutete auf die Wand. »Wieso sollte jemand einen Menschen bedrohen, der eben aus einem thailändischen Gefängnis gekommen ist? Dein Bruder hätte doch erst einmal seine alten Kontakte wieder in Gang setzen müssen, oder nicht?«

Mahn strich mit der Hand über die Farbe. Sie war längst getrocknet. »Da will uns jemand verarschen«, sagte er.

»Ein Ablenkungsmanöver«, sagte Lena. »Wir sollen denken, dein Bruder ist verschwunden, weil er wieder ins Drogengeschäft eingestiegen ist. Recht plump das Ganze. Was könnte in diesem Buch gestanden haben?«

»Keine Ahnung.« Meine stumme Wut auf Martin kehrte zurück. Warum hatte dieser Scheißkerl mir nicht die Wahrheit über sich gesagt und über das, was er getan hatte?

»Wir brauchen eine Beschreibung von deinem Bruder«, sagte Lena. »Am besten ein neues Foto – und dann geben wir eine Fahndung nach ihm heraus. Eine einfache Vermisstenanzeige wird da nicht reichen.«

Henning Mahn verzog das Gesicht. Ihm schien die Idee mit der Fahndung nicht zu gefallen. »Was für ein Typ ist Ihr Bruder? Könnte es sein, dass er mit diesem Buch – wenn es denn ein Buch war, das Ihr Mann Ihnen geschickt hat –, also dass er ein Geschäft damit machen wollte?«

Ja, wollte ich sagen, genau so ein Typ ist mein Bruder – es sähe ihm total ähnlich, wenn er versuchen würde, Geld für sich aus diesem Buch herauszuschlagen. Plötzlich begriff ich, dass Paul in großer Gefahr schwebte. Hatte in dem Buch gestanden, wer Martin seine Aufträge erteilt hatte? Dann war Paul gewissermaßen mit einer tickenden Bombe losgezogen, wahrscheinlich ohne es bis ins Letzte zu durchschauen.

»Ich kenne meinen Bruder nicht mehr«, sagte ich. »Er ist völlig abgemagert, er sieht aus wie ein buddhistischer Mönch, aber er …« Ich hielt inne. »Er hat mich um fünfzigtausend Euro angebettelt. Er will einen Musikclub aufmachen, irgend so etwas.«

Lena warf ihrem Partner einen Blick zu. Volltreffer, las ich in ihren Augen, dieser Junkie versucht, mit dem Buch Kohle zu machen.

Es klingelte an der Tür. Zwei Männer in grauen Windjacken standen da, jeder einen Metallkoffer in der Hand – Spurensicherung, und hinter ihnen ganz verschüchtert meine blond gefärbte, korpulente Mutter. Ihr Gesicht war gerötet. Es sah aus, als hätte sie stundenlang geweint. Sie hielt auch etwas in der Hand – einen grünen unmodernen Koffer, auf dem unzählige Aufkleber prangten.

»Uta«, sagte ich, nachdem ich die Männer ins Haus gelassen hatte, »was tust du hier?«

Sie schniefte. Ihre Augen suchten meinen Blick. »Diese jungen Leute aus Ehrenfeld haben mich angerufen. Paul hat ihnen Geld geklaut, sagen sie jedenfalls, und da haben sie ihn rausgeschmissen. In diesem Koffer waren alle seine Sachen.«

Wir begannen sofort, Pauls Koffer zu durchsuchen, aber da war nichts von Bedeutung: zwei fadenscheinige Hosen, Hemden, Unterwäsche, eine schmutzige, löchrige Jeansjacke, drei Pullover, ein vollgekritzeltes Notizbuch, in das er offenbar auch die Gesichter von Mithäftlingen hineingezeichnet hatte: ausgemergelte Männer mit zu großen, traurigen Augen. Hinten in dem Buch steckten zwei Fotos von Uta und mir – ich sah aus wie siebzehn, hatte theatralisch die Augen aufgerissen und die Lippen spöttisch verzogen. Dass ich zu viel Lippenstift aufgelegt hatte, konnte man auf der Schwarz-Weiß-Aufnahme nicht richtig erkennen. Ansonsten befanden sich drei englische Bücher in dem Koffer, eine zerlesene Bibel und, was mich besonders erstaunte, eine handgroße, goldene Buddha-Figur.

Uta riss mir das Objekt förmlich aus der Hand. »Was ist das?«, fragte sie entgeistert. »Ist dein Bruder im Knast religiös geworden? Ein Buddhist?« Sie schniefte wieder.

»Wir benötigen ein Foto Ihres Sohnes«, sagte Lena mit strenger Polizistenstimme zu meiner Mutter. »Besitzen Sie eines?«

Manchmal schaffte es Uta noch, mich zu überraschen. Sie holte ihr Telefon hervor – das allerneueste iPhone –, klickte in ihre Fotogalerie und hielt es Lena hin. »Gestern gemacht«, sagte sie. »Da dachte ich noch, alles würde gut werden.«

Lena wandte sich ab, um mit dem Präsidium zu telefonieren, und meine Mutter saß mir gegenüber, klein und sorgenvoll.

»Habe ich nicht immer alles für euch getan?«, sagte sie. »Ich hätte ein anderes Leben führen können, ohne Kinder, aber Kinder … Kinder sind doch das Wichtigste auf der Welt.« Sie schniefte noch heftiger.

Sie machte mich aggressiv. Geh besser!, hätte ich am liebsten gesagt. Verschwinde – es hilft mir nicht, wenn du hier sitzt und herumheulst.

Wir verzogen uns in die Küche, weil die beiden Spurensicherer sich an die Arbeit machten.

Paul hat Jahre in einem Gefängnis in Thailand überlebt, redete ich mir ein. Er wird nun nicht einfach so in sein Verderben laufen. Mein Bauchgefühl aber sagte mir etwas anderes. An entscheidenden Stellen in seinem Leben hatte mein Bruder stets versagt und mit untrüglichem Gefühl die falsche Entscheidung getroffen. Kurz vor dem Abitur hatte er die Schule geschmissen. Alicia, das Mädchen, das ihn wirklich geliebt hatte, hatte er verlassen, weil er sich in eine viel ältere Frau verliebt hatte, die eine Künstleragentur leitete, in der er vier Wochen gejobbt hatte. Dann hatte sie ihn gefeuert.

»Rüdiger will für deinen Bruder beten«, sagte meine Mutter. Sie rang sich ein Lächeln ab. Dieser Satz sollte wohl eine gute Nachricht für mich sein.

»Wie schön!«, erwiderte ich sarkastisch. »Dann kann ja nichts mehr schiefgehen.«

Ich blickte in den Garten hinaus. Die Spurensicherer hatten einen eigenen Scheinwerfer mitgebracht, jedenfalls fiel aus dem Fenster nebenan ein heller Balken Licht auf die karge Rasenfläche.

Den Schatten, den ich plötzlich wahrnahm, hielt ich zuerst für Martin, als würde er da stehen und mich und meine Mutter beobachten.

Martin? Irgendetwas in mir hatte immer noch nicht begriffen, dass er nicht zu mir zurückkehren würde.

Ich sprang auf und lief, beobachtet von meiner erstaunten Mutter, durch den schmalen Gang in die Garage.

Der Schatten hatte bereits den Rückzug angetreten. Er wollte sich an der Garage vorbei auf die Straße schleichen. Ich bekam ihn an einem Ärmel zu fassen.

»Holger!«, schrie ich entsetzt auf. Wann hatte ich diesen Scheißkerl zuletzt gesehen? Es musste zwanzig Jahre her sein – zwei Wochen nach der Abtreibung hatte er verkündet, dass er auf eine Art Weltreise gehen würde, zuerst einmal nach Paris, er habe gehört, dass es da für einen Bassisten Arbeit in Clubs gebe. Danach war er für mich in einem schwarzen Loch verschwunden, aus dem er nie wieder aufgetaucht war. Ein weltberühmter Bassist war er jedenfalls nicht geworden.

Er blieb stehen und sah mich an. Seine Haare waren grau geworden, er hatte einiges an Gewicht zugelegt, aber seine Augen hatten sich nicht verändert – hellblau, ein wenig schläfrig und scheinbar überlegen auf die Welt herabschauend.

»Dori«, sagte er leise. »Das ist dein Haus?«

Ich nickte.

Er klang erschreckt und überrascht.

»Was tust du hier?«, flüsterte ich.

Er machte sich los und lächelte verlegen. Seine Lücke zwischen den beiden großen Schneidezähnen, die mir damals so gefallen hatte, hatte er immer noch. »Ich wusste nicht …« Er stammelte. » … dass du … Ich meine …« Er breitete die Hände aus. »Was ist los bei euch? Autos und so viel Licht, und wo ist dein Bruder?«

»Paul? Du bist seinetwegen hier?«

»Wo ist er?«, fragte Holger.

Damals waren Paul und Holger in derselben Klasse gewesen. Weil die beiden Freunde waren, hatte ich ihn überhaupt erst kennengelernt.

»Wir wissen es nicht«, sagte ich. »Er ist verschwunden, aber was hast du damit zu tun?«

Vor der Garage war eine andere Gestalt aufgetaucht – sie war klein und gedrungen. Meine Mutter hielt nach mir Ausschau.

Holger räusperte sich. »Hast du die Polizei im Haus?«, fragte er. »Daher dieser Auflauf?«

»Was wollte mein Bruder von dir?« Ich packte ihn am Arm.

Er versuchte, sich aus meinem Griff zu entwinden. »Du siehst immer noch toll aus, Dori. Weißt du das? Ich hingegen ...«

Ich packte noch kräftiger zu. Wenn er gleich sagt, dass es ihm leidtut, dass er mich damals verlassen hat, trete ich ihm in die Eier, nahm ich mir vor.

»Was wollte Paul von dir?«

Holger wandte das Gesicht ab. »Er hat mich angerufen. Er hat etwas bei mir bestellt. Ich konnte ihm aber nicht versprechen, dass ich es ihm beschaffen kann. Ich meine ...« Er verstummte. »Paul hat mir einmal ausgeholfen. Da saß ich in der Klemme, hatte Schulden bei den falschen Leuten. Er hatte etwas gut bei mir.«

»Was hat er bei dir bestellt?« Ich zerrte an seinem Arm.

»Er wollte eine Waffe haben – etwas Kleines, das man gut in die Hosentasche stecken kann. Aber so einfach ist das nicht. Ich habe ihn vertrösten müssen.« Dann kam seine Hand zum Vorschein, und da lag eine kleine, schwarze Pistole.

»Das ist eine Tokarev«, flüsterte Holger. »Ein polnisches Fabrikat. Schneller konnte ich sie nicht auftreiben.«

Paul braucht sie nicht mehr, wollte ich ihm sagen, doch stattdessen versetzte ich ihm einen Stoß. »Weißt du, wo mein Bruder ist? Was wollte er mit der Waffe?«

Holger steckte die Waffe wieder ein. »Er hat gesagt, ich solle hierherkommen – so schnell wie möglich. Er müsse jemanden treffen, jemanden zu einem Geschäft überreden. Da hätte er das Geld für unseren Musikclub schnell zusammen.«

26.

Lena konnte sich keinen Reim darauf machen. Nun war Dorits Bruder verschwunden – offenbar mit einem Buch, das Martin Zeiner seiner Frau hinterlassen hatte. Da dieses Buch höchstwahrscheinlich mit dem Mord an dem Verfassungsschützer zu tun hatte, hätte sie Reno Lehmann informieren müssen. Aber das tat sie nicht. Sie würde abwarten, sagte sie sich.

Henning brachte sie bis zum Ebertplatz, dann ging sie zu Fuß. Es war kurz nach zwanzig Uhr. Sie würde zu spät kommen.

In Sekundenabständen war sie versucht, Arne Blumfeld anzurufen und ihr Treffen abzusagen.

Als sie das Fioretto fast erreicht hatte, ging ein Anruf von David Bauer bei ihr ein. Konnte er ahnen, dass sie kurz davor war, sich mit einem anderen Mann zu treffen? Sie ließ es klingeln, ohne das Gespräch anzunehmen.

Mittlerweile war sie sich sicher, dass Zeiner ein Auftragsmörder gewesen war, aber das Amt schien keine Ahnung davon zu haben. Dort wollte man lediglich mehr über den Selbstmörder und Steuersünder herausfinden, oder er hatte tatsächlich in ihrem Auftrag gehandelt. Ein abenteuerlicher Gedanke!

Arne Blumfeld blickte von der Speisekarte auf, als sie eintrat. Er erhob sich und lächelte sie an. Dieses freundliche, offene Lächeln jagte ihr auf einmal Angst ein. Es war ein Fehler gewesen, ihn ausgerechnet in ihr Stammrestaurant zu bestellen, lediglich ein paar Meter von ihrer Wohnung entfernt. Das war eindeutig zu viel Nähe.

Er sagte ihren Namen, sonst nichts, und umarmte sie eine Sekunde zu lange.

»Tut mir leid, ich war noch unterwegs.« Sie leierte eine Entschuldigung herunter und konnte sich selbst nicht zuhören, so banal klang sie in ihren Ohren. Der Fall ... der verschwundene Bruder ... das verwüstete Haus von Dorit Zeiner ...

Arne Blumfeld sah sie an. »Ich bin eigentlich nicht als Polizist hier«, sagte er sanft.

Ihr Smartphone summte wieder. Eine unbekannte Nummer. Reno Lehmann, dachte sie und schaltete das Gerät auf stumm.

»Ich wette, du bist oft mit deinem Mann hier in diesem Restaurant gewesen«, sprach Arne Blumfeld weiter. »Erzähl mir von ihm – und von deinem Kind.«

Sie spürte, wie sich ihr Magen zusammenzog. Nun wäre eigentlich der Moment gekommen, aufzuspringen und zu fliehen. Zum Glück trat Giuseppe an den Tisch, um ihre Bestellung aufzunehmen. Sie wollte nur einen Salat und ein Glas Rotwein. Arne bestellte vegetarische Ravioli und ebenfalls Rotwein.

»Ich muss dir etwas sagen.« Seine Hand glitt über den Tisch, vorsichtig suchend. »Ich habe gedacht, dass ich mich nie wieder in eine Frau verlieben kann, nachdem Verena mich so Knall auf Fall verlassen hat, aber nun weiß ich, dass es anders ist.«

Als sie vor mehr als fünfzehn Jahren das erste Mal im Fioretto gewesen war, da hatte Robert ihr gegenübergesessen und ihr eine schlichte weiße Karte mit seinem Namen gegeben. »Wenn du genug von mir hast, gibst du mir diese Karte zurück«, hatte er gesagt. Damals hatten sie schon über eine Heirat gesprochen. »Nie«, hatte sie erwidert, »niemals wirst du diese Karte von mir zurückbekommen.« Sie hatte sie immer noch, trug sie jeden Tag gefaltet in ihrem Portemonnaie mit sich herum.

Nun, während er sich vorbeugte und von Verena sprach, seiner großen Liebe, einer Fotografin mit eigenem Studio, da hatte sie das Gefühl, als würde Arne ihr gleich ebenfalls eine Karte mit seinem Namen überreichen.

Aber nein, das war natürlich Unsinn.

Statt von Robert und Simon sprach sie plötzlich von ihrem Vater – wie es gewesen war, Polizistin zu werden, im Schatten eines riesengroßen Vaters, einer lebenden Legende. Eigentlich hatte sie diesen Schatten immer noch nicht abgeschüttelt, musste sie sich eingestehen.

Der Wein ließ sie immer redseliger werden. Sie spürte es und konnte es genießen.

»Du musst mir dieses Liebeslied vorsingen, das du aus Kummer komponiert hast«, sagte sie.

»Kummer«, sagte Arne nachdenklich. »Ja, es war Kummer – was für ein schönes altmodisches Wort –, doch der ist jetzt verflogen.« Er zeigte ihr sogar ein Foto seiner Exfreundin, eine schöne schwarzhaarige Frau mit Mandelaugen, die bestimmt ein gutes Stück über dreißig war, aber wie fünfundzwanzig aussah.

Um kurz vor dreiundzwanzig Uhr brachen sie auf.

Arne küsste sie vor der Tür, und weil sie noch nicht nach Hause wollte, gingen sie zum Rhein hinunter.

Sie sprachen kein Wort.

Der Kuss glühte auf ihren Lippen nach.

Robert, sagte sie in Gedanken vor sich hin, Robert, ich weiß nicht, ob das richtig ist, was ich tue, aber zum ersten Mal gefällt mir ein Mann wieder. Er lacht an den richtigen Stellen, er hört zu, und er weiß, wann er schweigen muss.

Aber sie würde Arne nicht mit in ihre Wohnung nehmen. Nein, auf keinen Fall, nicht nach einem ersten Abendessen.

»Als Verena mich verlassen hat«, sagte er, »da war ich so verzweifelt, weil ich es nicht verstehen konnte, dass ich nachts im Plänterwald an die Spree gefahren bin und geschrien habe, dumpfe Laute über das Wasser geschrien. Ich habe Glück gehabt, dass mich da niemand beobachtet und die Polizei gerufen hat. Wahrscheinlich hätten sie mich eingesperrt.«

Er strich ihr eine Locke zurück. Dann küsste er sie auf die Wange.

Am Fluss war es noch kälter. Ein frischer Wind war aufgekommen. Niemand war ihnen begegnet, und auch hierher, ein gutes Stück vom düsteren Dom entfernt, lag die Uferpromenade verlassen da.

Doch plötzlich flammte auf dem Fluss etwa fünfzig Meter vor ihnen ein grelles Licht auf, dann ein zweites. Zwei Scheinwerfer, die über das Wasser glitten. Stimmen wehten herüber, ein zweites Boot jagte aus Richtung Hohenzollernbrücke heran.

Lena spürte, wie sie sich straffte. Dann bewegte sie sich zum Rand der Ufermauer. Schlagartig war sie wieder nüchtern. Ihre Polizisteninstinkte erwachten.

»Was ist los?«, fragte Arne überrascht.

Lena hatte sich bereits von ihm gelöst und lief in Richtung Scheinwerfer. Ein Hund bellte in der Dunkelheit. Zwei Männer standen am Ufer und beobachteten das Manöver der beiden Polizeiboote. Einer schob einen Einkaufswagen vor sich her. Ein Obdachloser – zu ihm gehörte auch der Hund, der aus dem Dickicht herantrottete und Lena am rechten Bein beschnüffelte.

»Ein Toter«, sagte der Mann mit dem Einkaufswagen. Sein Gesicht wurde ganz von einem dichten Bart bedeckt. »Da trieb einer im Wasser. Ganz schaurig.«

»Sie haben die Polizei gerufen?«, fragte Lena.

Der Bärtige nickte.

Sie ging weiter, in Richtung Boot, das an einer Treppe, die zum Wasser hinunterführte, festgemacht hatte. Offensichtlich war es bereits gelungen, den Toten zu bergen.

Arne folgte ihr, als Lena die rutschige, feuchte Steintreppe hinabging. Vorsichtig stützte sie sich mit der rechten Hand an der rissigen Betonwand ab.

Ein Uniformierter der Wasserschutzpolizei schaute sie verärgert an. »Was wollen Sie hier?«, rief er ihnen zu.

»Kriminalpolizei Köln«, entgegnete Lena. »Sie haben einen Toten geborgen?«

»Ganz recht.« Der Uniformierte klang nun versöhnlicher.

Der Tote lag auf dem Deck, angestrahlt von einem Scheinwerfer. Er mochte Anfang vierzig sein, hatte kurz geschorene Haare, einen dunklen, sonnengebräunten Teint und war so hager, dass seine Wangenknochen hervortraten. Doch am auffälligsten war die tiefe Wunde um den Hals. Man hatte ihn erdrosselt. Kein Tod durch Ertrinken. Mord, ganz zweifelsfrei. Um das festzustellen, brauchte man keine Rechtsmedizinerin zu sein.

Als Lena Anstalten machte, auf das Boot zu klettern, hielt Arne sie zurück. »He«, sagte er leise an ihrem Ohr, »du bist nicht im Dienst.«

»Doch«, sagte sie, »ich bin im Dienst – seit fünf Minuten wieder, und außerdem glaube ich zu wissen, wer dieser Mann ist.«

Wie hatte Dorit ihren Bruder beschrieben? Er ist mager und sieht wie ein buddhistischer Mönch aus.

Ja, dieser Tote hätte im Leben ein buddhistischer Mönch gewesen sein können.

27.

Neben Paul war nun ein zweiter Geist zu mir zurückgekehrt. Nachdem er die Waffe wieder eingesteckt hatte, floh Holger regelrecht vor mir. Auf keinen Fall wollte er einem Polizisten begegnen.

»Es tut mir leid«, sagte er noch, während er sich bereits abwandte. »Ich meine … das, was damals passiert ist.«

Er sprach von unserem Kind, von Raphaela, die nun einundzwanzig Jahre alt sein würde. Wäre er nicht bereits außer meiner Reichweite gewesen, hätte ich ihn nun doch ins Gesicht schlagen müssen.

»Wenn Paul sich meldet, musst du mich anrufen«, zischte ich ihm hinterher.

Er hob lediglich kurz die Hand, dann war er auf der Straße verschwunden. Wenig später hörte ich, wie ein Motor angelassen wurde.

In der Küche war Lena im Begriff, sich zu verabschieden. Sie habe noch einen Termin, erklärte sie einsilbig.

Ich brachte es nicht über mich, Holger zu erwähnen. Auch meiner Mutter gegenüber sagte ich nichts. Sie schaute mich argwöhnisch an. Hatte sie Holger auch gesehen? Ihre Miene verriet nichts darüber.

»Wir benötigen einen genauen Lebenslauf deines Mannes«, sagte Lena. »Wann er wo mit wem gelebt hat. Ich werde auch mit Reno Lehmann sprechen müssen, obwohl … viel wird das nicht ergeben.« Sie verzog das Gesicht, dann nickte sie mir und meiner Mutter zu und ging zur Tür.

Henning Mahn folgte ihr wortlos.

»Wenn unsere Fahndung nach deinem Bruder etwas erbracht hat, rufe ich dich an«, sagte sie noch, eine Hand an der Türklinke.

»Ich mag sie nicht«, sagte meine Mutter, nachdem Lena gegangen war. »Diese Polizistin ist kalt und arrogant.« Sie schniefte wieder. »Mit wem hast du da draußen gesprochen?«

»Mit niemandem«, sagte ich.

Im Wohnraum hörte man die beiden Spurensicherer hantieren. Das Licht, das in den Garten fiel, veränderte sich. Offenbar bauten sie ihren Scheinwerfer um.

Wer, verdammt, war in mein Haus eingedrungen?

»Glaubst du, dass Paul etwas zugestoßen ist?«, fragte meine Mutter kleinlaut. Sie saß zusammengekauert da, ein schniefendes Häufchen Elend.

Wie, dachte ich, hält es dieser Pfaffe mit ihr aus? Aber die Frage nach ihren Männern hatte ich mir schon früher häufig gestellt. Meine Mutter war nicht die hellste Kerze, sie war zudem klein und korpulent, doch sie hatte gewiss mehr als zehn Mal so viele Liebhaber gehabt als ich.

»Haben Paul und ich eigentlich denselben Vater?«, fragte ich unvermittelt. Diese Frage sollte sie verletzen – ja, deshalb stellte ich sie jetzt, nach etlichen Jahren zum ersten Mal wieder. Auch wenn es nun keine Rolle mehr spielte: Meine Mutter war daran schuld, dass Paul und ich so wenig Halt in unserem Leben gefunden hatten.

»Nein«, flüsterte, »nein, wohl nicht.« Dann sank ihr der Kopf auf die Brust, als würde sie einschlafen wollen, ein plötzlicher, kraftspendender Sekundenschlaf, oder vielleicht war es eine Art Gebet, das der Pfaffe ihr beigebracht hatte.

Ihr Anblick machte mich immer aggressiver.

Ich stand auf und ging zum Fenster. Ich musste Martin beerdigen, ich musste sein Leben nachzeichnen. Lena hatte recht, da würden möglicherweise Punkte zu finden sein, die sein geheimes Leben erklärten, aber nun konnte ich nur noch an Paul denken.

Wo war er?

Mit wem konnte er sich für ein Geschäft verabredet haben?

Ich gab den Namen Holger Kaminski bei Google ein. Das hatte ich noch nie gemacht. Er war Geschäftsführer eines Musikclubs in Ehrenfeld, aber offenbar war er mit einem anderen Club ein paar Monate zuvor pleitegegangen. Jedenfalls hatte der Stadtanzeiger über ihn und seinen bankrotten Club geschrieben, in dem vor allem Punk- und Heavy-Metal-Bands aufgetreten waren. Die Bands seiner Jugend, als wäre Holger nie erwachsen geworden.

Paul hatte sich eine Waffe besorgen wollen und war dann doch alleine losgezogen, voller Ungeduld und mit Dollarzeichen in den Augen.

»Wenn du nicht mit mir reden willst …« Meine Mutter stand auf einmal neben mir und legte mir ihre Hand auf die Schulter. »Ich fahre zu Rüdiger. Ich brauche nun Trost.«

»Fahr«, sagte ich, ohne sie anzuschauen. Ihre Hand schüttelte ich ab.

Die Tür klappte, dann war auch sie verschwunden.

Ich würde mir heute Nacht ein Hotelzimmer nehmen, sagte ich mir unvermittelt, ich wollte nicht in diesem beschädigten verschmierten Haus bleiben. Ohne Martin war es ohnehin nicht mehr mein Zuhause, und vielleicht könnte ich Chris überreden, die Nacht mit mir zu verbringen.

Ich sagte den beiden Spurensicherern Bescheid. Der eine nickte gleichgültig, während der zweite seine Arbeit gar nicht unterbrach.

Chris ging nicht an sein Telefon, als ich ihn aus meinem Fiat heraus anrief.

Dann wählte ich, ohne groß nachzudenken, die Nummer von Max.

»Tessa, was kann ich für dich tun?«, fragte er mit ungewöhnlich abgehetzt klingender Stimme.

»Trainierst du?«, fragte ich. Nun war ich also wieder Tessa.

»Ja, Muskeltraining – mache ich gelegentlich. Willst du wieder klettern? Morgen vielleicht?« Er schnaufte. Wahrscheinlich hatte ich ihn bei irgendeiner kraftraubenden Übung gestört.

»Übermorgen, geht das?«, fragte ich.

»Ich denke schon. Ich schaue in meinem Terminkalender nach und melde mich. In Ordnung?« Er wartete meine Entgegnung gar nicht mehr ab, sondern legte auf.

Kölns schönstes Hotel war das Hyatt auf der rechten Rheinseite. Von hier aus konnte man auf den Dom blicken. Dreihundert Euro kostete eine Nacht, aber das war es mir wert.

Das Zimmer roch nach Zitrone, alles war sauber, fast steril. Es war beinahe halb zehn, als ich das Zimmer bezog. Majestätisch ragte der Dom auf. Ich lag in der Dunkelheit da, stumm und ratlos.

Martin, flüsterte ich vor mich hin.

Unser gemeinsames Leben war zu Ende, begriff ich so nach und nach, und dass er dunkle Seiten gehabt hatte, die mit seinem Tod zu tun hatten. Ich musste ein Licht auf diese dunklen Seiten werfen.

Harry ging auch nicht an sein Telefon, Nina ebenfalls nicht, doch dafür rief Chris zurück.

»Bella«, sagte er, »ich höre, dass du leidest. Wo bist du?«

»Im Hyatt«, sagte ich. »Ich liege ganz einsam in meinem Bett und schaue auf den Dom.«

»Ich komme«, flüsterte Chris in mein Ohr. »Ich krieche zu dir und lecke dich überall, unten, deine Brust, deine Lippen …«

»Ja«, flüsterte ich zurück. »Tu das!«

Mach mir ein Kind, Chris, dachte ich, während er in mich eindrang. Damit ich alles vergesse: Martin, meinen Bruder, mein altes, nutzloses Leben. Unser Kind sollte genauso tiefschwarze Haare haben wie Chris, und es sollte ebenso stark und dreist sein wie er – ein kluger, gut aussehender Mensch, ein geborener Gewinner, der sich alles nahm, was er zum Leben brauchte.

Ich schrie plötzlich, so laut, dass Chris in seinen rhythmischen Bewegungen für einen Moment innehielt. Dabei war ich weit davon entfernt, einen Orgasmus zu haben.

Mein Ehemann war tot, ermordet worden, ich hatte ihn noch nicht einmal begraben – deshalb schrie ich.

Im nächsten Moment hörte ich, wie aus weiter Ferne mein Smartphone summte.

Ich erstarrte. Es musste fast Mitternacht sein.

Chris hielt ebenfalls inne. Er lag auf mir und sah mich an. Plötzlich wirkte er nüchtern und fremd, als hätte ich da irgendeinen Fremden auf der Straße aufgegabelt.

»Tut mir leid«, flüsterte ich. »Da muss ich rangehen. Könnte wichtig sein.«

Mit einem kleinen Seufzer gab er mich frei. Aus den Augenwinkeln sah ich, wie er nach seiner Hose griff und eine Schachtel Zigaretten herausnahm.

Lenas Nummer leuchtete auf meinem Display auf, und sofort begann mein Herz in einem wilden Beat loszuschlagen. Ich meldete mich mit meinem Namen.

»Wo bist du?«, fragte Lena, als wüsste sie, dass ich es nicht in meinem Haus ausgehalten hatte.

»In einem Hotel«, sagte ich.

»Bist du allein?«

Warum stellte sie so eine Frage? Ahnte sie, dass ich mir einen Liebhaber gesucht hatte, um diese Nacht zu überstehen?

»Ja, ganz allein«, log ich.

Chris neben mir hatte sich eine Zigarette angesteckt und rauchte, das Gesicht starr zur Decke gerichtet. Ich konnte ihm ansehen, dass er wütend über diese Unterbrechung war.

»Ich fürchte, es gibt schlechte Nachrichten«, sagte Lena. »Kannst du zum Rhein kommen? Ein Stück unterhalb der alten Bastei – da stehe ich.«

28.

Sie musste an die Zeit denken, an Zeit allgemein – alle Menschen waren in einen Strom aus Zeit geworfen worden, aus dem es kein Entrinnen gab, bis zum eigenen Tod. Man sollte diese Zeit nutzen, das wurde immer gesagt, in allen Ratgebern über Liebe und Lebensglück. Hatte sie das mit Robert getan? Im Nachhinein kam es ihr nicht so vor. Sie vermisste ihn, sehnte sich nach Simon, nach seinen zärtlichen Berührungen, danach, wie er »Mami, noch eine Geschichte« zu ihr gesagt hatte, abends, wenn sie ihm vorgelesen hatte. Eines aber stimmte ganz und gar nicht, dass Zeit irgendwelche Wunden heilte – sie verging, sie brachte neue Dinge mit sich, aber sie heilte nichts.

Lena war froh, dass Arne neben ihr stand. Der Tote lag vor ihr, mit geschlossenen Augen, mit einem verzerrten Gesichtsausdruck und einer schrecklichen Wunde am Hals.

Paul Goretzka, der vor ein paar Tagen aus einem Gefängnis in Thailand freigekommen war. Sie war sich beinahe sicher.

Dorit klang müde und irgendwie abwesend, als Lena sie anrief. In fünfzehn Minuten könne sie am Rhein sein, erklärte sie.

Arne hatte bereits Fotos von dem Toten gemacht. Außerdem hatte er sich die Wunde angesehen. »Ein dünner Draht«, sagte er. »Mit recht viel Kraft zusammengezogen.« Er hatte sich Handschuhe übergestreift und berührte den Toten am Hals, aber da er keinen Ganzkörperanzug trug, wagte er sich nicht weiter vor. »Ich glaube nicht, dass wir den Toten ganz entkleiden müssen, um die Todesursache festzustellen.« So war es eigentlich Vorschrift.

Die drei Uniformierten der Wasserschutzpolizei hatten bereits im Präsidium angerufen. Beim Erkennungsdienst würde aber kaum Begeisterung ausbrechen. Wasser war, was die Spurensicherung anging, ein schwieriger Fundort.

Lena rief Margot Dreier an, die noch wach war. Die Rechtsmedizinerin versprach herauszukommen. Vielleicht würde sie beim ersten Augenschein etwas entdecken, das wichtig sein könnte.

Jeder Tropfen Rotwein, den Lena mit Arne getrunken hatte, schien aus ihrem Blut gewaschen zu sein. Sie spürte nicht einmal, dass sie fror.

»Wann genau ist der Tote gefunden worden?«, fragte sie einen der Uniformierten.

Der Anruf des Obdachlosen, der offenbar ein Handy besaß, war vor dreiundzwanzig Minuten eingegangen. Da der Tote gegen die Betontreppe gespült worden war, hatte man ihn vom Polizeiboot aus rasch entdecken können. Er hatte auch noch nicht lange im Wasser gelegen haben können. Vielleicht sah der Mörder ihnen sogar aus einiger Entfernung bei der Bergung zu.

Dorit brauchte genau vierzehn Minuten, um bei ihnen zu sein. Sie sah aus, als wäre sie soeben aus irgendeinem Bett gekrochen, in dem sie nicht nur geschlafen hatte. Ihr Haar war zerzaust, ihre Wangen waren gerötet. Für die Temperaturen einer Februarnacht war sie viel zu dünn angezogen.

Sie blickte auf den Toten. Einen Moment lang hielt sie den Atem an, dann wandte sie mit einem Ruck den Kopf.

»Was bist du?«, fragte sie Lena mit starrem Blick. »Liegt ein Fluch auf dir? Bringst du allen Menschen Unglück?« Sie machte eine Bewegung, als wollte sie einen Geist vor ihren Augen verscheuchen. »Warum, verdammt, bin ich zu dir gekommen!«

Lena spürte, wie sie sich versteifte. Mit allem hatte sie gerechnet – mit Schreien, Weinen, einem Zusammenbruch, aber nicht, dass Dorit Zeiner ihr Vorwürfe machen würde.

Arne trat einen Schritt vor. »Was soll das?«, fragte er wütend.

Dorit drehte sich ab. An den heftigen Bewegungen, die ihre Schultern erfasst hatten, sah man, dass sie nun zu weinen begonnen hatte. Sie ging in die Knie, wie ein Boxer, der einen Schlag zu viel abbekommen hatte, kippte dann nach vorn und lag, eine Handbreit entfernt, neben ihrem toten Bruder.

Arne wollte sie beiseiteziehen, damit sie den Toten nicht berührte, doch Lena hielt ihn zurück. »Sie hat Ihren Mann und nun Ihren Bruder verloren«, sagte sie leise. »Geben wir ihr ein paar Momente!«

Dorit richtete den Kopf auf. »Du verfluchter Scheißkerl!«, schrie sie ihren toten Bruder an. »Sind denn alle Männer nichts als Scheißkerle?«

»Du schleppst mir zu viele Tote an!«, hatte Margot Dreier gesagt, als sie an der Bastei eingetroffen war. Mit einem aufmerksamen Seitenblick hatte sie Arne betrachtet und die Augenbrauen in die Höhe gezogen. Dann hatte sie sich einen Papieranzug angezogen und sich den Toten angeschaut, zuerst die Wunde am Hals. Am Ohr hatte sie dessen Körpertemperatur gemessen.

»Er wird sich gewehrt haben, soweit es ihm möglich war. Am besten sehe ich ihn mir gleich in der Rechtsmedizin an. Vielleicht wurde er ja auch betäubt, bevor er getötet wurde. Da könnte jede Stunde wichtig sein.«

Lena nickte. Sie war froh, dass Arne nicht von ihrer Seite gewichen war. Dorit hatte sich ans Ufer verzogen und beobachtete sie mit versteinerter Miene. Doch als Lena sie fragte, ob sie mit in die Rechtsmedizin fahren wollte, sagte sie sofort ja.

Im Taxi saßen sie beide nebeneinander im Fond.

»Wer«, sprach Dorit laut vor sich hin, »wer wird es meiner Mutter sagen? Sie hat geglaubt, dass Paul nun ein neues, besseres Leben anfangen wird.«

Lena hatte keine Antwort darauf.

»Außerdem bin ich schuld«, redete Dorit weiter. »Sein Tod hat mit diesem Buch zu tun. Wenn ich ihn nicht in mein Haus eingelassen hätte, würde Paul noch leben.«

»Nur der Mörder hat Schuld«, erwiderte Lena.

Arne saß vorne im Taxi. Er drehte sich um und schaute Dorit an. »Da läuft ein skrupelloser Mörder herum, den wir unbedingt von der Straße nehmen müssen.«

Dorit nickte. Plötzlich griff sie nach Lenas Hand und drückte sie. »Paul war ein Vollidiot, ist er immer gewesen, aber er war eine Zeitlang der einzige Mensch, der sich um mich gekümmert hat.«

Pesch, der Kollege von Margot Dreier, öffnete ihnen. »Gut, dass ich bald in Rente gehe«, sagte er. »Die Zeiten werden immer verrückter – und Margot auch«, fügte er hinzu. »Nun gehen wir schon mitten in der Nacht an die Arbeit.«

Margot Dreier, bereits in einem grünen Kittel, hob lediglich stumm die Hand, um ihn zu grüßen. Dann machten die beiden Rechtsmediziner sich an die Arbeit. Zu so einer ungemütlichen Zeit, eine Stunde nach Mitternacht, hatten sie keinen Sektionsgehilfen bei sich.

Lena lehnte neben Dorit an einem Metalltisch. Einmal hatte sie geglaubt, dass Arne nach ihrer Hand gegriffen hatte, aber es konnte auch eine Täuschung gewesen sein.

»Nein«, flüsterte Dorit vor sich hin, während Margot Dreier langsam um den nun nackten Leichnam herumging und leise etwas in ein Diktiergerät sprach. »Nein, ich kann das nicht sehen.« Sie eilte in den Gang hinaus, und Lena folgte ihr.

»Es tut mir leid«, sagte Dorit. Sie sank auf einen einzelnen Plastikstuhl, das Gesicht auf den grauen Linoleumboden gerichtet. »Das mit dem Fluch habe ich nicht so gemeint, aber …« Sie brach ab. Ihr Smartphone summte. Sie zog es hervor, warf einen Blick darauf und steckte es wieder ein.

»Ich weiß«, sagte Lena. »Zwei Tote innerhalb weniger Tage – wer soll so etwas aushalten?«

Dankbar blickte Dorit auf. »Was ist mit diesem Buch?«, sagte sie. »Glaubst du, Martin hat mir ein Buch geschickt, in dem seine ganze Geschichte steht, all seine Geheimnisse?«

»Schon möglich«, erwiderte Lena. Sie hatte über dieses Päckchen, das eine Freundin Dorit überbracht hatte, noch nicht richtig nachgedacht.

»Paul wäre es zuzutrauen … dass er mit diesem Buch jemanden erpressen wollte.« Tränen rollten Dorits Wangen hinab. »Ich habe mich in meinem Leben schon sehr oft sehr schlecht gefühlt, aber so am Boden war ich noch nie.«

»Vielleicht sollten wir mal wieder klettern gehen«, sagte Lena. Es sollte eine Aufmunterung sein, mehr schlecht als recht vorgebracht, doch Dorit nickte mit ernster Miene und sagte: »Ja, das sollten wir tun. Max …« Sie verstummte abrupt.

Arne war nun auch in dem Gang aufgetaucht. Lena wandte sich um. Sie spürte ihre Müdigkeit, und gleichzeitig kam es ihr vollkommen vertraut vor, dass Arne hier bei ihr war.

»Lena«, sagte er. »Es gibt da etwas … an der …« Er warf Dorit einen Blick zu. »… an dem Toten, das du dir ansehen solltest.«

Dorit sprang auf. »Was ist mit meinem Bruder?«, fragte sie schrill.

»Frau Hauptkommissarin Larcher sollte es sich ansehen«, entgegnete Arne ein wenig zu förmlich. »Der Tote … es sieht so aus, als hätte er sich etwas auf den Bauch geschrieben.«

29.

Mir war übel. In meinem Bauch glühte ein Schmerz, von dem ich sicher war, dass er nie wieder vergehen würde. Eben hatte ich mit Chris geschlafen, und dann stand ich vor meinem toten Bruder. Klar, dass Chris sich wieder in die Büsche geschlagen hatte. Er wollte mich nicht begleiten, er wollte ficken, seinen Schwanz in mich hineinstoßen, aber mir zur Seite stehen – niemals.

Ich konnte auch Lenas kalte, nachdenkliche Miene nicht ertragen, das Pokerface einer Polizistin, dabei war sie die Einzige, von der ich Hilfe erwarten konnte. Dann, als wir in der Rechtsmedizin angekommen waren, fühlte ich mich tatsächlich am Ende meiner Kräfte. Ich hätte allenfalls noch die Energie aufgebracht, aus Zorn und Ohnmacht um mich zu schießen, wenn ich eine Waffe in den Händen gehalten hätte.

Doch als dieser Polizist, der Lena die ganze Zeit mit fürsorglichen Blicken bedacht hatte, zu uns auf den Gang trat und sie hereinrufen wollte, wusste ich, dass sie etwas entdeckt hatten, das von Bedeutung war. Ich schob mich an ihnen vorbei zu den beiden Rechtsmedizinern.

Paul lag nackt auf einem glänzenden Metalltisch.

Bruderherz, sagte eine leise Stimme in mir, steh endlich auf, du bist ein Sonnenkind, du musst doch frieren auf dem kalten Metall. Aber nein, dieses tote Wesen mit der wächsernen Haut war gar nicht mehr mein Bruder, es hatte schon alle Lebendigkeit verloren.

Die Rechtsmedizinerin, deren rötlichen Haare unter ihrer

grünen Kopfbedeckung hervorlugten, sah mich strafend an, dann glitt ihr Blick zu Lena, die neben mich getreten war.

Sie deutete auf die haarlose, schmale Brust meines Bruders, die nun aus hellbraunem Wachs geformt zu sein schien. »Ich glaube, er hat sich da etwas auf die Brust geschrieben – mit einem schwarzen Filzstift. Leider hat das Wasser die Farbe an manchen Stellen abgewaschen.«

Lena beugte sich vor, und nun sah ich es auch: schwarze blasse Buchstaben, quer über seinem Brustkorb.

Ich las ein H und ein O, dann folgten schwarze, unlesbare Schlieren, schließlich ein E und ein Buchstabe, der entweder ein B oder ein R sein konnte. So richtig vermochte man es nicht zu erkennen, da die Ränder der Buchstaben sich aufgelöst hatten.

»Könnt ihr die Schrift irgendwie wiederherstellen?«, fragte Lena. »Und wir brauchen sofort ein paar Fotos, die wir vergrößern können.«

Die Rechtsmedizinerin nickte. »Wir werden jede Hautpartie fotografieren, aber die Schrift werden wir nicht rekonstruieren können, fürchte ich. Die Farbe des Filzschreibers ist nicht wirklich tief eingedrungen.«

Lena warf mir einen Blick zu. »Ist das die Schrift deines Bruders?«, fragte sie.

Ich konnte nicht antworten. Ich wusste es auch nicht, aber die andere Möglichkeit, dass der Mörder Paul auch noch etwas auf die Brust geschrieben haben könnte, eine Botschaft an die Polizei vielleicht, nahm mir den Atem.

»Keine Ahnung«, krächzte ich.

Lena nickte mir zu. »Wir brauchen eine Schriftprobe«, sagte sie. Dann nahm sie meinen Arm und führte mich hinaus.

Bist du meine Freundin?, hätte ich sie am liebsten gefragt. Hilfst du mir?

Wir umarmten uns kurz, dann sagte sie: »Ich habe vor ziemlich genau einem Jahr den Wagen gefahren, die Straße war vereist. Vorher haben Robert und ich uns gestritten, weil er meinte, ich hätte eine Affäre. Ich habe ihn angelogen und alles abgestritten, aber ja, ich hatte eine Affäre. Ich war glücklich mit Robert, und trotzdem hatte ich mich auf einen anderen Mann eingelassen. Dann habe ich einen Lastwagen übersehen. So war das – ich dachte, mein Leben sei zu Ende.«

Wir schwiegen. Ich verstand, was sie mir damit sagen wollte. Wir müssen immer weitergehen, auch wenn wir denken, dass alles stillsteht – ich musste nun auch weitergehen und helfen, den Mörder meines Mannes und meines Bruders zu finden.

»Wir werden das ganz große Besteck herausholen«, sagte Lena. »Mein Kollege Arne hat recht. Wir müssen einen Mörder von der Straße nehmen, der da herumläuft und glaubt, niemand könne ihn aufhalten. Wir werden alles an die Presse geben und uns alle wichtigen Überwachungskameras der Stadt ansehen. Aber dein Bruder wird doch nicht so dumm gewesen sein, mit einem Tagebuch deines Mannes zu seinem Mörder zu laufen, um ihn zu erpressen?«

Ich konnte darauf nichts antworten. Mein Bruder war sechs Jahre lang in einem Höllenloch verschwunden gewesen. Ich hatte keine Ahnung, was in seinem Kopf vorgegangen sein mochte.

»Wo würde er etwas verstecken?«, fragte Lena weiter. »Wer war sein bester Freund, bevor er nach Thailand ging?«

Ich dachte an Holger. Ihn könnte ich fragen – und Mike, aber nein, Mike hatte ihn noch nicht zu Gesicht bekommen.

»Paul ist in Ehrenfeld bei Studenten untergekrochen, nachdem er aus Thailand zurück war«, sagte ich. »Meine Mutter kennt die Adresse.«

»Gut«, sagte Lena. »Aber vielleicht solltest du erst ein paar Stunden schlafen, bevor wir weitermachen.«

»Nein«, erwiderte ich. Uta – ich musste ihr Bescheid sagen. Ihr Sohn war zurückgekehrt und war nun gleich wieder verschwunden, in eine finstere Ewigkeit versunken, aus der er nie wieder auftauchen würde. Ich stellte mir vor, wie sie zu schniefen und zu weinen beginnen würde. Sollte ich es lieber einem Polizeibeamten überlassen, ihr die schreckliche Nachricht zu überbringen?

Aber ich stand schon, ganz brave Tochter, am Melatengürtel, mein Smartphone am Ohr, um mir ein Taxi zu rufen.

Ein Pfarrhaus in der Dunkelheit, ein idyllischer argloser Ort mitten in Köln. So kam es mir vor. Nirgends brannte Licht. Meine Mutter schlief warm und beschützt neben ihrem Pfaffen. Sie hatte einen Mann, der sie liebte. Für einen Moment erfasste mich Neid. Sie hatte Paul und mir nicht wirklich etwas beigebracht – wir hatten nie gelernt, zu leben und zu lieben.

Als ich Anstalten machte, meinen rechten Zeigefinger auf einen ordentlich polierten Klingelknopf zu drücken, wusste ich, dass ich dieses Pfarrhaus gleich gewissermaßen zum Einsturz bringen würde. Bevor ich jedoch klingeln konnte, wurde mir bereits geöffnet.

»Was willst du?«, fragte eine unfreundliche Stimme.

Erst dachte ich an den Pfaffen, der da höchstpersönlich hinter der Tür gelauert hatte, doch es war mein Bruder, der kleine Tom.

»Hallo, Brüderchen«, sagte ich überrascht.

Tom starrte mich an. Er trug nur ein T-Shirt und eine Trainingshose, erkannte ich im schwachen Licht der Laterne auf dem Vorplatz.

»Hast du wieder am Computer gehockt?«, fragte ich.

»Was willst du?«, fragte er erneut. »Ist was mit Paul?«

Ich begriff, dass ich Tom lange nicht gesehen hatte. Er überragte mich um einen halben Kopf, und sein Gesicht wirkte kantig, als würde er neuerdings Gewichte stemmen.

»Ja«, sagte ich. »Etwas ist mit Paul.«

Er schob die Tür ein Stück weiter auf.

»Müssen wir jemanden wecken?«, fragte er ganz sachlich.

Ich nickte. »Ich fürchte ja.«

Er ging in die Küche voraus und schaltete ein mattes Licht über dem Herd ein. Auf dem Tisch standen eine leere Flasche Wein und drei Gläser, als wäre hier bis eben getrunken worden.

»Uta liebt Paul mehr als jeden anderen.« Tom setzte sich mit der Lehne voraus auf einen Stuhl. »Weißt du das? Er ist das schwarze Schaf der Familie, für das sie jeden Abend betet.«

Ich setzte mich auch. Tom war in der Tat viel muskulöser geworden. Ich musste mir eingestehen, dass ich keine Ahnung hatte, was er so trieb. Er war knapp siebzehn Jahre alt.

»Sie haben ihn aus dem Fluss gezogen«, sagte ich. »Er ist ermordet worden.«

Tom zuckte mit keiner Wimper. Er schaute wie durch mich hindurch. »Dein Mann ist tot und nun auch Tom«, sagte er seelenruhig. »Vielleicht sollte man sich vor dir in Acht nehmen.«

Ich ging nicht auf seinen letzten Satz ein. »Hast du Paul gesprochen, als er hier war?«, fragte ich. »Die Polizei will wissen, was er zuletzt gemacht hat.«

Tom verzog das Gesicht. »Er hat mich gefragt, ob ich ihm was zu rauchen besorgen kann, der Volltrottel. Als würde mich so was interessieren. Außerdem muss man nur zum Ebertplatz gehen, um alles zu kriegen, was man haben will. Genau wie früher, als er noch selbst gedealt hat.« Er zögerte einen Moment. »Und er hat mir etwas gegeben, was ich für ihn aufbewahren sollte.«

Ich zuckte zusammen, und mein Herz begann zu pumpen. »Kannst du es holen – sofort?«, fragte ich ihn atemlos.

Tom erhob sich fast schon provozierend langsam und verließ das Zimmer. Sein Halbbruder war tot, doch diese Nachricht schien bei ihm in ein tiefes Loch gefallen zu sein, eine Spam-Nachricht sozusagen, kaum der Rede wert.

Er kehrte mit einer kleinen braunen Tüte zurück. Kein Päckchen, in dem ein Buch stecken konnte.

Energisch riss ich ihm die Tüte aus der Hand. Als ich den

Gegenstand ertastete, schoss mir vor Wut Adrenalin durch die Adern. Ich öffnete die Lasche. Mein Bruder, dieser Scheißkerl … Er hatte den Ring aus meinem Portemonnaie gestohlen, den Martin mir unter das Kissen gelegt hatte. Mir war es bisher nicht einmal aufgefallen.

»Was ist?«, fragte Tom. »Stimmt etwas nicht?« Er betrachtete mich kühl, ein Verhaltensforscher, der einen auffälligen Primaten vor sich hatte.

»War das alles?«, fragte ich. »Sonst hat Paul dir nichts gegeben?«

»Nein«, sagte Tom, »aber bevor er zu mir kam, war er in der Kirche. Kann sein, dass er da was versteckt hat.« Sein Tonfall wurde immer nüchterner und selbstgefälliger.

»Du hast ihn gesehen?«

»Morgens früh, als ich mal für kleine Jungs musste. Rüdiger hatte die Kirche gerade aufgeschlossen. Sah aber nicht so aus, als hätte Paul es darauf angelegt, ihm über den Weg zu laufen. Wahrscheinlich wollte mein lieber halber Bruder ganz in Ruhe beten.« Nun wurde er auch noch sarkastisch.

Hältst du dich nur noch in deinen dämlichen Videospielen auf?, wollte ich ihn schon anschreien. Dein lieber halber Bruder ist wirklich tot.

»Ich müsste mich dringend in der Kirche umsehen«, sagte ich so beherrscht wie möglich. »Weißt du, wie ich da hineinkommen könnte – jetzt?«

Er nickte wieder. »Am besten mit einem Schlüssel.« Er erhob sich und ging in den Flur hinaus. Mit einer Taschenlampe und einem Schlüsselbund kehrte er Sekunden später zurück.

»Wenn du nicht die Festbeleuchtung anmachen willst, brauchst du eine Taschenlampe«, sagte er und drückte sie mir mit dem Schlüssel in die Hand. »Und weck den lieben Gott nicht auf«, fügte er hinzu. »Er schläft gerne lange.«

Wann war aus meinem kleinen Bruder ein solcher gefühlloser Zyniker geworden?, dachte ich, während ich möglichst geräuschlos aus dem Haus schlich. Tom zeigte tatsächlich keinerlei Neigung, mich zu begleiten. Irgendwann hatte Uta einmal erwähnt, dass sie sich Sorgen um ihn mache, er spiele nächtelang mit irgendwelchen Leuten aus den USA oder Südamerika grausame Videospiele.

Die Kirche war ein altes Gemäuer, an das man einen modernen Altarraum mit einem großen Glasfenster angebaut hatte. Ich schloss mit einem großen unhandlichen Schlüssel die breite Eingangstür auf. Sie knarrte verdächtig. Rasch zog ich die Tür wieder hinter mir zu.

Für einem Moment, bevor ich den Knopf fand, um die lange Stablampe anzuschalten, hatte ich wahrhaftig das Gefühl, ein besonderes Wesen, ein göttliches Ungeheuer, würde in der Kirche ruhen und ich würde mich ernsthaft in Gefahr bringen, wenn ich es nun störte.

Ein greller Lichtkegel erfasste die ersten, dunklen Holzbände vor mir. Ich wagte mich in die Kirche hinein. Was wollte ich hier eigentlich entdecken? Dieses ominöse Buch, das Martin vermutlich an mich geschickt hatte? Ich ließ das Licht durch die Kirche schweifen. Nichts Auffälliges tauchte aus dem Dunkel auf. Ich bewegte mich durch den Mittelgang auf den Altar zu.

Vielleicht gibt es wirklich einen Gott, dachte ich plötzlich, vielleicht hatten all die Pfaffen recht und man musste nur ein betender Mensch sein und man würde nie der Verzweiflung und dem Kummer anheimfallen.

Lieber Gott, wenn es dich denn gibt, flüsterte ich stumm vor mich hin, schenk mir ein bisschen Glück und mach, dass wir Martins und Pauls Mörder finden.

Im nächsten Moment schon kam mir dieses stumme Gebet lächerlich vor. Was sollte sich ein Gott für mich interessieren? Und wahrscheinlich war er auch kein Wesen mit Rauschebart, das vom Himmel heruntersah, sondern etwas ganz anderes: ein Prinzip, eine Zahl, ein Logarithmus.

Ich ging immer weiter auf den Altar zu. Von dem bunten Fenster dahinter wurde das Licht meiner Taschenlampe zurückgeworfen. Kurz meinte ich, ein Geräusch hinter mir wahrzunehmen, als wäre ich nicht mehr allein. Dann sah ich, dass ein Blumenstrauß in einer Vase auf dem Altar stand, neben einem Holzkreuz, die zweite Vase jedoch, die da auch gestanden haben musste, war heruntergefallen. Blumen und Scherben lagen linker Hand neben dem Altar. Ich verharrte. Was bedeutete das? Hatte Paul das Buch ausgerechnet auf dem Altar versteckt? Aber wenn ja, dann war es gefunden worden.

Im Schein meiner Taschenlampe suchte ich den Altar ab. Ein Tuch und eine große, aufgeschlagene Bibel lagen da. Nichts sonst.

Mein Herz pumpte. Plötzlich hatte ich wieder Tränen in den Augen. Paul, schrie etwas in mir, du hast tatsächlich beim Pfaffen mein Buch versteckt, aber es ist gefunden worden. Du hast es nicht geschafft, dieses Geheimnis für dich zu behalten. Vor meinen Augen entstand, was möglicherweise passiert war. Sie hatten ihn gefoltert und gequält, um an dieses Buch zu kommen, und so hatte er ja auch ausgesehen – von einer Drahtschlinge stranguliert, die sich immer weiter zugezogen hatte. Dann hatten sie ihn in den Fluss geworfen. Zum Unglück der Mörder jedoch war seine Leiche sofort wieder aufgetaucht.

Mein Smartphone klingelte, und als ich danach griff, legte sich ein Schatten über mich. Mein Gefühl hatte nicht getrogen. Ich war nicht allein. Ich sah Hände, die nach mir griffen, jemand sagte etwas, doch da hatte ich auch schon ausgeholt und mit dem Knauf der Taschenlampe zugeschlagen. Ein guter Treffer. Die Schattengestalt vor mir ging mit einem knappen Ächzen zu Boden.

30.

Sie war so müde, dass sie nicht schlafen konnte. Zu viele Gedanken kreisten in ihrem Kopf. Hatte Paul Goretzka wirklich geglaubt, er könnte seinen Mörder verraten, indem er sich dessen Namen auf die Brust schrieb? Ein H und ein O, dann einige Leerstellen, bis ein E und ein R oder B folgten? Vielleicht war es so einfach, und sie mussten nur diese Buchstabenkombination entschlüsseln, um den Täter zu finden.

Arne lag neben ihr. Sie vernahm leise und rhythmisch seinen Atem. Er hatte im Schlaf eine Hand auf ihre gelegt.

Ihr Gewissen hatte sich gemeldet, als sie seine Wohnung betreten hatte. Durfte sie das, was sie nun tat?

Robert, verzeih, flüsterte sie vor sich hin, offenbar so laut, dass Arne kurz die Augen aufschlug, sie anlächelte und wieder einschlief. Wie ein großes unbedarftes Kind kam er ihr vor.

Sie hatte nicht allein in ihre Wohnung fahren wollen – nicht nach dieser langen schrecklichen Nacht. Da lief ein skrupelloser Mörder herum, den offenbar nichts und niemand aufhalten konnte.

Arne hatte eine Zweizimmerwohnung am Schillplatz in Nippes – zwei schmale Räume unter dem Dach, die kaum möbliert waren. Ein Bett, ein Tisch in der Küche, ein paar Stühle, nicht einmal einen Kleiderschrank hatte er. Er lebte noch immer aus dem Koffer. Mitten im Schlafraum stand eine elektrische Gitarre auf einem Ständer – ein mächtiges stolzes Instrument, das scheinbar allen Platz beanspruchte.

Das Unfertige dieser Unterkunft hatte ihr auf Anhieb gefallen. So bin auch ich, hatte sie gedacht. Mein Leben ist unfertig, eine Ruine, die weiter verfällt oder die ich wiederaufbauen muss.

Arne war sofort neben ihr eingeschlafen. Er hatte gar nicht versucht, sie zu küssen oder zärtlich zu sein. Sie war ihm dankbar dafür gewesen. Intuitiv schien er zu wissen, was sie brauchte und was nicht.

Als sie einschlief, langsam in einen warmen Schlaf dämmerte, hatte sie plötzlich die Gewissheit, dass sie den Mörder finden würde. Jeder machte irgendwann einen Fehler, und es war gewiss ein Fehler gewesen, Dorits Bruder zu ermorden und in den Rhein zu werfen.

Drei Stunden später erwachte sie abrupt. Es war kurz nach sieben. Ein wenig Licht sackte vom Schillplatz herein, Motorengeräusche lagen in der Luft. Arne hatte sein Gesicht ihr zugewandt. Er schien die ganze Zeit im Schlaf gelächelt zu haben.

Voller Tatkraft stand sie auf, als wären ihr schlafend ein paar Dinge klar geworden. Sie zog sich ihre Hose und ihren Pullover an. Dann küsste sie Arne auf die Wange und ging leise. Seine blonden Locken hingen ihm ins Gesicht, er öffnete leicht den Mund und leckte sich über die Lippen, als wolle er ihrem Kuss nachschmecken, der sich da irgendwo auf seinem Gesicht ausbreitete.

Ihr Herz wurde für einen Moment ganz weit.

Eine halbe Minute später stand sie auf der Straße. Henning würde bemerken, dass sie dieselben Sachen wie gestern trug, aber es war ihr gleichgültig. Sollte er denken, was er wollte.

Auf der Neußer Straße hielt sie ein Taxi an. Dann schrieb sie Mona eine E-Mail. Hatten sie komplett erfasst, wo Martin Zeiner nach dem Tod seiner Mutter gelebt hatte? Irgendwo in seinem Lebenslauf musste es eine Lücke geben. Niemand wurde einfach so zu einem Auftragsmörder.

Ihr Smartphone klingelte. »Schöne Hauptkommissarin«, sagte Arne verschlafen, »nicht einmal einen Kaffee trinkst du mit mir?«

Sie lachte. »Nicht, wenn ich dringend arbeiten muss, aber später vielleicht.«

Er stöhnte auf. »Auf schöne Frauen muss man immer aufpassen. Ist richtig anstrengend. Ich rufe dich wieder an, ja?«

»Ja.« Ein anderes Telefonat ging bei ihr ein. Ihr Vater, vermutete sie. Wenn er es auf ihrem Festnetz versucht hatte, würde er ahnen, dass sie die Nacht nicht zu Hause verbracht hatte.

Doch es war Reno Lehmann. »Gibt es etwas, das Sie mir sagen müssen, Frau Hauptkommissarin?«, fragte er.

Sie zögerte einen Moment. Das Präsidium kam schon in Sichtweite. »Was wollen Sie von mir hören?«, fragte Lena spöttisch zurück. »Ich mag den Verfassungsschutz, ich mag das LKA – besonders wenn sie mir meine Arbeit wegnehmen.«

Reno Lehmann schnaufte unwillig. »Sie sollten nicht versuchen, witzig zu sein, Frau Larcher. Das steht Ihnen nicht. Wir wissen, dass wir Ihnen und dieser Rechtsmedizinerin nicht trauen können, aber warum haben Sie uns nicht darüber informiert, dass der Bruder von Frau Zeiner heute Nacht getötet worden ist?«

»Ich war beschäftigt«, entgegnete Lena und legte auf. Wahrscheinlich würde Lehmann im Nullkommanichts seine Truppen losschicken, aber zumindest hatte sie einen kleinen Zeitvorsprung, den sie nutzen würde.

Henning war noch nicht eingetroffen, Mona saß hingegen schon an ihrem Computer.

»Der Staatsanwalt Bauer hat eben am Telefon nach dir gefragt«, sagte sie mit einem hintergründigen Lächeln. »Außerdem habe ich mich schon an die Arbeit gemacht, was Martin Zeiner angeht. Ich habe die Daten vom Einwohnermeldeamt beschafft. Damit allein werden wir allerdings kaum weiterkommen. Er ist in Dortmund geboren, doch da trug er einen anderen Namen. Es ist ein wenig verwirrend. Offenbar sind auch nicht alle Akten an Ort und Stelle.«

Ja, dass Zeiner seinen Namen geändert hatte, wusste Lena bereits. Er war ein V-Mann in der rechten Szene gewesen, deshalb hatte man ihm einen anderen Namen beschafft.

»Ich brauche seinen lückenlosen Lebenslauf«, sagte sie.

Mona sah sie skeptisch an. »Es ist doch gar nicht unser Fall, oder doch?«

»Ich habe da ein paar Dinge, die ich überprüfen muss«, erwiderte Lena vage. »Außerdem gibt es die Verbindung zum Tod von Paul Goretzka.«

Mona nickte. Sie wusste also schon davon. Klar, sie hatte als Erstes die Berichte der Nacht gelesen.

Ihr Smartphone klingelte wieder. Es war widersinnig, aber gelegentlich glaubte sie am Klingeln zu hören, dass ihr ungeduldiger, leicht zorniger Vater versuchte, sie zu erreichen.

»Du kümmerst dich nicht mehr um mich.« Er war es tatsächlich – knurrig, jedoch hellwach. »Was ist los? Du warst auch nicht in deiner Wohnung. Ich habe es gestern Abend noch spät versucht.«

»Wir haben einen neuen Fall«, sagte sie. Ihr Vater war ein alter Hund, der immer wieder Witterung aufnahm. Abermals hatte er gespürt, dass bei ihr ein paar Dinge anders liefen als zuletzt.

»Es geht um den Bruder, nicht wahr? Von dieser Frau von Martin Zeiner?«

Auch davon wusste er bereits. Ihr Vater unterhielt noch immer seinen eigenen kleinen Geheimdienst. Plötzlich sah sie ihn vor sich, wie er mit dieser unbekannten Frau zusammengesessen hatte. Sollte sie ihn danach fragen?

»Ja«, sagte sie stattdessen. »Der Bruder … Er hatte sich etwas auf die Brust geschrieben – ein Wort oder einen Namen.« Sie nannte die wenigen Buchstaben, die sie hatten entziffern können, und nahm an einem kratzenden Geräusch wahr, dass ihr Vater nach einem Kugelschreiber gegriffen hatte, um sich eine Notiz zu machen.

»Wo ist der Zusammenhang?«, fragte er dann.

Lena seufzte. Henning kam ins Büro und warf ihr einen dunklen Blick zu. »Wir wissen es nicht«, erwiderte sie.

»Er hat etwas besessen, das er zu Geld machen wollte«, sagte ihr Vater. »Scheint mir offensichtlich zu sein, doch die Buchstaben … Ist bisher bei euren Ermittlungen kein Name aufgetaucht, der mit H und O beginnt?«

»Nein«, sagte sie, während sie beobachtete, wie Henning sich umständlich einen Kaffee kochte. »Kein Name mit einem H und O, aber vielleicht kannst du dich ein wenig umhören. Und in Scrabble warst du ja auch immer brillant. Ich glaube, wir haben es vor etwa dreißig Jahren einmal auf einem spanischen Campingplatz gespielt. Einen Tag später musstest du nach Köln zurück – ein dringender Fall.«

Ihr Vater stöhnte auf. »Ich vermisse deine Mutter jeden Tag, das kannst du mir glauben«, sagte er leise, dann legte er auf.

Sie ärgerte sich, als sie das Smartphone vor sich auf den Tisch legte. Warum war sie wieder einmal so unfreundlich zu ihrem Vater gewesen? Es hatte keinen Sinn. Er schaffte es auch stets, ihr ein schlechtes Gewissen zu machen, dabei war er derjenige gewesen, der nach seinen eigenen Regeln gelebt hatte – bis zuletzt, als ihre Mutter schwer krebskrank gewesen war.

Als an ihre Tür geklopft wurde, sah Hennig sie mit hochgezogenen Augenbrauen an. »Da kommen sie«, sagte er. »Ganz hoher Besuch!« Dann machte er eine Bewegung zur Tür hin, als wolle er sie wie ein Zauberer mit unsichtbaren Kräften aus der Entfernung öffnen.

Im nächsten Augenblick wurde die Klinke heruntergedrückt.

Zuerst sah sie das verschlossene Gesicht von Reno Lehmann, dem die Haare noch eine Spur fettiger ins Gesicht hingen. Vor ihm jedoch schoben sich Gerald Bong, als Kriminaldirektor ihr Vorgesetzter, und Neuenfels, der Polizeipräsident, ins Zimmer.

Bong blickte sie ernst an. Er hielt ein Papier in der Hand.

Lena spürte, wie sie zusammenzuckte. Vor ein paar Wochen hatte man sie zum psychologischen Dienst bestellt, aber dann hatte sie einen Fall spektakulär gelöst, und sie hatte den Termin einfach unter den Tisch fallen lassen. Es hatte auch keine zweite Vorladung gegeben.

»Liebe Lena«, sagte Bong übertrieben freundlich. »Schön, dass wir dich hier antreffen. Wie ich höre …« Er zögerte einen Moment und blickte Neuenfels von der Seite an. Der Polizeipräsident war ein penibler Jurist, den man niemals ohne Anzug und Fliege sah. Als sein Vorgesetzter nicht das Wort ergriff, fuhr Bong fort. »Nun, es hat wohl ein paar Irritationen geben … mit Informationen, die nicht rechtzeitig weitergegeben worden sind … mit der Koordination zwischen gewissen Dienststellen … Na, jedenfalls … Der Verfassungsschutz und das LKA haben uns dringend gebeten, dass Querschüsse und Alleingänge unterbleiben sollten. Heute Nacht hast du einen Tatort übernommen, den du besser …«

»Ich war in der Nähe«, unterbrach Lena den Kriminaldirektor. »Ganz zufällig.« Sie sah Reno Lehmann an, der unter ihrem Blick keine Regung zeigte. Lediglich in seinen Augen hinter den dicken Brillengläsern tauchte ein arrogantes, selbstgefälliges Leuchten auf.

»Werte Frau Larcher«, sagte Lehmann, als hätte ihr Blick ihn aufgefordert, etwas zu entgegnen. »Wir wollen hier nicht kleinlich sein, aber es wäre Ihre Pflicht gewesen, uns sofort über den Tod von Paul Goretzka zu informieren. Auch über den Einbruch und die Schmierereien im Haus von Frau Zeiner haben wir nichts von Ihnen erfahren.« Das Leuchten in seinen Augen verstärkte sich. Er wusste, dass er ihr haushoch überlegen war.

»Es ist nicht meine Aufgabe, einem Amt …«, begann sie sich zu verteidigen, doch der Polizeipräsident fiel ihr ins Wort. »Liebe Frau Larcher …« Neuenfels seufzte tief. Im Präsidium war er für seine schlechten, abgehackten Reden berüchtigt.

»Sie sind eine sehr tüchtige Ermittlerin, aber Sie haben ja auch viel durchgemacht. Wir möchten, dass Sie ein wenig ausspannen, Urlaub machen, am besten für zwei Wochen. Ich werde mich dafür verwenden, dass wir einen Teil der freien Zeit als Sonderurlaub verbuchen werden.« Er nickte zu seinen Worten.

Bong streckte sich vor. »Der Fall von Paul Goretzka geht auch unverzüglich an das LKA«, sagte er. »Und deinen Urlaubsschein habe ich dir gleich mitgebracht. Du hast also Ferien – freie Zeit. Unverzüglich. Ab sofort. Reno Lehmann und die Kollegen vom LKA übernehmen. Für eine Übergabe benötigen sie dich nicht. Dafür ist Mona zuständig. Einen schönen Tag!«

Lena brauchte ein paar Momente, um zu begreifen, was geschehen war. Sie starrte auf das leere Formblatt in ihrer Hand, das Bong ihr gegeben hatte. Sie war draußen! Man hatte ihr Urlaub verordnet, weil sie dem Verfassungsschutz in die Quere gekommen war.

Wut erfasste sie. Die drei Herren waren mit einem scheinbar freundlichen Nicken wieder abgezogen.

»Wie kommen sie dazu, mich vor die Tür zu setzen!« Zornig starrte sie Henning an, der gleichmütig mit den Schultern zuckte.

»Wenn ich das richtig verstanden habe, ist es sogar Sonderurlaub. Also, ich würde mich freuen, wenn man mich zu ein paar freien Tagen nötigen würde. Ich glaube, ich habe etliche Hundert Überstunden angesammelt.«

Sie sank auf ihren Stuhl zurück. Für eine Sekunde kam ihr Arne in den Sinn. Hoffentlich hatte niemand mitbekommen, dass er auch am Polizeiboot gewesen war.

»Ich werde mich weiter um den toten Maler aus der Eifel kümmern«, sagte Henning. Es sollte wie ein Trost klingen.

Lena nickte stumm. Hatte Henning die ganze Tragweite des Falles begriffen? Dass Zeiner ein Auftragsmörder gewesen war und alles irgendwie zusammenhing? Wohl kaum.

Sie nahm sich auch eine Tasse Kaffee und trank ihn, so heiß und bitter, wie er war. Seit einem halben Jahr ging sie wieder ins Präsidium. Es war ihr schwergefallen, sich aus ihrer lähmenden Trauer zu lösen. Sie hatte den Unfall verursacht, sie hatte durch ihre eigene Schuld ihren Mann und ihren Sohn verloren, doch sie hatte sich durchgekämpft, und sie war wieder eine gute Polizistin geworden, vielleicht war sie sogar besser als zuvor, weil sie genauer hinsah, weil sie noch präziser wusste, wie zerbrechlich das Leben war. Und nun stellte man sie kalt – nein, nicht man, sondern ein arroganter Verfassungsschützer mit einem süffisanten Lächeln in den Augen, der nicht halb so schlau war, wie er zu sein glaubte.

»Was wirst du nun tun?«, fragte Henning.

»Sri Lanka«, sagte sie, ohne nachzudenken. »Ich glaube, ich fahre nach Sri Lanka. Zu Roberts Sohn.«

Sie schaltete ihren Computer aus und zog ihre Jacke an. Vielleicht wäre es wirklich eine gute Idee, für eine Weile aus Köln zu verschwinden.

»Mach keinen Unsinn ohne mich«, rief sie Henning von der Tür aus mit einem matten Lächeln zu.

Er tippte sich mit zwei Fingern an die Stirn. Zu Befehl, sollte das wohl heißen.

Als sie auf dem Weg zu Fahrstuhl war, klingelte ihr Smartphone. Sie dachte an Rashmi. Wenn er sie jetzt anriefe, wäre das ein Zeichen, dass sie ihn tatsächlich aufsuchen sollte.

»Ich habe da etwas«, sagte Dorit. Aufregung schwang in ihrer Stimme mit. »Ich weiß, wo Paul das Buch versteckt hatte, aber es ist nicht mehr da.«

31.

Ich habe ein paar Mal zu früh in meinem Leben zugeschlagen, aber es hatte auch andere Momente gegeben, da war ich zu zurückhaltend gewesen. Bei Reker zum Beispiel, meinem Ausbilder als Stuntfrau. Er hatte sich ein paar Rechte zu viel herausgenommen, Berührungen, Küsse. Ich hatte sogar mit ihm geschlafen, obwohl ich wusste, dass er mit allen Frauen unter dreißig bumste, die er in sein Bett oder auf seine Couch in seinem Büro locken konnte. Doch bei ihm wäre ich sogar geblieben, ich muss es gestehen – er hätte auch mein Anker werden können, so wie später Martin, aber er wollte es gar nicht sein.

Der Mann, der sich stöhnend vor meinen Füßen am Boden wand, kam mir für einen Moment wie Reker vor; ein älterer Mann mit kurzen grauen Haaren, aber es war Rüdiger, der Pfaffe.

Ich hatte ihm mit der Taschenlampe einen gelungenen Schlag punktgenau auf das Kinn verpasst.

»O mein Gott!«, rief ich aus und beugte mich über ihn. Ich versuchte, ihn auf die Füße zu heben, als wäre er ein alter Mann, der eben einen Schwächeanfall erlitten hatte und dem man lediglich wieder aufhelfen musste. Im Schein meiner Stablampe sah ich, dass Blut an seinen Händen klebte und seinen wirren, wütenden Blick.

»Dorit«, stieß er hervor, »was sollte das?«

»Es fühlte sich merkwürdig an … diese Berührung an meiner Schulter … irgendwie unsittlich«, stammelte ich.

»Unsittlich?« Er wischte meine helfenden Hände beiseite und kam dann mühsam, aber ganz eigenständig auf die Füße.

Ich schaffte es, ihm nicht direkt ins Gesicht zu leuchten. Trotzdem sah ich die Platzwunde an seinem Kinn, die heftig blutete.

»Du bist in meine Kirche eingebrochen«, zischte er.

Ich nickte. »Es ist wegen Paul«, sagte ich dann. »Er ist tot – ermordet.«

Das war der Moment, in dem der Pfaffe das zweite Mal zu Boden sank, nein, er stürzte nicht wie nach einem schweren Hieb, er kniete sich hin, die Hände vor sein blutendes Gesicht geschlagen.

»Großer Gott«, murmelte er, »das darf nicht sein. So eine Nachricht wird Uta nicht überleben.« Verzweiflung und Liebe sprachen aus seinen Worten.

Mein Herzschlag erreichte eine Frequenz wie nach einem Sprint. So brutal, dachte ich, hätte ich es nicht sagen dürfen, und wie um mich zu rechtfertigen, fuhr ich fort: »Er ist wegen eines Buches umgebracht worden – wahrscheinlich hatte er es hier in der Kirche versteckt.«

Uta erwartete uns in der Küche. Sie schien gespürt zu haben, dass der Pfaffe nicht mehr neben ihr gelegen hatte. Sie trug einen knallgelben Pyjama, in dem sie noch draller und korpulenter aussah als in ihrer Kleidung am Tag.

»Was ist los?«, fragte sie und stürmte dann auf den Pfaffen zu. »Herr im Himmel, was ist passiert? Wer hat dich niedergeschlagen?« Sie griff nach einem Geschirrtuch, das sie ihrem Mann auf die Wunde drückte. Dann erst schien sie mich zu bemerken. »Und was tust du hier, Dorit?«

Der Pfaffe warf mir einen warnenden Blick zu. Du redest kein Wort, sagte dieser Blick, ein falsches Wort von dir und du schmorst auf ewig in der Hölle.

»Es ist etwas passiert«, sagte Rüdiger mit seiner sanften Predigerstimme. »Ich habe gedacht, es seien Einbrecher in der Kirche. Da war so ein Lichtschein gewesen, aber es war nur … deine Tochter … Dorit … sie …« Er verstummte. Er hatte meiner Mutter das Geschirrtuch aus der Hand genommen. Irgendwo im dunklen Flur würde Tom hocken und lauschen. Da war ich mir ganz sicher. »Und sie hat gedacht, ich wäre ein Einbrecher.«

»Du warst das!« Uta warf ihre Arme vor Entrüstung in die Höhe. »Du hast Rüdiger geschlagen!«

Ich senkte scheinbar reumütig den Kopf.

Dann sah ich, wie der Pfaffe den Arm um meine Mutter legte, voller Zärtlichkeit und Fürsorge. Es war, als wäre in Wahrheit sie die Verletzte, als müsste er sie verarzten. Er führte sie aus dem Raum, während er mit so leisen Worten, dass ich sie nicht hören konnte, auf sie einzusprechen begann.

Die Stille, die dann folgte, die ihnen förmlich hinterherzog, wurde nur einmal durch einen schrillen Schrei unterbrochen, dann geschah eine ganze Weile gar nichts mehr.

Ich saß da und dachte an Flucht. Abhauen, irgendwohin, zu einer Bushaltestelle und den Erstbesten, der da saß, fragen, ob wir nicht unsere Kleider oder vielleicht sogar unser Leben tauschen könnten.

Ich saß wie eine Gefangene da, wie jemand, der auf sein Verhör wartete. Kurz dachte ich daran, Lena anzurufen. Sie war nun mein Anker geworden, aber es war fast drei Uhr in der Nacht. Sie würde mittlerweile auch in einen kurzen Schlaf wie in eine schützende Höhle geklettert sein.

Irgendwann kehrte der Pfaffe zurück, einen weiß leuchtenden Verband auf dem Kinn.

»Deine Mutter schläft«, sagte er ganz sachlich wie ein Arzt. »Ich habe ihr ein Mittel gegeben, etwas Pflanzliches, damit sie zur Ruhe kommt.« Er starrte mich an. Er schien mir nicht mehr böse zu sein. »Was also wolltest du genau in meiner Kirche? Und was hat Paul da gemacht?«

Zwanzig Minuten reichten, um meinen Blick auf den Pfaffen vollkommen zu verändern. Ich hatte eine Zeit lang unter seinem Dach gewohnt, widerwillig nur und immer auf der Flucht vor ihm, aber nun begriff ich, dass er ein kluger Menschenkenner war, ein Mann, der sicher war, Gott auf seiner Seite zu haben, kein frömmelnder Priester, sondern ein genauer, einfühlsamer Beobachter. Uta hatte wirklich Glück, fiel mir zwischendurch ein, dass sie jeden Morgen neben so einem Menschen aufwachen durfte.

Der Pfaffe hörte sich alles an – von Paul, dem Paket, das eigentlich für mich vorgesehen war, davon, dass die Polizistin meinen Bruder im Rhein gefunden hatte, nicht ertrunken, sondern grausam erdrosselt.

Einmal faltete er die Hände, als könne er zuhören und gleichzeitig ein stummes Gebet sprechen.

»Paul war immer ein Verirrter«, sagte er, als ich zum Ende gekommen war. »Jemand, der nie gesehen hat, wo der rechte Weg ist. Dabei gehörte viel Kraft dazu, ein thailändisches Gefängnis zu überstehen, aber als er hier ankam, habe ich gleich erkannt, dass er nun wieder auf die falsche Spur gerät. Er hätte nachdenken müssen, innehalten und mit jemandem reden, darüber, was er nun aus seinem Leben machen wollte, aber stattdessen …« Der Pfaffe hob die Hände.

»Nun ist er tot«, sagte ich, und zum ersten Mal erfasste mich wahre, tiefe Trauer.

Der Pfaffe nickte. »Es ist ein großes Drama, aber vielleicht können wir helfen, seinen Mörder zu finden.« Er sah mich durchdringend an.

Zu der Trauer fühlte ich nun eine Müdigkeit, die sich bleischwer auf mich legte.

»Es ist nicht ganz legal«, sprach der Pfaffe weiter. Ich hätte bei diesen Worten aufmerken müssen, doch meine Erschöpfung war zu groß. »Es gibt immer mal wieder Menschen, die in meine Kirche eindringen, die dort nicht nur beten wollen, sondern sich herumtreiben. Deshalb …« Er zögerte, und ich blickte ihn mit halb geschlossenen Augen an. »Deshalb habe ich neben dem Eingang eine Kamera angebracht, ganz versteckt.«

Ich riss die Augen auf und sah sein verlegenes Lächeln. »Eine Kamera, die alles filmt?«

»Ja. Vierundzwanzig Stunden. Der Bildschirm ist in meinem Arbeitszimmer.« Er deutete mit dem Zeigefinger in den hinteren Teil des Hauses.

Mit meinen letzten Kräften sprang ich auf und stürmte in den Flur. Oben, in der ersten Etage, klappte eine Tür. Tom, der Lauscher, war eilig vor uns geflohen.

In dem Arbeitszimmer des Pfaffen war ich noch nie gewesen. Da ließ er außer Uta nur besondere Gäste hinein, Paare, die heiraten wollten, Trauernde oder Menschen, die mit ihm über Glaubensfragen diskutierten. Der Raum war erstaunlich modern eingerichtet. Gläserne Regale, moderne Kunst an der Wand, zwei bequeme Sessel vor einem schmalen, ganz und gar nicht protzigen Schreibtisch.

Der Pfaffe machte eine Handbewegung, die wohl bedeuten sollte: Fühl dich wie zu Hause. Dann klappte er an einem Schrank eine Tür auf. Ein altmodischer Bildschirm kam zum Vorschein. Es flackerte kurz, und dunkle Schemen tauchten auf. Der Blick in die düstere Kirche. Viel war nicht zu erkennen: graue Schlieren, Lichtpunkte.

Mit einem Tastendruck ließ er die Bilder zurücklaufen. Eine Uhr unten auf dem Bildschirm zeigte die Tageszeit an. Paul tauchte auf. Ein furchtbarer Schmerz erfasste mich. Die letzten Bilder von meinem toten Bruder. Er blickte sich in der Kirche um, eilte dann nach vorn. Tatsächlich hatte er etwas in der Hand, das ein mittelgroßes Notizbuch sein konnte.

Etwa sechzig Sekunden lang geriet er aus dem Blickfeld, das bis zu der sechsten Kirchenbank reichte. Dann kehrte er zurück, ohne das Buch, aber mit einem zufriedenen Lächeln auf seinem hageren Gesicht. So sah ein Mann aus, der glaubte, soeben einen echten Coup zu landen.

Der Pfaffe hielt das Bild an. Er stöhnte. »Was«, sagte er leise, »was hätte aus deinem Bruder mit seinen Gaben nicht alles werden können?«

Eine abgrundtiefe Stille hüllte uns ein, als wären wir für ein paar Augenblicke ganz allein auf der Welt. Auf einmal hätte ich den Pfaffen gerne umarmt. Und was ist mit mir?, hätte ich ihn am liebsten gefragt. Was ist mit meinem Leben? Was könnte ich nicht alles geworden sein? Ich habe einen toten Ehemann, der andere Menschen umgebracht hat, ich verdiene mein Geld, indem ich Brote für zweitklassige Schauspieler schmiere und ihnen Kaffee koche, und dann gehe ich auch noch mit einem Mann wie Chris ins Bett.

Bevor ich jedoch etwas sagen konnte, ließ Rüdiger das Bild weiterlaufen. Er schien Routine darin zu haben, sich anzuschauen, was am Tag in seiner Kirche los war. Viel war es nicht. Eine alte Frau kam und setzte sich in die letzte Reihe. Ein grauhaariger Mann in einem Kittel wanderte mit einer Gießkanne Richtung Altar. Der Pfaffe selbst war zu sehen, wie er seine Kirche inspizierte. Eine Schulklasse hielt sich kurz in der Kirche auf. Offenbar schauten die Kinder sich Bilder an der Wand an, die von anderen gezeichnet worden waren.

Dann gab es wieder lange Leerlauf. Nichts, keine Bewegung. Bis zum Abend, als es bereits dunkel geworden war.

Der Pfaffe stöhnte auf. »Ich hatte vergessen abzuschließen«, sagte er leise, den Blick starr auf den Bildschirm gerichtet. »Das passiert mir im Winter häufiger.«

Zwei Gestalten tauchten auf. Die Uhr am Bildschirm zeigte neunzehn Uhr zwölf. In der Kirche war es bereits so dunkel, dass man kaum noch etwas erkennen konnte. Ich spürte, wie mein Herz wieder heftig zu pumpen begann. Da waren sie, eindeutig, Pauls Mörder. Sie waren zu zweit, und als hätten sie gewusst, dass sie jemand beobachten würde, hatten sie sich vermummt. Der Kleinere, eine gedrungene, muskulöse Gestalt, trug einen langen Wollmantel und eine Mütze, die er sich tief ins Gesicht gezogen hatte. Der andere, größere, wirkte unentschlossener und nicht so forsch wie sein Partner, er bewegte sich langsam, vorsichtig, schaute sich misstrauisch um. Er war eleganter gekleidet, er trug eine Outdoorjacke, schwarz vermutlich, und eine Kappe. Für einen Moment glaubte ich, die Aufschrift lesen zu können, ohne dass auch nur eine Einzelheit des Gesichtes darunter zu erkennen war: Effzeh. Eine Kappe vom 1. FC Köln.

Der Kleine schien sofort begriffen zu haben, wo er suchen musste. Mit kräftigen Schritten gelangte er außerhalb des Blickfelds, während der andere am Eingang verharrte, die rechte Hand in der Tasche, als hielt er da eine Waffe. Nach drei Minuten kehrte der Kleinere zurück. Seine rechte Hand, die in einem schwarzen Handschuh steckte, hielt triumphierend das Buch in die Höhe, und der andere umarmte ihn dafür kurz.

Dann verschwanden sie.

»Kurz danach habe ich die Kirche abgeschlossen«, sagte der Pfaffe. »Aber ich habe nicht nach dem Rechten gesehen.« Er seufzte. »Waren das ein Mann und eine Frau?«

Diese Frage überraschte mich. Darauf wäre ich nun nicht gekommen.

»Nein«, sagte ich, »dafür waren beide zu muskulös.«

»Was sollen wir tun?«, fragte der Pfaffe. Nun wirkte er zum ersten Mal völlig ratlos. »Die Polizei informieren?«

»Ja«, sagte ich. »Wir müssen die Bilder Lena Larcher zeigen, aber erst in ein paar Stunden. Wenn ich mich nicht gleich irgendwo hinlegen kann, werde ich ohnmächtig.«

Der Pfaffe sah mich an, sein Blick suchte meine Augen, dann streckte er einen Arm aus und strich mir über die Hand. »Deine Mutter ist eine gute Frau«, sagte er, »und du bist es auch. Ich werde eine Liege holen und dann kannst du hier in meinem Arbeitszimmer schlafen. Da bist du ungestört.«

Ich kannte einen der Mörder, den größeren der Männer, der sich ungelenker bewegte, mit durchgedrückten Knien durch die Kirche geschritten war. Dieser Gedanke zog durch meinen Schlaf. Gleichzeitig glaubte ich, nicht allein zu sein, jemand liege neben mir, Martin oder Chris oder … Diesen Eindruck hatte ich und spürte Tränen im Gesicht. Erst gegen Morgen sank ich in einen ohnmachtsähnlichen Tiefschlaf.

Als ich erwachte, war es fast halb zehn morgens. Geräusche zogen durch das Haus, Kaffeeduft. Für einen Moment wirkte es, als wäre die Welt wieder normal geworden, doch nein, mein Bruder war tot. Ich fühlte mich matt. In meinem Mund war ein bitterer Geschmack. Kurz dachte ich wieder daran, dass meine Tage überfällig waren. Aber bei dem Stress, den ich hatte, würde meine Periode wohl noch länger ausbleiben. Das war auch früher schon so gewesen.

Ich nahm mein Smartphone. Chris hatte versucht, mich zu erreichen, auch Harrys Nummer blinkte auf.

Ich rief Lena an. Sie war die Einzige, die mir helfen konnte. Doch nachdem ich ihr von der Kamera berichtet hatte, hörte ich sie seufzen. »Ich bin draußen – suspendiert, obwohl sie es anders, freundlicher ausgedrückt haben. Dieser Typ vom Verfassungsschutz hat dafür gesorgt, dass ich erst einmal Urlaub machen soll.«

Die Tür ging vorsichtig auf, und der Pfaffe blickte freundlich herein. Ich hob kurz die Hand zu einem Gruß.

»Kannst du dir nicht wenigstens die Bilder ansehen«, sagte ich. »Wirf nur einen Blick darauf, und dann sagen wir von mir aus diesem Mistkerl vom Amt Bescheid.«

Ich meinte, Lena lächeln zu sehen. Es gefiel ihr, dass ich sie um Hilfe bat. »Gut«, sagte sie, »gib mir die Adresse, und ich bin in ein paar Minuten da.«

32.

Ihr erster Impuls war gewesen, sich bei ihrem Vater zu beschweren. Ihn anzurufen und sich entrüstet zu beklagen: Kannst du dir das vorstellen? Sie haben mir Zwangsurlaub erteilt! Hatte es so etwas schon einmal gegeben?

Dann, nachdem Dorit sie angerufen hatte, kam sie sich wie ein kleines Mädchen vor, das zu ihrem Vater gerannt war, um Schutz zu suchen. Es war lächerlich, und vermutlich hätte ihr Vater Bong und Co. noch recht gegeben – wie früher in der Schule, wo auch alle Lehrer stets im Recht gewesen waren.

Wenn man im Präsidium wüsste, dass sie allein zu Dorit fuhr, um sich die Bilder einer Überwachungskamera anzusehen, dann wäre ihr Urlaubsschein auf unbestimmte Zeit verlängert worden. Der Gedanke ließ sie beinahe lächeln. Silvana, ihre Therapeutin, wäre stolz auf sie: Lena, du wagst etwas … Du tust das, was du tun willst … Nimmst dein Leben in die Hand.

Die Kirche lag in Bayenthal – ein prächtiges Steingebäude, es machte eher einen katholischen Eindruck und schien irgendwie aus jener Zeit gefallen zu sein, als man auch in Köln noch jeden Sonntag zur Kirche gegangen war und brav an den lieben Gott geglaubt hatte.

Ihr Smartphone klingelte, als sie das Taxi bezahlt hatte.

Arnes Nummer leuchtete auf. Ihr Herz begann zu klopfen. Hatten sie ihn auch suspendiert, weil er ebenfalls auf dem Polizeiboot gewesen war?

»Ich habe schon davon gehört, dass sie dich hinausgekickt haben«, sagte er. »Was für eine Schweinerei! Tut mir leid.«

»Von dir war nicht die Rede«, sagte sie, um ihn zu beruhigen. »Sie wissen wohl nicht, dass du gestern Nacht auch dabei warst.«

Er lachte. »Oh«, sagte er, »das macht mir keine Sorgen. Ich würde es genauso wieder machen – und alles andere auch. Wann kann ich dich sehen?«

Die Tür des Pfarrhauses hatte sich geöffnet. Dorit stand da und winkte sie heran.

»Bald«, sprach Lena in den Apparat hinein. »Ich melde mich.« Dann legte sie auf.

Ein Mann mit kurzen grauen Haaren tauchte hinter Dorit auf. Er musterte Lena stumm, dann zog er an einem Zigarillo.

»Sie sind die Polizistin?«

Lena nickte. »Mein Besuch ist inoffiziell – ich bin sozusagen nicht im Dienst.«

Der Grauhaarige breitete die Arme aus. »Ist nicht das ganze Leben inoffiziell? Gibt es überhaupt so etwas wie ein offizielles Leben?«

Man mochte den Eindruck haben, bei einer heilen Familie gelandet zu sein. Der Pfarrer war unkonventionell und höflich, seine Frau, Dorits Mutter, brachte Kaffee und Gebäck. Nur an ihren rot geränderten Augen konnte man sehen, dass sie einen Tag zuvor ihren Sohn verloren hatte, und Dorit verhielt sich wie eine devote Tochter, die ihrer Mutter sogar einen Stuhl zurechtrückte. Nur ihr Halbbruder ließ sich nicht blicken.

Es war so ganz anders, wie Dorit ihre Familie geschildert hatte.

Die Aufnahmen, die der Pfarrer ihr vorspielte, zeigten zwei schattenhafte, vermutlich männliche Gestalten, die sich in der Kirche umsahen – einer hielt sich wartend im Eingangsbereich auf, während der andere nach etwa dreißig Sekunden mit einem Büchlein in der Hand, das er freudig schwenkte, ins Blickfeld zurückkehrte. Ihre Gesichter waren nicht zu erkennen, doch einen Moment lang glaubte Lena, der Größere könne Reno Lehmann sein. Aber was war das für ein Gedanke? Ein Verfassungsschützer, der in einen Mord verwickelt war? Nein, in Deutschland konnte es so etwas nicht geben.

»Was machen wir mit den Aufnahmen?«, durchbrach Dorit die Stille. »Das sind Pauls Mörder, nicht wahr?«

Lena nickte. »Ja«, sagte sie, »das glaube ich auch. Aber dieser Fall … Das LKA hat alle Ermittlungen an sich gezogen. Ich bin nicht mehr dabei.«

Dorit seufzte, und der Pfarrer sah sie von der Seite an. »Ich vertraue solchen Behörden nicht«, sagte er zu Lenas Überraschung. »Ich würde auch Ärger mit meiner Kirche bekommen, wenn sie erfahren, dass ich heimlich Aufnahmen mache.«

»Rüdiger!«, stieß Dorits Mutter hervor. Sie saß ein wenig abseits. »Es geht um einen Mord. Da sollte uns deine Kirche egal sein.«

»Wer weiß am besten über Paul Bescheid?«, fragte Lena. »Hatte er einen guten Freund, dem er vielleicht etwas gesagt haben könnte?«

Der Pfarrer hatte das festgefrorene Bild abgeschaltet. Lena sah ihm an, wie es in ihm arbeitete.

»Holger war hier«, sagte Dorit. »Er hat Paul eine Waffe besorgen sollen. Sie wollten zusammen einen Musikclub aufmachen. Daher brauchte Paul auch das Geld und …« Sie verstummte, weil ihre Mutter aufgesprungen war.

»Du hast schon wieder gelogen«, schrie sie. »Dir kann man einfach nicht vertrauen. Ich habe dich gefragt, und du …« Sie ballte die rechte Hand und holte aus, und wenn ihr Mann nicht dazwischengegangen wäre, hätte sie zugeschlagen.

Die Familienidylle zerbrach – sie war doch nur ein Trugbild gewesen.

»Wer ist dieser Holger?«, fragte Lena.

Im nächsten Moment klingelte es an der Tür – ein Sturmgeläut.

Der Pfarrer ließ die Hand seiner Frau los und ging zum Fenster. Blumen standen da, hohe Grünpflanzen. Der Blick ging offenbar zur Tür.

Das Läuten schien noch intensiver zu werden. Diesen Eindruck hatte Lena.

Bevor der Pfarrer, dessen Gesicht ernst geworden war, etwas sagen konnte, fragte Lena: »Gibt es hier einen Hinterausgang? Ich möchte meinen Kollegen vom LKA ungern über den Weg laufen.«

Der Pfarrer machte eine vage Handbewegung. »Durch den Garten«, sagte er. »Da gibt es eine Pforte. Sehen Sie zu, dass Sie einen weiten Bogen um die Kirche machen. Da sind eben zwei dunkle BMW und ein Kombi vorgefahren.«

So musste es sich anfühlen, wenn man auf der Flucht war. Im rasenden Schritt, den Kopf eingezogen, über einen unebenen Pfad, immer in der Furcht, von jemandem beobachtet oder aufgehalten zu werden. Nur dass es eine Flucht vor den eigenen Leuten war, gewissermaßen.

Dorit war an ihrer Seite geblieben. Auf eine Begegnung mit Lehmann und Pagel legte sie genauso wenig Wert.

»Dieser Pfarrer … dein Stiefvater«, sagte Lena.

Dorit winkte ab. »Ja, ich weiß, ich tue ihm unrecht. Eigentlich ist er ein perfekter Mann, er liebt meine verrückte Mutter, er hat sich um ihre missratenen Kinder gekümmert, er hat seine moralischen Grundsätze …«

Sie liefen die Marienburger Straße hinunter. Es sah nach Regen aus. Auf der Straße herrschte kein Betrieb. Niemand begegnete ihnen.

Plötzlich blieb Dorit stehen. »Du«, sagte sie eindringlich, »du kannst mich nicht im Stich lassen. Mein Mann und mein Bruder sind tot … Vielleicht bin ich die Nächste …« Sie griff nach Lenas Arm.

Der Rhein lag vor ihnen – grau und mächtig, unter einem tief hängenden Februarhimmel. Wie war das Wetter um diese

Jahreszeit auf Sri Lanka? Lena hatte keine Ahnung. Sommerlich, vermutlich, jedenfalls nicht kalt. Rashmi würde nun, auch wenn seine Mutter auf dem Weg der Besserung zu sein schien, jede Hilfe gebrauchen können.

»Ich muss Martin beerdigen«, fuhr Dorit fort. »Aber wie soll ich …«

»Wer ist dieser Holger?«, fragte Lena. »Und warum haben wir es nicht geschafft, die Biografie deines Mannes lückenlos zu rekonstruieren? Alle Fragen beginnen bei ihm. Da fehlen Akten, Hinweise, wo er sich in seiner Jugend aufgehalten hat. Wer könnte etwas darüber wissen?«

Dorit umarmte sie mit einer heftigen Bewegung. »Ich habe gewusst, dass du nicht einfach so abhaust.« Sie küsste Lena sogar auf die Wange. »Da gibt es nur einen, der uns helfen kann. Harry – er war mit Martin damals in Dortmund im Kinderheim.«

Ein Gedanke ließ sich nicht abschütteln: dass Reno Lehmann in der Kirche gewesen war. Und aus diesem Gedanken folgten andere, eine Kette abenteuerlicher Gedanken, die eine Polizistin, die man eben kaltgestellt hatte, nicht haben sollte. Martin Zeiner hatte Auftragsmorde begangen – vier Männer getötet, die sich vermutlich nicht gekannt hatten und die jemand aus unterschiedlichen Gründen aus dem Weg geräumt haben wollte. Und dann wollte Zeiner aussteigen, daher die Sache mit dem Ring und dem Geld. Doch sein Aufraggeber hatte es nicht zugelassen. Nur über seine Leiche durfte Zeiner das Spiel verlassen.

Konnte es so gewesen sein?

Ja, so oder so ähnlich konnte es gewesen sein.

Aber eine deutsche Behörde konnte doch keinen Auftragsmörder beschäftigen – noch dazu einen Mann, der jeden Tag wie ein braver Beamter an seinen Schreibtisch gegangen war.

»Du bist so schweigsam«, sagte Dorit. Sie saßen in einem Taxi auf dem Weg nach Kalk. Harry, Martins Freund, war nicht an sein Telefon gegangen. Möglicherweise weil er Dorits Nummer erkannt hatte.

Lenas Smartphone klingelte. »Gratuliere«, sagte ihr Vater mit spöttischem Unterton. »Nun kannst du dich ja noch mehr um mich kümmern. Hast jetzt ja viel Zeit.«

Sie überlegte für einen Moment, sofort aufzulegen. »Wahrscheinlich hast du vor mir gewusst, was sie vorhaben, nicht wahr? Hat dich der Herr Polizeipräsident vielleicht noch nach deiner Meinung gefragt?« Ihr Tonfall war höchst unfreundlich.

»Das LKA versteht keinen Spaß. Da arbeiten nur arrogante Schnösel, die sich für was Besseres halten – war schon zu meiner Zeit so und ist wohl nicht besser geworden.« Er klang versöhnlicher.

Sie fuhren am Präsidium vorbei. Dorit schien Ausschau zu halten, als würde sie erwarten, dass Martins Freund sich irgendwo auf der Straße herumtrieb.

»Ich habe übrigens gescrabbelt – wegen des Namens. Es ist nicht so einfach. Wisst ihr, wie viele Buchstaben genau dieser Name hat, den dieser Goretzka sich auf die Brust gemalt hat? Und könnte es ein ausländischer Name gewesen sein?«

»Wir wissen gar nichts – und nun ist es ja auch gar nicht mehr mein Fall«, entgegnete Lena.

Ihr Vater schnaufte. »Hofmeister könnte passen, oder ist dieser Name zu lang? Kann dir diese Rechtsmedizinerin nicht Genaueres sagen?«

»Weiler sollte sie anrufen.« Lena sah, dass Dorit aufgeregt mit den Händen fuchtelte und den Fahrer bat anzuhalten. »Kann er nicht die Brust vermessen, damit wir wenigstens wissen, mit wie vielen Buchstaben wir kombinieren müssen?« Bevor ihr Vater antworten konnte, war der Wagen zum Stillstand gekommen. Dorit sprang heraus und eilte vor der Kalker Hauptpost auf einen Mann zu, der eine schwere Lederjacke und eine Wollmütze trug und lässig auf einer Bank saß. »Ich stehe hier an einer Supermarktkasse und muss bezahlen«, log sie ihren Vater an. »Melde mich wieder.« Dann unterbrach sie das Telefonat.

Harry sah wie ein Prediger aus – als könnte er gleich aufstehen und Geldwechsler aus einem Tempel vertreiben oder ein Meer teilen, um sein Volk hindurchzuführen. Er hatte einen langen üppigen Bart und schwarze Augen, die offenbar in alles, was sie ins Visier nahmen, Löcher hineinbrennen wollten. Seine rechte, ein wenig schmutzige Hand hielt einen Kaffeebecher. Mit der Polizei schien er keine besonders guten Erfahrungen gemacht zu haben. Jedenfalls wirkte er noch abweisender, als Dorit ihm sagte, dass Lena Hauptkommissarin war.

Dorit wurde wütend. »Mein Bruder ist tot, verdammt – wegen Martin und seinem Buch. Wir müssen wissen, was für ein Mensch Martin gewesen ist.« Sie packte Harrys Arm und wollte ihn schütteln, doch er machte sich mit einer einfachen Bewegung frei.

»Tut mir leid, dass deinem Bruder etwas passiert ist«, sagte er ohne große Regung. »Doch wieso soll ich dir sagen, was für ein Mensch Martin war? Du warst mit ihm verheiratet, du hast mit ihm unter einem Dach gewohnt und bist in sein Bett gekrochen.« Er nippte an seinem Kaffee und scannte die Straße, als wartete er auf jemanden.

»Es geht um Martin Zeiners Vergangenheit«, sagte Lena. Sie versuchte, ruhig zu bleiben. »Wir haben es nicht geschafft, seine Biografie komplett zu rekonstruieren, aber irgendetwas muss es geben, das uns eine Erklärung liefert. Er hat Menschen getötet, da bin ich mir ganz sicher. Nur: für wen und warum?«

Harrys Augen verengten sich. »Er hat Menschen getötet?« Seine schwarzen Augen starrten sie an.

Lena hielt dem Blick stand. »Vier Menschen – so viel wissen wir. Der erste Mord ist vor über acht Jahren passiert. Ein Journalist, dann ein Finanzbeamter, ein Rocker und ein Maler. Der Maler wurde vor vier Tagen erschossen.«

Harry trank seinen Kaffee aus, dann warf er den Becher in einer heftigen Bewegung hinter sich. »Ich glaube das nicht«, sagte er. »Martin war einer der besten Menschen, die ich je getroffen habe. Für jemanden, den er mochte, hätte er sein letztes Hemd gegeben.«

»Mag sein«, sagte Lena. Ihr Smartphone klingelte. Sie sah Margot Dreiers Nummer aufleuchten. Also wusste die Rechtsmedizinerin auch schon Bescheid. »Das war eine Seite, seine freundliche, aber es hat auch eine andere gegeben. Jedenfalls hat er Auftragsmorde begangen.«

Harry warf sich einen Kaugummi in den Mund. Er wischte sich mit den Händen über das Gesicht. »Ja«, sagte er. »Martin hatte auch eine andere Seite. Er konnte in Depressionen verfallen, aber welcher Mensch würde das nicht, in dessen Armen die eigene Mutter gestorben war, weil sie Selbstmord begangen hatte? Erst als er Dorit getroffen hatte, ist er ruhiger geworden. Vorher …« Harry brach ab.

Ein Polizeiwagen raste mit eingeschalteter Sirene die Straße hinauf. Für einen Moment glaubte Lena, der Einsatz galt ihr, aber der Wagen hielt nicht an, sondern fuhr weiter, ohne auf eine rote Ampel zu achten.

»Martin brauchte Auszeiten. Deshalb fuhr er manchmal weg – nach Thailand, Tunesien. Er mochte … Kinder. Nicht dass er sich ihnen gefährlich näherte, nichts wirklich Sexuelles, aber er musste sie anschauen. Dann stellte er sich vor, dass sie ihn streichelten, ganz sanft … So ähnlich hat er es mir einmal erzählt.«

Lena spürte, dass Dorit neben ihr sich versteifte, dass ein Schrecken sie ganz und gar erfasste.

»Er war nicht pädophil?«, fragte Lena.

»Nein«, sagte Harry mit fester Stimme, »nein, nicht so, wie man es heute versteht. Er war nur ein Beobachter, er hätte niemals gewagt, Hand an ein Kind zu legen. Da bin ich mir ganz sicher.«

Sie schwiegen für einen Moment.

Lena wollte etwas einwenden: Aber er war ein Mörder – wieso hätte er sich bei Kindern zurückhalten sollen? Doch neben ihr begann Dorit zu schluchzen.

»Ich wäre niemals auf die Idee gekommen …«, sagte sie.

Harry beugte sich vor. Seine Augen funkelten wieder, nun allerdings voller Mitgefühl. »Bei dir war er auch nicht mehr so. Er hatte irgendwie seinen Frieden gefunden – zum ersten Mal seit dem Tod seiner Mutter. Er konnte für sich sein und hatte trotzdem jemanden an seiner Seite, dem er vertraute.«

Wieder klingelte ihr Smartphone. Margot Dreier ließ nicht locker. Lena wollte das Telefonat schon annehmen, als Harry sagte: »Viel hat Martin mir auch nicht erzählt. Im Kinderheim war er auch einmal weg – bei einer Pflegefamilie. Da war er fünfzehn oder sechzehn, und man glaubte noch, dass man ihn irgendwie vermitteln könnte. Doch nach ein paar Wochen war er wieder da. Irgendetwas muss damals passiert sein. Er war völlig verstört, redete kaum ein Wort, und dann hat er versucht, sich umzubringen – hat mit einer Scherbe an seinen Pulsadern herumgekratzt. Ich habe ihn gerettet.« Harry steckte sich eine Zigarette an. »Ich habe versprochen, es nie jemandem zu sagen. Jetzt habe ich meinen Schwur gebrochen, aber Martin ist ja tot. Da gilt so ein Schwur nicht mehr, nicht wahr?« Plötzlich blickte er hilfesuchend Lena an. Nun war die selbstsichere Attitüde des Streetworkers von ihm abgefallen.

»Nein«, sagte sie. »Der Schwur gilt nicht mehr. Aber wo ist er in diesen Wochen gewesen und was ist da genau passiert?«

Harry schüttelte den Kopf. »Er war irgendwo bei einer Familie in Dortmund – ich glaubte, die hatten einen Getränkehandel oder so, haben ihn nur genommen, weil sie Geld bekamen. Ich weiß nicht mehr. Er hat nie darüber geredet.«

Lena schaute Dorit an. »Vielleicht müssen wir die Unterlagen aus seinem Arbeitszimmer noch einmal durchsehen?«

Dorit nickte, aber in ihrem Blick lag lediglich der Ausdruck von Entsetzen und Trostlosigkeit.

»In drei Tagen ist die Beerdigung«, sagte sie zu Harry. »Ich hoffe, dass du kommst.«

»Klar«, sagte er. »Auch wenn es vielleicht nicht so aussieht, auch wenn wir uns zuletzt nicht mehr so oft gesehen haben – es ist, als wäre mein Bruder gestorben, nein, als hätte man mir etwas aus der Brust gerissen.« Er wischte sich über die Augen. »Wenn du meine Hilfe brauchst ... für die Beerdigung ... Sag einfach Bescheid.«

Ein Taxi hielt, das Fenster an der Beifahrerseite wurde heruntergelassen und jemand winkte ihm zu.

Harry erhob sich und ging stumm zu dem Auto, dann stieg er hinten ein, und das Taxi fuhr los.

Einen Moment später rief Margot Dreier zum dritten Mal an. »Lena«, sagte sie. »Gratulation – da bist du dem Herrn vom Verfassungsschutz ja mächtig auf die Füße getreten, wenn er dich draußen haben wollte. Ich schlage ein Mittagessen vor – in dem Café an der Aachener Straße. Ich habe was für dich.«

33.

Es war, als wäre ich nur eine Puppe gewesen, aus der jemand die Luft herausgelassen hatte – völlig kraftlos, leer und ohne eigenen Willen. Ich stolperte hinter Lena her, ich hätte ununterbrochen weinen können und musste fast zwanghaft den Impuls unterdrücken, ständig nach ihrer Hand zu greifen.

Was war mit der starken Dorit passiert, der die verrücktesten Stunts nichts ausgemacht hatten und die selbst Macho-Männern Angst eingejagt hatte?

Ich wusste es ganz tief in meinem Inneren: Ich war am Ende. Mein Mann und nun auch mein Bruder waren tot. Diese Morde waren gewissermaßen vor meinen Augen passiert, und doch hatte ich keine Ahnung, was genau dahinterstecken konnte. Und dass Martin Kinder gemocht hatte … Schon allein wenn dieser Gedanke nur ganz vage und schattenhaft auftauchte, hätte ich Rotz und Wasser heulen können.

Wo war ich in all der Zeit gewesen? Ich hatte nichts wahrgenommen, gar nichts.

»Ich brauche dieses Buch«, sagte ich leise zu Lena. »Ich muss dieses Buch lesen, das Martin verschickt hat, um irgendetwas zu begreifen.«

Sie nickte nur und sagte nichts, aber ich wusste auch so, dass sie vermutlich der einzige Mensch war, der mich verstand.

»Ich bin mit der Rechtsmedizinerin zum Essen verabredet«, sagte sie. »Ich nehme mir ein Taxi. Soll ich dich irgendwo absetzen?«

Ich schaute sie entsetzt an.

»Gut.« Sie nickte wieder. »Klar kannst du mitkommen.

Wahrscheinlich geht es ja auch um deinen Bruder, und ein anständiges Mittagessen würde dir auch nicht schaden.«

Ich machte Anstalten, sie zu umarmen, unterließ es jedoch im letzten Moment.

»Mein Bruder«, sagte ich. »Er hat es sogar geschafft, mir den Ring zu stehlen, den Martin mir hinterlassen hat …«

Lena hatte ein Taxi herangewinkt.

Als wir im Fond saßen, griff ich tatsächlich nach ihrer Hand. »Ich habe einen Mann geliebt, der ein Mörder war und Kinder mochte.«

Sie sah mich an. »Es wird eine Erklärung geben. Dein Mann ist ein Verwundeter gewesen, der Tod seiner Mutter … Die meisten Menschen tragen ein Leben lang ihre Verwundungen mit sich herum. Ich werde nie aufhören, nach Simon zu lauschen, wenn ich nach Hause komme, und in meiner rechten Hand spüre ich seine, wie er sie umfasst hat, wenn wir aus dem Kindergarten zusammen nach Hause gegangen sind. Liebe und Vertrauen lagen in seiner Hand. Heute weiß ich, dass diese Momente mit meinem Kind die glücklichsten in meinem Leben waren.«

Ihre Worte schafften es, mich ein wenig zu trösten. Ein Kind … Darüber hatten Martin und ich zuletzt gestritten. Aber vielleicht war dieser Streit ja ganz sinnlos gewesen. Spürte eine Frau es, wenn sie schwanger war? Wie aus dem Nichts überkam mich Panik, Herzrasen und eine plötzliche Erkenntnis …

»Können wir bei einer Apotheke halten?«, fragte ich. Meine Stimme hatte an Festigkeit gewonnen.

»Was brauchst du?«, fragte Lena. »Kopfschmerztabletten? Etwas zum Schlafen?«

Ich ließ ihre Hand wieder los. »Einen Schwangerschaftstest – ich glaube, ich muss da ganz dringend etwas überprüfen.«

Sie zog die Augenbrauen in die Höhe, dann dirigierte sie den Fahrer zu einer Apotheke.

»Viel Glück!«, wünschte mir eine ältere Apothekerin, als sie mir den Test überreichte.

Ich nahm diesen Wunsch als gutes Omen.

Lena hatte im Taxi telefoniert. Sie legte hastig auf, als ich mich auf dem Rücksitz wieder neben sie schob.

»Glaubst du, du könntest schwanger sein? Ist dir morgens übel?«

Ich schüttelte den Kopf. Dann kam mir ein anderer Gedanke. Wenn ich tatsächlich ein Kind bekam – von wem war es? Nein, die Frage war eigentlich überflüssig. Es war von Chris, nicht von Martin, meinem toten Mann.

»Es wird falscher Alarm sein«, sagte ich. »Die Anspannung mit Martin, die Aufregungen der letzten Zeit …«

»Wann hätte deine Periode eintreten müssen?«, fragte Lena ganz sachlich.

»Vor anderthalb Wochen, aber ganz regelmäßig war mein Zyklus nie.«

Mein Smartphone klingelte, als wir vor einem Café auf der Aachener Straße bremsten.

»Heinrich Pflücken«, sagte Harry. »Ich glaube, so hieß der Mann, bei dem Martin als Pflegekind war. Diesen Namen hat er jedenfalls einmal erwähnt.«

»Hast du noch etwas von Martin?«, fragte ich. »Briefe, Fotos, alte Schulhefte?«

»Nein«, sagte er. »Ich muss Schluss machen. Ich bin gleich als Zeuge zu einer Gerichtsverhandlung geladen.«

Lena war schon ausgestiegen. Durch ein großes Fenster konnte ich die Rechtsmedizinerin sehen.

»Ich hoffe, dass ihr seinen Mörder findet«, sagte Harry, dann legte er auf.

Heinrich Pflücken – ich machte mir eine Notiz auf meinem Smartphone, damit ich den Namen nicht vergaß. Martin hatte diesen Namen niemals erwähnt. Da war ich mir sicher.

Margot Dreier, die Rechtsmedizinerin, umarmte mich, als wären wir alte Freundinnen. »Es gibt zu wenige Frauen auf der Welt, die solidarisch sind, die nicht sofort zu irgendwelchen Männer rennen, wenn es Probleme gibt«, sagte sie. Vor ihr stand ein Glas Rotwein, obschon eine große Standuhr im Café erst zwölf Uhr drei anzeigte. »Rotwein kann ich immer trinken, Schätzchen. Reinigt mich zu jeder Tages- und Nachtzeit.« Sie hatte meinen Blick bemerkt.

Ich bestellte mir ein Rindersteak, was die Rechtsmedizinerin wieder mit einem spöttischen Augenaufschlag quittierte.

»Es gibt tatsächlich noch Menschen, die Fleisch essen«, sagte sie an Lena gewandt.

»Sind wir hier, um über Essensgewohnheiten zu sprechen?« Nun begann mir das Gehabe der Rechtsmedizinerin auf die Nerven zu gehen.

Sie lächelte mich an. »Nein, natürlich nicht.« Sie wurde ernst und legte einige Kopien auf den Tisch. »Ich habe mir die Buchstaben noch einmal angesehen. Wir konnten auch die Schrift komplett rekonstruieren. Mit Schwarzlicht.« Sie legte vier DIN-A4-Blätter auf den Tisch.

Ich musste unwillkürlich schlucken. Es sah aus, als wären Buchstaben auf ein grobes Tuch gemalt worden, aber nein, es war kein Tuch, sondern die Haut meines toten Bruders.

»Das Wort, das da ...« – Margot Dreier zögerte – »... jemand aufgemalt hat, hieß Hosiner. Aber ich glaube kaum, dass es dein Bruder war. Da hat jemand von vorn, ganz frontal, die Buchstaben auf die Haut aufgetragen, ein Linkshänder vermutlich. Man kann sehen, wo er mit der Schrift angesetzt hat. So sauber hätte jemand, der sich selbst bemalt, es niemals hinbekommen.«

Stumm schauten wir uns die vier Fotos an. Die Aufnahmen waren unter Schwarzlicht gemacht worden. Ich konnte sehen, dass die Rechtsmedizinerin höchstwahrscheinlich recht hatte.

»Also hat Paul keine geheime Losung oder einen Namen aufgetragen, gewissermaßen als Rückversicherung«, sagte Lena. Enttäuscht blickte sie mich an.

Ich zuckte mit den Achseln. Mit einem Wort wie »Rückversicherung« hätte Paul niemals etwas anfangen können.

»Aber warum Hosiner?«, fragte sie weiter.

Unser Essen wurde von einer Kellnerin gebracht – zweimal Salat und ein Rindersteak mit Pommes frites.

Margot Dreier rümpfte die Nase. »Das mit dem Namen müsst ihr herausfinden«, sagte sie. »Ich werde das alles später ans LKA weitergeben. Pagel und euer Freund Reno Lehmann haben sich bei mir gemeldet.« Ihre Augenbrauen hoben sich. »Er hat mich ausdrücklich gewarnt, meine Frauenfreundschaft mit Hauptkommissarin Larcher nicht zu übertreiben.«

Lena sagte nichts. Sie hatte ihr Smartphone herausgeholt und den Namen gegoogelt. »Hosiner ist ein österreichischer Name«, sagte sie. »Es gibt einen Fußballspieler, der so heißt, und einen Typ hier in Köln, dem zwei Clubs gehört haben und der mal eine Art Drogenboss war, aber der sitzt im Gefängnis, wenn ich richtig informiert bin.«

Margot Dreier ließ sich ihren Salat schmecken – angebratene Pilze, Rucola, Tomaten, grüner Salat. Es duftete nach Curry.

»Also soll es um Drogen gehen. Genau wie die Schmierereien an der Wand in meinem Haus«, sagte ich. Dann biss ich in das Fleisch. Es schmeckte mir, und ich hätte beinahe laut geschmatzt, um die Rechtsmedizinerin zu ärgern.

Lena nickte. »Eine falsche Spur, wieder einmal. Da gibt sich jemand richtig viel Mühe, uns in Richtung Drogen abzulenken.«

»Harry hat mir eben noch einen anderen Namen genannt. Heinrich Pflücken – so hieß wohl der Mann, in dessen Familie Martin als Kind in Dortmund ein paar Wochen gelebt hat.«

Auch diesen Namen gab Lena bei Google ein, fand aber nichts.

»Wir werden nach Dortmund fahren müssen«, sagte sie. »Am besten mit deinem Auto … aber zuerst machst du deinen Schwangerschaftstest.«

34.

Als Kind hatte sie sich oft gewünscht, einen Bruder oder wenigstens eine kleine Schwester zu haben. Eine Zeitlang hatte sie sich sogar einen winzigen, für andere unsichtbaren Begleiter eingebildet, den sie Karlson genannt und mit dem sie abends im Bett die Dinge besprochen hatte, die am Tag geschehen waren. Nun war ihr Dorit zugelaufen – so kam es ihr jedenfalls vor, eine jüngere, nur auf den ersten Blick starke, unerschütterliche Schwester.

Lenas Zorn, dass man sie im Präsidium ausgebootet hatte, war verraucht und hatte sich in etwas anderes verwandelt: Sie verspürte ein Gefühl der Freiheit. Sie würde sich auf eigene Faust umsehen, abseits der Pfade, die das LKA und der Verfassungsschutz gingen.

Arne rief sie an, als Dorit sich mit ihrem Schwangerschaftstest auf die Toilette verzogen hatte. Sie hatte den Test in ihrem Haus machen wollen. »Nenne es Aberglauben«, hatte sie gesagt. »Aber ich kann mich nicht irgendwo anders hinsetzen und auf das Ergebnis warten.«

Das Haus machte einen trostlosen, verwüsteten Eindruck. Dorit hatte auch noch kein bisschen aufgeräumt. Das umgestürzte Regal, der kaputte Flachbildschirm, der hingesprühte Galgen mit dem Strichmännchen an der Wand, das rote »Fuck you Dealer Paul«. Dazu die Spuren, die die Kriminaltechniker hinterlassen hatten.

»Was machst du?«, fragte Arne.

»Ich warte«, sagte Lena. »Auf das Ergebnis des Schwangerschaftstests.« Sie musste unwillkürlich lächeln, als sie vernahm, wie Arne buchstäblich die Luft anhielt. »Ich bin bei Dorit im Haus. Sie ist vielleicht schwanger, die Arme!«

Erleichtert atmete er aus.

»Hat die Spurensicherung bei ihr eigentlich etwas herausgefunden?«, fragte sie.

»Lena, warum musst du immer eine Polizistin sein? Ich rufe an, weil ich mich mit dir verabreden wollte. Ich habe …« Er zögerte einen Moment, und sie war gespannt auf das Wort, das nun folgen musste. »Sehnsucht«, sagte er leiser und ein wenig verlegen. »Ich will dich sehen.«

Sehnsucht – ihr gefiel dieses Wort. Es war altmodisch und voller Tiefe.

Als sie etwas entgegnen wollte, stand Dorit in der Tür. Sie hielt einen schmalen weißen Plastikstab in die Höhe. Keine fünf Minuten hatte sie für den Test gebraucht. Lena meinte sich zu erinnern, dass es bei ihr damals viel länger gedauert hatte.

Dorit schaute sie mit starrer Miene an, dann nickte sie.

»Ich rufe nachher zurück«, sprach Lena in ihr Smartphone hinein. Sie nahm noch wahr, dass Arne etwas sagte – einen halben Satz, »Ich muss dich …« –, aber da hatte sie die Verbindung bereits weggedrückt.

Dorit hielt ihr den Test hin, ein Stück Plastik mit einem kleinen Display. »Ein Plus«, hauchte sie. »Ganz deutlich. Ich bin schwanger, verdammt.«

Einen Moment wusste Lena nicht, wie sie reagieren sollte. Sollte sie sich für Dorit freuen? Aber nein, so ein Wechselbad der Gefühle konnte eine Frau kaum aushalten.

»Was willst du nun tun?«, fragte sie stattdessen ganz nüchtern.

Dorit ließ sich auf einen Stuhl sinken. Ihr Blick irrte durch das Wohnzimmer, als suche sie etwas, das ihr Halt geben konnte. Schließlich blieben ihre Augen an dem Galgen an der Wand hängen.

»Ich kann mir gar nicht vorstellen, dass da wirklich ein Kind in mir heranwächst – nicht nach allem, was passiert ist.« Ihre Hand mit dem Plastikstab vollführte eine müde Bewegung. »Wie soll ich eine Frau mit einem Kind sein können, wenn ich mit meinen Gedanken ständig bei zwei Toten bin?«

Mitfühlend schaute Lena sie an. »Wir könnten spazieren gehen, unten am Rhein, oder wir fahren in den Königsforst. Manchmal tut es gut, schweigend durch einen Wald zu laufen.«

Dorit schüttelte den Kopf. Ihr Telefon klingelte. Sie holte es hervor, warf einen uninteressierten Blick darauf und steckte es wieder ein. »Wir müssen weitermachen. Ich will dieses Buch lesen. Ich will wissen, wer Martin wirklich war.« Sie erhob sich. »Solange ich das nicht weiß, kann ich kein Kind auf die Welt bringen.«

Dorit fuhr sehr langsam und überlegt. Lena hatte sogar die Ruhe, um ein paar Momente die Augen zu schließen. Dann sprach sie den Gedanken aus, der ihr unwillkürlich gekommen war.

»Das Kind ... ist es von deinem Mann?«

Die Frage erschreckte sie, kaum dass sie ausgesprochen war. Sie war zu groß und aufdringlich.

»Nein«, sagte Dorit fast gleichmütig. »Es ist von Chris, dem Producer, für den ich das Catering mache. Er ist ein echter Scheißkerl, aber wir fallen gelegentlich übereinander her.«

Lena öffnete die Augen wieder. »Wirst du es ihm sagen?«

»Ich weiß nicht.« Dorit bog von der Autobahn ab. Die weibliche Stimme des Navigationsgeräts wies ihnen den Weg. Sie hatten durch einen alten Telefonbucheintrag herausgefunden, dass es in Dortmund in der Wambeler Straße vor ein paar Jahren noch einen Kohlenhändler mit Namen Heinrich Pflücken gegeben hatte. »Chris wird mir sofort eine Menge Geld für eine Abtreibung anbieten.«

Unter einem grauen Februarhimmel war Dortmund eine unscheinbare, eintönige Stadt. Lena meinte sich zu erinnern, einmal wegen einer Tagung hier gewesen zu sein, aber das war Jahre her. Sie hatte ihr Telefon stummgeschaltet und sah, dass vier Anrufe eingegangen waren – zweimal ihr Vater, einmal Mona und dann auch Henning. Fast schien es, als würde sie im Präsidium gebraucht.

»Meine Mutter würde wahrscheinlich gerne noch ein Kind aufziehen«, sagte Dorit. »Bei Paul und mir hat Uta fast alles falsch gemacht. Nun würde sie mir beweisen wollen, wie es richtig geht.«

Die weibliche Computerstimme kündigte an, dass sie in hundert Meter ihr Ziel erreicht hatten. Eine schmale, einfache Wohnstraße. Mietshäuser aus den fünfziger oder sechziger Jahren, aber einigermaßen geschmackvoll renoviert. Ein paar kahle Straßenbäume, geparkte Autos der Mittelklasse. Sie passierten eine hell erleuchtete Bäckerei. Nirgends ein Kohlenhändler.

Dorit bremste ab. Dann parkte sie ein. »Die Kohlenhandlung gibt es nicht mehr, aber vielleicht wohnt die Familie noch da.«

Lena stieg aus. In dem alten Eintrag war nur die Straße, aber keine Hausnummer genannt worden. Sie würden sich die ganze Straße, die aber nur ein paar Hundert Meter lang war, ansehen müssen.

Sie verteilten sich, Dorit nahm den rechten Gehweg, Lena den linken.

Auf keinem Klingelschild tauchte der Name Pflücken auf. Schließlich gingen sie in die Bäckerei. Lena überließ es Dorit nachzufragen.

Die Frau hinter der Theke mochte fast siebzig sein. Sie war klein und hatte die grauen Haare hochgebunden. Ihr Mund war grellrot geschminkt, unter dem Kinn, an dem faltigen Hals hing eine Perlenkette.

»Wir suchen jemanden, der einmal in der Wambeler Straße gewohnt haben soll – einen Mann namens Heinrich Pflücken«, sagte Dorit.

Die Frau musterte sie argwöhnisch. »Die Pflückens wohnen schon lange nicht mehr hier«, entgegnete sie. »Die Marga ist gestorben – und Heinrich …« Sie machte eine fahrige Handbewegung. »Ist durch den Wind, falls Sie verstehen, was ich meine.«

»Er ist verwirrt?«, fragte Dorit nach.

»Alzheimer – aber hundert Prozent«, sagte die Frau.

»Wissen Sie, wo wir ihn finden können?«

Die Frau seufzte. »Der arme Kerl sitzt in Dorstfeld im Vincenz-Haus. Da hockt er und guckt den ganzen Tag aus dem Fenster. Kann man sich jeden Besuch sparen.«

»Er war Kohlenhändler, nicht wahr?« Lena mischte sich nun doch in das Gespräch ein.

Die Frau nickte. »Aber warum fragen Sie das alles?«

»Gibt es Angehörige? Kinder vielleicht?«

»Hören Sie!« Nun wurde die Frau ungeduldig. »Ich bin hier nicht die Auskunft. Fragen Sie in dem Heim nach, wenn Sie mehr wissen wollen.«

Das Altenheim in Dorstfeld war ein lang gestrecktes weißes Gebäude, das ein wenig abseits der Straße lag. Lena beschloss, sich auszuweisen und ihrem Besuch gleich einen offiziellen Anstrich zu geben. Eine junge Frau mit einem grün gefärbten Schopf, die ungewöhnlich schrill und hektisch sprach, führte sie zu einem Zimmer in der dritten Etage.

»Unsere Demenzstation«, sagte sie. »Herr Pflücken gehört aber zu den Ruhigen, die uns kaum Probleme machen.« Dann nickte sie – zum Zeichen, dass Dorit und Lena eintreten durften.

Das Zimmer sah aus wie ein Pensionszimmer der Mittelklasse – hellbraune Holzmöbel, dunkler Laminatboden und zwei Fenster, vor denen weiße Gardinen hingen. Ein mulmiges Gefühl beschlich Lena. Würde ihr Vater bald auch in so einem Zimmer sitzen – nicht dement, aber so gut wie blind? Dann fiel ihr die Frau ein, mit der er zusammengesessen hatte.

Vater, würde sie ihn fragen müssen, hast du eine Geliebte, die ungefähr so alt ist wie ich?

Dorit missverstand ihr Zögern und schaute sie fragend an, während sie endlich die Tür schloss. Die Pflegerin war nicht mitgekommen.

Der Geruch von Schweiß und durchgelaufenen Schuhen passte nicht in ein Pensionszimmer – und der Mann auch nicht, der auf der Bettkante saß, als hätte er eben aufstehen wollen. Heinrich Pflücken sah nicht wie ein Kohlenhändler aus, eher wie ein Philosoph mit langen grauen Haaren, die er nach hinten gekämmt trug und die ihm bis auf die Schultern fielen. Seine großen, geäderten Hände umklammerten die Bettkante, sein Blick war auf ein Bild an der Wand gerichtet: eine Schwarz-Weiß-Zeichnung, die einen Vogel mit ausgebreiteten Flügeln zeigte, der auf einem kleinen Hügel stand. Das Bild war kein Kunstwerk, verriet aber ein gewisses Talent.

»Herr Pflücken?« Lena versuchte, in das Blickfeld des Mannes zu geraten, um sich bemerkbar zu machen, denn offenbar hatte er seinen Besuch noch nicht registriert.

Heinrich Pflücken hob eine Hand. »Psscht!«, zischte er dann. »Du störst den Vogel. Wird er gleich fliegen? Was meinst du?«

Die Stimme klang ruhig und vollkommen vernünftig. Pflücken glaubte tatsächlich, der Vogel könne jeden Moment abheben.

»Herr Pflücken?«, versuchte Lena es ein zweites Mal.

Nun wandte Pflücken den Kopf. Seine Miene drückte Ärger aus. »Marga«, sagte er streng. »Du verscheuchst ihn noch – und dann ist er für immer weg.«

Er drehte den Kopf wieder, seine Augen starr auf den Vogel gerichtet.

Lena erkannte, dass er einen Bademantel trug, seine blassen Beine kamen zum Vorschein. Sie hörte, wie Dorit seufzte. Die Frau in der Bäckerei hatte recht gehabt. Hier war nicht viel in

Erfahrung zu bringen. Eher müssten sie das Pflegepersonal fragen, ob der alte Herr Besuch bekam.

Lena trat einen Schritt näher heran. »Herr Pflücken, sagt Ihnen der Name Matthias Auer etwas? Das war ein Junge, den Sie einmal bei sich aufgenommen haben.« Sie war überlegt genug, den Namen zu nennen, den Zeiner damals noch getragen hatte.

Pflücken starrte weiter den Vogel an. Sein Atem ging stoßweise, so aufgeregt wartete er darauf, dass auf dem Bild etwas geschah.

»Lena«, sagte Dorit, »das hat keinen Zweck.«

Plötzlich drehte der Alte sich um. »Marga, ich bin müde«, sagte er und ließ sich auf sein Bett sinken. Er schloss die Augen und atmete tief ein und aus. Nun sah man an seinen knochigen Gesichtszügen, dass er steinalt sein musste.

»Gehen wir«, sagte Dorit. »Hier vertun wir unsere Zeit.«

Lena nickte. Dann fiel ihr Blick auf die Bilder auf dem Nachttisch auf der anderen Seite des Bettes. Drei Fotos in Holzrahmen. Das erste zeigte eine Frau und einen Mann. Es war schwarz-weiß und mochte fünfzig Jahre oder älter sein. In den Zügen des Mannes konnte man den jungen Heinrich Pflücken erahnen. Ein Hochzeitsbild vermutlich. Auf dem zweiten Bild war ein Mann hinter dem Steuer eines altmodischen Lastwagens mit der Aufschrift »Kohlenhandlung Pflücken – wir kommen sofort« zu sehen. Beim dritten Bild hielt Lena erstaunt inne. Ein etwa dreißigjähriger Mann stand neben einer Staffelei. Er war dandyhaft ganz in Weiß gekleidet und trug einen Strohhut, der sein halbes Gesicht bedeckte. Trotzdem erkannte sie ihn. Vor zwei Tagen erst war sie ihm begegnet: Es war Richard Morlau, der Kunsthändler.

»Was ist?«, fragte Dorit, während Lena ihr Smartphone herausnahm und das Bild fotografierte.

»Kennst du diesen Mann?«, fragte Lena und deutete auf die Fotografie.

»Nein, nie gesehen«, erwiderte Dorit.

Heinrich Pflücken war eingeschlafen. Er schnarchte nun laut mit offenem Mund.

»Er heißt Richard Morlau und ist Kunsthändler in Köln«, sagte Lena. »Vor ein paar Tagen bin ich ihm bei anderen Ermittlungen …« – Sie verstummte kurz – »… begegnet.«

Ihr Smartphone vibrierte. Zuerst hörte sie nur ein Rauschen in der Leitung. Dann eine zaghafte Stimme. »Can you come?«, fragte Rashmi. »As soon as possible? My mother has died this morning.«

35.

Lena glaubte eine Spur zu haben – diesen Morlau, den ich nicht kannte und der offenbar Pflückens Sohn war, wie man uns in dem Altenheim mitteilte. Er bezahlte zwar das Altenheim, kam aber nie zu Besuch – weder zu Festtagen noch zum Geburtstag des Alten.

Als wir zurückfuhren, fiel Lena in ein tiefes Schweigen. Das Telefonat hatte sie zum Verstummen gebracht, und mir war plötzlich übel.

Dieses Kind in mir – ich hatte es nicht gespürt, aber nun, weil ich wusste, dass es da war, ergriff es von mir Besitz. An einer Raststätte musste ich anhalten und mich übergeben. Ich fror, meine Zähne klapperten aufeinander.

»Ich werde es wegmachen lassen«, sagte ich zu Lena. »Am liebsten heute noch.«

»Überlege es dir.«

Ich wusste, dass sie an ihr eigenes Kind dachte. Wenn Uta von meinem Kind erfuhr, würde sie mich Tag und Nacht bequatschen. Sie würde bei mir einziehen, meine Hand halten, bei der Geburt neben mir sitzen … und Chris … dieser Scheißkerl würde mir einen Luxusurlaub in einer Abtreibungsklinik bezahlen. Ein Kind war in seinem Lebensplan nicht vorgesehen.

Als ich Lena an einem Supermarkt in der Nähe ihrer Wohnung absetzte, atmete sie erleichtert auf. Ich konnte es sehen. Ich hatte sie über Gebühr beansprucht. Sie war nicht meine Freundin, auch wenn ich gelegentlich so getan hatte. Wir kannten uns nicht einmal eine Woche.

Ich sah Reno Lehmann und Pagel unter einer Laterne vor ihrer Tür stehen, als ich vorbeifuhr. Sollte ich Lena warnen?

Ich könnte das Kind als Martins ausgeben – nicht nur vor meiner Mutter und allen anderen, sondern auch vor mir selbst. Jeder Mensch konnte sich selbst belügen, konnte sich etwas einreden. Niemand wusste, dass Martin und ich schon seit Monaten nicht mehr miteinander geschlafen hatten.

Als ich mein Haus in Longerich erreicht hatte, klingelte mein Telefon. Es war mittlerweile achtzehn Uhr und fast stockdunkel. Ich blickte flüchtig auf das Display. Eigentlich gab es niemanden, mit dem ich nun sprechen wollte, abgesehen von Martin und Paul.

Eine unbekannte Nummer.

»He, Tessa«, sagte Max. »Hast du nicht klettern wollen? Wie sieht es heute Abend aus – ganz spät hätte ich noch einen Termin frei.«

Durfte man mit einem Kind im Bauch klettern? Dann kam mir ein anderer Gedanke. Wenn ich mich fallen ließ, ganz tief in eine Wand hinein, könnte dann das Kind verschwinden, aus mir herausgleiten und sich gewissermaßen in Luft auflösen?

»Max«, sagte ich, »klar, will ich klettern, doch heute bin ich unterwegs. Morgen … hast du auch morgen Zeit?«

Er seufzte, als bereitete ich ihm plötzlich Kummer, und antwortete nicht sofort. Offenbar musste er in seinem Terminkalender nachschauen.

»Morgen Abend um neun – wie wäre es dann? Da haben wir die ganze Halle für uns.«

»Perfekt«, sagte ich, und im nächsten Augenblick wurde meine Autotür aufgerissen.

Holger starrte mich an, dann beugte er sich vor, um mich zu berühren.

»Was willst du?«, zischte ich, während ich Max wegdrückte. »Wenn du mir auch nur den kleinen Finger auf die Schulter legst, hast du ein Messer im Bauch.«

Er wich entsetzt zurück. Seine blauen Augen funkelten mich an. »Dorit«, sagte er. »Ich musste dich sehen.«

Langsam stieg ich aus. Holger folgte mir. Du Scheißkerl, hätte ich ihn beinahe angeschrien, kannst du riechen, dass ich wieder schwanger bin? Du bist ja so etwas wie ein Abtreibungsexperte. Ich dachte an Raphaela, das Kind, das mir damals in einer Arztpraxis in Ossendorf aus meinem Körper gerissen worden war.

»Dorit«, sagte er flehend. »Es tut mir leid …«

Ich schloss die Haustür auf und ließ auch ihn eintreten.

»Ich habe oft an dich gedacht. Unsere Sache damals …«

Ich drehte mich um. »Ein Wort noch über damals und du findest dich wirklich im Krankenhaus wieder.«

»Paul war sehr froh, dass du seine Schwester bist … warst«, fuhr er fort. »Er hat sich so gefreut, dich wiederzusehen …« Seine letzten Worte verwehten hinter mir.

Ich ging in die Küche und ließ mich auf einen Stuhl sinken. Selbst hier hatte die Spurensicherung herumgepinselt, an den Schränken klebten Spuren des dunklen Pulvers, das sie verwendet hatten, um Fingerabdrücke sichtbar zu machen. In das Wohnzimmer mit dem Galgen an der Wand wollte ich nie wieder gehen. Dieses Haus war nicht mehr mein Zuhause – es war ein kalter, fremder Raum geworden.

»Du könntest mir einen Gefallen tun«, sagte ich. »Steck das Haus so in Brand, dass nichts übrig bleibt und mir die Versicherung eine halbe Million für die Ruine gibt.«

Er verzog das Gesicht. »Ich kann mir denken, wie du dich fühlst.«

Nein, das konnte er natürlich nicht. Ich wusste ja nicht einmal selbst, wie ich mich fühlte. Im einen Moment kamen mir die Tränen, im nächsten spürte ich eine schier grenzenlose Wut in mir – auf Martin, auf mich selbst, auf die ganze Welt.

Doch nun war ich schwanger. Ich schaltete das grelle Deckenlicht aus. Nur über dem Herd brannte eine Lampe.

Holger saß als dickes Kind vor mir, ein leicht verfetteter Mann, der aus dem Nichts herangespült worden war.

Mein Schweigen war ihm unbehaglich. Ich konnte sehen, wie ihm der Schweiß ausbrach.

»Paul und ich«, begann er, »… wir waren wirklich Freunde gewesen, und nun war er wieder da, und er hatte so viele Pläne. Wir wollten einen Musikclub aufmachen, etwas ganz Besonderes in die Welt bringen. Deswegen ist er losgezogen. Er würde fünfzigtausend Euro auftreiben, mindestens. Der, um den es ging, würde ihm das Geld geben. Da war er ganz sicher.«

»Paul ist umgebracht worden«, sagte ich. Für einen Moment war ich versucht, von meinem Kind zu sprechen. Wie sollte ich es alleine aufziehen? In diesem Haus, als eine Frau, die ein Filmcatering betrieb, das so gut wie nichts abwarf?

»Ja«, sagte Holger, »ich mache mir auch Vorwürfe. Ich hätte nachfragen müssen, stattdessen habe ich gemeint: Geil, wir werden diese ganze Stadt mit unserem Club rocken.«

Ich sah Holger an. Für eine Sekunde war er wieder der träumerische Junge, der mich vor über zwanzig Jahren geschwängert hatte. Es gab solche Männer, die niemals erwachsen wurden, auch wenn sie einen Bauch bekamen und ihre Haare immer grauer wurden.

»Ich muss zwei Beerdigungen organisieren«, sagte ich, obschon es nicht stimmte. Um Pauls Bestattung würden Uta und der Pfaffe sich kümmern.

Holger sah auf seine Hände.

»Hat Paul etwas gesagt? Zu wem er gehen wollte?«

Holger blickte auf. Seine Augen schienen an mir auf und ab zu gleiten. Ich starrte ihn unfreundlich an. Er sollte nicht glauben, mir jetzt ein Kompliment machen zu müssen – dass ich immer noch gut aussah, dass er mich vermisst hatte in all den Jahren.

»Nein«, sagte er, »Paul war euphorisch. Er war sich seiner Sache so sicher, dass Geld schon am Abend zu kriegen.«

Ein Auto fuhr mit heulendem Motor draußen vorbei. Schon dieser harmlose Lärm ließ mich zusammenzucken. Ich würde in diesem Haus nicht bleiben können.

»Ich habe deinen Mann einmal getroffen«, sprach Holger weiter. »Vor etwa drei Wochen bei Kofler. Ich bin mir sicher. Ich habe ihn auf einem Bild in der Zeitung wiedererkannt.«

Ich brauchte ein paar Sekunden, um zu begreifen, dass nun Martin gemeint war.

»Wer ist Kofler?«, fragte ich und dachte an einen Arzt, einen Psychologen vielleicht.

»Kofler hat eine Bar im Belgischen Viertel, ein wenig nostalgisch, im Style der siebziger Jahre. Und zu Kofler geht man, wenn man einen guten Rat oder eine Waffe braucht.«

Ich hockte mich zwischen die Engel aus Stahl. Irgendetwas von Martin musste hier noch gegenwärtig sein. Seine Seele? Seine letzten flirrenden Gedanken? Mit Mühe hatte ich Holger aus dem Haus bekommen. Er hatte über Nacht bleiben wollen, mir helfen, Pauls Mörder an die Wand zu nageln. Ja, genau so hatte er sich ausgedrückt, als wäre er ein Privatdetektiv.

Die Engel standen nur da und schwiegen mich an. Ich hatte eine Kerze angezündet. Hier in diesem Raum, wegen der Fotos, die ich gefunden hatte, hatte alles begonnen. Plötzlich begriff ich, dass Martin gewollt hatte, dass ich die Bilder fand. Er hatte sein Leben ändern wollen – heraus aus der Heimlichkeit, aus dem Versteckspiel, das er sogar vor mir, seiner Frau, spielen musste. Er war Auftragsmörder, er sah sich gerne Kinder an, er hatte ein Konto in der Schweiz, er war nie der gewesen, der er hätte sein wollen.

Und war das Buch, von dem ich annahm, dass es alles erklären würde, ebenfalls hier versteckt gewesen? Möglicherweise hatte Martin es mir auch in die Hände spielen wollen, und ich hatte es übersehen.

Traurigkeit befiel mich. Ich hielt mein Smartphone in der Hand. Drei Anrufe von Uta hatte ich ignoriert. Sollte ich

Chris anrufen, ihm die frohe Botschaft verkünden? He, Chris, große Freude, wir werden Eltern, du und ich.

Er hätte mich zuerst ausgelacht und dann einen Schlachtplan entworfen, wie wir das Kind am besten loswerden konnten.

Es war fast schon Mitternacht, als ich mich von den Engeln losreißen konnte. Vielleicht sollte ich etwas anderes tun, sagte ich mir. Kofler – er konnte mir vielleicht sagen, was Martin mit einer Waffe vorgehabt hatte.

36.

Lena hatte sich eine Flasche Wein gekauft und einen abgepackten Salat. Sie musste nachdenken. Rashmi wollte, dass sie nach Sri Lanka kam, doch nun hatte sie ihre erste richtige Spur. Bei Morlau liefen ein paar Dinge zusammen – er hatte Martin Zeiner gekannt, und er war der Mentor von Vincent Schneider gewesen.

Die zwei Männer vor ihrer Tür bemerkte sie erst, als sie schon ihren Hausschlüssel herausholen wollte. Reno Lehmann und Pagel. Hastig wandte sie sich ab und wechselte die Straßenseite. Die beiden hatten offenbar begriffen, dass sie sich Lenas Wohnung ansehen sollten – in Martin Zeiners Zimmer fehlten einfach zu viele Dinge. Der Gedanke, dass Lehmann auf den Aufnahmen aus der düsteren Kirche zu sehen war, ließ sie nicht los. Sie sollte Erkundigungen über ihn einziehen. Was tat er beim Verfassungsschutz? Gab es andere ungeklärte Todesfälle von Mitarbeitern des Dienstes?

Auf der Neußer Straße hielt sie ein Taxi an. Es war kurz nach neunzehn Uhr.

»Wann genau ist eigentlich Karneval?«, fragte sie den Fahrer, einen älteren Mann mit einem grauen Zopf.

Er blickte über die Schulter zu ihr. »Mädchen«, sagte er auf Kölsch, »das weißt du nicht? In zwei Wochen – spät dieses Jahr.«

Sie bedankte sich mit einer Handbewegung, dann drückte sie nach einem kurzen Zögern eine eingespeicherte Nummer.

Wahrscheinlich war er unterwegs, spielte irgendwo, doch nein, Farkas nahm sofort ab.

»Lena«, sagte er überrascht, »was kann ich für dich tun?«

»Du hast kein Konzert?«, fragte sie.

Er lachte. »Ich mache mich dieses Jahr rar – nur ein paar Auftritte. Ich schreibe an einem Musical. Ein Mann, der einer Frau hinterherläuft – sie ist Detektivin, will einen Mordfall aufklären. Gemeinsam steigen sie in die Unterwelt hinab.« Er lachte erneut, und sie hatte keine Ahnung, ob er ernst meinte, was er sagte. Vermutlich nicht.

»Können wir uns sehen?«, fragte sie. »Ich bin eine Detektivin und benötige eine Auskunft von dir.«

»Ich bin in meiner Wohnung«, sagte er. »Du weißt ja – Rheinauhafen, Blick auf das Wasser, und ein Klavier habe ich auch …«

»Nein«, unterbrach sie ihn schnell. »Können wir uns im Römerpark treffen? In einer halben Stunde.«

»Gut«, sagte er, »obwohl es dort natürlich viel zu kalt ist.«

Farkas ließ sie eine Viertelstunde warten. Dafür hatte er eine Flasche Crémant in der Hand.

Sie hatte in der Zwischenzeit einiges über Richard Morlau gegoogelt. Morlau war sechsundvierzig Jahre alt. Mit Ende zwanzig hatte er Ines Morlau geheiratet. Er hatte nicht nur ihren Namen angenommen, sondern war auch in das Kunst- und Auktionshaus ihres Vaters eingestiegen, das seit 1953 bestand. Aus einer drittklassigen Adresse hatte er in den letzten zehn Jahren das erste Haus für moderne Kunst im Rheinland gemacht. Mittlerweile war er mit einer Dependance sogar in Berlin und Zürich vertreten.

Farkas umarmte sie. »Ich bin ein wenig beleidigt«, sagte er, »dass du meine kleine kuschelige Wohnung verschmähst. Und dass du gestern nicht zu meinem Konzert gekommen bist.« Dann zog er zwei Gläser aus den Taschen seines teuren Ledermantels hervor und platzierte sie auf die Bank neben sie.

»Ich bin nicht hier, um mit dir zu trinken«, sagte Lena ernst. »Ich brauche eine Auskunft – über Ines und Richard Morlau.«

Ungerührt, als hätte sie nichts gesagt, öffnete Farkas die

Flasche. Das kurze Plopp, als der Korken hervorkam, brachte ihn zum Lächeln. Er schenkte ein und reichte ihr ein Glas. Sie musste zugeben, dass er ihr gefiel. Seine langen braunen Haare, die ebenmäßigen Gesichtszüge mit den Falten an den richtigen Stellen, seine Hände … aber dann dachte sie an Arne, der in Nippes in seiner kargen ungemütlichen Wohnung auf ihren Anruf wartete.

»Ich mag unkonventionelle Frauen«, sagte Farkas. »Und dich mag ich ganz besonders.«

Sie stießen an und nippten an dem Crémant.

»Warum fragst du nach den Morlaus?« Farkas setzte sich neben sie.

In fünfzig Metern Entfernung lief jemand mit einem Hund durch den Park. Ein rotes Leuchten an seinem Halsband verriet, wohin der Hund sich wendete. Hund und Herr kamen jedoch nicht näher.

»Was ist mit Ines Morlau passiert?« Lena stellte das Glas zu ihren Füßen ab. »Sie war eine bekannte Sängerin, wenn ich mich recht erinnere, doch dann, vor sechs Jahren verschwand sie von der Bildfläche. Warum?«

»Ich hatte gewisse Hoffnungen«, entgegnete Farkas, »dass wir wieder zusammenkommen, richtig zusammenkommen, wenn du verstehst, was ich meine. Ich weiß, dass du auch mir die Schuld an dem Unfall gibst, aber … Die Zeit vergeht. Wir müssen alle weiterleben.«

Sie war drauf und dran, ihn anzuschreien, dass er nicht von dem Unfall reden sollte. Das alles ging ihn gar nichts an. Stattdessen sagte sie: »Es gibt einen anderen Mann in meinem Leben, aber darum bin ich auch nicht gekommen. Was ist mit Ines Morlau passiert?«

Farkas trank sein Glas in einem Zug aus, dann füllte er sich nach. »Ines hat Depressionen. Darum tritt sie nicht mehr auf. Sie war ein halbes Jahr in einer Klinik. Jetzt verbringt sie die meiste Zeit in ihrem Haus am Rursee. Niemand weiß etwas Genaues. Sie wollte ein Kind, sie hat Eheprobleme. Richard …

Nun, er ist kein Kostverächter. Außerdem hatte ihr Vater einen Schlaganfall. Der alte Morlau lebt in einer Seniorenresidenz am Dom. Du siehst: alles Topgründe für eine handfeste Depression.«

»Ich erinnere mich an eine blonde lebenslustige Frau, die jeden Saal zum Kochen brachte«, sagte Lena.

»Ja, das war einmal.« Farkas blickte sie an. Nun, in dem wenigen Licht, das von einer Laterne herüberfiel, wirkten seine Augen wie erloschen. Er hatte sich tatsächlich Hoffnungen gemacht, begriff sie.

»Wer ist dieser Mann?«, fragte er.

»Ein Kollege«, erwiderte sie. Dann erhob sie sich. »Hast du eine Telefonnummer von Ines Morlau? Ich würde mich gerne mit ihr treffen.«

»Könnte sein.« Farkas holte sein Smartphone hervor. »Wann willst du sie treffen?«

»Jetzt«, sagte Lena. »So schnell es geht.«

»Sie mochte mich nicht besonders«, sagte Farkas, während er durch sein Telefonverzeichnis scrollte. »Sie hat immer gemeint, ich würde mich für was Besseres als einen Karnevalssänger halten.«

Da hat sie doch recht gehabt, dachte Lena.

»Hier ist die Nummer.« Er hielt ihr sein Smartphone hin. »Ich habe aber sicher seit zwei Jahren kein Wort mehr mit Ines gewechselt.«

»Ruf sie an«, sagte Lena.

Farkas musste all seine Überredungskunst aufwenden, damit Ines Morlau in ein Treffen einwilligte. Aber nicht sofort, sondern erst am nächsten Tag. Um dreizehn Uhr im Restaurant im Hyatt. Auftreten würde sie jedoch nie wieder und mit ihm schon mal gar nicht, damit er es gleich wisse.

»Was bekomme ich für diesen Anruf?«, fragte Farkas, als er das Telefonat beendet hatte und sie in Richtung Ubierring gingen.

»Nichts«, sagte Lena.

Die halb volle Flasche und die Gläser hatte er stehen gelassen.

»Ich finde, dass das Schicksal es besser mit uns hätte meinen sollen«, sagte Farkas, dann bog er mit einem kurzen Gruß in eine Nebenstraße ab.

Lena fühlte sich erleichtert. Dass sie bedrängt wurde, war sie von David Bauer gewöhnt, nicht jedoch von dem erfolgreichen, gut aussehenden Sänger Adrian Farkas.

Rashmi hatte ihr drei Nachrichten gesimst. Als sie ihn anrufen wollte, nahm er nicht ab. In Sri Lanka war es nun kurz vor Mitternacht. Auch ihr Vater ging nicht ans Telefon.

Sie winkte ein Taxi heran und war zwanzig Minuten später im Präsidium. Sie schaffte es, ungesehen auf ihre Etage zu gelangen. Auf ihrem Gang herrschte Dunkelheit. Es war Samstag. Henning und Mona und die Kollegen vom Einbruchdezernat waren alle bereits nach Hause gegangen. Würde jemand bemerken, dass sie sich ins System eingeloggt hatte? Nein, wohl nicht – und wenn, war es Mona, die nichts verraten würde.

Gegen Richard Morlau lag nichts vor. Das hatte sie schon einmal gecheckt. Keine Unregelmäßigkeiten, eine blütenreine Weste. Auch Ines Morlau war nicht straffällig geworden, sie hatte lediglich einmal ihren Führerschein wegen zu schnellen Fahrens verloren. Ihr Vater jedoch, Kurt Morlau, hatte mehrmals vor Gericht gestanden – wegen Urkundenfälschung, Hehlerei und Insolvenzverschleppung, aber das lag alles lange zurück und hätte eigentlich auch gelöscht werden müssen. Der Schwiegersohn hatte die Firma gerettet, ganz eindeutig. Ohne den Sohn des Kohlenhändlers Heinrich Pflücken aus Dortmund würde das Kunsthaus Morlau und Cie höchstwahrscheinlich nicht mehr existieren.

Als die Tür geöffnet wurde, brachte Lena es in der letzten Sekunde fertig, sich aus INPOL auszuklicken. Sie habe etwas vergessen, ihre Zweitschlüssel, die sie nun brauche, hatte sie sich als Erklärung überlegt. Natürlich war das viel zu dürftig, wenn man sie an ihrem Computer erwischte. Aber nicht Bong oder Henning stand in der Tür, sondern Arne Blumfeld.

»Ich habe gewusst, dass du kommen würdest«, sagte er und klang beinahe enttäuscht. »Was bist du nur für eine Polizistin! Man jagt dich vor die Tür, aber du schleichst dich durch den Hintereingang wieder herein. Was hast du gesucht?«

»Ich habe etwas vergessen«, erklärte sie vage und schuldbewusst. »Und jetzt hätte ich dich angerufen, um dich zu fragen, ob du noch ein Glas Wein mit mir trinken willst.«

Er kam näher. Sie fragte ihn nicht, was er um diese Zeit hier gemacht hatte. Sie roch sein Rasierwasser, als er sich über sie beugte und sie auf den Mund küsste.

»Es gefällt mir auch, wie du bist, wenn man dich bei etwas ertappt – ein wenig unsicher und verlegen, aber ich bin sicher, das gibt sich gleich wieder.«

Nachdem sie sich geliebt hatten, konnte Lena nicht einschlafen. Es war, als schwebe irgendetwas über ihr, das sie anstarrte. Ja, als blicke Robert auf sie herab. Waren das die Reste eines Kinderglaubens? Die Toten waren gar nicht tot, sondern verfolgten vom Himmel aus alles, was die Lebenden taten?

Arne schlief neben ihr. Das einzige Licht, das von draußen hereindrang, fiel auf die elektrische Gitarre mitten im Zimmer. Er hatte sogar für sie gespielt – ein paar Akkorde. Das Liebeslied, das er für seine ehemalige Freundin komponiert hatte, doch ohne Text. So weit sind wir noch nicht, hatte er gesagt.

Eigentlich hatten sie auch nur nebeneinander liegen wollen, freundschaftlich, Wärme austauschen, einschlafend ein paar Worte hauchen, doch dann hatte sie begonnen. Ihre Hand war unter sein T-Shirt geglitten, über das sie sich zuvor lustig gemacht hatte: ein Totenkopf und die Aufschrift »St. Pauli«.

Arne hatte die Zärtlichkeiten sofort erwidert. Er hatte sie aufs Ohr geküsst und »Bella« geflüstert. Für einen Moment war sie erstarrt. Auch Robert hatte sie manchmal so genannt.

Die Zeit der Trauer war endgültig zu Ende, begriff sie, und das Schicksal hatte ihr tatsächlich einen anderen Mann vor die Tür gestellt, mit dem sie glücklich werden könnte.

Gegen sieben Uhr erwachte sie, weil ihr Smartphone vibrierte. Sie war sofort hellwach. Dorit, fiel ihr ein. War wieder etwas passiert? Arne hatte ihr am Abend kurz berichtet, dass ihr Bruder Paul Drogen gekauft hatte – eine Überwachungskamera hatte ihn am Ebertplatz aufgenommen. Seinen Weg durch die Stadt hatte man aber noch nicht rekonstruieren können.

»Could you come?«, fragte eine zarte Jungenstimme. »My Grandma and my Grandpa are here, but they are so sad and no help at all.«

»Rashmi.« Sie sprang aus dem Bett. Ihr schlechtes Gewissen meldete sich. An Roberts Sohn hatte sie gar nicht mehr gedacht. »Yes, I will come. I promise, but give me two days. I have to prepare a few things.«

37.

Die Bar hieß tatsächlich »Koflers« – fette, rote Neonlettern über einer breiten roten Holztür. Schwangere sollten keinen Alkohol trinken, aber musste ich mir deswegen nur einen Fruchtcocktail gönnen? Ich sagte mir: Scheiß drauf, das Kind ist noch sehr klein, eigentlich nicht mehr als ein Floh im Bauch. Also bestellte ich einmal Sex on The Beach. Der Kellner war eindeutig schwul, ein schöner gepflegter Mann mit tiefschwarzen Haaren. Nur der vordere Schopf, der ihm aufreizend in die Stirn hing, war blond gefärbt.

»Ich muss Kofler sprechen«, sagte ich zu ihm, als er mir den Cocktail brachte.

»Warum?«, fragte er und lächelte mich an.

»Darum«, sagte ich. »Privatsache.«

Er deutete mit dem Daumen zu Bar. Da im Zwielicht saßen drei Männer und eine Frau, dahinter stand ein Mann mit zurückgekämmten Haaren und grauen Bartstoppeln. Kofler. Er mochte ungefähr ein Meter neunzig groß und Ende vierzig sein.

Der Rest der Bar war gut gefüllt. Ich war die einzige Person, die allein an einem Tischchen saß.

Ich starrte zu Kofler hinüber und bemerkte, wie mein schwuler Kellner ihm im Vorbeigehen etwas zuflüsterte. Kofler zeigte keine Regung, er schaute mich nicht einmal an.

Ich probierte den Drink. Dann nahm ich das Glas und ging zur Bar. »Warum ist der Cocktail lauwarm?«, fragte ich und sah Kofler an. Er lächelte. Seine Zähne funkelten im Licht. Er hatte mein Spiel sofort durchschaut.

»Ist nicht lauwarm, sondern genau so, wie er sein soll. Und wenn der Drink nicht behagt – es gibt noch andere Bars. Ich helfe da mit einem Tipp gerne weiter.« Er hatte eine weiche Stimme und antwortete kein bisschen aufgeregt.

»Vielleicht bin ich ja eine geheime Gastronomiekritikerin. Oder ich komme von irgendeinem Amt.« Zum Glück hatte ich meine große Klappe wiedergefunden.

»Ja, vielleicht«, sagte er. »Vielleicht aber auch nicht.« Er nickte mir lächelnd zu. »Nimm deinen Drink«, sagte er dann. »Oder gehe dahin, wo du herkommst.«

»Ich muss etwas wissen«, sagte ich. Aus den Augenwinkeln beobachtete ich, dass uns niemand, der an der Bar saß, zuhörte. Die schrecklichen Technoklänge waren ohnehin zu laut. »Mein Mann war hier – Martin Zeiner. Er wollte etwas von dir, und nun ist er tot.«

Kofler rieb sich die Hände. »Ich kenne deinen Mann nicht, und nun verschwinde.« Sein Gesicht legte sich in Falten. Sein Ärger war nicht mehr gespielt.

Ich wusste immer, wann meine Chancen sanken – und nun waren sie rapide in den Keller gegangen.

Der Drink schmeckte vorzüglich, und beinahe hätte ich noch einen bestellt, wenn nicht dieser Jüngling, den ich zuvor nicht bemerkt hatte, an meinen Tisch gekommen wäre.

»So allein?«, fragte er.

Ich rollte mit den Augen. Das »Verpiss dich!«, das mir auf den Lippen lag, unterdrückte ich im letzten Moment.

»Ich warte auf jemanden«, sagte ich und blickte auf meine Uhr.

»Mann oder Frau?«, fragte der Jüngling. Er sah wie ein Sportler aus, Typ Langstreckenläufer, dunkle Haare, leichter Oberlippenbart, buntes T-Shirt mit der Aufschrift »Komm in meine Lagune«.

»Habe ich vergessen«, erwiderte ich und nippte an meinem Drink. Ich versuchte, Kofler im Blick zu behalten. Hatte er den Jungen geschickt?

»Du bist cool«, sagte der Jüngling. »Ich heiße übrigens John.«

»Cool«, entgegnete ich. »Bist du häufiger hier, John?«

»Manchmal«, sagte er. »Um abzuhängen. Ich bin Musiker, keine Band, sondern Orchester. Klassische Musik, wenn du verstehst, was ich meine.«

Ich nickte. »Habe ich schon mal gehört. Was spielt ihr denn so – Buxtehude, so etwas?«

Der Jüngling verzog das Gesicht. »Buxtehude? Nee.« Den Namen Buxtehude als Komponist hatte er offenbar noch nie gehört.

Ich fragte ihn nach seinem Instrument aus. Oboe, aber richtig Ahnung hatte er nicht. Zumindest weniger als eine ehemalige Stuntfrau, die schon einmal eine Musikerin hatte doubeln müssen.

Als er mir einen Drink ausgeben wollte, war ich auf der Hut. »Ich nehme dasselbe wie du«, erklärte ich lächelnd. Die ganze Zeit standen wir unter Koflers heimlicher Beobachtung, und während der schwule Kellner die beiden Drink servierte – irgendetwas mit Gin –, schenkte ich John oder wie er heißen mochte ein paar Sekunden, in denen ich abgelenkt wirkte, indem ich mein Smartphone hervorholte und überprüfte, ob Anrufe eingegangen waren.

Der kleine Scheißkerl nutzte die Zeit sofort. Man musste schon genau hinsehen, um zu erkennen, dass er hinter seinem rechten Zeigefinger ein braunes Fläschchen verborgen hielt. Drei, vier Tropfen fielen in meinen Drink.

»Na, dein Verehrer kommt wohl nicht mehr«, sagte er und hob sein Glas, um mir zuzuprosten.

»Sieht so aus«, sagte ich und nahm ebenfalls mein Glas. Nichts war von den Tropfen zu spüren, der Gin-Geschmack überdeckte alles.

Ich brachte es fertig, einen großen Schluck zu nehmen und ihn zwei Minuten im Mund zu halten, bevor ich auf die Toilette ging. Währenddessen hatte John unentwegt über sich geredet – dass er auch ein Autoliebhaber sein, Ferrari und so. Wahrscheinlich stimmte es sogar.

Leicht taumelnd kehrte ich von der Toilette zurück. »Mir ist ein wenig schlecht«, flüsterte ich. »Ich glaub, ich muss mal ... vor die Tür. Kommst du mit?«

Ganz Kavalier schaute John mich besorgt an. »Na klar. Frische Luft tut immer gut.«

Er hakte sich bei mir ein und führte mich auf die Straße. Kofler hatte alles beobachtet, aber nichts unternommen.

»Mir ist übel.« Ich taumelte noch heftiger und riss John förmlich am Arm. Statt zur belebten Aachener Straße zog ich ihn in eine dunkle Seitenstraße hinein. Hier war niemand. Was hatte er vor? Wollte er mich ausrauben? Oder hatte Kofler ihn beauftragt, mich diskret aus dem Verkehr zu ziehen, weil ich unangenehme Fragen gestellt hatte?

»Puh, ist mir schlecht.« Ich gab eine passable betäubte Frau ab, fand ich.

Johns Hand begann an meinem Oberkörper herabzugleiten. Wollte er mich abtasten, um festzustellen, ob ich eine Waffe bei mir hatte? War er so ein Profi?

»Wir könnten zu mir gehen«, sagte er sanft. »Ich wohne hier gleich in der Nähe. Da kannst du dich ausruhen.«

Ich nickte – und im nächsten Moment packte ich seinen Arm und riss ihn herum. Zur Ausbildung einer Stuntfrau gehörten auch ein paar Techniken diverser Kampfsportarten, doch ich bemerkte gleich, dass ich ziemlich eingerostet war. John schrie auf und ging in die Knie. Er war zwar mager, trotzdem ich schaffte ich es nicht, ihn auf das Pflaster zu schleudern. Noch einmal zerrte ich an ihm und wollte ihn mit meinem Gewicht zu Boden bugsieren, aber nun war er vorbereitet.

»He, was soll das!«, stöhnte er und versuchte, mich von sich zu stoßen.

Ich drehte seinen Arm herum, und fast wäre er komplett hingefallen. Ihm gelang es jedoch, auf den Beinen zu bleiben und mir eine Hand ins Gesicht zu schieben.

»Wer hat dich geschickt?«, stieß ich hervor, während ich mich gleichzeitig abmühte, ihn auf die Knie zu zwingen. »Kofler?«

Ich schlug ihm mit dem Ellbogen ins Gesicht, doch dazu hatte ich ihn loslassen müssen. Ein wildes Handgemenge begann sich zu entwickeln. Er stöhnte abermals. Dann riss er sich los.

»Ich kenne keinen Kofler«, zischte er. »Mir hat jemand zweihundert Euro versprochen, wenn ich dich zu einem Auto schleppe.«

Er richtete sich auf und starrte mich wütend an. Blut klebte auf seiner Lippe. »Du bist ja eine Furie!«, schrie er.

Eine Sekunde später drehte er sich um und lief davon.

Ich war zu erschöpft, um ihm nachzusetzen. Mein Jeans hatte am rechten Knie ein großes Loch, aus dem Blut tropfte. Ansonsten war ich unversehrt. Ich strich mir über den Bauch. Sorry, sagte ich stumm zu meinem Kind, erst Alkohol und dann eine Schlägerei – sonst bin ich nicht so. Soll nicht wieder vorkommen.

»Na, das war ja ein super Stunt«, sagte eine Stimme hinter mir.

Kofler stand da. Er lächelte. »Ist der Mistkerl abgehauen? Ich habe mir schon gedacht, dass du allein mit ihm fertig wirst, Dorit.«

Kofler hatte mich sofort erkannt. In einem Krimi, in dem ich bei einer Kneipenschlägerei die Kommissarin hatte doubeln müssen, hatte er den Barkeeper gespielt. Ich konnte mich weder an diese Dreharbeiten noch an ihn erinnern.

Er führte mich in seine Bar zurück und servierte mir in seinem Büro hinter der Bar einen doppelten Espresso.

»Ich hatte dich in Verdacht«, sagte ich, »dass du mir den Jungen auf den Hals gehetzt hast, weil ich unliebsame Fragen gestellt habe.«

»Ja«, sagte er, »du hast unliebsame Fragen gestellt, aber deswegen heuere ich keinen Burschen an, der dir etwas in den Drink mixt. Ich habe diesen Kerl hier noch nie gesehen.«

Der Espresso tat mir gut. Einzig mein Knie schmerzte. Als wäre ich wieder ein kleines Mädchen, das mit den größeren ein Wettrennen veranstalten wollte, hatte ich es mir aufgeschlagen.

»Er ist von jemandem beauftragt worden«, sagte ich.

Kofler nickte. »Ich muss wieder an die Bar. Daniel kommt allein da nicht zurecht. Heute Abend geht alles aufs Haus.« Er wandte sich zum Gehen.

»Was ist mit Martin, meinem Mann?«, fragte ich. »Er ist tot – ermordet worden.«

»Ich weiß«, sagte Kofler. Schmerzhaft verzog er das Gesicht. »Dorit, ich würde dir eine Menge Gefallen tun. Du gefällst mir, aber zu deinem Mann sage ich dir kein Wort. Kann sein, dass er hier war, kann aber auch sein, dass nicht.«

38.

Das Kunsthaus Morlau und Cie lag in der Hahnenstraße mitten in Köln – eigentlich ein hässlicher Ort: eine vierspurige Straße, zwei Gleise für die Tram und lediglich kleine, uninteressante Geschäfte, in denen man Pfeifen, Unterwäsche oder Zeitungen erwerben konnte. Doch irgendwie war es Morlau gelungen, sein Haus herauszuputzen. Ein großes Plakat mit einem ätherischen Frauengesicht zierte die weiße Hauswand, darunter: »Nächste Auktion – 12. März«.

Neben der Eingangstür gab es ein Schaufenster, in dem drei Bilder standen – expressionistische Gemälde, aber keine Originale, wie ein Schild auswies.

Obwohl es Sonntag war, war das Auktionshaus zwischen zehn und vierzehn Uhr geöffnet – auf Vereinbarung, wie wichtigtuerisch in roter Schrift vermerkt war.

In das Haus hineinspähen konnte man durch die Eingangstür nicht. Ja, klar, Diskretion wurde hier großgeschrieben.

Es war kurz vor zehn Uhr. Lena beschloss, sich anzuschauen, wer hier ein und aus ging. Auf der anderen Straßenseite gab es einen Bäcker mit drei Stehtischen. Sie gönnte sich ein großes Frühstück, mit Orangensaft, Joghurt und drei Sorten Brötchen.

Arne hatte noch geschlafen, als sie sich aus der Wohnung gestohlen hatte. Es war ihr lieber so gewesen. Nicht weil sie Angst vor dem Morgen danach gehabt hatte, aber ein wenig Zeit für sich brauchte sie schon. Mit dem Taxi war sie zu Simons und Roberts Grab auf den Melatenfriedhof gefahren. Beiden hatte sie stumm ein paar Worte zu ihrer Nacht mit Arne gesagt, und Robert hatte sie versprochen, sich um Rashmi zu kümmern, sobald sie es konnte.

Nachher, als sie in der Straßenbahn saß, war sie erleichtert gewesen.

Kaum hatte ihr die Frau hinter der Theke ihr Frühstück gebracht, summte ihr Smartphone. Dorits Nummer leuchtete auf. Für einen Moment war Lena sicher, dass so ein früher Anruf nichts Gutes bedeuten konnte, doch dann vernahm sie Dorits aufregte Stimme. »Ich weiß«, sagte sie, »es klingt völlig verrückt bei all dem Durcheinander, aber ich glaube, ich habe mich verliebt.«

Mit wirren Sätzen, sodass Lena ihr kaum folgen konnte, berichtete sie von ihrem Abend in der Bar, von dem Jungen, der sie hatte betäuben wollen – und von Kofler, dem Mann, der sie gerettet hatte. Nein, sie hatte sich eigentlich selbst gerettet, aber Kofler, dem die Bar gehörte, war auch da gewesen – mit seiner ruhigen, selbstsicheren Art und einer Stimme, die wie für Liebeslieder gemacht sei. Er sei kein schöner Mann, nicht auf den ersten Blick, aber er verströme eine Aura von Sicherheit und Ruhe und Harmonie …

»Es kann doch nicht sein, dass mein Mann noch nicht begraben ist, mein Bruder liegt noch im Leichenschauhaus – und ich verliebe mich«, sagte Dorit, plötzlich über sich selbst entrüstet. »Ach ja, schwanger bin ich ja auch noch.«

»Offenbar ist es passiert«, sagte Lena. »Und vielleicht vermittelt dir dieser Mann gerade das, was du brauchst: das Gefühl, irgendwo aufgehoben zu sein.«

Dorit seufzte. »Ich bin bis vier Uhr in der Bar geblieben und dann erst nach Hause gefahren, aber hier halte ich es kaum noch aus. Nachher bin ich mit Uta verabredet, um alles für Martins und Pauls Bestattung vorzubereiten.« Nun schien ihre Euphorie in sich zusammenzufallen. »Am Abend würde ich am liebsten wieder in die Bar gehen«, sprach sie leiser weiter. »Würdest du mich begleiten? Dein Spurensicherer kann auch gerne mitkommen.«

»Ja, vielleicht«, entgegnete Lena vage. Sie beobachtete durch das breite Schaufenster, dass Richard Morlau sich seinem Kunsthaus näherte. Er war wieder ganz in Weiß gekleidet, und er war nicht allein. Sina, das Mädchen aus der Eifel, war an ihren roten Haaren unschwer zu erkennen. Ganz vertraut lächelte Morlau sie an, während er die Eingangstür aufschloss, und dann ergriff er sie sogar am Arm, fast als wären die beiden ein Paar.

»Ich melde mich heute Abend bei dir«, erklärte Lena. »Ich habe noch zu tun.«

»Ich werde Uta noch nicht sagen, dass ich schwanger bin. Ich glaube, das wäre zu viel für sie.« Dorit unterbrach als Erste die Verbindung.

Richard Morlau war nun mit Sina in seinem Geschäft verschwunden. War er nur der treusorgende Geschäftsmann, der sich um die Freundin eines toten Mitarbeiters kümmerte?

Lena gab bei Google den Namen »Richard Pflücken« ein, doch da tauchte lediglich ein Förster aus dem Sauerland auf. Kein Junge aus Dortmund.

Als Farkas sie anrief, nahm sie das Gespräch nicht an, und ihrem Vater schickte sie auch nur eine Kurzmitteilung, in der sie einen Besuch für den Abend ankündigte. Seine guten Ratschläge konnte sie nun gar nicht gebrauchen.

Richard Morlau nahm sich Zeit. Niemand betrat sein Auktionshaus, und niemand kam heraus. Erst fast eineinhalb Stunden später brachte er Sina zur Tür. Zum Abschied küsste er sie auf die Wange. Sie lächelte ihn an. Wie eine trauernde Frau, die vor ein paar Tagen ihren Freund verloren hatte, sah sie nicht aus.

Lena beschloss, ihr zu folgen. Sie legte einen Zwanzigeuroschein auf die Theke, doch als sie in Richtung Neumarkt eilte, war Sina wie vom Erdboden verschwunden.

Es war der 10. Februar. Auf einmal, als sie über die Hohenzollernbrücke zum Hyatt ging, brach die Sonne durch die Wolken hervor. Ein Stück Sommer, eine Ahnung von Licht und Wärme – und plötzlich wurde sie von etwas überschwemmt. Sehnsucht, hatte Arne es genannt. Vielleicht war es Sehnsucht oder ein bestimmtes, lang nicht gekanntes Verlangen nach Haut und Haaren. Als wäre sie ein blutjunges, verliebtes Mädchen, nahm sie ihr Smartphone hervor, um ihm eine Nachricht zu schicken – etwas wie: Ich denke an dich, an deine Hand auf meiner Brust …

Nein, das war alles viel zu emotional. Sie war als Ermittlerin unterwegs, selbst wenn es eine geheime Mission war.

Also schrieb sie nur: »Sehen wir uns heute Abend? L«

Dann wartete sie auf der Brücke, das Gesicht den Sonnenstrahlen zugewandt, auf eine Antwort, doch es kam keine.

Stattdessen schrieb ihr Vater ein knappes, befehlsmäßiges »Ja, komm nachher«.

Um kurz nach halb eins betrat Lena das Hyatt. Eigentlich war sie zu früh, doch Ines saß schon an einem Tisch vor den großen Fenstern, einer Art Wintergarten, und blickte auf den Fluss hinauf. Lena meinte sich zu erinnern, Ines Morlau vor Jahren einmal auf der Bühne gesehen zu haben – eine schöne, temperamentvolle Frau mit langen blonden Locken, die sie mit jeder Bewegung wirbeln ließ. Ihre Stimme hatte jeden Mann bis ins Mark erschüttert, selbst wenn sie lediglich banale Karnevalslieder sang.

Die Frau am Fenster wirkte eingetrocknet – wie eine Pflanze, die kein Licht mehr bekam. Ines Morlau hatte noch immer lange blonde Haare, doch nun waren sie glanzlos und strohig. Außerdem hatte sie auf eine ungesunde Art und Weise abgenommen. Ihre Gesichtshaut schimmerte dünn und wächsern.

Zu viele Schlankheitspillen, dachte Lena. Mit einem freundlichen Lächeln schritt sie auf den Tisch zu.

Ines Morlau blickte sie irritiert an, dann, als Lena quasi eine Bannmeile durchbrach, deutlich verärgert. »Tut mir leid – der Tisch ist besetzt. Ich erwarte jemanden.«

»Farkas wird nicht kommen«, erklärte Lena. »Ich habe ihn gebeten, Sie anzurufen.« Sie hielt Ines Morlau ihre Visitenkarte hin. »Ich möchte Sie kurz sprechen. Es wird nicht lange dauern.«

Mit zusammengekniffenen Augen, als habe sie Schwierigkeiten, ohne Brille zu lesen, starrte Ines Morlau die Visitenkarte an. Sie schien zu überlegen, ob sie aufstehen und gehen sollte. »Ich kenne Ihren Vater«, sagte sie dann. »Er war ein-, zweimal in meiner Garderobe. Ich habe eine Zeit lang das Finale auf dem Polizeiball bestritten.« Sie seufzte, bevor sie sich zurücklehnte. »Was wollen Sie von mir?«

Lena setzte sich und zögerte. Sie hatte sich so viele Fragen überlegt, doch nun fiel ihr die erste, wichtigste nicht ein, die dafür sorgen sollte, dass Ines Morlau Vertrauen zu ihr fasste.

»Ich erzähle Ihnen zuerst etwas«, sagte sie. »Vor ungefähr einer Woche ist eine Frau zu mir gekommen, weil sie geglaubt hat, dass ihr Mann ein Auftragsmörder ist. Ich habe sie zuerst wegschicken wollen, doch dann sind ein paar Dinge passiert. Nun …« Sie schaute Ines Morlau in die Augen. »Der Mann dieser Frau ist mittlerweile tot, und nun begreift diese Frau erst nach und nach, wer er eigentlich gewesen ist.«

»So ist das manchmal«, sagte Ines Morlau. Nein, sie hauchte es eher hinaus. »Die meisten Menschen wissen eigentlich nicht, wer sie sind, geschweige denn, wer und was ihre Nachbarn sind.«

»Wissen Sie es?«, fragte Lena und bemerkte, dass sie zu hart klang, zu sehr wie eine Ermittlerin.

Ines Morlau brauchte nicht zu antworten, weil eine junge Kellnerin dezent angehuscht kam.

Sie bestellten Mineralwasser und ließen sich eine Suppe empfehlen.

»Ich weiß nicht genau, warum Sie mir diese Geschichte erzählen, Frau Larcher.« Ines Morlau ging nicht auf ihre Frage ein – sie wirkte nun uninteressiert, allenfalls zu einer höflichen Konversation bereit.

»Warum treten Sie nicht mehr auf?« Lena hatte alle ihre Fragen über Bord geworfen. »Sie waren ein Star in Köln. Fernsehauftritte, nicht nur im Karneval. Die Leute lagen Ihnen zu Füßen.«

»Es ging nicht mehr«, sagte Ines Morlau knapp. »Burn-out, so nennt man das wohl. Haben andere auch.«

»Während Ihr Mann den großen Aufstieg hatte, ging es mit Ihnen bergab.«

Das Mineralwasser wurde gebracht und formvollendet eingeschenkt. Ines Morlau bedankte sich für den Service mit einem knappen Nicken.

»Mein Mann hat damit nichts zu tun. Er hat mich immer ermuntert, und er ist nun einmal ein guter Geschäftsmann und Kunstkenner. Das gibt es nicht so oft.«

»Sagt Ihnen der Name Martin Zeiner etwas?«, fragte Lena. Sie versuchte, jede Regung im Gesicht ihres Gegenübers wahrzunehmen, doch da gab es nichts – kein Zucken der Mundwinkel, kein nervöser Wimpernschlag.

»Ich glaube nicht, dass ich den Namen jemals gehört habe.«

»Zeiner hat einen Mann getötet, der für Ihren Mann Kopien angefertigt hat. Der Maler heißt Vincent Schneider.«

Nun gab es doch eine Reaktion. Ines Morlau griff nach der weißen Stoffserviette und knetete an ihr herum. »Werte Frau Larcher«, sagte sie steif, »ich bin eine kranke Frau, und um das Geschäft kümmert sich mein Mann. Fragen Sie ihn!«

Wieder verschaffte ihnen das Auftauchen der Kellnerin eine kurze Atempause. Die Suppe wurde gebracht: Linsen in Mandelmilch mit Jakobsmuscheln. Lena konnte sich nicht erinnern, so etwas schon einmal bestellt zu haben.

»Hören Sie.« Ines Morlau hatte den ersten Löffel probiert. »Ich finde es unfair, dass Farkas unsere Bekanntschaft so ausgenutzt hat. Ich hätte nie in ein Treffen eingewilligt, wenn ich gewusst hätte, dass Sie …« Sie wurde unterbrochen, weil ein Schatten auf sie fiel, ein weißer, unfreundlicher Schatten.

Richard Morlau schien gespürt zu haben, dass seine Frau Hilfe benötigte.

»Frau Larcher, sind das nun die Methoden der Kölner Polizei, unbescholtene Bürger aufzuschrecken.« Er zog sich einen Stuhl heran und setzte sich. »Warum behelligen Sie meine Frau? Was fällt Ihnen ein?«

»Ich hatte ein paar Fragen.« Lena versuchte, sich ungerührt zu zeigen. »Und ich wollte zudem ein wenig mit Ihrer Frau plaudern.«

»Meine Frau ist krank«, sagte Morlau. »Sie leidet an einer psychosomatischen Depression. Jede Art von Stress kann für sie gefährlich sein.« Er sprach routiniert, wie ein Arzt über eine Patientin, die ein Stück weit entfernt im Wartezimmer saß.

Lena blickte Ines Morlau an. Sie hielt die Augen gesenkt und löffelte ihre Suppe, als ginge sie das, was um sie geschah, nun gar nichts mehr an.

»Warum wollen Sie überhaupt mit ihr sprechen? Sie hat Vincent Schneider nicht gekannt. Für das Geschäft bin einzig und allein ich zuständig.« Er klang noch verärgerter, und als die Kellnerin heranhuschte, schickte er sie mit einer groben Geste weg. Nein, bestellen wolle er nichts.

»Ich versuche, mir ein Bild zu machen«, erwiderte Lena. Sie spürte selbst, dass sie nicht überzeugend klang.

»Ach, sehr interessant.« Morlau beugte sich vor. Seine dunklen Augen taxierten sie. »Dann sind Sie gar nicht von dem Fall abgezogen worden – und machen keinen Urlaub?«

39.

Ich hatte eine große, laute Stimme in meinem Kopf. Du hast endgültig den Verstand verloren, Dorit. Dein Mann ist tot, dein Bruder auch, ermordet, und du denkst an einen Mann, dem eine Bar gehört und der eigentlich vor allem schweigsam war.

Aber ja, genau so war es. Wenn ich die Augen schloss, sah ich Kofler vor mir, seine Augen ruhten auf mir, ruhig und eigentlich ziemlich uninteressiert.

Ich hatte nichts über Martin und eine Waffe herausgefunden, die er vielleicht bei Kofler gekauft hatte, stattdessen hatte ich mich wie ein blöder Teenager in einen ein Meter neunzig großen Mann verknallt. Und nicht einmal die Frage, wer der Junge gewesen war, der mich hatte betäuben und abschleppen wollen, konnte mich ablenken. Der Junge sei wahrscheinlich ein Stricher gewesen, hatte Kofler gemeint, irgendein Bursche, wie man sie auf der Rückseite des Bahnhofs auftun konnte. Dunkelhaarig war er gewesen, mit einem spitzen Kinn und mit zwei farbigen Tattoos auf den Unterarmen. Aber warum hatte er mich zu einem Auto bringen wollen?

Ich trank einen halben Liter Kaffee, und dann rief ich Lena an, die aber sehr kurz angebunden war. Ich sollte ihr eine Beschreibung des Jungen mailen, meinte sie, bevor sie auflegte. Offenbar bereitete es ihr Probleme, dass man sie in den Zwangsurlaub geschickt hatte.

Danach versuchte ich, Harry zu erreichen. Ich wollte ihn nun doch bitten, mir zu helfen, Martins Beerdigung zu organisieren, aber er nahm wieder einmal nicht ab. Viele Leute würden nicht kommen. Nina, Harry, Uta und der Pfaffe, Tom, Lena vielleicht. Und was war mit den Leuten aus dem Amt? Martin hatte nie viel über seine Arbeit gesprochen. Ein paar Namen von Kollegen hatte er genannt: irgendeinen Oliver, der wohl Schröder mit Nachnamen hieß. Dann eine Frau Mechtler, die Sekretärin seiner Abteilung, und jemand, den er Lipsi genannt hatte. Niemand von ihnen hatte sich bei mir gemeldet, was ich nun erst seltsam fand.

Als Chris mich anrief, floh ich buchstäblich aus dem Haus. Ich hatte sein Kind in meinem Bauch. Ich hätte es ihm sagen müssen. Statt mit ihm zu sprechen, fuhr ich zu Uta, die auch schon dreimal auf meine Mailbox gesprochen hatte.

Tom öffnete mir die Tür zum Pfarrhaus. »Die Polizei war hier«, sagte er. »Rüdiger hat ihnen die Aufnahme gezeigt, und da haben sie die ganze Anlage mitgekommen. Nun redet Rüdiger nicht mehr mit Uta, weil sie ihn dazu gezwungen hat. Außerdem hat Paul Drogen gekauft.«

Ich bin schwanger und habe mich verliebt, hätte ich ihm beinahe ins Gesicht gesagt, doch dann ging ich einfach an ihm vorbei.

Uta und der Pfaffe saßen in seinem Arbeitszimmer, über irgendwelche Listen und Papiere gebeugt. Natürlich sprachen sie doch miteinander.

Der Pfaffe blickte auf und lächelte mich an, dann zuckte er mit den Schultern. »Ich bin wahrscheinlich der erste Pfarrer in Köln, dem der Verfassungsschutz eine Kamera wegnimmt. Das Presbyterium wird begeistert sein.«

Uta sprang von ihrem Stuhl auf. »Was ist mit dir?«, fragte sie.

Für einen Moment dachte ich, meine Mutter könnte mir ansehen, was mit mir passiert war. Ich hatte ein Geständnis über meine Schwangerschaft auf den Lippen. Dann zögerte ich. Nein, dann würde ich sie gar nicht mehr loswerden.

»Dieser Holger war hier, dieser Idiot«, redete Uta weiter. »Er sucht nach dir, und dein Bruder …« Ihre Stimme brach. Sie schluchzte. »Er hat wahrscheinlich doch Drogen gekauft … Eine Überwachungskamera hat ihn aufgenommen … und …«

Der Pfaffe beugte sich vor und strich ihr liebevoll über den Arm. »Wir müssen jetzt alle sehr stark sein«, sagte er.

Ich nickte. Kofler ging mir durch den Kopf. »Ich brauche euch jetzt«, sagte ich.

Der Pfaffe nickte, und plötzlich kam mein Satz mir viel zu schwer und bedeutsam vor.

Tom steckte seinen Kopf durch die Tür. »Da ist die Polizei …«, sagte er.

Überrascht schauten wir auf. Wir hatten nichts gehört, keine Klingel, keine Stimmen.

Kaum hatte er es ausgesprochen, tauchten Pagel und Lehmann hinter ihm auf.

Uta gab einen schrillen Laut von sich. »Haben Sie etwas? Eine Spur?«

Pagel ging als Erster an Tom vorbei. Er breitete seine Hände aus, seine Lederjacke knarzte dabei. Ein Laut, der mich störte.

»Wir lassen gerade die Aufnahmen aus der Kirche auswerten«, sagte er mit einem sachlichen Blick auf den Pfaffen. »Aber es ist schön, dass wir Sie alle hier zusammen antreffen. Es geht um Martin Zeiner. Wir haben neue Bankdaten. Frau Zeiner …« Sein Blick glitt zu mir. »Wussten Sie, dass Ihr Mann zwei Patenkinder hatte? Und er hatte offenbar mindestens einen geheimen E-Mail-Account und eine IP-Adresse, mit der er im Darknet unterwegs war.«

Patenkinder! Ich spürte eine aufkommende Springflut hinter meinen Augen, die drohte, mich zu überschwemmen.

»Was für Patenkinder?«, brachte Uta hervor, weil ich noch an einem riesigen Frosch in meinem Hals schluckte.

»In Thailand«, sekundierte Lehmann seinem Kollegen. »Er hat jeden Monat fünfzig Euro für zwei vierzehnjährige Jungen bezahlt. Aber die Sache mit seinem Account und der IP-Adresse interessiert uns wesentlich mehr, werte Frau Zeiner.«

Was würde noch über Martin herauskommen? Dass er vielleicht verheiratet war? Eine Zweitfrau in Thailand hatte? Oder vielleicht gab es irgendwo einen schwulen Lebensgefährten. Ich spürte, dass ich immer kleiner wurde, je mehr Pagel und Lehmann redeten. Dann, als sie sich verabschiedeten, ohne dass ich ihnen groß hatte Auskünfte geben können, ergriff ich selbst die Flucht.

Ich bat Uta und den Pfaffen, auch Martins Bestattung in Auftrag zu geben: ein Bestatter, zwei Beerdigungen.

Dann setzte ich mich in meinen Fiat. Doch wohin sollte ich mich wenden? Die Springflut hinter meinen Augen drohte immer noch, mich zu überwältigen.

Koflers Bild zog an mir vorbei, als ich die Augen schloss, aber dass ich ständig an ihn denken musste, war schlichtweg lächerlich. Die Bar war noch ein paar Stunden lang geschlossen, und ich wusste nicht, wo er wohnte. Ich fühlte mich wie ein dummes Schulmädchen, das sich in ihren Lehrer verguckt hatte, und überlegte, ihm irgendwo aufzulauern.

Schließlich kam mir die rettende Idee. Ich musste mich in einer Art meditativer Übung versuchen: eine eintönige, aber absolut notwendige Tätigkeit ausüben. Sie konnte zum Bespiel darin bestehen zu putzen – etwa meinen Cateringwagen. In zwei Wochen hatte ich wieder einen Großauftrag. Chris drehte auf einem Hof in der Eifel eine Komödie mit drei Rentnern, die sich dahin zurückgezogen hatten, um auf ihre alten Tage noch einmal eine WG zu gründen. Er hatte mich schon gewarnt, dass fast alle Schauspieler über siebzig seien und, was das Catering betraf, bestimmte Ansprüche stellen würden.

Leider stand mein Wagen in einer Halle bei seiner Produktionsfirma.

Langsam fuhr ich auf den Hof, stellte meinen Fiat ordentlich unter »Gäste« ab und schloss dann die Halle auf. Ich sah aus den Augenwinkeln, während ich die Hallentür aufschob, dass Chris gegenüber in seinem Büro saß, die Füße vor sich auf dem Schreibtisch, und telefonierte. Sonntage gab es für ihn nicht. Ich konnte nicht verstehen, was er sagte, aber er wirkte überaus selbstgefällig und eitel, wie er sich während des Telefonats unentwegt durch sein volles, rabenschwarzes Haar griff. Mit diesem Mann hatte ich ein Kind? Ihn wollte ich zum Vater ernennen? Eine kleine Träne lief mir über die rechte Wange, die ich sofort wegwischte.

Nein, dieser Mann sollte nicht der Vater meines Kindes sein.

Ich nahm mein Smartphone hervor und schickte Max eine E-Mail: »Ich muss heute unbedingt klettern. Bleibt es bei 21 Uhr?«

»Si, ma Bella«, schrieb er eine Minute später zurück. Das sollte offenbar witzig sein, aber Max hatte ja auch keine Ahnung, was mit mir los war.

Ich holte mir meine Utensilien, dann begann ich zu putzen. Hatte Chris mich bemerkt? Wohl nicht, aber von seinem Büro konnte man den Lichtschein aus der Halle sehen.

Wenn er in zehn Minuten kommt, überlege ich es mir vielleicht noch anders, sprach ich stumm mit mir.

Der Wagen brauchte nicht nur eine Generalreinigung, sondern auch eine neue Lackierung. Rostflecken schienen sich auszubreiten. Trotzdem tat es mir gut, zumindest an einer Stelle in meinem Leben für Ordnung und Sauberkeit zu sorgen und die Springflut hinter meinen Augen auszutrocknen.

Nach zwei Stunden beinahe buddhistischer Putzarbeit fiel mir ein, dass ich Richard Morlau doch schon einmal gesehen hatte, zumindest bekam ich eine Idee davon, dass er es gewesen sein könnte. Bei unserer Hochzeit am Haus am See war für ein paar Minuten ein Mann aufgetaucht, der Martin einen Briefumschlag zugesteckt hatte, doch als ich ihn danach gefragt hatte, hatte er mir lediglich eine ausweichende Antwort gegeben. War dieser Mann nicht Morlau gewesen?

Ich versuchte, mir die Szenerie zu vergegenwärtigen, als mein Smartphone summte. Sofort wanderten meine Gedanken zu Chris, aber es war Uta, die mich anrief. Ich nahm das Gespräch nicht an.

Ich beendete meine Putzarbeit. Chris war nicht gekommen, und ich würde mich nicht so weit erniedrigen und zu ihm in sein Designerbüro kriechen.

Als ich die Halle abschloss, summte mein Smartphone erneut. Holger hatte offenkundig meine Mobilnummer herausgefunden und schrieb mir: »Kann ich dich sehen? Heute Abend? Vielleicht weiß ich doch, mit wem Paul sich treffen wollte.«

Dann stand Chris mit ausgebreiteten Armen vor mir. Sein Lächeln war selbstsicher und eine Spur zu gönnerhaft. »Dorit, weiß die Polizei schon etwas? Wann wiederholen wir unsere Nacht im Hyatt?«

40.

Es war eine krachende Niederlage, die Morlau ihr beigebracht hatte – »krachend« fügte man neuerdings hinzu, wenn man besonders eindeutig unterlegen gewesen war. Offenbar hatte er seiner Frau gar nicht nachgespürt, sondern hatte einen Klienten im Hotel getroffen, denn er hatte einen Katalog von Morlau und Cie bei sich, als er sie am Arm packte und förmlich abführte.

Er hatte also genau gewusst, dass die Hauptkommissarin Lena Larcher nicht mehr mit den Ermittlungen befasst war und eigentlich gar keine Gefahr darstellte. Das ganze Gespräch war zudem sinnlos gewesen – Ines Morlau hatte ihr nichts verraten, sondern ihr lediglich ihren jämmerlichen Zustand vorgeführt. Eine Frau, die von einer gefeierten Sängerin zu einem nervlichen Wrack geworden war. Hatte sie eigentlich ein Wort mit ihrem Mann gesprochen? Nein, sie hatte wie ein Kind reagiert, dessen strenger, unerbittlicher Vater überraschend aufgetaucht war. Worte hatte das Paar keine miteinander gewechselt.

Lena musste die Rechnung übernehmen. Arne hatte ihre SMS noch nicht beantwortet, wie sie mit einer leichten Enttäuschung registrierte, aber wahrscheinlich war er irgendwo in Köln unterwegs. Eine Einbrecherbande zog nachts durch die besseren Viertel der Stadt, sodass die Teams der Spurensicherung jeden Tag unentwegt auf Achse waren.

Vom Taxi aus unternahm sie einen letzten Versuch, etwas über Morlau in Erfahrung zu bringen. Wenn sie ehrlich war, geschah es mehr aus dem Gefühl heraus, die Niederlage ein wenig abzumildern. Maria Blank war sofort an ihrem Mobiltelefon, doch als Lena ihren Namen nannte, vernahm sie nur ein genervtes Stöhnen.

»Ich habe Ihnen doch schon gesagt, dass ich über meinen Exmann nicht sprechen möchte«, sagte die Frau vom WDR.

»Es geht nur um eine kurze Auskunft. Ihr Exmann hat ja für den Deutschlandfunk gearbeitet, bevor er ermordet wurde. Hatte er mit der Kunstszene zu tun?«, fragte Lena. Zum Glück hatte sie sich die Mobilnummer der WDR-Redakteurin besorgt.

Wenn Christoph Ehrlich für die Kulturredaktion tätig gewesen war, konnte er Richard Morlau begegnet sein.

»Hören Sie, ich möchte von Ihnen nicht mehr …« Maria Blank verstummte abrupt. »Ja«, fuhr sie versöhnlicher fort, »wenn Christoph von etwas Ahnung hatte, dann von Bildern. Er hat junge Künstler gefördert, und er war einer der Ersten, dem Ungereimtheiten bei alten Gemälden auffielen, wenn etwas mit deren Provenienz nicht in Ordnung war.«

»Hatte er möglicherweise mit Richard Morlau zu tun?«

Maria Blank lachte leise. »Sie sind doch auch aus Köln, oder nicht? Jeder hier in einer bestimmten Szene hat mit Morlau zu tun. Er ist Geschäftsmann, Förderer, Strippenzieher – er gehört zum gesellschaftlichen Leben dieser Stadt.«

»Dann hat Ihr Mann ihn also gut gekannt?« Lena begriff, dass sie soeben eine Verbindung von einem der Ermordeten zu Morlau gefunden hatte.

»Mein Exmann, darauf lege ich Wert … Ich weiß nicht, wie gut die beiden sich gekannt haben, aber da habe ich einen Tipp für Sie: Fragen Sie Richard doch einfach selbst.«

Im nächsten Moment hatte Maria Blank aufgelegt. Sie hatte Morlau mit Vornamen genannt, und es hatte beinahe vertraut geklungen.

Das Taxi hielt vor dem Haus ihres Vaters. Es war halb drei am Nachmittag. Sie war viel zu früh, und Arne hatte sich immer noch nicht gemeldet. Vielleicht hatte sie sich doch in ihm getäuscht, vielleicht war diese Nacht nur eine Ablenkung für ihn gewesen.

Nein, sagte sie sich, das war es nicht. Die Sache war auch für ihn viel ernster.

Als sie unschlüssig vor dem Haus ihres Vaters stand und versuchte, ihn in der Küche zu entdecken, klingelte ihr Smartphone erneut.

Arne – er hatte einfach nur zu viel zu tun gehabt, doch die Nummer, die aufleuchtete, kannte sie nicht, und eine weibliche Stimme sagte: »Es ging um ein Bild von Max Ernst. Davon, dass es möglicherweise eine Fälschung war, handelte der letzte Beitrag meines Exmannes.«

Maria Blank hatte doch noch einmal zum Telefon gegriffen.

»Mehr weiß ich wirklich nicht«, sprach sie weiter. »Ich möchte aber auch, dass Christophs Mörder gefasst wird. Ben, mein Sohn, wird sonst keine Ruhe finden. In seinem Zimmer hat er drei Fotos seines Vaters aufgebaut, fast wie auf einem Altar.« Nun klang sie ganz anders, sanft und zweifelnd.

»Wenn Ihnen noch etwas einfällt oder Sie vielleicht Unterlagen finden, rufen Sie mich bitte sofort an«, sagte Lena.

Sie beobachtete, wie die Tür geöffnet wurde. Ihr Vater trat heraus, er trug einen grauen Anzug und eine Sonnenbrille. Hinter ihm folgte die blonde Frau, mit der Lena ihn in der Tapasbar gesehen hatte.

Die Überraschung verschlug ihr für einen Moment die Sprache, dann verabschiedete sie sich rasch von Maria Blank.

»Bist du es, Lena?«, rief ihr Vater. Er hatte sie also gar nicht erkannt.

Sie näherte sich der Treppe. »Tut mir leid, ich bin zu früh«, erklärte sie entschuldigend.

Die blonde Frau hinter ihrem Vater schaute sie interessiert an. Ihre langen Haare waren dezent gefärbt und von einem guten Friseur in Form gebracht, erkannte Lena. Die Frau war allenfalls vierzig, vielleicht sogar noch jünger. Als sie sich zu einem Lächeln zwang, zeigten sich zwei hübsche Grübchen auf ihren Wangen.

»Es ist gut, dass du kommst«, sagte ihr Vater. Seine Stimme klang so mächtig und zuversichtlich wie schon lange nicht mehr. »Da kann ich dir Susanne Wagner vorstellen. Wir haben große Pläne miteinander.«

Sie unternahm eine Zeitreise, zurück in eine nicht so ferne Vergangenheit, als ihr Vater noch der allseits geachtete Kriminalhauptkommissar gewesen war und nicht ein alter Mann, der an Glaukom litt und zu erblinden drohte. Susanne Wagner war nicht die Geliebte ihres Vaters, wie sich zu Lenas Erleichterung herausstellte, sondern eine Produzentin, die sein Leben verfilmen wollte: Georg Larcher – der Superpolizist. Vier Teile sollten gedreht werden, mit einem berühmten Schauspieler, der ihren Vater mimen sollte.

Es war, als wäre ihr Vater in einen Jungbrunnen gefallen: Die Anekdoten sprudelten nur so aus ihm heraus – die Streiche an der Polizeischule, die ersten Einsätze, die spektakulärsten Verhaftungen, und besonders ausführlich ließ er sich über die Entführung der zwölfjährigen Nadine aus, die ganz Köln in Atem gehalten hatte. Dieser Fall war bundesweit in den Schlagzeilen gewesen und hatte Georg Larcher zu einer Legende werden lassen.

Susanne Wagner hing förmlich an den Lippen ihres Vaters, vermutlich wusste sie noch nichts von seinem Augenleiden. Für eine Weile konnte auch Lena alles ausblenden: Rashmis Unglück, Dorit, den Fall, den man ihr abgenommen hatte. Ihr Vater blühte auf – sein ganzes erfolgreiches Leben als Polizist zog auch an ihr vorbei.

Vielleicht würde es sogar ein guter Film werden, auch wenn sie sicher war, darin keine Rolle, auch nicht die kleinste, übernehmen zu wollen, als die Produzentin sie danach fragte.

Es war halb fünf, als ihr Telefon wieder klingelte. Da war ihre Zeitreise schlagartig zu Ende.

Arne rief an. Er wirkte gehetzt oder zumindest so, als könnte er nicht frei sprechen.

»Tut mir leid, dass ich mich erst jetzt melde. Dieser Hosiner … Du weißt, der Name, der auf der Brust von …«

»Ja, ich weiß«, fiel sie ihm ein wenig genervt ins Wort.

»Nun, er ist doch nicht mehr im Gefängnis, sondern seit zwei Wochen wieder auf freiem Fuß. Hat Weiler mir eben gesagt. Kann gut sein, dass er zurück in Köln ist.«

»Dann könnte diese Schrift auf dem Toten doch etwas zu bedeuten haben?«, fragte Lena.

»Möglicherweise«, erwiderte Arne. »Ich dachte zumindest, dass es dich interessiert, auch wenn du ja …« Er brach ab. Im Hintergrund war ein Rauschen zu vernehmen. Straßenlärm. Jemand rief etwas.

Lena glaubte zu spüren, dass Arne aus einem guten Grund damit gewartet hatte, sie anzurufen, und dass er eigentlich nicht über Hosiner mit ihr sprechen wollte.

»Es gibt noch etwas«, fuhr er leiser fort. »Heute Abend … Wir können uns leider nicht sehen. Verena ist in der Stadt.«

Sie brauchte keine Sekunde, um alles zu verstehen. Seine ehemalige Freundin, die mandeläugige Fotografin, war aufgetaucht, um … ja, vielleicht der alten Zeiten wegen, oder aber diese Zeiten waren noch gar nicht wirklich vergangen.

Lena brachte es nicht fertig, etwas zu fragen. Ihr Blick wanderte zu ihrem Vater und Susanne Wagner, die im Esszimmer am Tisch saßen und Wein tranken. Einmal hatte die Produzentin tatsächlich wieder nach der Hand ihres Vaters gegriffen.

»Kein Problem«, sagte Lena dann doch. »Ruf mich an, wenn du wieder Zeit hast. Ich werde ja erst einmal nicht mehr ins Präsidium kommen.«

Dann unterbrach sie das Telefonat.

Ihr Vater lachte unvermittelt auf, und die Produzentin stimmte in das Lachen mit ein. Hätte Lena die Augen geschlossen, hätte sie glauben können, ihr viel jüngerer Vater und ihre viel jüngere Mutter säßen da, in ein amüsantes, vertrautes Gespräch vertieft.

Wie eine dumme Schülerin hockte sie in ihrer Wohnung. Mit dem Blick auf ihr Smartphone klickte sie sich durch die Flugangebote nach Sri Lanka. Von Düsseldorf konnte man nach Colombo fliegen. Arne meldete sich nicht, und die Hochstimmung, in die ihr Vater durch die Anwesenheit der Produzentin geraten war, hatte sie immer gereizter werden lassen. Noch vor Susanne Wagner hatte sie sich verabschiedet.

Warum gelang es allen Menschen, ihr Leben in Ordnung zu bringen, wenn etwas aus dem Gleichgewicht geraten war, nur ihr anscheinend nicht?

Nein, das stimmte nicht. Nicht allen Menschen gelang das. Sie brauchte lediglich an Henning zu denken, der in seiner Zweizimmerwohnung in Ehrenfeld hauste und davon träumte, dass seine Frau ihn wieder aufnahm, oder an Dorit, die ohne jede Ahnung mit einem Mörder verheiratet gewesen war.

Sie buchte einen Flug für den übernächsten Tag. Düsseldorf über Dubai nach Colombo. Dann schrieb sie Rashmi eine SMS. »I will come the day after tomorrow. Please be not too sad. I am looking forward to seeing you. Lena.«

Viel zu dürre Worte – sie würde an ihrem Englisch arbeiten müssen.

Sollte Arne die Sache mit seiner Freundin oder Exfreundin in Ordnung bringen – sie würde ihm diese zwei Wochen Zeit geben, die sie mit Rashmi verbringen würde.

Erst dann, als sie den Flug gebucht hatte, fiel ihr Dorit ein. Wann würde die Beerdigung ihres Mannes stattfinden? In zwei Tagen? Sie würde am Nachmittag fliegen – vielleicht würde sie es noch schaffen, daran teilzunehmen. Mehr Anteilnahme konnte Dorit nicht erwarten, und den Fall hatte sie ja auch nicht mehr.

Lena spürte plötzlich ihre Erschöpfung, ein Zustand, in den sie nach Roberts und Simons Tod ein paar Wochen lang verfallen war. Da hatte ein Gang zum Bäcker ihr alles an Kraft abverlangt, das sie besessen hatte.

Für einen Moment war sie versucht, in Simons Zimmer zu gehen und in sein Bett zu kriechen.

Aber nein, das wäre ein Rückfall gewesen.

Bei YouTube gab es zwei Auftritte von Arne mit seiner Band, die den sonderbaren Namen Whale Rider trug. Sie überlegte, ihn anzuklicken, doch dann untersagte sie es sich und gab stattdessen den Namen Richard Morlau und Max Ernst ein.

Tatsächlich hatte Morlau zwei Bilder von Max Ernst versteigert, das erste vor acht Jahren, kurz nachdem Christoph Ehrlich ermordet worden war. Das zweite vor drei Jahren, es war für acht Millionen Dollar verkauft worden, und ein weiteres Bild war im Katalog verzeichnet und sollte auf der nächsten Versteigerung im März angeboten werden.

Acht Millionen Dollar – und wenn es eine Fälschung gewesen war?

Mit Kunst war Lena so gut wie nie in Berührung gekommen. Doch einmal – vor einem Bild von Gerhard Richter hatte sie Adrian Farkas getroffen. Ihre Affäre hatte da begonnen, und das Unglück hatte seinen Lauf genommen.

Eine SMS von Dorit traf ein. »Gehe gleich in die Kletterhalle. Willst du mitkommen?«

»Nein«, schrieb sie zurück. »Rufe später an.«

Sechzig Seiten umfasste der aktuelle Katalog des Kunsthauses Morlau und Cie. Auf der ersten Seite gab es eine Art Editorial sowie ein Hochglanzfoto. Richard Morlau, wie so oft ganz in Weiß gekleidet, stand hinter seinem Schreibtisch, an der Wand ein Ölgemälde des Firmengründers Kurt Morlau, der offenbar so dement war, dass man ihn nicht mehr vorzeigen konnte. In dem nebenstehenden Text lobte Morlau sich über Gebühr selbst, sprach vom Aufstieg seines Hauses und den vielen Klienten, denen er zu unschätzbar wertvollen Bildern verholfen hatte. Im letzten Satz dankte er seiner Frau Ines, ohne die das alles nicht möglich gewesen wäre.

Unschätzbar wertvolle Bilder?

Aber tat ein Auktionshaus nicht genau das: Bilder schätzen und verkaufen?

Ihr Smartphone summte, und dann geschahen zwei Dinge gleichzeitig.

Eine Nachricht von Rashmi erschien auf ihrem Display, und auf ihrem Computerbildschirm tauchte, während sie sich durch Morlaus Katalog klickte, das Foto eines Mannes auf, das sie vor Überraschung aufstöhnen ließ.

»I am full of joy«, schrieb Rashmi. »It is so great that you will come.«

Max Faber, der Trainer aus der Kletterhalle, gehörte auch zu den Künstlern, die Morlau betreute. Er hatte drei Betonplastiken erstellt, von der man eine für die nächste Documenta eingereicht hatte. Zwei seiner geschwungenen grauen Betonformen waren an eine österreichische Kleinstadt verkauft worden und zierten den dortigen Marktplatz.

Max lächelte auf dem Bild genau so, wie er sie in der Kletterhalle angelächelt hatte – selbstsicher, mit funkelnden Augen, ein wenig feist, ein Muskelprotz, der vor nichts und niemandem Angst hatte. Er war einundvierzig Jahre alt, wie die kurze Biografie auswies. In Dortmund geboren, ein Waisenkind, das in einer Pflegefamilie groß geworden war. Dann war er bei einem Schmied in die Lehre gegangen, anschließend ein Kunststudium in Düsseldorf. Er lebte und arbeitete nun in Köln.

Die nächste SMS riss sie für einen Moment aus ihren Gedanken.

»Ich muss ein paar Dinge erklären«, schrieb ihr Vater. »Es ist nicht so, wie du denkst.«

Sie überlegte kurz zu antworten, dass es meistens genauso war, wie man dachte, wenn man so eine Nachricht erhielt, doch zu sehr wurde sie von der Biografie des Künstlers Max Faber in Bann gezogen.

In Dortmund geboren und in einer Pflegefamilie groß geworden. Sie meinte zu ahnen, wer ihn aufgenommen hatte: der Kohlenhändler Heinrich Pflücken, der damit seine Haushaltskasse aufgebessert hatte.

Als sie Dorit anrief, landete sie auf der Mailbox. Die Stuntfrau war offenbar schon in der Kletterhalle bei Max Faber.

41.

Bei manchen Männern würde alles nichts helfen, um sie zur Vernunft zu bringen – außer einem kräftigen Tritt in das, was sie für ihre Kronjuwelen hielten. Chris gehörte auch zu dieser Spezies. Nichts interessierte ihn mehr, als dass ich noch einmal zu ihm ins Bett kroch. Zu anderen Zeiten hätte ich mich vielleicht sogar geschmeichelt gefühlt, doch nun spürte ich einfach nur nackte, unverfälschte Wut.

»Was bist du für ein Arschloch!«, schrie ich ihn an. Und dann: »Ich bin übrigens raus. Ich werde meinen Cateringwagen verkaufen. Suche dir jemand anders, der deinen drittklassigen Schauspielern die Brote schmiert.«

Ich ließ ihn stehen und raste mit meinem Fiat davon. Niemals würde ich ihm sagen, dass ich ein Kind von ihm erwartete.

Ein paar Minuten fühlte ich mich gut, doch kaum war ich an meinem leeren Haus angekommen, machte mir die Tränenfront hinter meinen Augen wieder zu schaffen.

Jetzt hatte ich auch noch meinen einzigen Job hingeschmissen!

Dorit, geht's noch! Seit wann gehörst du auch zu den Menschen, die sich immer tiefer in ihr Unglück eingraben?

Der Schatten, der vor meiner Tür wartete, erschreckte mich nicht einmal, so leer war ich.

Holger, mein neuer Stalker.

»Ich dachte …«, begann er, dann verstummte er verlegen. Möglicherweise hatte er gesehen, in welch einem ramponierten Zustand ich mich befand.

»Keine Ahnung, was du gedacht hast«, fuhr ich ihn an, »aber ich habe nicht viel Zeit. Ich habe noch einen wichtigen Termin. Was genau weißt du über Paul?«

Er baute sich vor mir auf. Ein Gedanke blitzte durch meinen Kopf. Wenn wir damals unser Kind bekommen hätten – Raphaela, das Mädchen mit den Locken –, wäre dieser leicht verfettete Mann nun vermutlich derjenige, der nachts neben mir ins Bett steigen würde. Vielleicht war es doch gut, dass man manche Gelegenheiten im Leben verstreichen ließ.

»Kann ich reinkommen?«, fragte er.

Ich ging wortlos an ihm vorbei und schloss die Haustür auf.

Er folgte mir schnaufend.

»Rede!«, sagte ich ihm, als wir in der Küche angekommen waren, der Raum, der mich am wenigsten an Martin denken ließ.

»Paul hat etwas von einem Geschäftsmann gesagt, mit dem er sich treffen will. Er war ganz sicher, dass er mit fünfzigtausend Euro zurückkommen würde. ›Das ist für den Typen Kleingeld‹, hat er gesagt. ›Das ist ein hohes Tier.‹«

Ich ließ mich auf einen Stuhl sinken. »Das ist alles?«, fragte ich. »Mehr weißt du nicht?«

»Ich glaube, es ist ein Politiker oder jemand Wichtiges.« Holger schaute sich um.

Er wartete tatsächlich darauf, dass ich ihn zu irgendetwas einlud – zu einem Kaffee, einem Glas Wein.

Hatte er mit dem Jungen etwas zu tun, der mir in der Bar aufgelauert hatte, um mich zu einem Auto zu bringen? Oder wurde ich allmählich paranoid?

»Was weißt du über Kofler?«, fragte ich ihn. »Außer, dass er eine Bar hat und Waffen besorgen kann?« Woher diese Fragen kamen, konnte ich mir selbst nicht erklären.

Er stöhnte auf. »Warum fragst du mich das? Kofler ist der King of Darkness in Köln. Er besitzt zwei Nightclubs und zwei Bars. Und er macht die besten Cocktails der Stadt, immer noch.«

»Hat er eine Frau?«, fragte ich und war dabei kein bisschen verlegen.

Als Holger die Augen zusammenkniff und mich anschaute, wirkte er noch fetter und unansehnlicher. »Warum willst du das wissen?«

»Reine Neugier«, log ich. »Er hat mir ein Geschäft vorgeschlagen.«

»Ich glaube, er hat sich dreimal scheiden lassen. Im Moment ist er wohl mit einer Schauspielerin liiert, aber Genaues weiß ich nicht.«

Ich spürte einen leichten Stich in der Herzgegend. Na klar, war zu erwarten gewesen, dass ein paar Scheidungen auf Koflers Konto gingen, und allein blieb so ein Mann auch nicht lange.

»Du musst jetzt abhauen«, sagte ich, »aber spät am Abend können wir einen Cocktail trinken. Um elf bei Kofler. Sei pünktlich! Ich werde nicht auf dich warten.«

Als ich in meinem Fiat aus einem Impuls das Radio anstellte, erklang ein Lied, das mir durch Mark und Bein ging. ›Wish you were here‹, der Song, den Martin wie keinen anderen geliebt hatte, wahrscheinlich weil er ihn an seine Mutter erinnert hatte. Er hatte sich die Trauer selten anmerken lassen – auch sie hatte er vor mir verborgen. Ich hätte in Dortmund zu dem Haus fahren müssen, in dem er mit seiner Mutter gewohnt hatte, sagte ich mir, überhaupt hätte ich ihn viel mehr Dinge fragen müssen.

Die Kletterhalle war dunkel, als ich ankam.

»Wegen Reinigungsarbeiten geschlossen«, stand an der Tür.

Merkwürdig.

Ich wollte schon wieder abdrehen, als eine Schattengestalt auftauchte und die Tür geöffnet wurde.

»Da bist du ja!« Max lächelte mich an. »Schön, dass du gekommen bist. Wir haben die ganze Halle für uns. Können ein paar schöne Dinge ausprobieren.«

Vielleicht war eine gefährliche Kletterpartie doch die Lösung, dachte ich. Beim Abseilen konnte eine Menge passieren – etwa, dass man ein Kind verlor, oder nicht? Man musste es gar nicht groß darauf anlegen.

Max hatte offenkundig schon eine Weile trainiert. Schweiß perlte auf seiner braunen Haut. Er trug nur ein schwarzes Trägerhemd und eine blaue Kletterhose und sah wie ein drahtiger Turner aus.

»Bella«, sagte er. »Du kannst dir gar nicht vorstellen, wie froh ich bin, dich zu sehen.« Er machte eine Bewegung, als wolle er mich umarmen.

Ich wich einen Schritt zurück. Einen weiteren Kerl, der mich plump anmachte, konnte ich heute gar nicht mehr gebrauchen.

»Ich ziehe mich kurz um«, sagte ich.

Aus der Halle drang laute Musik – Heavy Metal.

»Was hörst du da?«, fragte ich. »Böhse Onkelz?«

»Klar«, antwortete Max vollkommen ernst.

Als ich umgezogen in die Halle trat, dröhnten Gitarrenriffs so laut, dass der Boden mitschwang. Ein Sänger schrie etwas – Parolen oder Flüche oder beides.

Max gab mir ein Zeichen, an welche Wand er wollte, dann sicherte er mich, und ich machte mich an den Aufstieg.

Die laute Musik irritierte mich, oder vielleicht war auch etwas anders, wie Max dastand und mich sicherte. Manchmal schrie er etwas in den Gitarrenlärm hinein, das sich wie »Schneller, höher, schneller, höher!« anhörte.

Max ließ mich die längste und schwierigste Wand quer bis zum höchsten Punkt klettern. Da befand sich ein Dachfenster, durch das am Nachmittag Licht hereinfiel. Jetzt konnte man einen schwarzen Wolkenhimmel erahnen. So hoch war ich noch nie gewesen.

Ich schwitzte, als säße ich in der Sauna. Meine Fingerspitzen taten mir weh. Ein paar Mal war ich schmerzhaft abgerutscht, aber Max hatte mich sofort gehalten.

Was sollte das alles?, fragte ich mich, doch nein, es tat mir gut, mich völlig zu verausgaben, alles aus mir herauszuholen. Vermutlich hatte Max das noch vor mir selbst erkannt.

Mit einer Handbewegung gab ich zu verstehen, dass ich nicht mehr weiterklettern wollte. Den letzten halben Meter bis zum Dachfenster würde ich mir schenken. Ich hing in etwa acht Meter Höhe. Eigentlich hatte ich Höhenangst, auch wenn eine Stuntfrau, selbst eine ehemalige, sich so etwas nicht eingestehen sollte.

Ich starrte auf meine Hände. Ich musste verschnaufen. Morgen würde mir alles wehtun – die Muskeln in den Armen und Beinen und vor allem im Gesäß.

Unvermittelt verklang die Musik, sie verhallte und erstarb dann.

Eine seltsame Stille stieg herauf.

Ich blickte zu Max nach unten. »Ich bin fast taub«, sagte ich und lächelte. »Abstieg?«

Er machte mit dem Kopf eine Bewegung, als wolle er mich zum Bleiben bewegen. »Noch einen Moment, Bella«, sagte er. »Ich muss dir etwas gestehen. Könnte sein, dass gleich ein Unglück passiert. Ein Karabinerhaken ist defekt. Das Seil löst sich. Ich greife danach, aber es rutscht mir durch die Hände. Ich ziehe mir echte Verbrennungen zu. Ansonsten trifft mich keine Schuld. Ein Materialfehler – tragisch, kommt allerdings leider vor.«

»Max«, sagte ich. »Ich hatte einen Scheißtag. Da habe ich für solche Witze wirklich keinen Sinn.«

»Ich erzähle dir etwas«, sagte Max. »Von deinem Mann und von dir, Dorit. Dann wirst du verstehen, dass uns keine Wahl bleibt.«

Ich hatte kein Herz mehr in meiner Brust, sondern einen wummernden Motor, der eindeutig zu schnell lief und gleich kaputtgehen würde. Was redete mein muskulöser, stets grinsender Klettertrainer da? Er kannte also doch meinen richtigen Namen – er wusste von Martin … Mir wurde so schwindlig, dass ich mich fast übergeben hätte, und der Motor wummerte und wummerte in meiner Brust, acht Meter über dem Hallenboden.

»Dieses Getue mit deinem Namen«, sagte Max. »Schon das war lächerlich. Ich wusste, wer du bist, noch bevor du den Mund aufgemacht hast. Wir haben Martin immer im Blick gehabt und dich natürlich auch.«

»Wir – wer ist wir?«, fragte ich mit zitternder Stimme. Sollte ich mich einfach fallen lassen? Max würde doch nicht wirklich den Karabinerhaken ausklinken und mich auf den Hallenboden krachen lassen?

»Das tut nichts zur Sache, Dorit. Martin hat ein paar Aufträge zu erledigen gehabt, aber zuletzt hat er immer mehr Schwierigkeiten gemacht.«

»Er hat wirklich Leute umgebracht?« Ich hing in der Wand und spürte, wie mir die ersten Tränen über die Wange liefen.

»Ja, hat er«, sagte Max ganz sachlich. »Es war ein Geschäft. Er war einmal in eine böse Sache geraten, und dass er damals nicht unterging, hatte seinen Preis für ihn. Doch darum geht es jetzt nicht mehr. Martin hat bezahlt – und nun bist du dran … Du und diese Polizistin, ihr macht zu viele Probleme. Du hättest deinen Mann begraben und anschließend in den Urlaub fahren sollen, doch dann markiert dein selten blöder Bruder obendrein noch den dicken Macker …«

Ich versuchte, mich in der Wand zu drehen. Vor Tränen war ich nun fast blind, und der Herzmotor in meiner Brust schlug so heftig, dass ich kaum noch atmen konnte.

»Max, du kannst doch nicht einfach …«, sagte ich.

»Tut mir leid«, erwiderte er tonlos. »Ein Unglück, wie gesagt. Eine Verquickung tragischer Umstände, aber es muss sein. Du würdest nie Ruhe geben, du und diese Polizistin …«

Lena ist also auch in Gefahr, dachte ich, dann übermannte mich die Panik. »Nicht, Max!«, schrie ich. »Verdammt, das ist Mord!«

»Ganz recht«, sagte eine andere Stimme in die gespenstische Stille hinein, die meinen Worten gefolgt war.

Ich verstand nicht – die Gedanken, die durch meinen Kopf jagten, setzten sich nicht mehr zusammen. Da waren nur Bruchstücke … Was redete Max da? Er wollte mich abstürzen lassen … Aber jenseits all meiner wirren Gedanken war die Wahrheit, dass ich in der Wand hing, acht Meter über dem Hallenboden. Nicht einmal die beste Stuntfrau der Welt, die wusste, wie man fiel und sich nach dem Sturz perfekt abrollte, würde solch einen harten Aufprall überleben.

Und nun stand da auch noch ein Mann in Weiß – mit einem schwarzen Hut, der sein Gesicht beschattete; in der rechten Hand eine lange blaue Plastikplane, die er hinter sich herzog.

»Mord, ganz recht«, wiederholte Richard Morlau. Er musste in einem der hinteren Nebenräume gewartet haben. »Aber der liebe Max hat nicht ganz verstanden, wie das Ganze hier ablaufen wird …« Er war näher gekommen, die Plane im Schlepptau, und klopfte Max gönnerhaft auf die Schulter. »Es gibt kein Unglück, keinen defekten Karabinerhaken, und Sie werden natürlich auch nicht hier in der Halle gefunden werden, verehrte Frau Zeiner, sondern …« Morlau schaute zu mir herauf und begann, die Plane unter mir auszubreiten. Max beobachtete ihn, während er mein Seil straff hielt. »… sondern irgendwo anders, im Rhein in ihrem kleinen rostigen Fiat vielleicht. Ich lasse mir da etwas Besonderes für Sie einfallen.«

Zufrieden betrachtete Morlau die weit ausgebreitete Plane, die unter mir den Boden bedeckte, dann nickte er Max zu, und obwohl ich vor Tränen fast blind war, begriff ich, was dieses Zeichen bedeutete. Klinke den Karabinerhaken aus!

»Warten Sie!«, schrie ich. »Ich habe ein Recht … Ich muss erfahren, wieso …« Ich konnte nicht mehr sprechen. Mein Herz schlug und schlug, und mein Magen schien sich umzustülpen.

Morlau machte eine Geste, als würde er eine Fliege verscheuchen.

Max blickte zu mir herauf. Zum ersten Mal meinte ich so etwas wie Unsicherheit in seinen Augen wahrzunehmen, aber vielleicht reagierte er auch nur so, weil Morlau ihn zurechtgewiesen und wie einen Idioten behandelt hatte.

»Sie können doch nicht so einfach …«, fügte ich mit schriller Stimme hinzu.

»Ich kann alles«, sagte Morlau ganz ruhig. Er trat wieder einen Schritt vor und korrigierte die Position der Plane mit ein paar Handgriffen, als hätte er da eine Kunstinstallation aufgebaut. »Ich mache meine Geschäfte. Ich drehe ein großes Rad, und Martin hat alle Leute aus dem Weg geräumt, die mir Probleme bereitet haben … Er hat mir sogar das Finanzamt vom Hals gehalten und so einen Scheißrocker, der mir ein Bild geklaut hat …« Er machte eine Pause und korrigierte noch einmal die Plane. »Wussten Sie, dass Ihr Mann Kinder mochte?« Er schaute zu mir herauf. Sein Mund verzog sich zu einem matten Lächeln. »Sie hätten einfach nur Ruhe geben sollen«, sagte er leiser und in einem Tonfall, als wäre er persönlich enttäuscht von mir.

Von Morlau, begriff ich, konnte ich kein Mitleid erwarten. Ich wollte noch etwas sagen, mir ein paar weitere Minuten herbeireden, doch mein Magen rebellierte nun so sehr, dass mir Säure in den Mund lief.

Ich würde gleich sterben und dann in eine blaue Plastikplane eingewickelt werden – dieser Gedanke füllte mich aus. Mein wild schlagendes Herz schien ihn zu verbreiten, nicht mein Kopf. Ich hatte ein paar harte Stürze erlebt, doch hatte ich dabei nie das Gefühl gehabt, ich könnte mich schwer verletzen, geschweige denn sterben.

Kurz dachte ich an Martin, dann seltsamerweise an Kofler. War das mein letzter Gedanke vor dem schrecklichen Aufprall? He, Kofler, wie schön wäre es, wenn man einen Menschen herbeiteleportieren könnte!

Tränenblind starrte ich hinunter. Dann dachte ich an mein Kind, an das Kind in mir, das nie zur Welt kommen würde.

»He, ihr Arschlöcher!«, kreischte ich. »Ich bin schwanger, verdammt!«

42.

Bist du mir böse?, schrieb Arne. Wieso hatte er Zeit für eine SMS? Saß er in einem netten Restaurant und seine Exfreundin oder Immer-noch-Freundin war eben mal aufs Klo gegangen?

Nein, schrieb Lena zurück, warum sollte ich?

Dann setzte sie sich auf ihr Fahrrad. Sie würde Max ein paar Fragen stellen, sagte sie sich. Welchen Kontakt hatte er zu Morlau? Was wusste er über den Kunsthändler und dessen Geschäfte?

Während sie auf dem holprigen düsteren Radweg auf der Inneren Kanalstraße entlangfuhr, meldete sich auch ihr Vater. Acht, neun Mal ließ er es klingeln, bevor er aufgab, und dann – sie wusste es genau – traf auch eine Kurznachricht von ihm ein, die sie jedoch nicht las.

Es war Viertel nach neun, als sie an der Kletterhalle ankam.

Arne hatte sich nicht mehr gerührt.

Warum sollte sie böse auf ihn sein – vielleicht sogar eifersüchtig? Sie hatten einmal miteinander geschlafen, mehr war ja nicht passiert …

Ein mulmiges Gefühl begann in ihr aufzusteigen, als sie vor einer unbeleuchteten Halle vom Rad stieg. Nein, in der Halle brannte Licht, doch der Eingang war dunkel. Dorits Fiat parkte jedoch unmittelbar davor.

»Wegen Reinigungsarbeiten geschlossen«, stand in schwarzen Druckbuchstaben hinter der Glasscheibe der abgesperrten Eingangstür.

Aus der Halle drang allerdings nicht nur ein mattes Licht,

sondern ein dumpfer Lärm herüber. Rockmusik wahrscheinlich.

Warum war Dorit hier, wenn die Halle eigentlich nicht zugänglich war? Gönnte Max ihr eine Privatstunde?

Das mulmige Gefühl wurde heftiger.

Lena schaute sich um. Es gab keinen Klingelknopf oder etwas anderes, mit dem sie sich hätte bemerkbar machen können.

Sie wandte sich ab und ging um die Halle herum. Rechter Hand befand sich eine zweiflügelige Tür – ein Notausgang, doch auch er war verschlossen. Die Musik war hier deutlicher zu vernehmen: dumpfe Basslaute, lärmende Gitarren, eine kreischende Männerstimme.

Hinter dem Notausgang folgte eine schmale Treppe, die zu einer Kellertür hinunterführte. Hier musste sich der Heizungskeller befinden. Lena meinte auch, das Geräusch eines Motors zu vernehmen, als würde da ein Aggregat laufen. Die Treppe endete vor einer schwarzen Metalltür, die jedoch ebenfalls abgesperrt war.

Ihre Besorgnis wurde immer größer.

Konnte Max Dorit in eine Falle gelockt haben? So wie dieser Junge es in der Bar vorgehabt hatte? Aber warum sollte er das tun, selbst wenn er Kontakt zu Morlau hatte?

Drei Menschen waren innerhalb weniger Tage gestorben. Vielleicht lag da die Antwort.

Sie überlegte, Arne anzurufen, verwarf den Gedanken jedoch gleich wieder. Ein Blick auf ihr Smartphone zeigte ihr, dass er nicht geantwortet hatte. Aber wie sollte er auch, wenn er Wein trinkend irgendwo mit seiner Exfreundin hockte.

Sie lief die Treppe wieder hinauf. Sie brauchte etwas, um die Metalltür aufzubrechen. Ein Brecheisen, einen Wagenheber … Ein Stück weiter die Hauptstraße hinunter lag eine Tankstelle.

Der Kofferraum an Dorits altem Fiat war unverschlossen, wie sie überrascht registrierte, und dann, hinter einem verdreckten Reserverad fand sie tatsächlich, was sie suchte. Einen Wagenheber, unbenutzt und noch verpackt …

Lena wollte schon mit dem Wagenheber zur Kellertreppe zurückeilen, als sie innehielt. Sie hatte keine Waffe, nichts, mit dem sie sich verteidigen könnte. Ihre Pistole ruhte in einem Stahlfach im Präsidium, so wie es sich für eine Polizistin gehörte, die man in den Zwangsurlaub geschickt hatte.

Auf dieser dunklen Seitenstraße kam niemand vorbei. Die Fenster in den Häusern auf der anderen Straßenseite waren unbeleuchtet. Nach zwei Versuchen hatte sie die Beifahrertür des Fiats aufgestemmt. Mit einem hässlichen Krachen sprang sie aus dem Schloss. Dorit würde nicht begeistert sein, diese dicke Schramme zu sehen …

Lena suchte nach einem Pfefferspray, einem Taschenmesser, nach etwas, mit dem eine Frau sich heutzutage verteidigen mochte. Hatte Dorit so etwas?

Sie durchsuchte das Handschuhfach. Da lagen schlecht zusammengefaltete Straßenkarten, Rechnungen, mehrere Lippenstifte, eine Plastiktüte mit Chips und Schokolade – und dann fiel ihr eine Waffe in die Hände: eine Walther P99.

Aber nein, als Lena die Waffe in der Hand wog, war sie viel zu leicht.

Es war keine echte Waffe, sondern eine Attrappe, wie man sie bei Filmarbeiten verwendete.

Sie schob die Waffe in ihre Jackentasche, dann schaltete sie die Warnblinkanlage an, ließ die Beifahrertür offen und lief mit dem Wagenheber in der Hand zu der Treppe.

Vor der Hallentür hielt sie kurz inne. Die Musik war mittlerweile verstummt. Ein Auto fuhr langsam die Straße hinunter, hielt aber nicht an.

Eine SMS ging ein. Arne. »Sehen wir uns noch?«

Sie überlegte zu antworten, kurz Bescheid zu geben, was sie da gerade tat, doch stattdessen begab sie sich zu der Treppe.

Die Metalltür war nicht so einfach zu öffnen wie die Tür am Fiat. Sie musste mehrmals ansetzen und sich mit größter

Kraft gegen den Wagenheber stemmen, bis die halbe Tür aus der Verankerung brach. Dann hatte sie es geschafft.

Dass ihre Handfläche blutete, bemerkte sie erst, als sie den Wagenheber beiseitelegte. Sie war nicht in Form. Was hatte sie schon getan in den letzten Monaten? Ein wenig Radfahren, ein wenig Laufen, nicht viel mehr.

Sie leuchtete sich mit dem Smartphone den Weg in den Keller, in der anderen, rechten Hand die Pistole, die ihr wie ein Spielzeug vorkam.

Sie sah im grellen Lichtschein nackten Betonboden, eine graue Wand rechts, eine andere einen Meter weiter links. Ein kahler Gang, der an einer offenen Tür vorbeiführte. Daher rührte der Lärm. Da lief tatsächlich eine Heizung. Fünf Schritte weiter rechter Hand die nächste Tür. Sie war verschlossen. Lag dahinter der Aufgang?

Nach fünf Schritten links von ihr die nächste Tür. Rot lackiert, ebenfalls aus Metall. Langsam drückte sie die Klinke herunter. Die Tür war nicht verschlossen.

Treppen dahinter – graue schmutzige Betontreppen, die hinaufführten.

Lena nahm die erste Stufe, dann die nächste.

Nach dreizehn Stufen endete die Treppe. Sie hatte aus Vorsicht die Lampe an ihrem Smartphone ausgeschaltet.

Doch nun fiel ein Lichtschein durch ein breites Fenster von der Straße herein. Sie war in der Halle, ziemlich direkt hinter der verschlossenen Eingangstür. Dann nahm sie Licht aus der anderen Richtung wahr und hörte eine Stimme.

Sie packte ihre Filmwaffe fester und hielt sie neben sich, aber so, dass sie die Walther jederzeit auf jemanden richten könnte.

Ihr Herz pochte in kurzen harten Schlägen. Etwas stimmte hier ganz und gar nicht. Um das zu erkennen, musste man kein genialer Polizist sein.

Dann schrie jemand. Eine Frau. Dorit. »He, ihr Arschlöcher, ich bin schwanger, verdammt.«

Lena zog den Kopf ein wenig ein, beugte sich vor und stürmte, die Filmwaffe vor sich haltend, in die Kletterhalle.

Sie brauchte eine Sekunde, um die Situation zu erfassen. Es war, als wäre sie in eine Filmszene geraten: Max in Trainingshose, ein Sicherungsseil in beiden Händen, neben ihm Morlau wie ein Dandy im weißen Anzug und mit schwarzem Hut – und dann Dorit aschfahl an der Wand hängend. Doch es sah nicht nach einem großen Kletterspaß aus, und da schrie Dorit auch schon in ihre Richtung: »Sie wollen mich umbringen, diese Schweine …«

Lena nickte ihr zu und nahm die beiden Männer mit der Pistole ins Visier. Auf ihren Gesichtern spiegelte sich Überraschung. »Wenn du das Seil auch nur ein wenig nachgibst, erschieße ich dich«, sagte Lena, die Augen auf Max gerichtet.

Dem drahtigen Klettertrainer schienen für einen Moment die Knie weich zu werden, dann straffte er sich.

Als Morlau eine Bewegung machte, schwenkte Lena die Waffe auf ihn, als hätte sie keine Spielzeugpistole in der Hand, sondern eine echte Walther.

»Nur atmen«, sagte sie. »Ganz ruhig atmen und sich nicht von der Stelle bewegen.«

Morlau fixierte sie, sein Gesicht unter dem Hut wirkte dunkel und hasserfüllt.

Lena kam drei Schritte näher. Nicht zu nah, befahl sie sich, damit nicht auffiel, dass ihre Waffe eine Attrappe war.

Morlau öffnete den Mund, doch dann sagte er nichts, sondern lächelte matt.

»Und nun«, sagte sie mit dem Blick wieder auf Max, »darfst du Dorit herunterlassen, aber ganz vorsichtig. Wenn sie eine einzige Schramme abbekommt, schieße ich dir nachher ins Knie.«

Max senkte den Kopf, dann ließ er ein wenig Seil nach, und Dorit begann herabzusinken. Vollkommen kraftlos hing sie da, wie Lena aus den Augenwinkeln wahrnahm.

Max schnaufte, als unternähme er eine ungeheure Anstrengung. Lena und ihre falsche Walther hatten ihn offenkundig eingeschüchtert.

»Frau Larcher«, sagte Morlau. Er hob seine rechte Hand. »Es liegt da anscheinend ein Missverständnis vor ...«

Lena schwenkte die Filmwaffe wieder auf ihn. »Halten Sie den Mund!«

Ihr Smartphone summte, doch sie hatte keine Chance, das Gespräch anzunehmen.

Arne, dachte sie, jetzt hätte sie ihn gut an ihrer Seite gebrauchen können.

Vier Meter ... drei Meter ...

Max ließ Dorit gekonnt herab. Sie schluchzte vor sich hin, am Ende ihrer Kräfte. Als sie den Boden erreicht hatte, sank sie in die Knie und erbrach sich.

»Dorit«, sagte Lena sanft, »ich brauche deine Hilfe ... bitte.« Sie spürte Morlaus stählernen Blick. Hatte er Unsicherheit in ihrer Stimme bemerkt? Begriff er, dass sie gar nicht die starke bewaffnete Polizistin war, die sie hier vorgab zu sein? Aber er konnte kaum ahnen, dass sie keine echte Waffe bei sich hatte.

»Dorit«, sagte Lena wieder, »wir müssen etwas erledigen ... gemeinsam.«

Dorit kam langsam auf die Füße. Ihr Gesicht war tränennass, sie taumelte ein wenig, dann rang sie sich ein Lächeln ab. »Ich habe gedacht, ich bin gleich tot«, flüsterte sie.

»Es ist alles gut«, sagte Lena. Ihre Waffe blieb auf Morlau gerichtet, der eindeutig der gefährlichere der beiden Männer war. »Wir brauchen ein oder zwei Seile, etwas, um unsere beiden Freunde zu fesseln, bis die Polizei eintrifft.« Sie hatte sich entschieden, die Männer erst unschädlich zu machen und dann die Polizei zu rufen. Die sieben, acht Minuten, die man brauchte, um in die Halle zu kommen, waren eine gefährliche Zeitspanne.

Morlau hob ein wenig den Kopf, als würde er lauschen, ob

die Polizei schon im Anmarsch war, aber von draußen drang kein Laut herein. Nicht einmal Straßenlärm war hier zu hören.

»Ist gut«, murmelte Dorit neben ihr. Dann verschwand sie aus Lenas Blickfeld.

Max hatte sich nicht gerührt. Er schüttelte nun seine Beine aus, wie ein Sprinter vor dem Start. »Ich kriege einen Krampf im Bein«, erklärte er beschwichtigend.

»Keiner von euch beiden bewegt sich«, sagte Lena. Schweißperlen liefen ihr den Rücken hinab. Sie umklammerte die Waffe so heftig, dass sie fürchtete, sie könnte den Plastikgriff zerbrechen und sich so verraten.

Wieder summte ihr Smartphone, doch sie durfte sich nicht ablenken lassen.

Max richtete seine Augen nun auf Morlau. Was sollen wir tun? Diese verzweifelte Frage lag in seinem Blick.

»Frau Larcher«, sagte Morlau mit fester Stimme, »hier liegen mehrere Irrtümer vor …« Seine rechte Hand beschrieb einen Kreis.

»Keine Bewegung!«, stieß Lena hervor. »Ich schieße – glauben Sie mir!« Ihre Stimme klang so schrill, dass Morlau erneut aufmerkte, wie ein Wolf, der irgendwo in seiner Nähe ein schwaches krankes Tier gewittert hatte.

Wo blieb Dorit? War sie irgendwo zusammengebrochen? Oder fand sich in dieser verdammten Kletterhalle kein halber Meter Seil?

Drei Sekunden später hörte Lena Schritte hinter sich. Dorit eilte heran, ein Stück blaues Seil in der Hand.

»Kannst du die beiden fesseln?«, fragte sie, doch daran, wie sehr Dorits Hände zitterten, erkannte sie, dass ihre Frage überflüssig war. »Nein, das werde ich selbst übernehmen.« Mit einem kurzen Seitenblick reichte sie Dorit die Filmwaffe. »Die Pistole ist schussbereit. Du musst nur abdrücken.«

Sie behielt Morlau im Blick. Gleichzeitig nahm sie wahr,

wie Dorit die Waffe in der Hand wog – überrascht und irritiert.

»Herr Morlau, ich hoffe, Sie werden jetzt keine Dummheiten machen.« Sie versuchte, die Aufmerksamkeit des Kunsthändlers zu gewinnen, um ihn von der zitternden Dorit abzulenken. »Dorit wird sofort schießen, wenn Sie auch nur einmal zu laut einatmen.«

Morlau trat von einem Bein aufs andere und grinste. »Wann kommt denn die Polizei?«, fragte er. »Lassen sich ja Zeit die Kollegen.«

Lena bedeutete Max, ein wenig näher zu kommen. »Jetzt darf ich die Herrschaften bitten, sich umzudrehen, das Gesicht zur Wand, und mir Ihren linken beziehungsweise rechten Arm vorzustrecken.« Sie versuchte, sich so zu positionieren, dass Dorit vorgeblich noch freies Schussfeld hatte. Einen richtig festen Knoten würden sie wohl hinbekommen – schließlich war sie oft mit Robert mitgesegelt.

Max gehorchte als Erster und drehte sich herum, doch Morlau zögerte, dann machte er einen schnellen Sprung zur Seite, und seine rechte Hand glitt in seine Jackentasche.

Er ist bewaffnet – dieser Gedanke blitzte in Lena auf. Er hat eine Pistole bei sich.

Sie ließ das Seil fallen, stürzte vor und griff nach Morlaus rechter Hand. Da fiel schon der erste Schuss, unwirklich und gleichzeitig ohrenbetäubend nah, sofort danach ein zweiter, noch näher.

Sie spürte, wie sie fiel, Morlaus entsetztes Gesicht unter sich. Weit aufgerissene Augen, ein Mund, der einen stummen Schrei formte. Gleichzeitig mit dieser Wahrnehmung zerriss ein glühender Schmerz sie, eine Feuerlanze hatte sie in den Kopf getroffen. Sie riss die Arme hoch, um den Schmerz aus ihrem Kopf wegzuwischen, doch so viel Kraft hatte sie nicht mehr. Sie schlug auf dem Boden auf, ganz ohne Schmerzen, weil die sich alle in ihrem Kopf versammelt hatten. Und dann, bevor sie die Augen schloss, um sich ein wenig Ruhe zu gönnen, sah sie in der fernsten Ecke der Halle eine kleine helle Gestalt. Da stand Simon ihr Sohn, fünf Jahre alt, mit lockigen blonden Haaren in einem FC-Trikot und einer kurzen roten Hose und sah stumm, aber nicht unfreundlich zu ihr herüber.

43.

Für ein paar Sekunden wusste ich, dass der Pfaffe recht hatte, dass es einen Gott gab – und Engel. Ja, eines dieser Himmelswesen hatte er mir geschickt. Mein persönlicher Engel hatte längere blonde Haare, grüne Augen, ein paar Fältchen um den Mund und hörte auf den Namen Lena Larcher. In seinem irdischen Dasein war er zudem Kriminalhauptkommissar der Kölner Polizei.

Wo war Lena plötzlich hergekommen?

Ach, egal. Ich versuchte, meine Tränen herunterzuschlucken und klare Gedanken zu fassen, obwohl sich in meinem Kopf alles drehte.

Dann ließ Max mich sanft herab.

Ich musste nichts tun, mich nur dann und wann von der Wand abstoßen.

Der Boden glitt immer näher heran, ich konnte es kaum fassen, dass ich noch am Leben war, doch als meine Füße auf der blauen Plane aufkamen, die Morlau zurechtgelegt hatte, und Lena etwas von einem Seil sagte, das ich holen sollte, verflüchtigte sich mein neuer Glauben an den lieben Gott schon wieder. Ich musste mich vor Schwäche und Aufregung übergeben, oder vielleicht lag es auch an dem Kind in mir.

Warum war Lena allein gekommen? Wo blieb die Polizei?

Was wollte sie mit einem Seil?

Ich stolperte in die Räume der Trainer. Zum Glück war die Umkleide nicht abgeschlossen. Da in einem alten Karton fand ich Handschuhe, Farbdosen und ein paar abgeschnittene Seile.

Ich würde es nicht vermasseln, sagte ich mir, ich würde

nicht erneut erbrechen müssen oder mir vielleicht vor den beiden Männer in die Hose pinkeln …

Als ich in die Halle zurückgekehrt war, immer noch mit wummerndem Herzen und bitterer Galle im Mund, drückte mir Lena die Waffe in die Hand, weil sie bemerkt hatte, dass ich die beiden Männer niemals richtig würde fesseln können.

Ich hätte mich auf der Stelle beinahe eingepisst.

Ich kannte die Waffe. Bei der letzten ›Tatort‹-Produktion hatte jemand sie vergessen, und ich hatte sie eingesteckt. Einmal hatte ich sie sogar Chris vor die Nase gehalten, der ganz bleich geworden war. He, hatte ich dann gesagt, das war Spaß. Ist keine echte Waffe, nur ein Plastikding.

Die Pistole hatte in meinem Handschuhfach gelegen.

Nun begriff ich auch, warum Lena die beiden Männer fesseln wollte. Wir hatten keine Waffe – und die Polizei war auch nicht alarmiert …

Routiniert, als würde sie sich zwei harmlosen Junkies nähern, ging Lena auf Max und Morlau zu und forderte sie auf, sich umzudrehen, um sie aneinanderzufesseln. Ich hielt die Waffe und versuchte mit aller Macht, mein Zittern zu unterdrücken.

Verdammt, ich war Stuntfrau gewesen und hatte mich für eine der härtesten Frauen im Universum gehalten. Ich durfte jetzt keine Schwäche zeigen.

Vermassele es nicht, Dorit, flüsterte ich mir zu. Wir haben sie gleich, da stehen zwei Männer, die Martin und Paul auf dem Gewissen haben …

Ich sah Lena vor mir, den blonden Engel, das Seil in den Händen. Max wandte sich gehorsam zur Wand, doch dann … Morlau kippte nach links, wie eine Marionette, deren Fäden man abgeschnitten hatte.

He, Morlau, was soll das? Meine Pistole folgte seiner Bewegung. Ich drückte sogar den Abzug, und ein Schuss ging los.

Einen Atemzug lang dachte ich, ich hätte tatsächlich geschossen, meine Pistole wäre doch echt.

Dann fiel ein zweiter Schuss – und Lena und Morlau gingen zu Boden.

Auch Engel können sterben, sie können stöhnen und bluten und sich vor Schmerzen winden. Und Gott existierte wahrscheinlich doch nicht – er war eine Erfindung des Pfaffen.

Durch mein Entsetzen hindurch sah ich, dass Morlau sich am Boden wand. Er schrie und hielt sich das Bein, das blutete. Lena lag neben ihm. Ich hatte mich getäuscht. Von ihr kam gar kein Laut, sie war ein stummer Engel, der reglos dalag – nur dass sich unter ihrem Kopf ein roter Flecken ständig vergrößerte.

Irgendwie kam ich an die Waffe, die echte, die Morlau fallen gelassen hatte.

Max stürzte zu Lena. Er hielt ihren Kopf, dann in einer fließenden, erstaunlich selbstsicheren Bewegung zog er sein schwarzes Trägerhemd aus und drückte es auf ihren blutenden Kopf.

»Scheiße!«, schrie er. »Wir brauchen einen Krankenwagen!«

Morlau krümmte sich auf dem Boden zusammen, er umklammerte sein rechtes Bein und versuchte, irgendwie von Lena wegzukriechen.

Für eine Sekunde war ich versucht, ihm in den Kopf zu schießen.

Er hatte Lena umgebracht.

Dann schrie Max noch einmal und warf mir Lenas Smartphone zu, das er ihr aus der Tasche gezogen hatte.

Ich brauchte drei Anläufe, um den Notruf zu erreichen, und auch dann brachte ich nur ein panisches Gestammel heraus.

Doch wenig später waren drei Sanitäter und drei Streifenwagen da.

Der blonde Engel wurde abtransportiert. Er schwebte nicht davon. Ganz irdisch trugen ihn zwei Sanitäter hinaus.

Während des Gewimmels, das folgte, während andere Sanitäter sich um den fluchenden Morlau kümmerten, während weitere uniformierte Polizisten kamen und drei andere in Zivil, gab es einen langen Moment der Stille, so als wäre die Zeit für ein paar Wimpernschläge eingefroren. In diesem Augenblick stand ich Max gegenüber – er lehnte gegen die Hallenwand, auf der Plane, in die Morlau mich hatte einwickeln wollen, mit nacktem Oberkörper, an dem Blut klebte, und schaute mich stumm unter halb gesenkten Lidern an.

»Was?«, brachte ich heiser hervor. »Was war das für eine Scheiße? Was habt ihr gemacht?«

Er hielt meinem Blick stand. Dann zuckten seine muskulösen Schultern.

»Morlau«, sagte er. Seine Lider hoben sich leicht. »Er ist wie ein Teufel. Er lässt einen nicht aus seinen Klauen. Sein Geschäft, die Fälschungen … Martin musste die Drecksarbeiten machen … und ich … ich habe gedacht, mich bringt er als Künstler groß heraus …« Er wischte sich über das Gesicht.

»Du hättest mich umgebracht«, sagte ich.

»Ja«, sagte er. »Das hätte ich getan.«

Im nächsten Moment kam ein Mann heran. Ich kannte ihn – es war Lenas unfreundlicher Kollege.

Er packte Max mit einiger Gewalt am Arm und führte ihn weg. Mich bedachte er mit keinem Blick. Wahrscheinlich weil er mir die Schuld dafür gab, dass Lena angeschossen worden war.

Epilog 1

Wer bin ich eigentlich? Ich bin eine ganz andere, ich bin nicht die harte, unerschrockene Stuntfrau, die Männer fertigmacht, die am besten allein klarkommt und die von anderen nicht zu viel wissen will. Ich bin zerbrechlich, voller Sehnsucht nach Zuneigung, und ich würde mich am liebsten dann und wann an einer Schulter ausruhen; wenn ich es mir aussuchen könnte, am besten an Koflers …

Was wäre, wenn die Lügen, die Menschen sich erzählen, für einen Tag aufhören würden, wenn es einen Tag der Wahrheit gäbe – im ganzen Universum? Jedem, der an diesem Tag Lügen erzählt, würden Flammen aus dem Mund entweichen. Wahrscheinlich würde so ein Tag alles ändern und nicht nur Beziehungs-, sondern Staatskrisen hervorrufen.

Ich hockte auf dem Klo der Uniklinik. Das schien allmählich zur Gewohnheit zu werden.

Auch vor drei Tagen in der Kletterhalle, nachdem sie Max abgeführt hatten, hatte ich mich auf die Toilette verzogen. Da hatte ich eine Stunde lang gesessen und versucht zu begreifen, was eben, was überhaupt in den letzten Tagen geschehen war.

Max und Morlau.

Martin und Paul.

Lena.

Ich war so erschöpft, dass ich keine Tränen mehr hatte. Vorgebeugt kauerte ich da, meine Hände auf meine Ohren gepresst. Dass es so viel Leere geben konnte …

Dann hatte jemand gegen die Tür geklopft, und im selben

Moment, auch wenn ich wusste, dass es Einbildung war, hatte ich gemeint, zum ersten Mal das Kind in mir zu spüren.

Hallo, Lena, mein Engel, hatte ich zu dem Mädchen in mir gesagt.

Da hatte ich noch geglaubt, dass die andere Lena, mein persönlicher Schutzengel und im irdischen Leben Kriminalhauptkommissarin, tot war, gestorben an einem Kopfschuss, den Morlau abgegeben hatte.

Aber Lena lebte noch. Sie lag im Koma, ein paar Türen weiter.

Morlau hatte es weniger schlimm erwischt. Ein Schuss in den rechten Oberschenkel. Er war ins Gefängniskrankenhaus Fröndenberg verlegt worden und hatte, wie es hieß, noch keine Aussage gemacht.

Und Max ... Er hatte ausgepackt. Ja, so altmodisch hatte sich Henning Mahn, Lenas Kollege, ausgedrückt.

Sie hatten Paul ermordet, weil er Morlau mit dem Notizbuch hatte erpressen wollen, das Martin für mich geschrieben hatte – über all seine Morde, die er im Auftrag von Morlau begangen hatte, über die Dunkelheit in sich und warum alles so weit gekommen war.

Martin sei es am Ende gleichgültig gewesen, ob sie ihn töteten, er habe einfach nur noch aus seinem falschen Leben herausgewollt. In seiner Kindheit, in den paar Wochen, die er in der Familie Pflücken verbracht hatte, war er am Tod eines Jungen schuld gewesen – damit hatte Morlau ihn all die Jahre erpresst. Viel mehr aber wusste Max auch nicht. Er selbst war kurz nach Martin in die Pflegefamilie gekommen.

Ich saß da, auf dem blitzsauberen Klo der Uniklinik, und redete wieder mit meinem Kind und zwischendurch auch mit Martin und Paul.

Martin, sagte ich, warum hast du mir nicht die Wahrheit gesagt? Darüber, wer du bist? Ich war deine Frau, ich habe geschworen, immer an deiner Seite zu sein, in guten und in schlechten Zeiten ...

Aber dann dachte ich, dass er ja tatsächlich ein Mörder gewesen war. Wie hätte ich da auf ein Geständnis reagiert?

Wenn Paul durch meine Gedanken flirrte, floss mein Herz vor Mitleid über, und gleichzeitig hatte ich die derbsten Flüche auf den Lippen. Was bist du nur für ein Idiot gewesen! Hast ein thailändisches Gefängnis überlebt und rennst nach ein paar Tagen in Deutschland deinem Mörder in die Arme, weil du zu geldgierig bist.

Gestern hatten wir beide begraben, erst Martin, dann Paul. Sie lagen auf dem Melatenfriedhof, etwa hundert Meter voneinander entfernt. Der Pfaffe hatte für beide eine sehr einfühlsame Ansprache gehalten. Er konnte so etwas, während meine Mutter die ganze Zeit herumgeschluchzt hatte und ich in ein absolutes Schweigen verfallen war.

Dann wieder redete ich stumm mit Lena, die jetzt hinter der Wand zur Intensivstation zwischen Leben und Tod schwebte.

Tut mir leid, dass ich dich da mit hineingezogen habe. »Ich bin Tessa« – mit dem ersten Satz schon habe ich dich belogen. Ich war eine geübte Lügnerin, ja, mir hat es gefallen, Menschen hinters Licht zu führen.

Hinters Licht führen – wo kam man da hin? Was war das für ein Ort?

War das der Platz, an dem Lena sich nun befand?

Ich spürte die Tränen hinter meinen Augen, eine Erfahrung, die offenbar zur Gewohnheit wurde.

Dann klopfte es sachte an der Tür, genau wie vor drei Tagen.

»Dorit«, sagte eine sanfte Stimme. »Wir können sie jetzt sehen.«

Arne, der Spurensicherer, Lenas neuer Geliebter, er hatte sich auf die Damentoilette getraut, um mich aus meinem Versteck zu locken.

Wir durften zu Lena auf die Intensivstation.

»Alles klar«, sagte ich, aufgesetzt fröhlich. Dann strich ich mir über den Bauch. Kleine Lena, flüsterte ich, wir müssen nun ganz stark sein.

Da standen sie alle, eine schweigende traurige Abordnung, vor der Milchglasscheibe, die das normale Krankenhaus von der Intensivstation trennte. Zuerst erkannte ich Lenas Vater – einen großen stattlichen Herrn, der eine Sonnenbrille trug, an seiner Seite eine viel jüngere Frau mit langen blonden Haaren, die ein wenig Lena glich und die sich schon ganz in Schwarz gewandet hatte. Ein dunkelhäutiger Junge stand da – Rashmi, der Junge aus Sri Lanka. Lena hatte ihn einmal kurz erwähnt. Dann Henning Mahn, der unfreundliche Polizist, der nun ein wenig freundlicher geworden war, neben ihm eine junge Frau mit orangefarbenen Haaren, dann die rothaarige Rechtsmedizinerin und drei weitere Männer, einer in einem weißen Trenchcoat, wahrscheinlich auch Polizisten.

Lenas Vater schaute mich stumm an, als Arne mich zur Tür führte. Er zeigte keine Regung, seine Augen waren hinter der dunklen Brille nicht zu sehen.

Für einen Moment glaubte ich, dass er mich für schuldig hielt, dass seine Tochter nun im Koma in dieser Klinik lag, doch dann sagte er knapp: »Sie waren auch sehr mutig, Frau Zeiner.«

Ich konnte nichts entgegnen. Arne klingelte an der Tür, dann wurden wir von einer Krankenschwester in einem grünen Kittel hereingelassen. Die anderen blieben hinter uns zurück. Georg Larcher hatte seine Tochter vermutlich schon gesehen.

Arne schaute mich an. Er sah aus, als hätte er in den letzten drei Tagen nicht mehr als fünf Stunden geschlafen. Ich wusste, dass er sich Vorwürfe machte – eigentlich war er mit Lena verabredet gewesen, doch dann hatte er sich mit seiner Exfreundin getroffen, die ihn gewissermaßen zu dieser Verabredung erpresst hatte, weil sie irgendwelche Dokumente für ihn hatte. So hatte er es mir zumindest dargestellt.

»Es wird nicht einfach werden«, sagte er.

Wir folgten der Krankenschwester durch einen Gang. Rechts und links, hinter dicken Glasscheiben, befanden sich die Patienten. Lena lag in dem letzten Bett der Station. Zuerst fiel mein Blick auf ein Bild an der Wand. Ein Kunstdruck, der zwei Kerzen vor schwarzem Hintergrund zeigte. Vermutlich stammte es im Original von Gerhard Richter.

Dann, während Arne nach meiner Hand griff, entdeckte ich Lena und erschrak. Sie war kaum zu erkennen. Ihr Kopf war bandagiert, auf ihrem Gesicht lag eine Atemmaske. Wie eine Puppe sah sie aus, gar nicht mehr lebendig.

Ein Arzt in einem grünen Kittel trat an uns heran. Er war sehr jung, hatte nur noch einen blonden Flaum auf dem Kopf und trug eine Nickelbrille. Ein kahlköpfiger John Lennon aus den sechziger Jahren.

Er drückte mir die Hand.

»Sie sind die andere«, sagte er, »die Frau, die Frau Larcher gerettet hat, nicht wahr?«

Ich wollte widersprechen, ich hatte niemanden gerettet, ganz und gar nicht, aber Arne neben mir sagte: »Ja, das ist sie.«

»Es ist uns gelungen, den Zustand Ihrer Freundin zu stabilisieren«, sagte der Arzt sachlich. »Die Kopfverletzung ist allerdings schon erheblich, um es vorsichtig zu formulieren. Wir haben die Patientin in ein künstliches Koma versetzt und haben ihre Schädeldecke aufgebohrt, damit das vorliegende Hämatom abschwellen kann. Außerdem mussten wir die Körpertemperatur absenken, damit …«

Ich schloss die Augen und musste mich gegen Arne lehnen. Dann sagte ich in das Dunkel hinein, in dem ich mich befand. »Wird sie je wieder gesund werden?«

Der Arzt räusperte sich, er schien zu warten, dass ich die Augen wieder öffnete. Ich tat ihm den Gefallen, obschon ich seine Antwort fürchtete.

»Das kann zu diesem Zeitpunkt niemand sagen. Es ist alles möglich, eine vollkommene Wiederherstellung, allerdings nach einer sehr, sehr langen und schwierigen Rekonvaleszenz. Möglicherweise aber bleiben auch irreparable Schädigungen zurück. In ein paar Tagen wissen wir hoffentlich mehr.«

Ich nickte und hörte, wie Arne neben mir tief einatmete.

»Es wäre nicht gut, wenn Sie sich Ihrer Freundin noch weiter nähern würden. Jede Infektion könnte lebensgefährlich sein«, sagte der Arzt, dann strich er mir fürsorglich über den Arm und wandte sich ab.

Ich schaute die reglose, beinahe unkenntliche Lena an. Nichts hätte ich mir nun mehr gewünscht, als eine Sekunde lang über eine ungeheure Gedankenkraft zu verfügen, selbst wenn sie mich selbst alle Energie kosten würde. Mit diesem Gedankenstrahl hätte ich sie ins Leben erweckt, dafür gesorgt, dass sie aufstand, sich den Kopfverband abriss und mit uns vor die Station zu den anderen trat.

Arne hielt meine Hand fest, dann, nach vielleicht fünf Minuten, hatten wir beide genug.

Niemand von uns sagte ein Wort, als wir auf den Gang zurückkehrten.

Die anderen standen noch da, als hätten sie sich unterdessen gar nicht bewegt.

Nein, das stimmte nicht. Eine Frau war hinzugekommen, blond, braun gebrannt, aber so mager, dass sie krank und ausgezehrt aussah. Sie stand ein wenig abseits, in einem braunen teuren Mantel, eine grüne Ledertasche über der Schulter. Als sie Arne und mich registrierte, schritt sie energisch auf uns zu.

Arnes Freundin, dachte ich zuerst, doch Arne wich überrascht zurück, als sie uns ansprach.

»Es tut mir leid«, sagte die Frau. »Es ist alles meine Schuld. Ich hätte ihn aufhalten müssen, aber ich … Ich habe von allem gewusst, von den Fälschungen. Max Ernst! Wieso sollten wir einen echten Max Ernst versteigern können? Aber dass mein Mann vor Mord nicht zurückschreckte, als dieser Journalist misstrauisch wurde!« Sie holte tief Luft und machte eine Geste, als wolle sie meine Hand ergreifen.

Ich begriff nun, dass Ines Morlau vor mir stand, die Ehefrau.

Warum war sie hergekommen? Um sich anzuklagen? Oder um Verzeihung zu bitten?

»Frau Morlau«, sagte Arne mit unterdrücktem Ärger in der Stimme. »Es ist jetzt nicht die richtige Zeit …«

Sie verzog das Gesicht. Tiefe Falten gruben sich in ihre Züge. »Es ist nie die richtige Zeit … Niemals. Es gibt immer andere Dinge. Ich war so froh, dass Richard das Geschäft von meinem Vater übernahm. Mein Vater war halb dement, eine tragische Figur, die sich immer lächerlicher machte, aber … Zuerst habe ich nicht geahnt, dass es nur mit Betrug ging, falsche Bilder, falsche Dokumente … Ich hätte zur Polizei gehen müssen, stattdessen habe ich mich in einer Klinik versteckt, als wäre ich eine Alkoholikerin.« Sie schüttelte den Kopf. Dann griff sie in die Ledertasche und zog etwas hervor. »Ich habe es gefunden. Die Polizei hat gesucht, doch ich habe es gefunden. Ein Hohlraum im Büro. Da hat schon mein Vater sein Schwarzgeld versteckt.« Sie hielt mir das Etwas hin.

Es war ein schwarzes Notizbuch – das Buch, das Martin mir hatte schicken wollen.

»Ich habe nur die ersten Seiten gelesen, aber der Anfang reicht auch, um zu verstehen. Richard ist ein Ungeheuer. Ja, und deshalb werde ich auch ins Gefängnis gehen müssen. Ich habe einen Mörder geschützt.«

Ich nahm das Buch entgegen. Ines Morlau umarmte mich kurz, dann straffte sie sich und ging.

Ich schlug das Buch auf. Mein Herz flatterte wie ein junger Vogel, der im Nest saß und überlegte, sich zu seinem ersten Flug hinauszustürzen.

»Liebe Dorit«, stand da in Martins sauberer, klarer Handschrift, »bevor ich dir alles gestehe: Du warst das Beste, was mir in meinem Leben passiert ist, und doch habe ich auch dich belogen. In Wahrheit bin ich nicht der, den du geheiratet hast, sondern ein Mann voller Dunkelheit und Schuld.«

Liebe Dorit, bevor ich dir alles gestehe: Du warst das Beste, was mir in meinem Leben passiert ist, und doch habe ich auch dich belogen. In Wahrheit bin ich nicht der, den du geheiratet hast, sondern ein Mann voller Dunkelheit und Schuld.

Ich habe es gleich gewusst, als ich dich im Krankenhaus gesehen habe. Da hat mir jemand einen Engel geschickt – es war dieser Blick, neugierig, wissend, doch gleichzeitig selbstbewusst. Wir haben beide gehinkt, das hat mir auch gefallen. Wir zwei durchs Leben Hinkende – davon später. Ich habe vor, dieses ganze Buch vollzuschreiben.

Alles muss raus – so heißt es doch, und ich werde mir Mühe geben, in Schönschrift zu schreiben und so klar wie möglich zu sein, damit du alles verstehst – oder zumindest so viel, wie ich selbst verstehen kann.

Ich habe drei Morde verübt, und einen vierten soll ich begehen. Da ist ein Maler, der aussteigen will, der sich weigert, weiter als Fälscher zu arbeiten.

Sie haben mir gedroht ... Sie haben auch dich beobachtet ...

Mir drehte es jedes Mal den Magen um. Jedes Mal habe ich mir gesagt, ich kann das nicht.

Jedes Mal habe ich mir »Stopp« befohlen und habe es doch getan.

Als wir uns im Krankenhaus getroffen haben, an jenem für mich so wichtigen Freitag, hatte ich vorher versucht, mich auf meinem Motorrad ... Nein, auch davon später.

Drei Morde ...

Christoph Ehrlich – ein Journalist, etwas arrogant, aber klug und nicht unfreundlich und ein echter Kunstkenner.

Rainald Kunze – ein Finanzbeamter, homosexuell, ein Muttersöhnchen und ein Pedant, deshalb waren ihm ja auch Unregelmäßigkeiten in einer bestimmten Steuererklärung aufgefallen.

Bartosz Pawlak – Geschäftsmann aus Stettin, Oberhaupt einer Rockergang, der aus Zufall, weil er ein Gespräch in einem Hotel mitgehört hatte, ein Bild gestohlen hatte, eine

Fälschung obendrein. Er war ein wenig feist, hielt sich für unbesiegbar und für einen absoluten Frauenheld.

Ich habe alle drei an ihren Gräbern besucht. Bei Ehrlich und Kunze war ich sogar mehrmals, aber natürlich verringert das meine Schuld kein bisschen.

Ich bin gewissermaßen ohne Vater auf die Welt gekommen, von ihm weiß ich nur, dass er Schwede war, eine Bilderbuchfamilie in Stockholm hatte, aber ich hatte eine Mutter, die ich über alles geliebt habe.

Ich bin einmal auf die Welt gekommen, aber zweimal gestorben.

Meine Mutter hatte die sanftesten Hände der Welt – wie sie morgens vor der Schule meinen Kragen zurechtrückte, wie sie mir über die Wangen strich, wenn ich krank war, wie sie meinen Kopf hielt, wenn sie mir die Haare schnitt.

Ich habe gedacht: Wir brauchen nichts anderes auf der Welt als uns, meine Mutter und ich.

Doch an dem Tag, als ich zum ersten Mal starb, kam ich aus der Schule, und da lag sie in der Küche auf unserer alten Couch – ein unförmiges Monstrum mit braunem Cord überzogen. Erst dachte ich, sie schliefe. Sie hatte sich am Morgen nicht wohlgefühlt und war nicht in das Reformhaus gegangen, wo sie arbeitete. Aber dann fiel mir auf, dass es zu still war – eine abgrundtiefe, fürchterliche Stille, die sich wie eine Giftwolke um sie ausgebreitet hatte. Ich rüttelte sie, ich sah das leere umgekippte Glas zu ihren Füßen, und dann wusste ich Bescheid.

Die Panik, die mich überfiel, bin ich niemals mehr losgeworden. Als wäre es nur ein wertloses weißes Stück Papier gewesen, zerriss mein Leben.

Das Telefon war abgestellt, weil sie ein paar Rechnungen nicht bezahlt hatte, Handys gab es damals noch nicht. Ich konnte vor Angst und Schrecken kaum laufen. Doch statt meine sterbende Mutter im Arm zu halten, musste ich Hilfe holen.

Ich schrie durchs Treppenhaus, ich hastete die Treppen hinunter, schlug mir den Kopf am Geländer. Nasenbluten, weiteres Schreien, Tränen, dann eine alte, runzlige Hand, die mich aufhielt. Frau Kohlmeier aus dem Erdgeschoss.

Alles, was danach geschah, ist verschwommen, bis auf die Angst, die wie ein Stein in meinem Magen saß, und das Bild vom Gesicht meiner Mutter: schön, aschfahl, gewissermaßen ohne Lippen, da deren Rot schon verblichen war, eine braune Locke über ihren geschlossenen, verschatteten Augen.

Wäre ich ein Maler gewesen, hätte ich wohl nur noch dieses Bild malen können.

Das war mein erster Tod.

Ich war vierzehn Jahre alt.

Der Schmerz schloss mich ein – da hockte ich in meiner Zelle aus Wut, Verzweiflung, Furcht. Dass mein Vater nichts von mir wissen wollen, geschenkt: Das hatte ich akzeptiert. Aber warum hatte meine Mutter mich auch noch verlassen?

Ich kam ins Kinderheim – ein hässlicher Kasten voll feindseliger Menschen, aber es war mir egal. Ich war mit meiner Mutter gestorben. Ich redete mit niemandem, nur mit ihr. Ihr berichtete ich nachts haarklein, was passiert war, als wäre sie nur kurz verreist, übers Wochenende nach Schweden, um meinen Vater zu treffen.

Harry war der Einzige, der mir half. Er beachtete mich zuerst nicht, tat so, als wäre ich gar nicht da. Dann begann er, mit Blicken mit mir zu sprechen. Schließlich, nachdem es ein wenig Ärger gegeben hatte und ich zum ersten Mal mit einer Faust hatte zuschlagen müssen, wurden wir Freunde.

Ich erwachte aus meiner Einsamkeit. Ich hätte vielleicht länger im Heim bleiben sollen, aber dann hatte ich die Gelegenheit, bei einer Familie unterzukommen.

Ich wehrte mich nicht dagegen – außerdem passierte etwas anderes: Ich guckte mir keine Mädchen mehr an, sondern Jungen. Liebte ich Jungen mehr als Mädchen?

Ich wusste es nicht so recht.

Vielleicht hatte ich auch nur Angst, dass, wenn ich einmal mit einem Mädchen zusammen sein würde, sie so enden könnte wie meine Mutter.

Jedenfalls lernte ich einen Jungen aus der Nachbarschaft kennen: Daniel – er war ein wenig jünger, dreizehn und sah aus wie Tadzio aus dem Film ›Tod in Venedig‹ – ein bildschöner, ätherischer Junge, der wenig sprach. Seine Eltern waren einfache Leute, sein Vater fuhr einen Lkw, seine Mutter jobbte als Sekretärin an der Universität. Daniel passte nicht in seine Familie, so wie ich nicht in meine Pflegefamilie passte. Ich glaube, ich habe mich gleich in ihn verliebt. Wir gingen spazieren, zum Kanal, in den Park, wir konnten Stunden damit zu bringen, Billard zu spielen. Manchmal haben wir uns auch gestreichelt, über die Wange, die Augen, den Mund, oder wir haben uns an den Händen gehalten.

Niemals sind wir zu ihm gegangen oder ist er zu den Pflückens gekommen. Wir brauchten keine anderen Menschen, wir wollten für uns bleiben, hatten einen Platz in einem Wäldchen – in Brügmanns Hölzchen – in der Nähe der Wambeler Straße, wo wir uns trafen. Da entdeckten wir auch andere Spiele: Wir begannen Leim zu schnüffeln, und dann, wenn uns schon richtig schwindlig war, versetzten wir uns gegenseitig in Ohnmacht. Es gehörte nicht viel dazu; der eine musste den anderen nur kräftig auf die Brust drücken, wenn er hyperventilierte.

Ich hätte nie gedacht, dass dabei etwas schiefgehen könnte.

An Daniels vierzehntem Geburtstag trafen wir uns wieder dort. Er hatte nicht mit seinen Eltern feiern wollen. Zwei große Tüten Leim gönnten wir uns, dazu eine Flasche Wodka, die wir halb geleert hatten, als wir unser Ohnmachtsspiel begannen.

Doch ich begriff sofort, als ich Daniel von hinten auf die Brust drückte, dass etwas anders war. Er sackte noch in meinen Armen zusammen, sank auf die Knie und fiel, nachdem ich ihn vor Schrecken losgelassen hatte, so auf das Gesicht, dass es ihm wehtun musste.

»He, was soll das Quatsch!«, schrie ich ihn an. Ich rollte ihn auf die Seite, sah sein Gesicht, seine Augen waren geschlossen, und er atmete nicht mehr. Panik überfiel mich. Ich legte mein Ohr auf seinen Mund, dann schlug ich ihn ins Gesicht. »He, wach auf!«, brüllte ich ihn an. »Du machst mir Angst.«

Daniel rührte sich nicht, kein Stöhnen, kein tiefes Einatmen.

Plötzlich war Richard neben mir. Ich hatte schon geahnt, dass er uns häufiger beobachtete, dass vieles, was wir taten, unter seinen Augen geschah. Genau wie Daniel und ich wollte auch Richard, der Sohn des Kohlenhändlers Heinrich Pflücken, seiner Herkunft entgehen – es ist ihm ja auch gelungen. Er wurde zu Richard Morlau, zu einem gefeierten, schwerreichen Kunsthändler – Kunsthändler und Betrüger, wie ich hinzufügen muss.

Richard sah mich an, er beugte sich vor und sagte: »Der ist hin.« Ganz lapidar, als hätten wir ein Kaninchen oder einen Hamster vor uns, der plötzlich den Geist aufgegeben hatte.

»Nein!«, schrie ich. »Nein, das kann nicht sein.« Er versuchte, Daniel zu beatmen, so wie ich es im Fernsehen oft gesehen hatte, aber mir gelang es nicht einmal, seine Lippen auseinanderzupressen.

»Er muss verschwinden«, sagte Daniel. »Weg sein, oder sie werden herauskriegen, dass du ihn umgebracht hast, und dann kommst du ins Gefängnis. Und was sie da mit einem Jungen wie dir machen, kannst du dir ja denken.«

Ich hatte Daniel umgebracht. Richard sprach ganz ruhig aus, was sich als Gedanke in mir formte. Ich hatte den Tod meiner Mutter nicht verhindert, und nun hatte ich den einen Menschen getötet, den ich nach meiner Mutter am meisten auf der Welt geliebt hatte.

Panik überflutete mich. Der Schwindel ergriff mich, aber nun lag es nicht an dem Leim oder Wodka, sondern es war der totale Schrecken.

Was sollte ich tun? Meine Mutter, dachte ich, sie wäre der einzige Mensch, der mir nun helfen könnte.

»Du wartest hier«, sagte Richard mit allergrößter Ruhe. »Rührst dich nicht von der Stelle.«

Ich nickte. Ich beugte mich vor. Meine Tränen fielen auf Daniels totes Gesicht. Es war ganz dunkel geworden, seine helle Haut hatte sich bereits bräunlich verfärbt. Ich hätte mich nicht gewundert, wenn er sich vor meinen Augen aufgelöst hätte.

Irgendwann – es mochten allenfalls zehn Minuten vergangen sein – kehrte Richard zurück, er hatte zwei Klappspaten dabei, wie sein Vater sie zum Kohlenschaufeln benutzte.

»Wir begraben ihn hier im Wald«, sagte Richard. »An einer Stelle, wo ihn niemand finden wird.«

Das taten wir. Daniel verschwand. Seine Eltern suchten ihn, das ganze Viertel, die Polizei, doch niemand fand ihn. Niemand wusste, wo er war – nur Richard und ich.

Jahre später forderte Richard den Preis für seine Hilfe. Er hatte mich nie losgelassen, hatte schon, kurz nachdem wir Daniel begraben hatten, kleinere Diebstähle von mir eingefordert oder sich Geld geliehen, das er nie zurückgezahlt hatte. Doch nun kam er zu mir und hielt mir Daniels Uhr hin, die er ihm damals, ohne dass ich es bemerkt hatte, abgenommen hatte. Er forderte mich auf, ihm bei einer sehr privaten Sache zu helfen. Ein Journalist sei da auf etwas gestoßen und versuche, ihn zu erpressen.

Es war der erste Mord.

Warum, Dorit, warum habe ich es getan – statt zu gestehen, was damals mit Daniel passiert ist? Dass es ein Unfall war, kein Mord, dass ich einfach die Nerven verloren und ihn im Dickicht begraben hatte?

Nach Daniels Tod starb ich ein zweites Mal, und nun … nun kann es sein, dass ich wirklich bald sterben muss. Aber dann ist es wohl gerecht.

Epilog 2

Die Gezeiten änderten sich stetig. Mal trieb sie in warmem Wasser, lag auf sanften Wellen, dann wieder wurde sie an Land geworfen. Voller Schmerzen wand sie sich auf trockenem Grund. Stimmen umgaben sie da, doch sie brachte es nicht fertig, ihre Augen zu öffnen. Durst quälte sie, und das Wissen, dass jemand sie anstarrte.

Wenn die Wellen sie wieder hinaustrieben, atmete sie förmlich auf. Lieder wehten über dem Wasser, Lieder und Gesichter, und sie fühlte sich nie allein.

Simon war da, irgendwo hinter ihr. Sie wusste es genau, und wo ihr Sohn war, da konnte Robert nicht weit sein.

Jetzt sind wir wieder zusammen, sagte eine Stimme, die vielleicht in ihrem Kopf und ihre eigene war.

Dann wurde sie brutal an Land geworfen. So heftig hatte der Wechsel der Gezeiten sie noch nie erfasst. Sie spürte einen Schmerz, der sich vom Kopf bis in jede Faser ihres Körpers ausbreitete.

Irgendetwas an diesem plötzlichen Gezeitensturm war anders. Sie lag auf rissigem, trockenem Boden und wusste, dass das Meer nicht mehr zurückkehren, sie nicht wieder auf warmen Wellen hinausgleiten würde.

Ein anderer, spröder Schmerz setzte sich in ihrer Kehle fest. Sie schluckte, und dann öffnete sie die Augen. Licht umgab sie, ein milchig graues, kühles Licht, das durch ein Fenster hereinfiel, daneben ein Bild: ein Schiff mit einem weißen, überproportional großen Segel, das auf einem tiefblauen Meer dahinfuhr.

Ein Krankenzimmer.
Sie war erwacht.
Wie viel Uhr war es? Was war passiert?
Sie dachte an Robert und Simon und an den Unfall; ihre Gedanken verirrten sich. Doch dann bemerkte sie, dass jemand an ihrem Bett saß: Es war Arne, der Kriminaltechniker, der Musiker. An ihn erinnerte sie sich sofort. Doch warum war er hier?
Als hätte er ihren Blick gespürt, sah er von dem Buch auf, in dem er gelesen hatte.
»Lena!« Die Erleichterung ließ seine Stimme schrill klingen. »Lena – endlich! Du bist aufgewacht!«
Sie nickte, eine Bewegung, die ihr Schmerzen verursachte. Sie wollte etwas sagen, doch sie brachte nur ein heiseres Krächzen zustande. Arne sprang auf und reichte ihr einen Plastikbecher mit einem Strohhalm. Sie schaffte es, ein wenig Wasser in ihre Kehle zu bekommen.
Arne lächelte sie an. Er war unrasiert und übernächtigt; seine Haare kamen ihr viel länger vor als bei ihrer letzten Begegnung. Wann war das gewesen? In dem Abend im Restaurant?
»Was ist passiert?«, fragte sie heiser, nachdem er ihr ganz fürsorglich den Becher abgenommen hatte.
»Es ist so viel passiert.« Er stöhnte und strich mit der Hand über ihren rechten Arm. »Wir hatten Angst, dass du nicht mehr aufwachst. Du hast sieben Tage im Koma gelegen – sieben lange Tage. Dein Vater kommt fast um vor Sorge.«
Sie nickte und schloss die Augen wieder. Sie wollte sich an etwas erinnern, aber alles, an das sie denken konnte, waren Robert und Simon, die nun nicht mehr bei ihr waren.
»Hast du eine Ahnung, warum du hier bist?« Arne drückte sanft ihren Arm.
»Nein«, sagte sie, »doch ist das wichtig?«
»Aber du weißt, wer ich bin?«
Sie nickte. »Glaube schon – Arne, der Gitarrenspieler.«

Er seufzte, nein, es war ein unterdrücktes Lachen, erkannte sie, als sie die Augen öffnete.

»Lena Larcher«, sagte er in einem heiteren Tonfall, »du hast eine Frau gerettet und einen der mysteriösesten Kriminalfälle der Kölner Polizei gelöst. Und ich …«

»Was ist mit dir?«, fragte sie.

»Ich sitze seit sieben Tagen hier und bete, dass du wieder aufwachst und mit mir redest.«

»Na«, erwiderte sie, »das ist ja nun passiert.«

Sie sah, wie er sich über sie beugte, wie er sie lächelnd auf die Stirn küsste, und sie erinnerte sich an seinen Geruch – ja, diesen Geruch hatte sie schon bei ihrer ersten Begegnung sehr gemocht.

Danksagung

Wie bei den beiden anderen Romanen mit Lena Larcher als Hauptfigur danke ich meiner Lektorin Karoline Adler für ihre Unterstützung und Sympathie. Ein weiterer Dank für ein umsichtiges Lektorat geht an Maike Kleihauer.